AF140562

Manuel Luckhardt

Verrat

Thriller

Verrat

für meine Eltern
in Liebe und Dankbarkeit

Bibliografische Information der Deutschen Nationalbibliothek:
Die Deutsche Nationalbibliothek verzeichnet diese Publikation in
der Deutschen Nationalbibliografie; detaillierte bibliografische
Daten sind im Internet über dnb.d-nb.de abrufbar.

TWENTYSIX – Der Self-Publishing-Verlag
Eine Kooperation zwischen der Verlagsgruppe Random House
und BoD – Books on Demand

Herstellung und Verlag:
BoD – Books on Demand, Norderstedt

ISBN: 978-3-7407-2892-2

Prolog

„Ich will hier nicht weg, Mama."

Die Stimme des kleinen Mädchens war vorwurfsvoll und bedrückt. Sie starrte ihre Mutter anklagend an und ihre hellen Augen bohrten sich wie Messer in Herz und Kopf der Mutter. Der Blick der Mutter wurde mitleidig und sie beugte sich zu dem Mädchen hinunter – streichelte sanft ihre Wange. Das Mädchen zog eine Grimasse und verschränkte beleidigt die Arme.

„Alles wird gut, mein Schatz", seufzte ihre Mutter.

„Ich bin kein Baby mehr, Mom", sagte sie und klang dabei viel zu erwachsen für eine Dreijährige. Ihre Mutter brachte ein Lächeln zustande – Eva wurde viel zu schnell älter; und sie war zuviel mit ihrem Vater zusammen.

Ihre Augen verloren sich in der Ferne, als sie über ihre Zukunft nachdachte und die Sorgen, die auf sie und ihre Familie zukommen würden.

„Komm mal mit, Baby", sagte sie und legte den Arm um sie.

Eva war einfach die Reinheit in Person. Ein wunderbares, kleines Mädchen mit makelloser Haut, dunkelblondem Haar und Augen, die einfach jeden zum Schmelzen brachten. Sie war so klein und zerbrechlich und gleichzeitig so wunderbar und stark. Sie hatte ihr Leben auf eine Weise verändert, wie sie nie einem andern hätte erklären können. Eva war ein Wunder und machte sie zu einem besseren Menschen. Sie liebte diesen kleinen Knirps einfach über alles. Bedingungslos und rein. So wie Liebe nun mal sein sollte. Vor ihrer Geburt war ihr Leben ein einziges Chaos gewesen. Sie lebte in den Tag hinein, feierte Parties, nahm sogar Drogen. Sie schlief mit mehr Männern als gut für sie war und mehr als die meisten sich vorstellen können. Sie war beinahe am Ende und war in eine Schlägerei verwickelt gewesen, als Evas Vater sie gerettet hatte und ihr ein warmes Bett bei sich zuhause angeboten hatte. Er fasste sie nicht ein einziges Mal unschicklich an in dieser Nacht. Machte keine sexuellen Andeutungen und kümmerte sich reizend um sie.

Er war ganz anders, als alle anderen Männer mit denen sie bis jetzt zu tun gehabt hatte. Am nächsten Morgen zauberte er ihr ein fantastisches Frühstück und sah ihr schweigend beim Essen zu.

Er wartete geduldsam ob sie das Gespräch eröffnen würde und schließlich tat sie es.

Sie konnte es später nie genau erklären, aber in diesem Moment hatte sie ein unglaubliches Vertrauen zu ihrem Wohltäter gefasst.

Sie erzählte ihre komplette beschissene Seite ihres Lebens und brach in unaufhaltsame Tränen auf. Sie weinte und weinte und er nahm sie einfach nur in den Arm. Hielt sie einfach nur fest und gab ihr ein Gefühl von Sicherheit. Sie versank förmlich in seinen kräftigen Armen und fühlte sich das erste Mal in ihrem Leben wirklich geborgen. Die Zeit verstrich und keiner von beiden sagte ein Wort. Sie saßen einfach nur da, in diesem kleinen Zimmer und die Welt herum verblasste zu einer alten Erinnerung. Schließlich löste sie sich aus seinen Armen, wischte sich die Tränen ab und sah ihm in die Augen.

Und da passierte es. Mit einem Schlag verliebte sie sich in diesen Mann, der ihr die Würde zurück gegeben hatte. Nach einem weiteren unsicheren Moment des Schweigens hatte sie auf dem Absatz kehrt gemacht und war ohne ein Wort aus der Wohnung gestürmt. Er hatte ihr noch irgendetwas hinterher gerufen, aber sie hörte es nicht mehr. Hals über Kopf war sie stundenlang durch die Stadt gelaufen. Sie schrie sich die Seele aus dem Leib und als sie am Ende völlig ausgelaugt auf eine Bank gesunken war, fühlte sie sich zum ersten Mal in ihrem Leben frei und gereinigt. Sie fühlte sich so frisch und sauber, als sei sie gerade aus dem Ei geschlüpft. So als wäre sie neugeboren und alle ihre Schandtaten und alles was ihr angetan worden war, wäre in einem reinigenden Gewitter abgewaschen worden. Die Erinnerungen waren nicht weg. Keineswegs. Nur sicher verwahrt. In einer Kiste hinter Schloss und Riegel. In einer weit entfernten Ecke ihres Geistes.

Den Schlüssel zu dieser Kiste (was sie allerdings erst viel später herausfand) hatte nur ein Mensch und das war Matt – ihr Retter.

„Du sollst mich nicht so nennen, Mutter", sagte Eva in einem beleidigten Tonfall und riss ihre Mutter aus ihren Gedanken.

Das Wort *Mutter*, benutzte sie immer nur dann, wenn sie ihre Mutter tadeln wollte und sie fragte sich jedes Mal, woher sie schon soviel über die Eigenarten der Sprache wusste und wer ihr beigebracht hatte ihr kindliches Verhalten in ein strenges Gebärden zu verwandeln. Sie musste mal ein ernstes Wort mit ihrem Vater reden. Ein sehr ernstes.

„Was?", fragte sie noch immer ihren Erinnerungen nachhängend.

„Nenn mich nicht so."

„Ist gut, Schatz." Sie streichelte ihr erneut über die Haare und führte sie dann sanft ins Wohnzimmer.

Ihr kindliches Lächeln und ihre ehrliche Neugier kehrten augenblicklich zurück. Das liebte sie so sehr an ihr. Das sie noch nicht verdorben war. Dass sie so schnell umschalten konnte auf den Glücklich-Sein-Modus und die Welt durch die Augen eines kleinen Kindes sah. Lustig, froh und es gab immer etwas Neues zu entdecken.

„Was willst du mir zeigen, Mama?", fragte sie neugierig, überholte ihre Mutter und zog sie mit sich.

„He, he. Nicht so schnell." Sie grinste und ein wohliges Gefühl überkam sie, als sie sie so glücklich sah – ihren Umzug wohl gerade vergessend. Verdrängt von ihrem unbändigen Vorwitz.

Das war ihre Chance, ihr ihre neue Umgebung schmackhaft zu machen.

„Setz dich auf den Stuhl", bat sie Eva, als sie ins Wohnzimmer kamen. Sie kam ihrer Bitte nach, zappelte aber nervös herum und konnte ihre Neugierde nur unzureichend unterdrücken.

Das hatte sie ganz bestimmt von ihrem Vater geerbt. Der konnte genauso wenig abwarten und wollte immer alles sofort wissen und erleben.

„Bleib ruhig sitzen. Sonst zeige ich's Dir nicht."

Mit einem Schlag setzte sich Eva auf und bewegte sich nicht einen einzigen Zentimeter mehr. Ihr Mund blieb verschlossen und ihre Augen fixierten fest ihre Mutter.

Innerlich lächelte diese. Mit diesem kleinen Trick konnte man Eva noch immer zur Ruhe bringen. Er funktionierte einwandfrei – denn ihr Wissensdurst war einfach viel größer als ihr Bewegungsdrang oder ihr, manchmal viel zu vorlautes Mundwerk. Eva kannte Worte, die man in ihrem Alter nicht kennen sollte. Nicht kennen durfte. Und das rief ihr nur wieder in Erinnerung, dass das *klärende* Gespräch mit ihrem Vater überfällig war.

Sie tippte ein Zeichen in ihren Laptop ein, der auf dem runden Glastisch in der Mitte des Zimmers stand.

Sie klickte ein paar Mal und trug den Laptop, dann zu Eva hinüber, die immer noch stocksteif auf ihrem Platz saß.

„Hier Schatz. Das ist unser neues Zuhause. Schau mal, wie herrlich es hier ist." Sie deutete auf den Bildschirm und fuhr mit dem Finger über eine Küstenlandschaft, die den Rand eines Sees darstellte.

Der Ausblick war herrlich, die Sonne strahlte auf dem Bild und eine handvoll fröhlicher Menschen und Kinder waren darauf zu sehen.

Evas Mundwinkel verzogen sich und ihre ansonsten faltenfreie Stirn legte sich in tiefe Furchen.

„Hmm", brummte sie, nicht überzeugt. Sie zeigte ihr ein paar weitere Bilder und das Letzte erregte Evas besondere Aufmerksamkeit.

Darauf war ein Spielplatz zu sehen, der übervölkert war mit Kindern und Jugendlichen aus allen Altersklassen.

Rutschen, Sandkästen und Kletterburgen füllten das Bild aus.

„Cool. Ein Spielplatz", jubelte Eva und warf die Arme in die Luft.

„Ich liebe Spielplätze."

„Ich weiß", sagte ihre Mutter und gab ihr einen Kuss auf die Wange. „Da kannst du soviel spielen wie du willst. Der Platz ist gleich neben unserem Haus."

„Cool", wiederholte sie enthusiastisch. Ihre Mutter stand auf und ließ sie mit den Eindrücken allein; verschwand in der Küche, die im schlichten Landhausstil eingerichtet war. Die weißen Schränke blitzten blank poliert. Sie nahm einen Mixer gab achtsam die Zutaten hinzu und startete das Gerät.

Nach wenigen Minuten und einigen matschenden Geräuschen füllte sie den Inhalt in einen Becher und lächelte zufrieden.

Sie balancierte das Gebräu ins Wohnzimmer und Eva blickte auf.

„Guck mal, Schatz", sagte sie und wedelte leicht mit dem Becher hin und her.

Evas Augen wurden groß vor Begierde und sie streckte die Arme in gebannter Erwartung aus.

„Schokimilchshake. Danke, Mama."

Sie leckte sich über die Lippen und Wasser lief ihr im Mund zusammen.

„Hier", übergab sie ihr vorsichtig den Becher. Eva schnappte sich gierig den Becher und nahm einen tiefen Schluck.

„Lecker." Sie wischte sich mit dem Handrücken ihren Schokomund ab und machte ein genießendes Geräusch.

Eva blickte ihrer Mutter in die Augen und Zufriedenheit bildete sich in ihren Zügen ab. „Ich hab dich lieb."

Diane schossen die Tränen in die Augen und ihre Wangen wurden rot. Sie beugte sich schnell vor und küsste Eva auf die Stirn, um ihre Emotionen vor ihrer Tochter zu verbergen.

„Ich hab dich auch lieb, mein Schatz", flüsterte sie ihr ins Ohr. „Sehr sogar."

„Kannst du mich jetzt wieder loslassen. Ich würde gerne weiter trinken", sagte Eva plump.

Diane lachte auf und zog sich zurück.

„Na klar", sagte sie und wischte sich mit dem Pullover über das Gesicht, um die Tränen zu trocknen.

„Ich häng die Wäsche auf Schatz, ok?"

„Okay", erwiderte sie knapp.

Sie verließ den Raum und drehte sich noch einmal um. Sie beobachtete wie Eva selig in ihrem Shake versank und zufrieden die Bilder auf dem Laptop betrachtete. Sie nahm einen erneuten tiefen Schluck und lächelte glücklich als sie den Drink absetzte. Wie konnte man dieses Lächeln nicht lieben. Es war ehrlich, absolut und rückhaltlos.

Kapitel 1
Berlin

Die dunkle Gestalt bewegte sich leise und geschmeidig durch die verlassenen Straßen, der um diese Zeit nur noch durch das diffuse Licht der Straßenlaternen beleuchteten Stadt.

Ihre zielstrebigen Schritte führten sie schließlich auf einen Parkplatz auf dem einige Taxen standen und unter dem eine Straße entlang führte, die in das um diese Zeit eher ruhig schlagende Herz des politischen Zentrums Deutschlands führte – Berlin. Ihm gegenüber lag ein vielstöckiges Hotel, deren graubrauner Außenputz doch stark an die Häuserfassaden Ostdeutschlands zur Zeiten der DDR erinnerte.

Hinter ihm ragte die Eingangshalle des Berliner Flughafens auf.

In der kühlen Nachtluft des Spätfrühlings gefror ihr Atem und bildete weiße Wolken, die in der Luft herumwaberten, als wären es Gespenster, die den Weg der Person kurzzeitig nachzeichneten.

Als die Gestalt die großen elektrischen Glastüren des Flughafens erreichte schnaufte sie leicht, ob des Gewichts des Gegenstands, den sie mit sich führte.

Die Person schritt auf die Türen zu und diese zogen sich in die Wände zu beiden Seiten zurück und gaben den Blick in eine – zumindest aus diesem Blickwinkel völlig verlassene – Eingangshalle frei. Er schritt hindurch und warf einen Blick in alle Richtungen.

Links von ihm patrouillierte ein Wachmann, hoch über ihm ragte der Flugplan auf, auf dem gerade einmal vier Flüge zusehen waren – das Nachtflugverbot schränkte den Flugverkehr doch erheblich ein, dachte er bei sich, während er weiterhin seine Umgebung aufmerksam sondierte.

Ein Geräusch ähnlich einer Alarmklingel ließ ihn zusammenzucken und brachte sein Herz beinahe zum Stillstand.

Er hielt den Atem an. Als er den Wachmann dann aber in eine andere Richtung davon gehen sah atmete er erleichtert aus und entspannte sich etwas.

Zugleich fühlte er sich etwas sicherer, obwohl seine zitternden Hände und sein kalter Schweiß auf seiner Stirn etwas anderes sagten.

Er wandte sich dann nach rechts, in Richtung einiger Sicherheitsfächer und stieg nach einigen Sekunden eine Rolltreppe zu einer höheren Etage hinauf – die Rolltreppen waren um diese Zeit offensichtlich abgestellt.

Er eilte den Gang entlang und warf einen Blick auf eine riesige digitale Uhr die am Ende des langen Ganges an der Wand hing, deren rote Zahlen aber so groß leuchteten, dass sie auch aus einiger Entfernung zu sehen waren.

Er marschierte um eine Ecke, in eine Nische in der einige Sicherheitsfächer untergebracht waren und in der an der Rückwand eine Tür die Besucher freundlich darauf aufmerksam machte sie nicht zu öffnen und hindurchzugehen:

Dach/
Roof

Nur für autorisierte Mitarbeiter/
Authorized personnel only

Diese Lettern sprangen ihm sofort ins Gesicht, aber er wandte sich ab, kramte einen Schlüssel aus seinem braunen, abgetragen Trenchcoat, einen wie Columbo ihn immer trug, und steckte ihn in das Schloss.

Er nahm den Gegenstand von seinem Rücken, wo er ihn mit einem Schultergurt befestigt hatte, legte ihn hinein, verschloss das Fach sorgfältig und rückte seine Brille zurecht, die durch das Fehlen eines Randes nicht sonderlich auffiel.

Er wirbelte auf dem Absatz herum und schritt zielstrebig auf den Ausgang zu. Er wollte so schnell wie möglich weg hier, denn ein ungutes Gefühl beschlich ihn mit jeder Minute die er hier war.

Erleichtert atmete er auf, als er über den Parkplatz schritt, die Tür eines der wenigen, nahe stehenden Taxis öffnete und sich auf den Rücksitz fallen ließ.

„Unter den Linden", wies er den Fahrer, einen älteren Herrn so um die fünfzig an.

„Gerne", brachte der Fahrer im gebrochen Deutsch mit starkem südosteuropäischem Akzent noch zu Stande, bevor er den Motor einmal aufheulen ließ und dann vom Parkplatz fuhr.

Einige Sekunden später war vom Taxi und dessen Insassen nichts mehr geblieben, außer die Wölkchen Abgas die in der eiskalten Luft umherwaberten wie Gespenster.

Kapitel 2
VAE - Dubai

Die Sonne brannte heiß auf seinem Körper. Es waren keine Wolken am Himmel zu sehen. Er zog seinen Sonnenhut tiefer ins Gesicht, bis nur noch die Nasenspitze darunter hervorlugte. Sein braun gebrannter, wohl geformter Körper ließ ihn zu einem Anziehungspunkt für zahlreiche Frauen werden, die immer wieder versuchten sich an ihn ran zu machen, was er aber jedes Mal – freundlich – abgeblockt hatte. Denn er war geschäftlich hier. Auch wenn es momentan nicht so aussah, denn er lag an einem großen Pool eines Fünf-Sterne-Hotels und ließ sich von den Bediensteten verwöhnen und umsorgen, als ob er ein reicher Futzi wäre, der sein Geld ausgeben musste, da er zu viel davon hatte und sonst ersticken würde.

Nein, er war nicht reich, zumindest nicht so reich wie viele seiner Politikerkollegen oder andere Geschäftsmänner wie Steve Jobs, an den er immer mit etwas Neid dachte, wenn ihm dessen geschätztes Vermögen von fünf Milliarden US-Dollar in den Sinn kam. Jobs hatte es nämlich geschafft das zu erreichen, was er sich immer erträumt hatte. Das Hotel und das Drumherum bezahlte sein Arbeitgeber. Die Regierung der Bundesrepublik Deutschland, genauer gesagt der Sonderausschuss für Abrüstungsfragen – kurz SAF – dem er als Generalsekretär angehörte. Dieser finanzierte diese Reise aus Steuergeldern, und da diese ja bekanntlich in Hülle und Fülle flossen wohnte er eben in dieser Art Unterkunft. Er konnte es also ausnutzen, wenn er schon mal Luxus dieser Art genießen konnte. Sein Sonnenbad am Pool, umgeben von wunderschönen Figuren des anderen Geschlechts – er konnte nur mit Mühe seine Triebe unter Kontrolle halten, auch wenn er bisher jede abgewiesen hatte – würde schon sehr bald ein Ende finden. Bereits in zwei Stunden stand der eigentliche Grund seines Zweitage-Aufenthalts an, ein Gespräch mit einem hochrangigen Regierungsmitglied der Vereinigten Arabischen Emirate. Der Dialog hatte das Ziel, die Emirate dazu zu bringen, dass sie die anderen arabischen Länder dazu brachten, ihre Waffen abzurüsten. Außerdem wollte er erreichen, dass sie kein Öl mehr in politisch instabile Regionen verkauften. Und er, Generalsekretär Wolfgang Scholz, würde seine Reputation noch verstärken, wenn er diese Verhandlungen erfolgreich über die Bühne brachte, was sicherlich dazu führte, dass er politisch weiter aufsteigen konnte. Denn der momentane Kurs der Regierung, war eben nun mal die globale Abrüstung, was einigen Lobbyisten im Lande allerdings nicht gefiel. Aber das war ihm nicht so wichtig, denn er war inzwischen stolz ein Diener seines Vaterlandes zu sein – auch wenn der Beruf Politiker anfangs alles andere als sein Traumjob gewesen war.

Er hatte sich von ganz unten durch den ganzen Sumpf des auf die Schulter klopfen und gute Miene zum bösen Spiel machen durchgekämpft und hatte so manchen Politiker erlebt bei dem es gut war das der größte Teil des Volkes nichts von ihm wusste. Wie auch immer, er war hier nicht zum Vergnügen und sein Sonnenbad nun beendet, denn er wollte auf keinen Fall zu spät kommen. Scholz zog den Hut vom Kopf, stand auf, band sich das Badehandtuch um den Bauch, legte ein kleines Trinkgeld auf den Tisch und ging in Richtung des Hotels zurück.

Ein riesiger, pompöser Kasten, der sich in einem Halbbogen, in mattem Sandsteinrot vor ihm erstreckte. Das Hotel hatte drei Stockwerke und war mindest zweihundert Meter lang. *Diese Verschwendung von Geldern,* dachte Scholz und lief in die Eingangshalle. An der Rezeption holte er sich seinen Schlüssel und stieg dann in den Aufzug, dessen goldene Türen sich kurz hinter ihm schlossen. Er drückte die Zahl für sein Stockwerk: 3, und der Aufzug setzte sich in Bewegung. Als er die Zimmertür gerade aufschloss, schlenderte eine leicht bekleidete Dame mit dunklen lockigen Haaren, die ihr bis über die Schulter hingen, an ihm vorbei und warf ihm einen aufreizenden Blick zu.

„Hey haben se vielleicht Lust aufn Drink in meiner Bude?", fragte sie ganz keck auf Englisch mit leicht arabischem Akzent und zwinkerte dabei mit ihren Augenlidern, so dass es Scholz warm wurde. Ihr wohlgeformter Körper verfehlte seine Wirkung nicht und der Generalsekretär musste mit sich kämpfen, um seine verrückt spielenden Hormone wieder unter Kontrolle zu bringen, denn zum Wohle der Welt musste er ein weiteres Mal verzichten.

„Nein danke, Schätzchen, hab zu arbeiten, vielleicht ein anderes Mal", sagte er, trat ein und schloss die Tür. *Das ich auch immer wieder angesprochen werde, für meine*

45 Jahre muss ich ja noch ziemlich knackig sein. Für sein Alter war er tatsächlich ein stattlicher Mann, mit ausgeprägten Muskeln, einem drahtigen Gesicht und stahlblauen Augen, die wohl ein Grund waren, dass ihn die weibliche Seite so anhimmelte. Aber er hatte nie viel Zeit dafür gehabt, nie eine feste Beziehung gehabt, hatte sich von einem Vergnügen ins andere gestürzt und war so glücklich gewesen. Er sehnte sich nicht nach einer Beziehung. Beziehungen mit Frauen würden es nur verhindern, dass er bei solchen Treffen anwesend war und das wollte er schlicht und ergreifend nicht, ihm war seine Arbeit wichtiger als jede, gottverdammte Frau.

Nachdem er geduscht und sich angezogen hatte verließ er eine halbe Stunde später sein Hotelzimmer und machte sich auf den Weg zu seinem Klienten. Solche Treffen waren bei ihm an der Tagesordnung. Hohe Wirtschaftsvertreter, Rechtsanwälte und Politiker waren ständige Gäste, bis jetzt allerdings war er immer auf heimatlichem Boden gewesen, um die besten Konditionen für diese Beziehungen herauszuhandeln, nun war er im Ausland, hoffentlich erschwerte diese Tatsache nicht alles und er kam mit leeren Händen nach Hause, was den SAF mit Sicherheit nicht freuen würde, und ihn auch nicht.

„Es wird schon schief gehen", seufzte Scholz, als er zu seinem Dienstwagen, den man ihm hier zur Verfügung gestellt hatte, spazierte.

„Es wird schon schief gehen."

Kapitel 3

Der Raum, in dem die Verhandlungen stattfanden, war ein Oval – dem Oval Office im Weißen Haus nachempfunden, wie Scholz mit einem Kopfschütteln bemerkte.

Er trat ein und blickte sich interessiert um. Sein Blick fiel auf die hohen Fenster auf der Gegenseite, die wunderschönes Sonnenlicht in den Raum ließen und die weißen Wände in einem sanften Beige erstrahlen ließ. Bilder aus jedem Zeitalter säumten die Wände, und ließen das Zimmer fast zu einer Art Museum für Kunstgeschichte werden.

In unmittelbarer Nähe konnte von man aus dem Fenster das Meer erspähen und eine gewaltige Yacht, die vor Anker lag. Die größte der Welt, wie Scholz wusste. *Nunja,* dachte er bei sich, *wenn man das Geld hat, warum auch nicht?*

Es standen vier gleiche schlichte Stühle in der Mitte des Raumes, je zwei sich gegenüber.

Als er eintrat erhob sich der Außenminister von Saudi-Arabien und streckte ihm die Hand entgegen. Scholz schüttelte sie kräftig und nickte ihm zu.

Beide wollten sich gerade wieder setzen, als die Tür erneut aufschwang und Kuwaits Wirtschaftsminister und ihr Gastgeber – Scheich Khalifa – den Raum betraten.

Alle schüttelten sich die Hände und nahmen dann Platz. In der Mitte zwischen ihnen stand ein kleiner Tisch mit

Tee, Gebäck und frischen Datteln.

An den Türen standen zwei Wachen, die jeweils von einem Diener flankiert wurden.

Der Scheich räusperte sich.

„Herzlich Willkommen, meine Freunde. Ich freue mich euch hier in Abu Dhabi zu dieser wichtigen Konferenz begrüßen zu dürfen."

Seine Stimme war sanft und stark zu gleich. Er sprach ruhig und ohne Eile in der Stimme. Sein Blick war gerichtet und schaute einen nach dem anderen an.

„Bitte lassen Sie sich von unseren kulinarischen Verlockungen verzücken", deutete er auf das Angebot in der Mitte.

Die Anwesenden nickten ihm zu und murmelten leise ihren Dank.

„Ich möchte unseren deutschen Freund Wolfgang Scholz ganz besonders begrüßen und hoffe, dass wir seinen Vorschlag erhören und umsetzen können. Denn wir alle wollen eine friedliche Welt."

Sein Lächeln war ehrlich, dennoch wirkte es seit Jahren einstudiert und nun leicht aufgesetzt.

Er bedeutete Scholz mit einer Handbewegung zu beginnen.

„Erst einmal vielen Dank an unseren Gastgeber Scheich Khalifa, dass wir derart wichtige Gespräche in seiner fabelhaften Residenz führen dürfe."

Scholz nickte dem Scheich zu und dieser neigte ebenfalls leicht den Kopf.

„Nun, dann fange ich mal an. Wie sie wissen bin ich Vorsitzender des Ausschusses zur Abrüstung in Europa, Amerika und dem nahen und mittleren Osten. –

Hier, ich habe ihnen einige Unterlagen mitgebracht, damit sie mein Anliegen besser verstehen und all das, was ich nicht erwähne später nachlesen können.

Sie repräsentieren drei der einflussreichsten Regierungen in dieser Region und deshalb brauchen wir ihre Unterstützung. Unser Gastgeber hat uns bereits die volle Kooperation zugesichert, denn auch er ist der Meinung, dass die Welt mit weniger todbringenden Waffen eine bessere ist. Ich hoffe", Scholz lächelte kurz und warf einen Blick in die Runde, „das sie nach meinem kleinen Vortrag genauso denken. Denn ich denke, dass es nicht ihr Ansinnen sein kann, dass die Situation – insbesondere in ihrer Region – weiter eskaliert.

Natürlich wird die EU und die USA das Programm tatkräftig unterstützen."

Die Mienen seiner Gegenüber waren undurchdringlich, nur die von Khalifa schien ehrliches Interesse zu zeigen.

„Als erstes sieht das Programm die Beseitigung aller Langstreckenraketen vor", fuhr Scholz ein bisschen reservierter fort.

Saudi-Arabiens Außenminister nahm einen Schluck Schwarztee, während sich Kuwaits Wirtschaftsminister eine Dattel in den Mund schob.

Scholz breitete einige Blätter aus, auf denen die Ziele rot markiert waren und schob jedem ein Papier zu.

„Überfliegen sie bitte unsere genauen Ziele, bevor wir das Gespräch fortsetzen."

Alle nahmen die Papiere zu Hand und begannen zu lesen. Scholz nahm ein Stück Baklava, lehnte sich zurück und lächelte zufrieden.

Noch ist keiner gegangen, der erste Teil ist also geschafft.

Wolfgang Scholz schritt aus dem dreistöckigen Gebäude, welches ein Teil des Regierungskomplexes bildete. Kurz nachdem er die breiten Flügeltüren – die ihn direkt auf die Hauptverkehrsstraße führten – verlassen hatte, bildete sich ein flüchtiges Grinsen auf seinem kantigen Gesicht und er stolzierte die Straße zu seinem Wagen, der auf ihn wartete, um ihn zu seinem Hotel zu bringen, hinab. Es hätte schlechter laufen können, dachte er bei sich.

Wenn's hier nur nicht so heiß wäre.

Er schnaufte und ließ sich auf den Sitz seines Wagens fallen. Er bog in Richtung Hotel ab, in der Hoffnung etwas Kühles dort vorzufinden und sich die letzten paar Stunden bis zu seinem Rückflug noch ausruhen zu können.

Er erreichte das Hotel, ließ den Wagen stehen und stieg aus. Er schritt auf den Eingang zu, passierte den Portier, drückte diesem einige Dollarscheine in die Hand und ging zur Rezeption, um sich seinen Zimmerschlüssel geben zu lassen.

„Ah, Mr. Scholz, Nr. 301, richtig?", fragte die Blondine an der Rezeption, die mit ihrem Augenzwinkern – und strahlend blauen Augen – Wolfgang Scholz schon in dieser kurzen Zeit den Kopf verdreht hatte.

„Ja Maam", sagte er freundlich. Sie gab ihm den Schlüssel und er wandte sich zum gehen. Abrupt blieb er stehen und drehte sich wieder um.

„Haben sie vielleicht etwas Kühles zum trinken, dass sie mir auf mein Zimmer bringen könnten. Ich denke da an Champagner."

Ja Champagner ist genau das Richtige, um mich noch ein wenig zu entspannen, bevor mich der Alltag in Berlin wieder hat.

„Sicher doch, ich schicke jemand zu ihnen."

„Vielen Dank. Übrigens, sie sehen bezaubernd aus."

Die Dame errötete und er wandte vornehm den Blick ab. Als er zu den Lifts schritt, drehte er noch einmal seinen Kopf in Richtung Rezeption und verrenkte sich beinahe den Hals. Die Rezeptionistin schaute zu ihm auf und rasch wandte er den Blick wieder den sich gerade öffnenden Lifttüren zu. Er schlüpfte hinein, wählte sein Stockwerk und wartete. Er hatte ja genug Zeit, seine Arbeit war getan, sein Auftrag vorerst erledigt. Auch wenn die Abrüstung wohl noch eine lange Zeit in Anspruch nehmen würde – und es viele Leute wie ihn geben musste, um die Welt letztendlich zu einem besseren Ort zu machen.

Es war wunderbar. Wenn er jetzt nur endlich Urlaub bekommen würde. *Na ja in drei Wochen ist es ja so weit.* Die Lifttüren öffneten sich und er stieg aus, spazierte auf sein Zimmer und verschwand im Bad. Er zog sich aus und begutachtete seinen gestählten Körper. Er hatte gut auf ihn geachtet. Seine Muskulatur, insbesondere im Bauchbereich war stark ausgeprägt und er war außerordentlich fit, denn er joggte beinahe jeden Tag 10km – außer natürlich auf Dienstreisen – und war stolzer Besitzer eines schwarzen Gürtels in Karate. Wenn es darauf ankam konnte er sich also wirksam verteidigen. Er stieg in die Dusche und zog den Vorhang vor, so dass nur noch der schemenhafte Umriss seines Körpers zu sehen war.

Früher hatte er sogar tatsächlich in der Waffenbranche gearbeitet. Aber er hatte sich davon abgekehrt, nachdem er gesehen hatte, was diese Waffen alles anrichteten.

Sein Gewissen hatte sich gemeldet und er verzichtete lieber auf eine Menge Geld und hatte ein beruhigtes Gewissen, als dass die Eingeweide unzähliger unschuldiger Kinder an seinen Händen klebten.

Ein Klopfen brachte ihn davon ab, den Duschhahn aufzudrehen. „Wer ist da?", rief er.

„Zimmerservice, ihre Flasche Champagner, Sir", erklang die zarte Stimme eines jungen Mannes hinter der Tür.

„Ah, wunderbar, warten sie ne Sekunde, bin gleich da!"

Er zog sich wieder an, verließ das Bad und öffnete die Tür.

„Sir, wo soll ich sie hinstellen?", fragte der Hotelangestellte höflich.

„Einfach da auf den Tisch, vielen Dank."

Der Bedienstete stellte die Flasche und zwei Gläser ab, dann verbeugte er sich.

„Sir".

Er richtete sich wieder auf und wollte gerade das Zimmer lautlos verlassen, als ihn Scholz am Arm festhielt.

„Hier, das ham se verdient." Sein Englisch war eher

schlecht als Recht und sein Berliner Akzent kam deutlich zum Vorschein, aber es genügte, um sich überall auf der Welt verständlich zu machen.

Er drückte dem Araber einen Zehn-Dollar-Schein in die Hand und ließ dann dessen Arm wieder los.

„Danke Sir", sagte er strahlend und verließ das Zimmer mit einem breiten Grinsen. *Wie leicht es doch ist Menschen glücklich zu machen, nur mit ein bisschen Trinkgeld.*

Er ging ins Bad zurück und startete einen zweiten Versuch sich ein bisschen Abkühlung zu gönnen. Als das kühle Wasser über seinen Körper floss, fühlte er Genugtuung. Er hatte der Welt wieder einmal in irgendeiner Weise geholfen – so hoffte er zumindest. Das musste doch etwas wert sein. Nach einer ausgiebigen Dusche – die Sage und Schreibe eine halbe Stunde gedauert hatte – war er vollends von der Hitze erholt und stieg erleichtert aus der Duschwanne. Er schnappte sich ein Handtuch vom Halter und schlang es um sich. Vor Wasser triefend verließ er das Badezimmer und hinterließ dunkle Wasserflecke auf dem hellen Perser als er sich auf sein Bett setzte. Er trocknete sich ab, rubbelte sein Haar trocken so gut es ging und verließ dann sein Apartment, um, nur mit Unterwäsche und einem kurzärmeligen Hemd bekleidet, sich auf seinem – mit Meerblick ausgestatteten – Balkon zu sonnen und die letzten paar friedvollen Stunden vor seinem Abflug zu relaxen. Als er auf die Außentür zuschritt, die ihn auf den Balkon führen würde, griff er sich den Champagner mit samt einem Glas und versuchte im Gehen bereits die Flasche zu öffnen, was jedoch misslang. Auf dem Balkon goss er sich ein Glas des edlen Getränkes ein und versank im dort stehenden Rattansessel.

Eine Stunde später rappelte er sich auf – leicht benebelt vom kurzer Powernap, das er gehalten hatte – packte seine wenigen Habseligkeiten zusammen und rief die Hotelrezeption an, dass sie ihm ein Taxi bestellte. Leider war die junge Dame von vorhin nicht mehr da. Eine raue Männerstimme antwortete und sagte ihm, dass das Taxi in etwas zwanzig Minuten da sein würde. Also stellte er seinen Koffer an die Tür und ließ sich noch einmal auf das Bett sinken. Er warf einen Blick auf seine Armbanduhr, die 16:10 Uhr anzeigte. Sein Flug startete um 18:45 Uhr und er würde so gegen 3:00 Uhr nachts am Berliner Flughafen Tegel eintreffen. Dort stand sein Wagen, mit dem er auf direktem Wege die knapp fünf Kilometer zu seiner Berliner Dienstwohnung zurücklegen würde, um dann wahrscheinlich völlig erschöpft ins Bett zu fallen.
Fünfzehn Minuten später schnappte er sich seinen Koffer und sein übriges Handgepäck, nur eine Tasche mit ein paar Wasserflaschen und einem Rasierapparat, sowie eine Schachtel American Cookies, die er über alles liebte und der er sich regelmäßig gönnte. Man konnte fast sagen, dass er süchtig danach war. Er verließ sein Zimmer und fuhr ins Erdgeschoss, um dort auszuchecken. Er gab seine Schlüssel ab, ließ großzügig Trinkgeld an der Rezeption, bedankte sich und verließ das Haus in Richtung schwüle, heiße Außenwelt. Er stieg ins Taxi und dieses brauste zum

Flughafen davon. Die Fahrt würde circa dreißig Minuten in Anspruch nehmen, in der Zeit konnte er seine Neuigkeiten – ob sie nun gut oder schlecht waren, sollten andere beurteilen – in die Welt hinausposaunen. Genauer gesagt seinem Freund Steven Barrett, ebenfalls ein Mitglied des SAF und ehemaliger amerikanischer Marine, der inzwischen die deutsche Staatsbürgerschaft besaß.

Er tippte die Nummer in sein iPhone und lauschte dem Wählzeichen. Einige Sekunden später hörte er ein Räuspern, ehe er die vertraut tiefe Stimme seines langjährigen Freundes und mittlerweile auch Kollegen, hörte. Die zwei hatten sich bei einem Einsatz kennen gelernt, als Scholz noch an den deutschen Waffenexporten beteiligt war und sie einen Test einer seiner Waffensysteme durchführten. Barrett klang etwas verschnupft.

„Wolfgang, mein Freund, was gibt es?"

„Hey Steve, die Parteien haben eingewilligt sich erneut zu Treffen und sind bereit die Rüstungsexporte zu verringern und Saudi Arabien denkt sogar darüber nach ihr Arsenal zu verkleinern. Jetzt müssen nur noch die USA und auch Russland wirklich mitmachen – und nicht immer nur labern. Dann haben wir eine Chance, dass unsere Kinder in einer friedlicheren Welt aufwachsen, als wir es mussten.

„Das sind ganz gute Nachrichten Wolfi, würde ich sagen. Wann bist du wieder zuhause?"

„So gegen drei Uhr morgens."

„Alles klar, dann noch eine schöne Heimreise ... und wir sehen uns morgen früh zum Frühstuck. So wie immer?"

„Ja, natürlich Steve, bis morgen."

Er legte auf und steckte sein iPhone wieder in die Hosentasche. Er warf einen erneuten Blick auf seine Armbanduhr und hoffte – jetzt, wo sein Auftrag erledigt war – die Zeit würde schneller voranschreiten, damit er schneller wieder zuhause sein konnte. Zwar liebte er die Sonne, aber er die schönen Tage verbrachte er doch lieber am Wannsee oder an der Spree, als im persischen Golf. Diesen Wunsch würde Wolfgang Scholz allerdings noch bereuen.

Zehn Minuten später erreichte er den Flughafen Dubai International in Dubai. Er verließ das Taxi schritt zügig zur Gepäckannahme; das Ticket hatte er bereits. Zum Glück, denn sein Flug ging bereits in gut einer Stunde und er wollte diesen Flug auf keinen Fall verpassen. Die freundliche Dame, eine schwarze Araberin mit lockigem Haar lächelte ihn freundlich an, nahm sein Gepäck entgegen und wies ihm die Richtung für seinen Flug. Er schlenderte zu seinem Terminal, wo er auf den Stühlen vor dem Gate 17, welches der Zugang zu seinem Flug EK043 von Emirates über Frankfurt nach Berlin war, wartete. Dieser Flug brachte ihn wieder in seine Heimat, seine geliebte Heimat. Trotz all der Intrigen, Machenschaften und Machtkämpfe der Politiker und Wirtschaftsbosse liebte er sein Land und insbesondere Berlin, wo dies alles noch viel stärker war. Vielleicht liebte er dies alles ja auch gerade deswegen. Er war sich nicht sicher.

Als eine Stunde später das rote Laufband über dem

Tunnel zum Flugzeug: boarding, einsteigen, entrar und دخول anzeigte, erhob sich Wolfgang Scholz und ging an Bord der Maschine. Während er sein Handgepäck über seinem Sitz verstaute dachte er keine Sekunde darüber nach, das dies sein letzter Flug werden könnte. Stattdessen dachte er: *Endlich wieder nach Hause.* Mit einem breiten Grinsen ließ er sich in den Sitz fallen.

Kapitel 4
Berlin

Die Regenwolken über Berlin wurden immer dunkler, der Regen immer heftiger. Es traute sich kaum noch einer auf die Straße. Kaum. Denn in diesem prasselndem Regen kam eine Gestalt aus einer Seitenstraße, sprintete die lange Hauptverkehrsstraße entlang und verschwand, mit über den Kopf gezogener Kapuze – die an seinem langen Regenmantel befestigt war – in einer weiteren Seitenstraße, die einige hundert Meter entfernt lag. Als sie die Seitenstraße erreichte, verlangsamte sie ihre Schritte und zog die Kapuze noch tiefer ins Gesicht. Zielstrebig schritt sie auf ein Haus zu und stieg die wenigen Stufen bis zur Haustür mit Bedacht hinunter. Während er seinen Schlüssel suchte und die Tür aufschloss, schaute er sich immer wieder nervös um, als ob er unter Verfolgungswahn litt.

Er schlich ins Haus, knipste das Licht an und warf den Regenmantel in eine Ecke des Hausflurs. Dann machte er sich auf den Weg in die Küche, um sich dort seine Leibspeise zuzubereiten – Erdnussbuttersandwich – er liebte Erdnussbutter.

Als er sein Mahl beendet hatte, verließ er die Küche, nahm einen großen Teller mit und stolzierte in Richtung einer Tür, die zu dem kleinen Keller führte, der sich unterhalb des Hauses verbarg und von dem niemand wusste, außer ihm. Er ging die knarzenden, alten Holzstufen hinunter und zündete eine Kerze an, denn hier unten gab es kein elektrisches Licht. Zwei Türen führten von dem kleinen Kellerflur ab, eine links und eine geradeaus. Er nahm die Tür links von ihm, öffnete sie mit einem breiten Schlüssel, der am vorderen Ende eine Art Haken besaß, der einem Angelhaken ähnelte und schloss auf.

Er zündete eine weitere Kerze an und stellte beide auf den kleinen Tisch, der zwischen zwei Regalen stand, die auf beiden Seiten des Raumes jeweils die komplette Wand einnahmen und bis kurz unter die Decke ragten. Eine silberne Box wurde von ihm aus dem Regal genommen und auf den Tisch gestellt. Er öffnete sie und lächelte triumphierend. Hier lagerten seine wichtigsten Unterlagen für die Durchführung seines Plans. Diese Box durfte auf keinen Fall irgendeinem Fremden oder der Polizei oder wem auch immer in die Hände fallen, sonst war es sehr wahrscheinlich aus mit seinem wunderbaren Plan. Und das durfte auf keinen, auf gar keinen Fall geschehen, denn er hatte so lange so hart dafür gearbeitet endlich diese Sache zu beginnen - er hatte beinahe darum gebettelt diesen Auftrag ausführen zu dürfen - dass jetzt einfach nichts mehr schief gehen konnte, ja durfte. Er brauchte das Geld, um sich endlich seine Lebensträume erfüllen zu können. Er nahm einen Batzen Papier heraus und breitete ihn vor sich auf dem kleinen, mit Schrammen versehenen Holztisch, dessen viertes Bein aus zwei Dutzend Bücher bestand, die man übereinander gestapelt hatte, aus. Er entschloss sich für zwei der Papiere und zog sie näher zu sich heran, in den Schein der Kerzen. Auf dem einen Stück Papier war ein Mann zu sehen mit Schnauzer und einem kantigen Gesicht, das komplett von einem Grinsen eingenommen wurde, dass sehr selbstsicher wirkte. Auf dem anderen Papier, waren zwei Adressen, ein Restaurant und zwei Telefonnummern eingetragen.

Er nahm die Unterlagen faltete sie drei Mal in der Hälfte – eine Angewohnheit, die ihm sehr sicher vorkam – und steckte sie in die Hosentasche. Dann blies er die Kerzen aus, stellte die Box mitsamt Restinhalt wieder zurück ins Regal verließ den Raum, schloss ab und schritt die Dutzend Stufen zu der Wohnung über ihm wieder hinauf. Dort machte er sich ein weiteres Sandwich – er konnte einfach nicht widerstehen – nahm seinen Mantel vom Boden auf und streifte ihn sich über. Er knipste das Licht aus und schloss die Haustür zweimal ab. *Nur zur Sicherheit,* dachte er. Dann eilte er die Stufen zur Straße hinauf, zog sich die Kapuze wieder ins Gesicht und spazierte durch den donnernden Regen davon in Richtung Hauptstraße. Er warf einen Blick auf seine Armbanduhr und lächelte freudig erregt.

Endlich geht es los.

In einen langen Regenmantel gehüllt tauchte er hinter einer Häuserecke auf und hielt mit langen, zielstrebigen Schritten auf die Eingangshalle des Flughafen Berlin-Tegel zu. Der Wind peitschte ihm den Regen heftig ins Gesicht und er zog seine Kapuze tiefer ins Gesicht, um sich zu schützen. In dem Flughafen hatte er ein Schließfach, es befand sich in der hintersten Ecke und wurde heutzutage nicht mehr genutzt. Er hatte es einem

Wachmann vor zwei Jahren abgekauft und nun musste er ungesehen dort hingelangen, um den einzigen Gegenstand, den das schäbige Fach beinhaltete, herauszuholen. Er erreichte die Glastüren, die ihn in die Eingangshalle leiten würden und ging hindurch. Dann wand er sich nach links, um zum alten Gebäudekomplex zu kommen, dem Terminal 1. Dieser Bereich wurde kaum noch benutzt, teilweise als Lagerraum für verlorene bzw. vergessene Koffer. Als er durch die fast leere Halle schritt folgte ihm ein Augenpaar, welches auf einem Stuhl in der Wartezone saß. Offenbar wartete er auf jemanden der alsbald mit dem Flugzeug ankam. Er setzte seinen Weg in Richtung Schließfach entschlossen fort und versuchte nicht auf den Mann zu achten, der ihm immer noch nachstarrte.

Was war das für ein komischer Typ, dachte Steven Barrett und ließ seinen Blick hinter ihm herschweifen. Dieser Mann den er beobachtete verhielt sich ganz seltsam, sehr vorsichtig und darauf bedacht, so kam es ihm jedenfalls vor, unbeobachtet zu bleiben. Wie auch immer, es gab immer irgendwelche Spinner.
„Vergiss ihn am Besten", sagte er zu sich selbst.
Er hatte sich entschlossen seinen alten Freund hier abzuholen, um noch einen auf gute Zeiten zu trinken und wenn Wolfgang Scholz zu müde dafür sei, würde er kurz mit ihm über die Verhandlung plaudern und ihn dann in seine wohlverdiente Bettruhe entlassen. Inzwischen war es kurz vor drei Uhr morgens, so zeigte es zumindest die große Uhr, die am Eingang zur Flug-

halle hing. Es befanden sich kaum Leute hier, was um diese Uhrzeit verständlich war. Nur zwei weitere Personen – eine ältere Frau und ein junger Mann Ende zwanzig – saßen mit ihm in der Wartezone. Durch das Plexiglas sah er einige Dutzend Menschen, die gerade die letzte Maschine bemannten, bevor bis um 6:30 Uhr keine mehr starten würde. Er rückte sich zurecht, machte es sich bequem und schlug die Abendausgabe einer Berliner Tageszeitung auf, um sich die Wartezeit etwas zu verkürzen.

Als er zu lesen begann hatte er die flüchtige Begegnung bereits vergessen.

Erschrocken darüber, dass ihn jemand gesehen hatte, eilte er nun durch den langen Korridor, um so schnell wie möglich das Schließfach zu leeren. Immerhin war es bereits kurz vor drei. Um drei landete die Maschine und wenn alles glatt ging war Wolfgang Scholz dreißig Minuten später am Ausgang, wie er hoffte allein. Er bog um eine Ecke und das Schließfach lag vor ihm. Er warf einen erneuten Blick auf die Flughafenpläne, um sich seinen Fluchtweg noch genauer einzuprägen und die richtige Treppe und Dachluke zum Dach zu nehmen. Als er sicher war, dass er alles wusste, verstaute er die Sachen wieder in der silbernen Box, aus der er sie zuvor genommen hatte. Er wandte sich mit gespanntem Blick und angespannten Muskeln wieder seinem Schließfach zu. Es war ein anderthalb Meter hoher Stahlschrank, der eine zerbeulte Tür besaß und überall an den Seitenwänden Schrammen aufwies. Er fummelte den Schlüssel aus seiner Tasche und schloss auf. Das Gewehr fiel ihm beinahe entgegen. Das Scharfschützengewehr, ein Dragunow vom Kaliber 308 Winchester, die zehn Patronenmagazine hatte, hatte er vor zwei Jahren erworben, um es für mannigfaltige Dinge zu benutzen, für sein heutiges Vorhaben war es perfekt geeignet. *Mit einer Mündungsgeschwindigkeit des Projektils von 850 m/s sollte das doch ausreichen,* dachte er, *850 m/s sind eine gewaltige Geschwindigkeit, nicht wahr?*

Er nahm noch die Munition heraus, schloss den Schrank wieder ab und machte sich auf den Weg zu der Leiter die einige Meter den Gang hinunter auf das Dach der Eingangshalle führte. Diese Treppe war nur für Einsatzkräfte, aber das war ihm egal. Er hatte diese Treppe in den letzten drei Wochen ausgiebig beobachtet und um diese Zeit war hier niemand, außerdem war die Tür nachts nie verschlossen, was nur zu seinem Vorteil war. Er schritt in Richtung Treppe und lächelte angesichts seines Vorhabens. An der Treppe angelangt, stieg er die vierzig Stufen hinauf, öffnete eine Stahlluke, die direkt auf das Dach führte – mit einem in die Wand eingelassenen Stahlhebel – und stopfte sich die Munition in die Taschen. Er hatte Ersatz mitgenommen falls er es brauchte, was er nicht glaubte. Er durfte nicht versagen, wahrscheinlich hatte er keine zweite Möglichkeit wenn er beim ersten Mal nicht traf. Er beruhigte sich, sagte sich das alles gut verlaufen würde und kletterte auf das Dach des Flughafens. Dort bezog er sofort an der günstigsten Stelle Posten, von wo aus er alle drei Eingänge gut im Blick hatte. Die Stelle hatte er sich ebenfalls schon vor einigen Tagen ausgesucht, seitdem er wusste, dass der Sekretär hier und heute am Flughafen ankommen würde. Er legte das Gewehr auf eine Halterung, lud es, überprüfte noch einmal alles gewissenhaft und setzte sich dann auf das Hallendach. Der Regen trommelte auf seinen Mantel, aber es störte ihn nicht, zumindest im Moment. Er wartete.

Der Flug EK043 landete pünktlich um 3:00 und Wolfgang Scholz stieg erleichtert und gleichzeitig körperlich erschöpft aus dem Flugzeug. Der lange Flug und die Verhandlung hatten ihn doch mehr mitgenommen, als er gedacht hatte. Er machte sich auf den Weg zur Gepäckausgabe, was um dies Zeit schnell gehen würde, da erstens seine Maschine nur halb voll war und zweitens nur eine andere Maschine um diese Zeit gelandet war. Er freute sich auf sein Bett. Er hätte nie damit gerechnet, dass er es nie wieder sehen würde.

Steven Barrett stand auf um sich die Füße zu vertreten. Mit einem herzhaften Gähnen besah er sich die Uhr, die inzwischen schon 3:22 anzeigte. In diesem Augenblick erschienen die ersten Passagiere aus der Maschine, die in Dubai gestartet war. Die fünfte Person, die durch den Zoll kam, war einer seiner besten Freunde und Kollege, Wolfgang Scholz.

„Hey Wolfi", rief er und winkte wedelnd mit seinem Arm.

„Steve, was zum Teufel machst du denn hier?", fragte er, ehrlich erfreut seinen Freund jetzt schon zu sehen.

„Ich dachte, ich hol dich ab. Vielleicht willst du mir

bei einem Drink alles erzählen."

„Jetzt?", fragte er ungläubig. „Hast du mal auf die Uhr geguckt Steve, wir ham fast vier Uhr morgens. Zum Teufel ich bin hundemüde, lass uns morgen über alles sprechen, bitte ja?"

„Klar, kein Problem", sagte Barrett gähnend und musste lachen. „Siehst ja, ich bin selbst kaum noch in der Lage die Augen offen zu halten. Lass sie uns beide zu machen und schlafen gehen. Hast du deinen Wagen hier?"

„Ja, und wie kommst du nach Hause?"

„Bin auch mim Wagen hier, mach dir ma keine Sorgen um den guten alten Stevie, wir sehen uns dann morgen. Ich muss jetzt wirklich die Augen zu machen." Aber Steven Barrett würde die Augen nicht zu machen, die ganze Nacht nicht und den ganzen nächsten Tag auch nicht.

Er justierte das Gewehr noch einmal und warf einen Blick auf die Armbanduhr: 3:27 Uhr. Er müsste jeden Moment kommen. Und dann sah er sie. Der Sekretär war nicht allein, der Mann der ihn eben so durchdringend angeschaut hatte war bei ihm, aber das war kein Problem, alles würde nach Plan verlaufen. Er legte sich flach auf den Boden und schaute durch die Zieloptik, um sein Opfer optimal zu treffen. Es war soweit.

Barrett und Scholz gingen schweigend zum Ausgang – Scholz schlurfte seinen schweren Koffer hinter sich her – und ließen beide ihre Köpfe hängen, als Zeichen der

Müdigkeit. Sie traten gerade ins Freie, als Barrett das Schweigen brach während sie die Treppen zum Parkplatz hinunter liefen und ins Schussfeld des Gewehrs gerieten, von den sie beide nicht mal die leiseste Ahnung hatten, dass es existierte.

„Man bin ich müde, hast du …"

Er brachte seinen Satz nie zu Ende. In diesem Moment löste sich eine Kugel aus dem Gewehr, schoss die Mündung entlang und traf keine Sekunde nachdem sie diese verlassen hatte die rechte Seite von Scholz' Kopf, der an dieser Stelle auseinanderplatze. Blut und Gehirn spritzten überall auf Barrett und er warf sich auf den Boden, um sich vor weiteren Kugeln zu schützen, während neben ihm die entstellte Leiche seines besten Freundes zu Boden sank, wie eine leere Hülle, die man weggeworfen hatte. Er schaute sich überall um, fand jedoch niemanden der den Schuss abgegeben haben könnte. Nach einer Minute reglosem Liegen wagte er es wieder aufzustehen – doch der Schütze war zu diesem Zeitpunkt längst vom Dach verschwunden – zog sein Mobiltelefon aus der Tasche und wählte die 110. Ganz bleich setzte er sich auf eine Treppenstufe.

Ihm war speiübel.

Sich die Hände reibend schlich er die Dachtreppe nach unten zu seinem Schrank und legte das, unter einem falschen Namen gekaufte, Gewehr mitsamt Munition hinein und schloss erneut ab. Dann lief er einen Gang entlang und trat durch eine Notfalltür ins Freie. Inzwischen hatte es beinahe aufgehört zu regnen. Ihm war kalt, aber das war unbedeutend. Er hatte sein erstes

Ziel erfolgreich erreicht, nun war es an der Zeit diesen Triumph ausgiebig zu feiern und sich dann auf die nächste Aufgabe zu konzentrieren, die ungemein schwerer sein würde, das wusste er. Er verließ das Flughafengelände, schlich durch eine Seitenstraße und gelangte schließlich zu seinem dort abgestellten Wagen. Ein alter, blauer Audi 80 mit Rostflecken überall am Lack. Er liebte ihn, wenngleich er sich gerne auch ein neues Auto gegönnt hätte, aber das war im Moment leider nicht drin. Noch nicht. Er stieg ein und fuhr breit lächelnd in die Dunkelheit davon.

Kapitel 5

Zwanzig Minuten nach seinem Anruf waren die Polizisten mit zwei Streifenwagen und insgesamt fünf Beamten am Flughafen. Ein Krankenwagen war außerdem dort. *Sie hätten gleich einen Leichenwagen mitbringen sollen,* dachte Barrett sarkastisch und immer noch völlig entsetzt über die Hoffnungslosigkeit, angesichts des Todes seines Freundes. Er saß an der Kante des Krankenwagens und sein leicht verletztes Gesicht war von unzähligen kleinen Pflastern übersät, die die Schürfwunden überdeckten, die er sich beim auf den Boden werfen zugezogen hatte.

Die Polizei hatte den Tatort abgeriegelt und die Beweise weitgehend sichergestellt. Ein Spezialteam der Spurensicherung war hierher unterwegs, außerdem hatte man das BKA verständigt, da es sich um einen Politiker handelte, der hier auf dem Boden lag und dem Teile seines Gesichtes fehlten. Die Polizisten hatten ihn inzwischen mit einer Plane abgedeckt, aber Barrett war trotzdem immer noch so übel, dass er dachte, er müsse sich jederzeit übergeben.

„Herr …, sie haben uns gerufen, ja?", rief ein Polizist Barrett zu.

„Mein Name ist Steven Barrett, ich bin Mitglied des SAF, ich *hab'* sie rufen lassen", sagte er mit schwacher zittriger Stimme ohne den Polizisten anzuschauen.

„Sie müssen uns einige Fragen beantworten, kommen sie mal hier rüber. Unser Spezialteam ist gleich da, am

Besten fahren wir ins Präsidium."

„Ich würde am liebsten nach Hause und das hier alles im Schlaf vergessen, wissen sie?", sagte er, während er auf den Polizisten mit wackeligen Beinen zu stolperte.

„Das wird leider nicht möglich sein. Ich fürchte sie werden in den nächsten Stunden keinen Schlaf finden. Sie sind der einzige Zeuge einer Hinrichtung, anders kann man das ja wohl kaum nennen."

Barrett seufzte nur, zu schwach um etwas zu antworten oder den Argumenten des Polizisten etwas entgegenzusetzen.

„Wie sie meinen", gab er sich dann schließlich geschlagen.

Er ging zum Polizeiwagen und schaute auf die Uhr in seinem Mobiltelefon. *Oh mein Gott,* dachte er, *3:47 Uhr, warum bin ich nicht im Bett.* Verzweifelt stieg er in den Wagen und zwei Polizisten gesellten sich dazu. Der Mann, der ihn angesprochen hatte, setzte sich hinters Steuer, legte den Gang ein und fuhr los. *Na das kann ja noch was werden,* sinnierte Barrett und lehnte sich todmüde in den Sitz der Rückbank zurück.

Fünf Minuten nachdem Barrett in Richtung Polizeipräsidium davongebraust war, erschienen zeitgleich zwei Mitarbeiter des BKA und die Spurensicherung, die aus einem fünfköpfigen Team bestand. Die Spurensicherung machte sich gleich ans Werk, um noch so viele Eindrücke und Spuren wie möglich zu sammeln.

„Was ist hier los?", fragte einer der BKA-Beamten.

„Mord, die Leiche liegt noch dort", antwortete ein Polizist und deutete auf die Leiche.

„Gab es einen Zeugen?", hakte der Mann nach.

„Ja, der ist mit unseren Leuten aufs Präsidium."

„Verdammt, warum haben sie nicht auf uns gewartet, wir müssen mit ihm reden. Nachdem wir hier alles inspiziert haben werden wir ihn aufsuchen."

„Wie sie wünschen", erwiderte der Polizist ganz pflichtbewusst, wobei er aber die Augen verdrehte. Das BKA hielt sich wohl immer noch für etwas Besseres als ein normaler Polizist. *Diese aufgeblasenen Wichtigtuer,* dachte er und zeigte den zwei Beamten den Tatort, während er ihnen auch das Projektil zeigte, welches den Kopf Wolfgang Scholz' irreparabel beschädigt hatte.

Sie erreichten das Polizeipräsidium, stellten den Wagen vor der Tür ab und stiegen aus. Steven Barrett immer noch auf sehr wackeligen, kraftlosen Beinen, so dass ein Polizist ihm unter die Arme griff und ihn stützte, damit es nicht versehentlich einen zweiten Toten heute Morgen gab, der umgefallen war und sich das Genick gebrochen hatte, weil er gerade einen Mord live miterlebt hatte und sich deswegen nicht mehr auf seinen Beinen halten konnte. Und das auch noch ausgerechnet vor dem Polizeipräsidium.

Die drei gingen durch die braune Holztür in das Gebäude und marschierten durch die erste Tür rechts, zum Büro der zwei Beamten.

„Setzen sie sich", sagte der hochgewachsene Polizist mit den braunen Haaren und einer dicken Brille, die er gerade auf seiner Nase zurecht schob.

„'ne Tasse Kaffee gefällig?", fragte der Andere und machte sich an der Kaffeemaschine zu schaffen.

„Gerne, mit Zucker und ohne Milch", sagte Barrett gähnend und warf einen Blick auf den Schreibtisch der vor ihm stand und mit Akten nur so zugemüllt war. Er ließ seinen Blick durchs Zimmer schweifen und bemerkte dabei, dass es hier überhaupt ziemlich unordentlich war. Dort lag eine Zeitung auf dem Fußboden, da ein Coladose. Die verwelkten Blätter der wenigen Pflanzen lagen beinahe über das ganze Zimmer verteilt und die Zimmerfenster – die zur Straße hinzeigten – waren so verschmiert, dass er Mühe hatte die Straßenlaternen draußen zu erkennen.

„Wir möchten uns erstmal vorstellen", brachte der Braunhaarige hervor, als er den Kaffeebecher vor Barrett abstellte.

„Ich bin Kommissar Donovan und das ist mein Kollege Stürmer", sein Finger wanderte zu dem Mann der sich gerade auf einen Stuhl gesetzt hatte. Dieser lächelte Barrett an und versank dann mit der Nase in seinem Kaffee.

„Und sie sind Steven Barrett, richtig", fuhr Donovan fort, „ein Politiker, ein sehr sympathischer wie ich finde, ich verfolge so gut es geht alle ihre Reden und, meiner Meinung nach haben sie schon ziemlich viel Positives getan."

„Wenn sie das sagen, aber könnten wir bitte zur Sache kommen, ich habe gerade einen Freund verloren und Deutschland einen wichtigen Unterhändler und Sekretär. Wir, genau genommen *sie* sollten sich darauf konzentrieren, dass sein Mörder gefasst wird. Sie wollen etwas wissen, also schlage ich vor, dass sie endlich fragen." Barrett spie die letzten Worte aus und warf einen verärgerten Blick auf den Polizisten, der nur Augen für seinen Kaffee zu haben schien.

„In Ordnung", sagte Donovan nun etwas distanzierter und begann die Befragung. „Warum waren sie um diese Zeit am Flughafen, Herr Barrett?"

„Ich wollte meinen Freund – Wolfgang – dort abholen, da er gerade von einer Dienstreise zurückkam, es sollte eine Überraschung sein."

„Wann sind sie dort eingetroffen und haben sie etwas Ungewöhnliches bemerkt?"

„So gegen 2:40, seine Maschine sollte ja um 3:00 landen und nein ich habe nichts Außergewöhnliches bemerkt. Als er dann kam sind wir gemeinsam zum Ausgang und als wir die … die", schluchzend brach er in Tränen aus und hielt sich die rechte Hand vor das Gesicht, um es zu verbergen,

„Trep-ppe runter si-sind ist e-ess pa-sss-ie-rt", heulte er.

„Äh, ok danke", stammelte Donovan und reichte Barrett ein Taschentuch, welches er gerade aus seiner Tasche gezogen hatte. Er setzte sich ebenfalls auf einen Stuhl und wartete bis sich Barrett etwas beruhigt hatte, dann fuhr er, vorsichtig, fort.

„Herr Barrett, ich habe leider noch einige Fragen, meinen sie, dass sie das schaffen", fragte Donovan freundlich und besorgt.

„Natürlich, besser alles gleich hinter mich bringen", sagte Barrett mit nun verschnupfter Nase.

„Also gut, ich habe vorerst noch zwei Fragen: Erstens; Wissen sie aus welcher Richtung der Schuss kam?"
Keine Antwort, stattdessen versteckte sich Barrett seuf-

zend in seinem Taschentuch.

„Herr Barrett, ich kann ihre Trauer verstehen, aber eben sagten sie, wir könnten fortfahren, also bitte helfen sie uns den Mörder zu finden, ok?"

Barrett brummelte etwas und Donovan fasste es als ein ja auf und wiederholte seine Frage.

„Wissen sie woher der Schuss kam?"

„Nein, weiß ich nicht, ist das wichtig?"

„Ja, wenn wir es wissen können wir den Standpunkt ungefähr bestimmen und finden dort vielleicht Überreste des Täters, die uns zu ihm führen könnten."

Donovan zögerte einen Moment.

„Nun meine zweite Frage: Hatte ihr Freund Feinde, wissen sie von irgendwelchen Gründen, warum jemand Wolfgang Scholz erschießen wollte?"

Die Standardfrage, dachte Barrett, aber er wusste absolut nichts.

„Keine Ahnung Kommissar, ich kann mir keinen vorstellen der den alten Wolfi so gehasst hätte, dass er ihn umbringt, auch wenn er natürlich bei seiner Arbeit ein paar Gegner gehabt hatte. Ich meine sie waren anderer Auffassung über politische Dinge als er. Aber.. aber…"

Er konnte nicht mehr und brach erneut in Tränen aus. *Irgendein Arsch hatte seinen Freund ermordet und er würde ihn finden und ihm dann die gerechte Strafe zu kommen lassen.* Donovan holte ihn aus seinen Gedanken.

„Vielen Dank, Herr Barrett, wir bringen sie dann nach Hause, wenn sie wünschen!"

„Ja, gerne."

Donovan und Barrett erhoben sich, Barrett bedankte sich für den Kaffee und beide gingen nach draußen zum Wagen.

Als sie das Präsidium verließen, eilten ihnen zwei Beamte des BKA entgegen.

„Herr Barrett", rief einer und eilte auf ihn zu.

„Ja was gibt es?"

„BKA", sagte er und wedelte mit einer Dienstmarke vor Barretts Nase, „Oberkommissar Heinz und", er deutete auf den Mann neben sich, „Oberkommissar Meyer; bitte kommen sie mit, wir haben ein paar Fragen."

„Aber ...", stammelte Barrett.

„Er hat uns bereits alles beantwortet", sagte Donovan, „ich bringe ihn nach Hause."

„Das wird nicht nötig sein", erwiderte Heinz, ein großer, stämmiger Kerl Ende dreißig mit stahlblauen Augen, die in der Dunkelheit funkelten, „wir haben noch einige eigene Fragen, wir bringen ihn dann nach Hause"

„Aber muss das sein?", warf Barrett ein – genervt von der ganzen Scharade und dem Kompetenzgerangel.

„Ich denke es ist in unser aller Interesse, wenn der Täter schnell geschnappt wird und dafür brauchen wir ihre Hilfe. Wenn sie uns nun also begleiten würden."

Heinz wies auf seinen Wagen und wandte sich zum gehen. Seufzend, zu erschöpft, um diesen Kampf zu gewinnen, folgte Barrett den BKA Kommissaren und ließ Donovan allein zurück.

Donovan rollte mit den Augen, drehte sich um und ging in sein Büro zurück.

Kapitel 6

Der dunkle Raum war spärlich belichtet und wurde nur von einer blauen Neonlampe erleuchtet, die den Raum in einen bedrohlich wirkenden Lichtschimmer tauchte. Steven Barrett saß auf einem Holzstuhl, seine Ellenbogen ruhten auf der Tischkante des schweren Stahltisches vor ihm und seine Augen, die inzwischen durch die Müdigkeit gerötet waren schauten in das Gesicht von Oberkommissar Heinz, der noch hellwach schien und gerade einen starken Kaffee schlürfte, dessen Geruch der einzige Grund war, warum Barrett noch nicht eingeschlafen war. Barretts rechtes Augenlid zuckte, als er mit aller Kraft versuchte es noch etwas länger aufzuhalten. Inzwischen war es nach fünf Uhr morgens, die Fahrt hierher hatte eine halbe Stunde gedauert und jetzt saßen sie schon fünf Minuten hier und Barrett musste ein Fragenbombardement über sich ergehen lassen, was ihn noch müder machte und ihn an ein schönes Bett denken ließ.

„Also, noch mal, nur zum Verständnis Herr Barrett. Sie gingen mit Herrn Scholz aus dem Flughafen, hörten einen Knall und ihr Kollege sackte daraufhin zu Boden. Ja, war es so? Denn wenn es so war, wollen sie mir allen Ernstes weiß machen, dass sie überhaupt nichts von seinem Mörder mitbekommen haben, ihn weder gesehen, noch gehört haben?"

Barrett seufze. Warum, verdammt noch mal konnten ihn diese Drecksäcke nicht in Ruhe lassen. Wäre er der

Bundeskanzler gewesen, übrigens auch ein schleimiges Arschloch, das er nicht mochte, hätte die Befragung bis morgen warten können oder wann immer der Kanzler Zeit gefunden hätte. Aber nein, er war nur ein einfaches Mitglied eines politischen Sonderausschusses, um den sich das *ach* so tolle BKA einen Dreck scherte und der natürlich noch nachts um viertel nach fünf zu einem Mord befragt werden musste, zudem er erstmal gar keine Angaben machen wollte, da gerade das Leben seines besten Freundes unfreiwillig geendet hatte.

„Herr Barrett, würden sie bitte antworten!"

„Ja, ja natürlich. Es war genauso wie sie es geschildert haben, ich habe überhaupt nichts bemerkt, ob sie's mir glauben oder nicht ist mir egal."

„Das sollte es ihnen aber nicht sein", erwiderte Heinz in einem scharfen Tonfall in dem eine Eiseskälte mitschwang, die Barrett ein Gänsehaut über den Rücken laufen ließ. „Denn wenn sie etwas damit zu tun haben", fuhr der Kommissar fort, „könnte es eng für sie werden, verstehen sie?"

„*Ich*, etwas damit zu tun. Wie meinen sie das. Sie sind ja *übergeschnappt*", schrie Barrett – während er das letzte Wort nur so ausspie – sein Gegenüber an und schaffte es mit letzter Kraft sich aus dem Stuhl zu erheben und sich über Heinz aufzubauen.

„Bitte setzen Sie sich wieder Herr Barrett, es ist alles in Ordnung", sagte Heinz mit einer Ruhe in der Stimme, die Barrett noch rasender vor Wut machte. Einige Sekunden starrte er ihn genau in die Augen, dann machte sich seine Erschöpfung wieder bemerkbar und er ließ sich zurück auf seinen Stuhl plumpsen.

„Sie müssen mir nur ein paar Fragen beantworten, dann können sie auch schon nach Hause und sich ausschlafen, okay?".

„Okay", antwortete Barrett mit schwacher Stimme, die aber eindeutig signalisierte, dass er überhaupt keine Lust auf diese, nach seiner Ansicht dämliche, Befragung hatte.

„Fahren sie bitte fort Herr Kommissar, ich möchte das hier so schnell wie möglich hinter mich bringen, danke!"

Er verzichtete absichtlich auf die Vorsilbe ‚Ober᾽, um sein Gegenüber ein wenig aus der Reserve zu locken und ihn vielleicht zu einer Dummheit zu bringen, die Barrett zu seinem Vorteil nutzen konnte.

Aber natürlich, war der Oberkommissar zu gewitzt um darauf hereinzufallen.

„Also gut, warum waren sie überhaupt am Flughafen?"

„Das hab ich ihren freundlichen Kollegen eben doch schon erzählt", sagte Barrett genervt.

„Erzählen sie es uns doch bitte noch mal, ja!", entgegnete Heinz freundlich, aber bestimmt.

„Ich wollte meinen Freund, Wolfgang Scholz, dort abholen, denn er kam von einer Dienstreise, ich wollte mit ihm noch etwas trinken gehen, aber er war zu müde und wir entschlossen uns, das Ganze auf morgen zu verschieben.

„Wo haben sie gewartet?", fragte Heinz in ehrlich neugierigem Tonfall.

„In der Eingangshalle; sagen sie mal ist das wirklich wichtig, wir verschwenden doch nur unsere Zeit."

Barrett wollte sich schon wieder erheben, aber Heinz forderte ihn mit einer Handbewegung auf sich zu setzen.

„Ich glaube nicht; sie haben also in der Eingangshalle gewartet, zu Terminal 2, ist das richtig?"

Barrett nickte.

„Und ist ihnen dort etwas Ungewöhnliches aufgefallen, waren Andere dort?"

„Es waren noch zwei Andere dort. Eine ältere Dame und ein junger Herr, die einige Meter von mir entfernt saßen und wie ich annehme dort ebenfalls auf einen Fluggast warteten, da die nächste Maschine ja erst um 6:30 Uhr geht."

Er warf einen Blick auf seine Uhr und stöhnte. In wenigen Stunden musste er schon wieder vor den Ausschuss und eine ausgiebige Rede halten – *über die tolle Leistung von Wolfgang...*

Das hatte sich nun erledigt, wie ihm auffiel. Er würde eine Trauerrede halten müssen und nicht auf die nächsten Schritte des Ausschusses für die globale Abrüstung eingehen.

„Aber sonst habe ich nichts Außergewöhnliches gesehen, gehört oder bemerkt; beantwortet das ihre Fragen?"

„Noch nicht ganz. Als Sie den Flughafen verließen, wie haben Sie ihn da verlassen, ich meine ging Herr Scholz rechts oder links von Ihnen."

„Keine Ahnung, ist auch unwichtig; ich meine wie soll das helfen den Scheißkerl zu schnappen der Wolfi umgelegt hat. Einfach eiskalt umgelegt, können sie sich das vorstellen?", sagte Barrett, mit Wut in der Stimme, die Heinz kurz zurückzucken ließ. Er fasste sich und fuhr fort.

„Ich kann mir *das* sehr gut vorstellen, ich habe nämlich schon einige Mordfälle behandelt", erwiderte Heinz kalt.

„Diese Information ist bedeutend, da wir dadurch herausfinden können aus welcher Richtung der Schuss kam. Zumindest ungefähr. Und wenn wir das wissen finden wir vielleicht den Ort, von wo der Täter geschossen hat und wer weiß, vielleicht hat er dort irgendwas zurückgelassen, das ihn identifiziert!"

„Lassen sie mich nachdenken" sagte Barrett und verzog bei dem Gedanken, noch mal alles in seinem Kopf durchgehen zu müssen, das Gesicht. „Ich glaube, nein, ich bin mir sicher, dass er links von mir ging, aber hmm…"

„Links von Ihnen sagen sie. Der Krankenwagen hat gesagt, dass sie voller Blut und anderer Flüssigkeiten waren. Wenn das stimmt, und davon gehe ich aus", erläuterte Heinz, während Barrett abwesend nickte,

„dann muss der Täter an ihnen vorbei geschossen haben, um Scholz zu treffen. Das heißt, die Kugel muss an Ihnen vorbei geflogen sein bevor sie den Kopf von Scholz sprengte", führte er bedeutungsvoll aus.

„Nur eine leichte Zuckung ihrerseits und *sie* lägen jetzt im Leichenschauhaus. Eine ziemlich riskante Angelegenheit finden Sie nicht? Der Täter hätte eine zweite Kugel riskieren müssen."

„Ja, *und?*, ich hab' nicht mal die Erste gehört, die Zweite wäre bestimmt auch niemandem aufgefallen, oder?"

Heinz runzelte die Stirn: „Ich weiß es nicht, auf jeden Fall muss er eine geübter Schütze sein, um so gut zu zielen, dass die Kugel nur wenige Zentimeter an ihrem Kopf vorbei flog und in den Ihres Partners einschlug. Es war ja ziemlich windig da draußen."

„Na gut, dann war er eben ein guter Schütze, leider ein zu Guter, aber davon gibt es ja wohl genug. Das schränkt die Tätersuche nicht wirklich ein!"

„Vielleicht schon, die Kugel die wir gefunden habe, war großkalibrig, das wissen wir bereits, noch ist sie zwar nicht genauer untersucht, aber sie stammt mit Sicherheit von einem Gewehr mit dem man gut umgehen muss, damit es zu einer solch tödlichen Waffe wird."

Heinz zögerte und dachte einen kurzen Moment nach bevor er fort fuhr. „Die Waffenart wird den Täter vermutlich noch weiter eingrenzen."

„Okay, wunderbar; sagen sie mir wenn sie ihn gefunden haben, ja; damit ich ihn höchstpersönlich *umlegen* kann", sagte Barrett immer noch aufgebracht und voller Wut mit, inzwischen wieder festerer Stimme.

„Herr Barrett, ich glaube nicht, dass solche Methoden – *Selbstjustiz* – hier in Deutschland gestattet sind, also bitte halten sie sich zurück, mischen Sie sich nicht in unsere Arbeit ein, denn wir schaffen das schon gut alleine."

Heinz deutete mit der Hand auf den Stuhl.

„Bitte setzen sie sich wieder hin", bedeutete Heinz Barrett, der sich ein weiteres Mal erhoben hatte und schon beinahe um den Tisch herum gekommen war.

„Ich bin noch nicht fertig."

Heinz leerte seine Kaffeebecher und starrte Barett dann erwartungsvoll an.

„Möchten sie auch einen Kaffee?", fragte Heinz während er seinen Becher empor hob.

„Gern", nuschelte Barrett; dann würde er eben wach bleiben, seine Rede war schon vorbereitet und die Stunde Schlaf die ihm noch blieb würde er mit Kaffee trinken überbrücken.

„Schwarz bitte!"

„Kein Problem." Heinz öffnete die Tür und bestellte zwei Kaffee. Dann setzte er sich und fuhr mit der Befragung fort.

„Herr Barrett, hatte Wolfgang Scholz irgendwelche Feinde von denen er Ihnen erzählt hat?"

Barrett konnte dem durchdringenden Blick von Heinz nicht länger standhalten und wandte den Blick ab.

„Nicht das ich wüsste, ich meine er ist – war", verbesserte er sich, „Politker, da hat man immer eine paar Leute die einen nicht mögen. Wieso beschäftigt sich eigentlich die Bundespolizei mit dem Fall?"

Heinz zögerte und warf seinem Kollegen einen kurzen Blick zu. Nach Barretts Geschmack zögerte er ein klein wenig zu lang.

„Wir haben, sagen wir mal ein Interesse, das die Sache schnell geklärt wird. Deshalb setzen wir alle Ressourcen ein, die wir haben."

Einige Minuten schwiegen beide, dann setzte Heinz wieder an.

„Sie meinen also, bis auf die üblichen Streitigkeiten und Meinungsverschiedenheiten mit manchen Leuten –

vermutlich andere Politiker", er blickte Barrett erwartungsvoll an und als dieser nickte machte er weiter – „hatte Wolfgang Scholz keine Feinde."

Die Worte klangen im Raum nach und Barrett fühlte sich etwas unwohl hier, in diesem kalten, dunklen Zimmer mit der spärlichen Beleuchtung, die einem vermutlich Angst einjagen sollte.

„Wieso?", fragte Heinz mit Nachdruck, „sollte dann jemand sich die Mühe machen Wolfgang Scholz nachts um drei, nach seiner Rückkehr von einer Dienstreise, noch auf dem Flughafengelände und somit ziemlich unbemerkt, umzubringen? Haben sie dafür eine Erklärung Herr Barrett?"

Barrett schüttelte den Kopf, zu Müde um zu reden.

„Außerdem, *woher* wusste dieser jemand, dass Scholz genau um diese Zeit am Flughafen landete. Schreibt der Ausschuss neuerdings seine Staatsreisen auf die Titelseite der *Berliner Morgenpost*", fragte Heinz und der Sarkasmus triefte nur so aus seiner Stimme heraus.

„Natürlich nicht", entgegnete Barrett, empört über die Aussagen und die Frechheit von Heinz sich über die Politik, die ihn doch finanzierte, lustig zu machen.

„Wie kommt es dann, dass dieser jemand davon *wusste?*"

„Ich habe *keine* verdammte Ahnung, kapiert!" Barrett lehnte sich genervt nach hinten und stöhnte leise.

„Gut wenn sie also nichts wissen, meinen sie der Täter wäre das Risiko eingegangen Scholz zu erschießen, wenn Sie doch dabei sind?", fragte Heinz misstrauisch.

„Ich denke nicht, aber das war eine ganz spontane Entscheidung, ich hatte am Nachmittag noch mit ihm gesprochen, kurz bevor er in den Flieger stieg. Und da dachte ich mir, ich überrasche ihn und hole ihn ab", sagte Barrett angespannt.

„Wie rührend", antwortete Heinz mit soviel Sarkasmus in der Stimme, dass es Barrett nicht mehr länger aushielt. Er drückte sich blitzschnell vom Stuhl hoch und sprang behände und mit erstaunlicher Geschwindigkeit, denn er war immerhin schon 54 und meilenweit von seiner Jugend-Form – in denen er den Meisten weit überlegen gewesen war und sich die Mädchen nicht wegen seines Kopfes, sondern seines Körpers wegen um ihn geschlagen hatten – über den Tisch, packte Heinz an der Krawatte und schleuderte ihn zu Boden. Dieser war so perplex, dass er keine Gegenwehr leistete, als Barrett ihn mit dem Rücken gegen die Wand knallte und ihm mit der Krawatte die Luft abdrückte, sodass dieser nur noch ein leichtes, unterdrücktes Stöhnen von sich gab. Keine Sekunde später flog die Tür auf und zwei weitere Polizisten stürmten herein, die Pistolen im Anschlag. Sie senkten ihre Waffen und zielten auf Barrett.

„Lassen Sie sofort den Oberkommissar los, sofort!", spie Meyer aus und trat einen Schritt näher heran. Als Barrett weiter zudrückte, machten beide einen Schritt nach vorne und packten Barrett in den Achselhöhlen. Unsanft zogen sie ihn von Heinz runter und wieder auf die Beine. Sie schoben ihn auf den Stuhl zurück, während Meyer seine Handschellen vom Gürtel löste, die eine Seite am Tisch fest machte und die andere Hälfte um Barretts linken Arm legte und verschloss. Dann starrte er Barrett bedrohlich in die Augen, währ-

56

end Heinz sich wieder aufrappelte und schwer nach Luft rang, als er seine völlige zerknäulte Krawatte wieder gerade zog.

„Bitte beruhigen Sie sich Herr Barrett, es ist alles in Ordnung", sagte Meyer mit ruhiger, aber strenger Stimme.

„Wieso, haben sie unseren Kommissar angefallen?" Er half Heinz hoch, während sein Blick allerdings stets auf Barrett gerichtet blieb.

„Antworten sie, verdammt noch mal, wenn man Ihnen ein Frage stellt!", blaffte er.

„Er hat mich provoziert", entgegnete Barrett, immer noch mit vor Zorn bebender Stimme.

„Es war nur eine normale Befragung", erwiderte Heinz nicht ganz wahrheitsgemäß.

„Dieter, ich glaube wir sollten die Befragung fürs Erste beenden und Herr Barrett nach Hause fahren. Immerhin ist es schon weit nach fünf Uhr und Sie, wie auch er müssen sich, glaube ich, dringend mal ausruhen".

Dieter Heinz nickte, während er sich den schmerzenden Rücken und die malträtierte Kehle rieb und auch Barrett wirkte zufrieden endlich hier raus zu dürfen. Meyer löste die Handschellen und zerrte Barrett erneut auf die Beine. Dann führte er ihn zum Ausgang.

„Bitte verlassen Sie nicht das Land, Herr Barrett, wir brauchen sie noch für eventuelle Fragen. Folgen sie mir, wir fahren sie nach Hause."

„Nein, bitte fahren sie mich direkt zu meinem Büro, ja? Ich muss um acht schon dort sein, da lohnt der Weg nach Hause nicht mehr."

„Von mir aus; kommen sie."

Barrett folgte Meyer und stieg erleichtert – froh endlich sich mal mit einem anderen Thema beschäftigen zu können – in dessen Wagen, wo er sofort im Sitz versank. Ohne ein Wort gewechselt zu haben kamen sie zwanzig Minuten später, als sie sich durch den um diese Zeit schon erstaunlich dichten Verkehr gekämpft hatten, an. Barrett betrat das schmucklose Gebäude, folgte der Treppe zu seinem Büro im zweiten Stock, welches im rechten Flügel lag und eines der luxuriöseren im Gebäude war. Ein einzelner Kollege kam ihm entgegen und grüßte, nichts von der schauderhaften Nachricht ahnend, die ihn noch erwartete.

Barrett ging weiter und blieb vor seiner Bürotür stehen. Er kramte nach dem Schlüssel in seiner Jackentasche, fand ihn schließlich und schloss auf. Er knipste das Licht ein, trat über die Schwelle und ließ die Tür hinter sich ins Schloss fallen.

Ein langer Tag wartete auf ihn, *und das nach einer so beschissenen Nacht,* dachte er, während er sich in seinen bequemen Ledersessel fallen ließ und in Gedanken versank.

Kapitel 7

Inzwischen war es Mittag, der Himmel war grau, aber immerhin regnete es nicht. Es war einer dieser Tage, an denen man am liebsten den ganzen Tag vor dem Fernseher hing, ein Tüte Chips in der einen und ein leckeres Getränk in der anderen Hand.

Doch Oberkommissar Heinz war auf dem Weg zu einem schnellen Imbiss; er hatte seit ein paar Stunden einen Höllen Stress und erwartete seine Couch in nächster Zeit nicht zu sehen.

Sein Handy klingelte.

„Heinz", meldete er sich knapp, in der Hoffnung, dass sein Mittagessen nicht ausfallen musste.

„Meyer hier. Die Spurensicherung hat sich gerade gemeldet. Wir haben bereits erste Ergebnisse. Soll ich dich abholen und wir fahren direkt hin?"

„Ja. Ich bin bei Wollie's. Hol mich da ab."

„Ist gut. Bis gleich."

Heinz legte auf und seufzte. Also doch kein Mittagessen, aber die Arbeit ging nun mal vor. Und er hatte genauso Hunger diesen Kerl zu schnappen, wie auf eine der fantastischen Currywürste, die Wollie machte. Ein kleiner Imbissladen, den er seit Jahren aufsuchte.

Er überprüfte seine Haare im Display seines Handys, fuhr sich kurz mit der Hand durch und lächelte zufrieden.

Dann wartete er.

„Haben sie am Telefon schon etwas gesagt", fragte Heinz seinen Kollegen, als sie zur Spurensicherung fuhren.

„Nein, nur das es wichtig sei und wir es bestimmt interessant finden."

Er verdrehte die Augen.

„Geheimnisvoller Verein, die Spusi, he?", fragte Heinz belustigt.

„Das kannst du laut sagen."

Meyer zündete sich eine Zigarette an und blies den Rauch aus dem offenen Fenster.

Die Häuserfassaden rasten nur so an ihnen vorbei und Heinz blickte nachdenklich aus dem Fenster, was die Spurensicherung wohl gefunden haben mochte. Bis jetzt tappten sie völlig im Dunkeln, sie hatten nichts, was zwar am Anfang einer Ermittlung normal war; dennoch hatte er Bauchschmerzen beim Gedanken, dass dieser kaltblütige Kerl ganz unbehelligt davon kommen könnte.

Wer mochte wohl dahinter stecken. Gab es überhaupt ein Motiv? Welches? Und wieso ausgerechnet Wolfgang Scholz?

Das Chaos in seinem Gehirn ergab einfach noch keinen Sinn. Noch konnte er keinen Täter vor sich sehen.

Nichts.

Er hoffte, dass die Spurensicherung, ihm den ersten Brotkrumen zeigen würde.

Kurze Zeit später erreichten sie das Gebäude in dem die Spurensicherung des BKA untergebracht war. Das lang gezogene Haus bestand aus einer großen Glasfassade, die das ansonsten schmucklose Gebäude ein wenig aufpeppte.

Meyer und Heinz schritten über das kurze Rasenstück, welches die gesamte Front säumte und schritten zielstrebig zur Tür.

Dort wurden sie bereits von einem kleinen, untersetzten Mann erwartet.

Seine Glatze glänzte im grauen Licht des Tages und seine Augen zuckten hinter seiner dicken Hornbrille nervös hin und her.

Er wirkte gehetzt und rastlos und machte nicht den Eindruck der Chef eines Polizeiteams zu sein.

Michael Nimmer trat auf die beiden Beamten zu und streckte ihnen seine Hand entgegen.

„Gut, dass sie da sind. Wir haben interessante Erkenntnisse gewonnen."

Heinz und Meyer schüttelten ihm die feuchten Hände.

„Das hoffen wir", sagte Meyer.

Nimmers Augen huschten zwischen den beiden auf und ab. Dann drehte er sich ansatzlos um und schritt den Korridor entlang.

„Folgen sie mir", rief er den beiden im gehen zu.

Heinz und Meyer schauten sich verdutzt an, zuckten die Achseln und machten sich dann auf den Weg dem kahlen Mann zu folgen.

Alle drei traten durch eine doppelte Schwingtür, hinter der ein kalter Raum lag.

Die Wände waren kahl, die meisten Möbel bestanden aus Metall mit glänzenden Oberflächen und das Licht war so düster, dass es Heinz einen leichten Schauer über den Rücken laufen ließ. Er betrachtete Nimmer mit neuem Respekt, denn er konnte sich nicht vorstellen in solchen Räumlichkeiten Tag für Tag zu arbeiten. Er würde verrückt werden.

Hoffentlich sind wir bald wieder hier raus.

„Hier meine Herren. Hier ist unser Topbeweisstück", winkte er die beiden zu einem kleinen Beistelltisch, der im hinteren Teil des Raumes an der Rückwand stand. Er rollte den Tisch zwischen sie und nahm eine Plastikfolie hoch.

„Das hier haben wir auf dem Dach des Flughafens gefunden", begann er.

„Eine Patronenhülse."

„Ja das stimmt", fuhr Nimmer fort. „Es ist das einzige was wir gefunden haben. Keine Fingerabdrücke. An keiner Stelle auf dem Dach. Nicht an der Tür zum Dach. Und auch nicht an der Hülse."

„Wieso ist es dann unser *Topbeweisstück*", fragte Meyer ironisch.

Nimmer überging die Ironie oder bemerkte sie nicht, als er weiter sprach: „Diese Patronenhülse stammt von einem international gesuchten Waffenhändler namens Krustschov.

Heinz hob die Augenbrauen.

„Krustschov? Wir haben länger nichts mehr von ihm gehört und bis jetzt haben wir noch nie etwas gefunden, was ihn belasten würde."

„Das stimmt", warf Meyer ein.

„Dennoch könnte die Hülse darauf hindeuten, dass er hinter der Sache steckt", meinte Nimmer überzeugt.

„Hmm, meiner Meinung nach, zeigt es nur, dass Krustschov inzwischen eigene Patronenhülsen produziert. Jeder könnte sie erworben haben."

Heinz schien nicht überzeugt zu sein.

„Wir sollten trotzdem in diese Richtung ermitteln", schlug Meyer vor.

„Auf jeden Fall. Sonst haben wir ja gar keine Spur. Sonst noch etwas?", fragte Heinz Nimmer, der gerade die Hülse wegräumte.

„Nicht bis jetzt."

„Halten sie mich auf dem Laufenden."

Nimmer nickte und die beiden Oberkommissare verließen den Raum wieder.

„Puh, ich bin froh, dass wir wieder da raus sind. Ich hasse solche Räume."

Meyer grinste kurz und schüttelte den Kopf.

„Was hältst du von der Theorie?"

„Ich weiß nicht, aber Krustschov ist unsere beste Spur. Deshalb müssen wir ihr nachgehen. Keine Frage."

„Gut." Meyer nickte.

„Wir fahren zurück ins Präsidium und holen uns da alle Akten, die wir über Krustschov haben", sagte Heinz.

„Das dürfte nicht viel sein", meinte Meyer resignierend.

„Besser als nichts."

Der Mann seufzte, als er aus dem Gebäude zu seinem auf dem Parkplatz abgestellten Wagen lief.

Das Beobachten und Daten sammeln war mühsam und langweilig. Dennoch war es zweifelsfrei besser, als jede Sekunde unter Dauerbeschuss zu stehen, wenngleich solche Adrenalinkicks auch ihren Reiz hatten – sofern man sie überlebte. Diese Arschlöcher konnten überall lauern und selbst bei etwas so belanglosem wie einer Routineanalyse, musste man auf der Hut sein.

Er lebte nun schon beinahe achtzehn Monate in Prag und hatte die Stadt tatsächlich lieb gewonnen. Sie war Weißgott keine Schönheit (sah man mal von kleinen Teilen der Innenstadt ab), aber auch sie hatte ihren ganz besonderen Charme. Die Menschen waren mehr als hilfsbereit und hatten ihm schon öfter den einen oder anderen Dienst erwiesen – ganz ohne Gegenleistung. *Die Amerikaner sollten sich davon mal eine Scheibe abschneiden,* dachte John Miller und kramte nach seinem Autoschlüssel. Er wollte unbedingt die Füße hochlegen. Seine nächste Beobachtungsrunde ging erst in fünf Stunden los. Miller war ein Special Agent der NSA, mit Auftrag die russischen Aktivitäten entlang der Ostgrenzen der EU und insbesondere in Prag zu beobachten und gegebenenfalls sofort Meldung zu machen. Die Lage war viel instabiler, als der normale Bürger dachte, und Prag gehörte zu den Hauptoperationsbasen der Russen, wenn es darum ging den Westen zu beobachten. Die meisten nahmen an, der kalte Krieg wäre vorbei. Aber heutzutage wurde er im Verborgenen weitergeführt – die Öffentlichkeit bekam nichts mehr davon mit. Was zweifelsfrei gut war, sonst würde eine Massenpanik ausbrechen, besonders in Europa, wo beide Fronten zusammenstießen.

John Miller hatte sich geschworen, diese Welt endlich zu einer sichereren zu machen und sich deshalb freiwillig für diese Mission gemeldet.

Seine Enkel sollten nicht in Angst vor einem Atomkrieg oder irgendeinem anderen Krieg aufwachsen. Diese Bedrohung musste ein für alle Mal beseitigt werden, und das ging nur, wenn der Russe unter ständiger Beobachtung war. *Bestimmt denken die das Gleiche über uns.*

Miller war jung, aber keineswegs unerfahren und er würde seinen Enkeln später mal eine Menge zu erzählen haben – wenn die Welt nicht vorher in atomaren Staub zerfallen war.

Dennoch war er immer noch am Anfang. In letzter Zeit häuften sich jedoch die positiven Nachrichten und erste Erfolge stellten sich ein. Er baute darauf, dass diese Entwicklung sich nicht mehr rückgängig machen ließ und war froh, dass auch er einen Beitrag dazu geleistet hatte.

Als er sich nun seinem Auto näherte war er sich sicher das Richtige zu tun und hatte keinen Zweifel, dass sein Beitrag ein bedeutender war.

Er erreichte seinen Wagen, einen alten Chevrolet, der schon bessere Zeiten erlebt hatte. Die blaue Farbe hatte an einigen Stellen schon Rostflecken, aber er liebte den Wagen zu sehr um ihn zu tauschen.

Sein Vater hatte einmal gesagt: „Gib niemals etwas her wobei du dich wohl fühlst, egal wie alt es ist und egal wie sehr andere nach Veränderung schreien."

Und diesen Satz hatte er seit jeher beherzigt.

Er öffnete die Fahrertür und klemmte sich hinter das Lenkrad.

Er betrachtete sich im Spiegel. In den letzten Jahren hatte er sich gut entwickelt. Sein drahtiges Gesicht umspielte seine starken, braunen Augen und seine muskulösen Oberarme deuteten auf viele schweißtreibende Stunden im Fitnessstudio hin.

Momentan hatte er nicht viel Zeit für körperliches Training, obwohl das stundenlange Ausharren auch nicht gerade ein Zuckerschlecken war.

Seine Gedanken kehrten zu seinen Enkelkindern zurück – seinen zukünftigen – und er lächelte erneut, als er den Schlüssel ins Zündschloss schob.

In Gedanken an seine gemütliche Couch in seinem kleinen Apartment und in Vorfreude auf einen kalten Drink, drehte er den Schlüssel.

Die Druckwelle war so stark, dass die Scheiben der umliegenden Autos zerbarsten und der Knall so laut, dass man ihn auch noch in einigen hundert Meter Entfernung hören konnte.

Der Chevrolet wurde mehrere Meter in die Luft geschleudert als die Bombe explodierte.

Flammen schossen in alle Richtungen davon. Die wenigen Passanten in der Nähe rannten schreiend davon.

Als der Wagen wieder auf dem Boden aufschlug war von John Miller nichts übrig, als ein paar verkohlte Knochen und umherfliegende Hautfetzen.

Kapitel 8

Berlin

„Was haben wir denn über unseren Verdächtigen?", fragte Heinz interessiert in den Raum hinein, ohne einen direkten Adressaten für seine Frage zu bestimmen.

„Hmm", murmelte Meyer. „Mehr als wir dachten", gab er erstaunt wieder. „Viel ist es allerdings trotzdem nicht", lachte er.

„Lass trotzdem hören", forderte Heinz ihn auf.

„Also unser Freund Detlev Krustschov ist ein ganz großer Fisch als Waffenhändler. Er liefert an die unterschiedlichsten Parteien, so wird zumindest vermutet. Seine Transaktionen sind immer verschleiert. Laufen über Scheinfirmen und Mittelsmänner ab. Seine Konten liegen in der Karibik oder auf den Cayman Inseln. Nichts führt direkt zu Krustschov, dessen eigentliche Firma auf Dübel spezialisiert ist und ihren Sitz nördlich von Prag hat."

„Und lass mich raten, diese Firma gibt es aber gar nicht."

„Doch, das ist ja das überraschende. Tschechische Kollegen haben den Standort überprüft und dort arbeiten tatsächlich rund zwei Dutzend Leute und stellen Dübel her. Eine perfekte Tarnung."

„Ohja", erwiderte Heinz und rieb sich die Stirn. Er kniff die Augen zusammen und stand auf.

„Kaffee?", fragte er.

„Nein, danke."

„Und weiter?"

Heinz nahm einen Schluck Kaffee, verzog das Gesicht, schaute die Tasse angewidert an und kehrte zu seinem Platz zurück.

„Krustschov wollte Atomwaffen erwerben und angeblich einen Deal mit dem Iran einfädeln. Aber darüber wissen weder wir noch unsere Verbündeten etwas Genaueres."

Heinz schüttelte den Kopf und seine Augenbraue zuckte zweimal kurz.

„Kennen wir seinen letzten Aufenthaltsort?", fragte er ohne Hoffnung auf eine positive Antwort.

„In der Tat."

Heinz fuhr hoch und blickte gebannt zu seinem Kollegen.

„Aber leider ist diese Information schon über ein Jahr alt", seufzte Meyer.

„Na toll. Was sollen wir mit so alten Informationen anfangen, wenn wir einen Kerl jagen, der sich uns bisher immer erfolgreich entzogen hat?"

Meyer zuckte die Achseln.

„Wars das schon?", wollte Heinz niedergeschlagen wissen.

Meyer nickte. „Leider ja."

Er überlegte kurz.

„Was machen wir als nächstes, Dieter?"

„Gute Frage, Thomas."

Er runzelte die Stirn und kippte seinen kalten Kaffee herunter.

„Ich glaube wir können nicht viel mehr tun, als darauf

zu warten, ob die Spusi noch was findet. Wir haben keinen Anhaltsp…" Er unterbrach sich.

„Was ist denn mit dem SFCD, das wir zusammen mit den Amerikanern eingerichtet haben? Vielleicht finden wir da einen ähnlichen Fall."

Seine Miene hellte sich auf und er huschte zu Meyer hinüber, der bereits Suchbegriffe in den Computer eingab. Das SFCD – Super Fast Crime Database – war eine Datenbank, die von den USA und einigen europäischen Staaten, sowie Interpol eingerichtet worden war, um die Suche internationaler Verbrecher zu erleichtern. In der Datenbank ließen sich Fälle abrufen und die Ermittler konnten so vergleichen, ob es bereits einen ähnlichen Fall gegeben hatte und ob dieser bereits gelöst wurde. Außerdem konnten so die Polizeibehörden verschiedener Staaten in kurzer Zeit kooperieren und ihre Informationen zügig austauschen. Das SFCD hatte schon so manchen Täter überführt, der nicht damit gerechnet und sich in Sicherheit gewogen hatte.

Ganze Täterprofile – so fern man sie besaß – waren darin gespeichert und erleichterten unter anderem die Suche nach Terroristen auf der ganzen Welt.

„Nichts", seufzte Meyer nach wenigen Minuten.

„Verdammt."

Heinz schlug mit der Hand auf den Tisch und drehte sich zum Fenster. Sein Blick glitt in die Ferne und wurde unfokussiert. Fieberhaft grübelte er, wie sie nun fortfahren sollten.

Er hatte schon viele komplizierte Fälle gelöst, aber noch nie standen ihm so wenige Informationen zur

Verfügung wie diesmal.

Abrupt drehte er sich um und sein Blick wurde wieder klar.

„Dann geben sie unseren Fall wenigstens haarklein ein. Wir wollen es zwar nicht hoffen, aber vielleicht passiert in nächster Zeit ein ähnlicher Fall. Wo auch immer. Und dann können wir mit denen zusammenarbeiten."

„Und dann", fragte Meyer, der bereits zu tippen begann.

„Dann fahren wir erstmal nach Hause."

Er pausierte kurz.

„Und warten, was der morgige Tag an Überraschungen für uns bereit hält."

Pavel Cech durchschritt die Absperrung und näherte sich dem Tatort. Der Geruch von verbranntem und mit Stoff verschmolzenem Fleisch hing noch immer in der Luft. Er konnte ein Würgen nur schwer unterdrücken und rümpfte die Nase. Das Auto war nur noch ein schwarzes Gerippe und die umstehenden Polizisten hielten sich ebenfalls die Nase zu.

Übelkeit stieg in ihm auf, als er sich weiter näherte, aber er riss sich zusammen und ignorierte den Geruch.

„Was haben wir?", fragte er, als er neben dem Auto zum stehen kam.

„Eine verbrannte Leiche und ein ausgebranntes Auto", wies der Techniker auf die offensichtlichen Dinge hin.

„Wer ist der Kerl?"

„Das wissen wir noch nicht ganz. Seine Brieftasche und mit ihr alle Informationen sind nur noch Asche.

Aber wir haben ein Vermutung."

Der Polizist schüttelte sich und zögerte kurz, bevor er antwortete.

Cech schaute ihn mit großen Augen erwartungsvoll an. Er war ein Mann von stattlicher Größe und trug sein Haar militärisch kurz. Seine Augen waren stechend und in einem Verhör, konnte er sein Gegenüber damit bis aufs Innere durchbohren.

„Dieser Wagen war auf einen Amerikaner zugelassen, der ihn sich vor knapp achtzehn Monaten gekauft hatte. Wir denken, dass er auch die Leiche ist."

„Wie bitte?", fragte Cech ungläubig und hoffte sich verhört zu haben.

„Noch haben wir keine hundertprozentige Bestätigung, Sir."

Cech runzelte die Stirn und fuhr sich mit der Hand übers Gesicht. Sein Gesicht war blass geworden.

„Überprüfen sie das. Machen sie eine Autopsie." Er zögerte und schaute angewidert in den Innenraum des Wagens.

„Von dem was übrig ist. Und informieren sie die amerikanische Botschaft. Fragen sie, ob sie etwas über einen Amerikaner hier bei uns wissen. Einen bei dem man sich die Mühe macht, ihn auf einem öffentlichen Parkplatz in die Luft zu sprengen."

Seine Worte waren bestimmt, aber sein Tonfall hatte etwas von seiner sonstigen Souveränität verloren.

„Verstanden. Wir tun unser möglichstes, Sir."

„Warten Sic. Ich rufe die Botschaft an."

Der Polizist nickte und entfernte sich, um sich den restlichen Aufgaben zu widmen, die man ihm aufgetragen hatte.

Cech nickte und wandte sich ab, zog sein Telefon aus der Tasche und tippte eine Nummer ein.

Beim zweiten Freizeichen meldete sich eine angenehme Stimme.

„US-Botschaft in Prag. Was kann ich für sie tun?", fragte eine Dame mittleren Alters.

„Hier spricht Ermittler Cech, von der Polizei Prag. Wir untersuchen gerade ein Gewaltverbrechen und haben die Vermutung, dass ein US-Bürger Opfer einer Straftat wurde. Ich würde gerne mit dem Botschafter hier sprechen. Wenn möglich sofort."

Eine kurze Zeit war nichts zu hören, außer das Rascheln von Papier, dann meldete sich die Frau wieder. „Sie haben Glück. Für die nächsten zwei Stunden, sind keine Termine angesetzt. Ich informiere den Botschafter. Kommen sie sofort in die Botschaft, dann können sie mit ihm sprechen."

„Vielen Dank." Cech legte auf, machte auf dem Absatz kehrt und schritt zügig zu seinem Wagen.

Was für ein Glück, dass der Botschafter Zeit hatte.

Er musste sich beeilen.

Kapitel 9
Berlin

Es klopfte an der Bürotür Steven Barretts und seine Assistentin, eine dreiunddreißig Jahre alte Blondine, die ihr langes Haar offen trug und ihren wohlgeformten Körper genau einzusetzen wusste, trat herein. Auch Barrett hatte sie schon das ein oder andere Mal den Kopf verdreht, wenn sie mit wallendem Haar in sein Büro kam oder es mit schwingenden Hüften verließ. Diesmal brachte sie ihm nur einen Kaffee.

„Herr Barrett, ihr Kaffee, Sir", sagte sie mit zuckersüßer Stimme, während sie, grazil wie ein Model auf ihn zu balancierte. Sie stellte den Kaffee vor ihm ab und ihre stahlblauen Augen trafen sich kurz mit seinen. Um nicht zu erröten senkte er den Blick.

„Ich möchte Sie darauf hinweisen Sir, dass Sie am Nachmittag noch einige Termine im Sonderauschuss haben."

Der Sonderauschuss für Abrüstungsfragen (SAF) war vor einigen Jahren ins Leben gerufen worden, als die globale Lage wieder einmal zu eskalieren drohte. Die meisten politischen Führer waren Dummköpfe, die nur ihre Muskeln spielen lassen wollte, in dem sie neue Waffen bestellten und neue Stellungen aufbauten. Das sie die Spannungen zwischen den Ländern, damit bis aufs Äußere spannten, war ihnen zwar bewusst, allerdings ignorierten sie diese Tatsache. Und das aus Machtgier. Man wollte den anderen klein halten, und ihm Angst einjagen. Was man damit der Welt antat, war zweitrangig. Der SAF umfasste rund dreißig Mitglieder aus den unterschiedlichsten Bereichen, die überall auf der Welt Gespräche führten, um der Aufrüstung entgegenzuwirken.

Den Ländern musste klar gemacht werden, dass die Welt nicht sicherer war, wenn man immer mehr Waffen in Stellung brachte, sondern wenn man diese vernichtete. Der SAF wurde durch einen Fond finanziert, in dem alle Bundesländer einzahlten. Die Gespräche wurden mit unterschiedlichsten Personen geführt – vom Präsidenten bis hin zu hohen Wirtschaftstieren.

Bis jetzt hatten sie zwar durchaus den einen oder anderen Erfolg vorzuweisen, dennoch war die Mehrheit der Beteiligten nicht bereit den ersten Schritt zu machen und mit der Abrüstung zu beginnen.

Jeder hatte Angst, dass der Gegner diesen Moment der Schwäche ausnutzen und zuschlagen würde.

Allesamt Idioten, dachte Barrett. Dennoch war er vom Erfolg des Ausschusses überzeugt. Früher oder später würden – zumindest die meisten – zur Vernunft kommen. Es würde nur noch einiges an Zeit in Anspruch nehmen. Wenn er an die viele harte Arbeit dachte, die noch vor ihm lag wurde ihm schwindlig. Momentan konnte er sich auf gar nichts konzentrieren. Nicht mal auf die Sitzungen des SAF, die in der Regel im Einklang aller abliefen und in denen schnell ein Konsens für den nächsten Schritt gefunden wurde.

Er rieb sich die schmerzende Stirn und blickte zu seiner Sekretärin.

„Sagen Sie alle ab, bitte", erwiderte Barrett höflich.

„Aber, Herr Barrett, dass sind wichtige…"

„Nein", unterbrach er sie barsch. „Sagen sie für heute alles ab."

„Wie sie meinen."

Betty ging rückwärts aus dem Zimmer, nickte ihm zum Abschied zu und schloss leise die schwere, mit edelstem Holz vertäfelte Tür.

Barrett vergrub das Gesicht in den Handflächen und stöhnte leise auf. Er stand auf packte seine Jacke und verließ sein Büro, um sich nach der morgendlichen Rede wieder auf Touren zu bringen und die Erlebnisse ein wenig zu verdrängen. Danach würde er direkt nach Hause fahren und erst einmal eine Runde schlafen.

Pünktlich um 14:00 Uhr verließ Steven Barrett sein Büro unweit der Spree. Er schritt in Richtung des Burrito. Es war ein Imbissladen, den er über alles liebte. Sie machten einfach die besten Burritos, die er je probiert hatte.

Zehn Minuten später erreichte er – nach einem entspannenden Fußmarsch, der seine verschlafenen Geister wieder belebt hatte – das Burrito und betrat es mit einem lüsternen Grinsen.

Er setzte sich an seinen Stammtisch ans Fenster und spielte mit dem Kärtchen, das die Tischnummer zeigte. In seinem Fall war das die drei. Sie prangte goldfarben auf dunklem Untergrund, was für ihn eine herausragende Farbkombination ergab. Seine Lieblingsfarben waren nämlich blau und Gold, was für ihn Wohlstand signalisierte. Er beäugte noch einige

Augenblicke das Kärtchen, dann legte er es auf den Tisch und starrte aus dem Fenster, die vielen geschäftigen Leute beobachtend.

Ein korpulenter, älterer Mann tauchte an seiner Seite auf und grinste breit.

„Na, Stevie. Siehst ganz schön mitgenommen aus."

„Hey Martin. Hast du seit unserer letzten Begegnung schon wieder zugelegt", spöttelte Barrett.

Martin Bremer schlug ihm spielerisch auf die Schulter und brummte verärgert.

„Scheint, so als wäre ich mein bester Kunde."

Sein feistes Gesicht wirkte niedergeschlagen und seine Augen blickten in die Ferne.

„Nach mir natürlich", meinte Barrett.

„Kopf hoch. So schlimm ist es nicht." Barrett schenkte seinem Freund ein strahlendes Lächeln und nickte ihm zu.

„Dein Essen ist aber auch einfach zu gut."

Martin musste grinsen und war halbwegs besänftigt.

„Dasselbe wie immer?"

„Sicher, aber nimm dir auch eine Portion und setz dich zu mir, bitte."

Martin musterte seinen Freund, der ansonsten immer fröhlich herkam.

Er stockte.

Dann nickte er und bedeutete einer Kellnerin die Speisen zu bringen.

„Was hast du auf der Seele. Schieß los", ermutigte Martin ihn.

Barrett holte tief Luft, sein Blick huschte einmal nervös zur Seite.

„Wolfgang ist heute Morgen erschossen worden. Am Flughafen."

„Ich weiß", sagte Martin, mit einem Mal todernst.

„Der Typ der ihn erschossen hat, hat mich nur um Haaresbreite verfehlt. Das ist… echt… Kannst du dir das vorstellen? Was das für ein Gefühl ist?"

Barrett ließ entsetzt die Arme hängen und schaute sich hilflos um.

„Kopf hoch, Steven. Das muss hart sein. Und – nein, ich habe keine Ahnung wie sich das anfühlt, es muss schrecklich sein."

„Ja."

„Weißt du was, wir trinken erstmal einen. Ich hol uns erstmal zwei kurze und dann sieht die Welt ganz anders aus.

„Aber…"

Martin hob die Hand, um ihn zum Schweigen zu bringen.

„Ich weiß, das löst das Problem nicht. Aber, du kannst es erstmal vergessen. Und das ist das wichtigste im Moment. Du musst runterkommen. Wir trinken jetzt zwei, drei Runden, du isst was und dann gehst du nach Hause."

Barrett lächelte ihm dankbar zu.

Martin verschwand kurz hinter dem Tresen und kehrte dann mit zwei Schnapsgläsern und einer Flasche mit bernsteinfarbenem Inhalt zurück.

Er goss beiden ein Glas ein, schob das eine über den Tisch und nahm das andere hoch.

„Prost!"

„Zum Wohl. Und danke für dein offenes Ohr."

Martin schenkte ihm ein das-ist-doch-selbstverständlich-Lächeln und schüttete den Inhalt des Glases hinunter.

„Besser?", fragte er.

„Ein wenig", gestand Barrett ein.

Martin goss nach und erhob erneut das Glas. Barrett seufzte und seine Anspannung ließ ein wenig nach. Hier war er einfach gut aufgehoben und konnte sich geben wir er war. Er und Martin kannten sich bereits seit über zwanzig Jahren und waren enge Freunde geworden. Martin hatte immer ein offenes Ohr, wenn er mit Problemen – ob privat oder beruflich – zu ihm kam. Der Restaurantbesitzer hatte fast immer einen passenden Rat oder eine Lösung parat.

Barrett war froh, jederzeit hierher kommen zu können und hob ebenfalls das Glas.

„Auf uns!"

Sie stießen an und tranken.

„Endlich", es war ein verzweifelt klingender Ausruf der Erleichterung, als Steven Barrett die Fassade seines Wohnhauses erblickte. Es war ein großes, im norddeutschen Stil erbautes Haus, dessen Außenfassade mit rotem Klinker bedeckt war. Der großzügig angelegte Garten in dem die unterschiedlichsten Pflanzenarten blühten – zumindest im Sommer – rundete das bescheidene Erscheinungsbild dieses Gebäudes ab. Der weiße Zaun der das komplette Anwesen umrundete und der von einer Lorbeer- und Rhododenthronhecke flankiert wurde, wirkte abschreckend, was Barrett nur recht war, denn er hatte keine Lust auf ungebetene Gäste. Wenn er hier war, wollte er seine Ruhe. Er hatte genug Trubel und Hektik bei seiner Arbeit. Sein Haus war sein Rückzugsort, der Platz an dem er, er selbst sein konnte und nicht eine gespielte Rolle einnehmen musste. Barrett ließ seinen Wagen – einen blauen Opel, den er zwar mochte, aber er würde doch lieber einen Benz fahren – über den weißen Kies zur Garage rollen und blieb vor dem geöffneten Tor stehen.

Die Mauern des Gebäudes wurden von Rankenpflanzen geschmückt; obwohl manche seiner Besucher eher das Wort *verunstaltet* verwendet hatten, was ihn allerdings wenig kümmerte. Sein Anwesen ging niemanden etwas an – nur ihn und seine Frau. Es wirkte einfach, zeugte aber dennoch von einer schlichten Eleganz.

Er brachte den Motor zum Stillstand und stieg aus während sich die Haustür öffnete und seine Frau herauseilte um ihn zu umschlingen.

„Schatz, ich habe mir solche Sorgen um dich gemacht alles in Ordnung mit dir wo warst, …"

Er hob die Hand um seiner Frau Einhalt zu gebieten, die jetzt wo sie merkte, dass sie ihn mit Fragen nur so bombardierte erschrocken und beschämt zurücktrat, um ihn erst einmal Luft holen zu lassen.

„Danke Schatz, ich erzähle dir alles aber lass mich erstmal reinkommen, ich muss mich ausruhen, ja?", fragte er mit erschreckend schwacher Stimme, nach dem die ganze Anspannung abfiel und alles noch mal auf ihn einbrandete. Sylvia Barrett geleitete ihren Mann am Arm zum Wohnzimmersofa und flitzte in die Küche um ihm ein Glas Wasser und ein Cognac zuholen, den er, so wusste sie, an besonders harten und schwierigen Tagen gerne trank.

„Heute nicht meine Liebe", sagte er zu ihrem Erstaunen mit einem leichten Lächeln auf den Lippen nachdem er das zu einem Drittel gefüllte Cognacglas mit der bernsteinfarbenen Flüssigkeit darin in ihrer Hand erspähte.

„Ein Wasser reicht, Alkohol wäre momentan glaub ich zu viel für mich!"

Seine Frau wirkte noch ein bisschen blasser als vor dem Haus, denn ihrer Erinnerung nach hatte er ein Gläschen Cognac nicht mal abgelehnt wenn er krank war.

„Ist alles okay mit dir?", fragte sie erneut, die Stimme voller Sorge.

„Verdammt nein", schrie er sie unvermittelt an, „seh ich etwa so aus. Warum", seine Stimme hob sich noch etwas in der Lautstärke, „ müssen alle fragen obs mir gut geht. Mir geht's beschissen."

Er schwang sich, ziemlich lebendig, vom Sofa und knallte das Glas auf den Marmorfliesboden, sodass hunderte von Splittern in alle Ecken des Hauses davon segelten. Der Knall der darauf folgte ließ Sylvia zusammenzucken.

„*Ich* habe mit angesehen wie einer meiner besten Freunde erschossen wurde, ich wurde ständig von irgendwelchen beschissenen Polizisten gelöchert und du fragst da noch ob's mir gut geht", er spie die letzten Worte förmlich aus. Dann mit einem Ruck lies er sich zurück aufs Sofa fallen und war wieder so leblos wie vor seinem Wutausbruch.

Sylvia Barrett starrte ihren Mann noch einen Moment

an, und verließ dann schluchzend das Zimmer, das Gesicht in den Händen vergraben. Steven Barrett blieb allein auf dem Sofa zurück und fragte sich, wie so viel auf einmal schief gehen konnte. Er zuckte zusammen als die Tür ins Schloss krachte.

Niedergeschlagen blieb er die nächsten Stunden auf dem Sofa sitzen, bis es schließlich dämmerte und das Haus langsam im Dunklen verschwand.

Seine Frau war inzwischen zurückgekehrt, aber das kümmerte ihn im Moment nicht.

Er war froh, dass dieser Tag sich langsam seinem Ende zuneigte.

Seufzend legte er seine Beine auf die Couch, schloss die Augen und versank in Gedanken. Und kurz darauf auch in einen tiefen Schlaf.

Kapitel 10
Prag

Der Himmel war Wolkenverhangen.

Der Wind sauste und zerrte an ihm und er zog seine Jacke enger um seinen Hals. Pavel Cech beschleunigte seine Schritte als er auf das Gebäude zuschritt, in dem sich die US-Botschaft für Tschechien befand. Es war ein altes nicht sonderlich großes Gebäude, dessen Garten mit unzähligen Bäumen und Sträuchern übersät war. Er musste sich immer noch Schütteln bei dem Gedanken, dass gerade mitten in der Innenstadt jemand in seinem Auto in die Luft gesprengt worden war.

In was für einer Welt leben wir eigentlich.

Ein Frösteln durchlief ihn, als er die automatischen Türen passierte und das Atrium durchschritt. Er bewegte sich auf den kleinen Empfangsschalter zu und blickte zu der Dame hinunter, die noch über ihren Bildschirm gebeugt war. Er räusperte sich, um ihre Aufmerksamkeit zu erregen und sie fuhr erschrocken hoch.

„Du liebe Güte. Ich habe sie gar nicht bemerkt", entschuldigte sie sich erschrocken und griff sich vor Schreck an den Mund.

„Das hab ich gemerkt", sagte Cech und schenkte ihr ein nachsichtiges Lächeln.

„Wie kann ich Ihnen helfen", fragte die Dame höflich und nun wieder gefasst.

„Ich glaube wir haben eben erst telefoniert. Wir haben

einen Termin für mich mit dem Botschafter vereinbart. Mein Name ist Cech. Ich bin von der Polizei."

„Ah. Ja. Ich erinnere mich. Natürlich. Folgen sie mir bitte". Die Dame erhob sich und kam um den Tresen herum. Sie nickte Cech zu und schritt dann einen kurzen Gang rechts vom Tresen entlang, der vor zwei Aufzugstüren endete.

Sie stiegen hinein und die Türen schlossen sich augenblicklich wieder und ließen die Beiden in der holzvertäfelten Kabine warten.

Ein Klingeln signalisierte die Ankunft auf Ebene 2 und beide verließen den Aufzug und schritten auf einen langen Korridor hinaus, der mit Türen gesäumt war. Sie traten durch die erste Tür rechts, in einen kleinen, aber schmuckvoll eingerichteten Raum, in dessen Mitte ein runder Tisch, mit einigen antiken Holzstühlen darum, stand.

„Nehmen sie Platz und fühlen sie sich wie zuhause. Der Botschafter wird jeden Moment hier sein."

„Vielen Dank."

Die Empfangsdame verbeugte sich leicht und verließ dann lautlos den Raum.

Cech begann den Raum zu durchqueren und bewunderte die unzähligen Gemälde an den Wänden, die den Raum allerdings gedrungen wirken ließen. Er wollte gerade ein Gemälde genauer studieren, als sich eine Tür öffnete und der Botschafter eintrat. Ein ganz durchschnittlicher Mann, ohne Besonderheiten. Weder schön, noch hässlich. Weder groß, noch klein. Einfach völlig normal. Und dennoch ging eine Aura von ihm aus, die Cech nicht erwartet hätte. Er fühlte sich plötzlich ertappt und trat ein paar schnelle Schritte in die Mitte des Raumes zurück. Dieser Mann löste ein leichtes Unbehagen aus, welches Cech vorerst nicht genauer definieren konnte.

„Herzlich Willkommen", begrüßte der Botschafter Cech herzlich und kam durch den Raum, um ihm die Hand zu schütteln.

„Danke, dass sie mich empfangen, Sir. Mein Name ist Cech. Ich bin Ermittler bei der Prager Polizei."

„Sehr erfreut. Nennen Sie mich Daniels. Was gibt es so dringendes zu besprechen. Meine Sekretärin klang sehr dringend."
Er bedeutete Cech Platz zu nehmen und beide nahmen auf dem kleinen Sofa am Fenster Platz.

„Oh. Es ist dringend, Sir. Und ich bin wirklich sehr froh, dass sie so kurzfristig Zeit gefunden haben."
Der Botschafter hob eine Hand.

„Lassen wir die Förmlichkeiten und kommen wir zur Sache. Sie haben wenig Zeit und ich auch."

„Sehr gut, Sir." Er machte eine kurze Pause um sich zu sammeln und begann dann mit seinem Bericht. „Vor kaum einer Stunde wurde ein Auto, mitsamt seinem Insassen, in der Prager Innenstadt in die Luft gesprengt."
Wenn es irgendeine Wirkung auf den Botschafter hatte, so zeigte sie sich nicht. Seine Miene blieb steinern und emotionslos.

„Was hat das mit mir zu tun?", fragte er scheinbar desinteressiert.

„Mit Ihnen persönlich vermutlich nichts. Mit Ihrem Land wohl eine ganz Menge. Wenn der Tote der ist, der wir denken."

Daniels zog eine Augenbraue hoch, sagte aber nichts und überlies Cech die Erklärung.

„Wir denken, dass der Tote ein US Bürger war. In diesem Moment laufen die Untersuchungen, ob die Überreste der Leiche mit dem ermittelten Halter des zerstörten Fahrzeugs übereinstimmen. Der Wagen gehörte einem US Bürger namens John Miller, der ihn vor rund achtzehn Monaten erworben hatte.

Es gab eine unmerkliche Veränderung in Daniels Gesichtsausdruck, die Cech in seinem Redeschwall allerdings entging. Schnell wie ein Blitz war sie wieder verschwunden und das Gesicht des Botschafters war undeutbar wie immer.

„Das würde uns in der Tat etwas angehen. Und wäre obendrein eine mehr als betrübliche Nachricht."

Daniels fuhr sich nachdenklich mit Daumen und Zeigefinger über das Kinn; behielt dabei aber ständig Cech im Blick. Cech konnte diesem Blick nicht standhalten und starrte aus dem Fenster. Ein Brummen riss ihn aus dieser peinlichen Situation und er blickte seine vibrierende Jackentasche überrascht an.

„Wollen Sie nicht rangehen?"

„Oh. Was? Ja natürlich. Entschuldigen Sie, Sir."

Daniels nickte, stand auf und ging zu der kleinen Bar hinüber, in der es neben aller Art alkoholischen Getränken auch eine Auswahl an Softdrinks gab.

Cech zog sein Handy aus der Tasche und nahm ab.

„Cech", grummelte er ins Telefon, darauf bedacht nicht zu laut zu sprechen.

„Ermittler. Wir haben ein vorläufiges Ergebnis."

„In der kurzen Zeit." Cech schien überrascht, ob der Fähigkeiten seiner Leute.

„Wir hatten natürlich noch keine Zeit für eine DNS-Analyse. Aber wir haben eine ID-Karte gefunden auf der der Name mit dem des Halters übereinstimmt. Sie lag im Handschuhfach und ist wundersamerweiße nur kaum beschädigt worden."

„Sicher?", hakte Cech nach.

„Ja Ermittler. Wir können sehr sicher sein, dass der Tote John Miller aus den USA war." Die Stimme des Anrufers klang selbstsicher und er schien keinen Zweifel an seinen Aussagen zu haben.

„Gut. Danke. Machen Sie weiter wie besprochen." Cech legte auf und ging zu Daniels hinüber, der grade einen Schluck seines geliebten Pfirsicheistees zu sich nahm.

„Wollen Sie auch etwas?", fragte er höflich, als Cech zu ihm trat. Der wiegelte mit der Hand ab.

„Nein danke, Sir." Er machte eine kurze Pause und holte tief Luft. „Ich fürchte, ich habe keine guten Neuigkeiten", seufzte er. „Der Mann im Auto ist mit hoher Wahrscheinlichkeit John Miller. Ein US Bürger, der seit circa eineinhalb Jahren hier in Prag lebt."

Der Botschafter schwieg einige Momente und Cech fühlte sich mehr als unbehaglich; rieb sich hinter dem Rücken nervös die Hände.

„Das ist sehr bedauerlich", sagte er dann, ohne von seinem Glas aufzusehen. Er leerte es in einem Zug und trat dann an das Fenster neben dem Sofa.

„Ich werde diese Information an unsere Behörden weiterleiten. Vielleicht wissen sie mehr über diesen

John Miller. Vielen Dank Ermittler."

Der Botschafter drehte sich zu Cech um und lächelte ihn aufrichtig an.

„Natürlich, Sir. Das war meine Pflicht sie zu informieren. Vielen Dank für Ihre Zeit."

„Halten Sie mich auf dem Laufenden, Cech", bat der Botschafter.

„Selbstverständlich Sir. Sobald die DNS analysiert wurde bekommen Sie das Ergebnis."

„Wunderbar."

„Ich werde mich dann gleich an die Arbeit machen", bot Cech unterwürfig an.

„Ja. Gehen Sie und fangen Sie diesen Mistkerl. So schnell es geht." Daniels Miene zeigte eine Spur von Wut und Cech wurde klar, dass man mit diesem Mann lieber nicht spaßte. Er verschwand aus dem Zimmer, nahm den Lift nach unten und war heilfroh, als er wieder in

seinem Wagen saß. Die Nachricht war überbracht. Nun konnte er sich wieder der Arbeit widmen, die er so bravourös beherrschte. Dem Aufspüren von Straftätern.

Der Botschafter betrat sein kleines Büro gegenüber dem Empfangszimmer, und griff über den Schreibtisch nach dem Telefon. Er tippte zügig eine Nummer und wartete, bis die Leitung sich öffnete.

„Ja", sagte die verzerrte Stimme.

„Wir haben XF verloren."

„Zweifel?"

„Keine."

„Wir kümmern uns darum."

Die Leitung war tot und er legte auf. Er hatte mit diesem Anruf einen Stein ins Rollen gebracht, der die Welt vielleicht an den Rand des Abgrunds beförderte. Aber im besten Fall waren es dieses Mal nicht die Russen, sondern irgendeine kleinere Gruppe, die Aufmerksamkeit suchte. Mit denen würde man ohne großes Aufsehen fertig werden.

Er war gespannt was die Zukunft wohl bringen mochte und lehnte sich entspannt in seinem bequemen, schwarzen Ledersessel zurück.

Kapitel 11

Paris

Die Sonne strahlte ihre schönsten Strahlen durch die offene Balkontür. Der Pariser Sonnenaufgang war bezaubernd, mit seinem fantastischen rot-orange und ließ die ganze Stadt wie eine Märchenwelt erscheinen. Ein sanfter Wind streichelte um die lavendelblauen Vorhänge, die sich leicht aufbauschten. Die Luft war noch frisch und sehr klar, aber man merkte bereits, dass dieser Tag einer der wärmsten des Jahres werden würde, so wie die Wetterdienste bereits gestern angekündigt hatten.

Max saß auf der Bettkante, nur mit einer Unterhose bekleidet, und bewunderte den Sonnenaufgang. Der Wind strich um seinen muskulösen Oberkörper und ließ ihn frösteln.

Er war bereits seit fast einer Stunde wach und konnte einfach nicht mehr schlafen. Er musste über ihre Reise nachdenken. Über die wunderbaren Erlebnisse die sie in den vergangenen paar Tagen erfahren durften. Solche Momente waren einfach viel zu selten gewesen in den letzten Jahren und er hatte sie vermisst. Frankreich war ein tolles Land und Paris eine fantastische Stadt, die einem buchstäblich den Atem nahm. Am Tag ihrer Anreise waren sie erst einmal stundenlang durch die schmalen Gassen und breiten Alleen spaziert – die betörendsten Gerüche in der Nase. Sie waren über einen Markt mitten auf einer Hauptverkehrsstraße geschlendert und hatten Köstlichkeiten gesehen und probiert von denen sie zuvor nichts wussten. Die Pariser waren sehr freundliche Menschen – keine Spur von dem Vorurteil der Arroganz oder der Verschlossenheit. Sie wurden behandelt als seien sie Könige, dabei kannte sie überhaupt niemand. Und Max war froh, dass Paris aus mehr bestand als aus Baguette und Wein. Die Menschen waren fröhlich und ganz locker, keine Spur von Angespanntheit oder Zwietracht. Vielleicht sah er die Stadt ein wenig durch die rosarote Brille, auch weil sein letzter Urlaub schon eine Zeit zurücklag, aber die Stadt hatte ihm echt die Sprache verschlagen.

Er starrte aus dem Fenster und sah einen kleinen Vogel vorbeihuschen, der ein Singsang von sich gab, der wohl als Morgengruß gedacht zu sein schien. Er bewunderte noch einen Moment wie der Vogel durch die Lüfte glitt, und die Freiheit, die damit einherging. Seine Gedanken glitten zu ihrem nächtlichen Dinner (wie die beiden es genannt hatten, obwohl sie gar nichts gegessen hatten) auf der Spitze des Eiffelturms. Die Stadt war wie ein Glitzermeer voller Diamanten und die Sterne waren die Eltern ebendieser, die von hoch oben über sie wachten. Es war ein überragender Anblick gewesen. Perfekt. Groß und zugleich winzig klein. Detailreich und allumfassend. Für Max war die Zeit stehen geblieben und er hatte alles auf der Welt vergessen – mit Ausnahme seiner Begleitung, die ebenso empfunden hatte. Glück stieg in ihm auf, als er aufstand und sich ein T-Shirt überwarf, den Balkon betrat und über das Geländer der langsam erwachenden Stadt entgegenblickte. Das Leben war so wunderbar in seiner Einfachheit. Simpel und komplex zugleich – einfach majestätisch.

Hinter ihm rekelte sich seine wunderschöne Freundin auf dem breiten Bett, welches im Zentrum ihres luxuriösen Zimmers stand. Ihr Hotel war eines der nobelsten in ganz Paris und war nur wenige Minuten vom berühmtesten Wahrzeichen der Stadt entfernt – dem Eiffelturm.

Max drehte sich zu ihr um und lächelte. Sie war nicht nur wunderschön und seine Freundin, sondern sie machten auch die gleiche Arbeit und so konnten sie die meiste Zeit gemeinsam verbringen. Besonders liebte er an ihr, ihr dunkles Haar, dessen Geruch ihn jedes Mal aufs Neue betörte.

Eva drehte sich auf die Seite und lächelte verliebt.

Max beugte sich zu ihr hinunter und gab ihr einen sanften Kuss.

„Ich liebe Dich!", sagte er und die Wahrheit hinter seinen Worten wurde durch seinen Ausdruck überdeutlich. Er liebte Eva wirklich mehr als alles andere. Seine Liebe zu ihr war tiefer als die meisten Ozeane und war jahrelang gereift.

Erst als Sandkastenfreunde, Schulfreunde und später als Paar.

„Ich liebe Dich auch!", erwiderte Eva, erfüllt mit der gleichen Liebe, die auch Max ausstrahlte und die das ganze noch heller erstrahlen ließ.

Was angesichts der kräftigen Sonne schier unmöglich erschien.

Max küsste Eva erneut, diesmal inniger und intensiver.

Der Raum knisterte vor Erotik und die Luft war elektrisiert von der Liebe und dem Verlangen junger, überaus glücklicher Menschen.

Das Piepen eines Handys zerstörte diesen wunderbaren Moment auf brutalste Art und Weise und ließ Eva seufzen.

Widerwillig warf Max einen Blick auf das Display und schaute dann zu Eva zurück.

„Es ist mal wieder soweit", sagte er, gleichzeitig enttäuscht – das sie ihre Lust nicht sofort ausleben konnten – und aufgeregt, ob des bevorstehenden Ereignisses.

„Wir müssen also los?", fragte Eva mit bebender Stimme.

Max nickte und sprang aus dem Bett, um sich anzuziehen. Er zog seine blaue Jeans an und warf sich ein graues Shirt über.

„Wann müssen wir da sein?"

„Sofort. Kennst du doch", erwiderte Max knapp mit einem ironischen Lächeln.

Eva warf einen Blick auf ihre Uhr, die gerade auf 5:30 Uhr sprang, seufzte erneut und schwang sich voller Elan aus dem Bett, um ebenfalls in ihre Klamotten zu schlüpfen.

Kurze Zeit später waren beide voll angezogen, schnappten sich ihre großen, schwarzen Trekking-Rucksäcke, die bereits fertig gepackt und griffbereit dastanden. Max und Eva hasteten zur Tür.

Beide flossen geschmeidig durch die weiße Holztür, die sanft hinter ihnen ins Schloss fiel.

Max und Eva stiegen in ihren kleinen, schwarzen Wagen, der abfahrtbereit direkt vor dem Hotel parkte und fädelten sich in den Pariser Verkehr ein, der an diesem Sonntagmorgen äußerst gering war.

Sie kamen zügig voran und passierten einige Cafes in denen noch absolute Ruhe herrschte, die aber in wenigen Stunden mit Kunden überlaufen sein würden – so wie es immer war an einem Sonntag, in einer der größten Städte Europas.

Max fuhr leicht schneller als das Tempolimit es erlaubte und hoffte das die Polizei ihnen so früh noch keine Aufmerksamkeit schenkte – *vermutlich hatte sie genug mit dem Beseitigen der Partyrückstände eines Samstagabends zu tun,* dachte Max.

Er bog mehrmals scharf ab und entfernte sich immer weiter vom Zentrum Paris'.

„Fahr vorsichtiger, sonst halten sie uns noch an."

Eva schüttelte den Kopf.

„Und dass können wir jetzt gar nicht gebrauchen!", fuhr sie mit Nachdruck fort.

Max verringerte das Tempo ein wenig, sein Blick immer noch fokussiert auf die Straße gerichtet, die immer breiter wurde, als schließlich der Flughafen Charles de Gaulle in Sicht kam.

Sie bogen auf eine Privatstraße, die an der Seite des Flughafens entlang führte und folgten ihr, bis sie schließlich vor einem großen Sicherheitstor zum stehen kamen.

Hinter diesem Sicherheitstor lagen einige Privathangars von Reichen und Superreichen, sowie von der Regierung. Ein dicker, bulliger Mann mit Glatze kam aus dem quadratischen Pförtnerhäuschen, dessen Wände fast vollständig aus Glas bestanden, und näherte sich dem Tor.

„Guten Morgen, ihren Ausweis bitte", sagte er in perfektem Französisch.

Eva zog den Berechtigungsausweis aus der Tasche und hielt ihn gegen das geschlossene Autofenster. Sie machte sich nicht die Mühe das Fenster zu öffnen und funkelte den Mann unheilvoll an, so dass dieser einen Schritt zurückwich.

„Alles klar, sie können durch."

Er schritt vorsichtig zurück zu seinem Pförtnerhäuschen, Eva immer im Blick, als würde er erwarten, dass sie ihn gleich von hinten anspringen würde.

Eva lächelte und warf Max einen Blick zu.

„Das du immer diese Wirkung hast", grinste er zurück.

„Also ich finde dich ganz und gar nicht einschüchternd", feixte er.

Als Erwiderung boxte Eva ihm auf den Arm: „Hey!"

„Aua."

Max rieb sich den Arm und Eva lehnte sich zufrieden in ihren Sitz zurück.

Inzwischen war das Tor offen und sie fuhren zügig hindurch und näherten sich einem der kleineren Hangars, dessen Äußeres darauf hindeutete, das er schon etwas länger hier stand. Er bestand fast komplett aus schweren, schwarzen Metallplatten die den Hangar bedrohlich wirken ließen.

Knapp unter dem Flachdach führte eine Reihe kleiner

Fenster einmal komplett um das Gebäude.

Darunter konnte man gerade noch die abblätternde Schrift erkennen: *Air France.*

Neben dem großen Hangartor, welches offen stand, gab es eine weitere kleine Tür, an der nun Max und Eva vorbeischritten.

Sie betraten den Hangar und erblickten neben dem weißen Privatjet, der den Großteil des Innenraumes einnahm, ein Frau, die von zwei muskelbepackten Männern flankiert wurde.

Das Trio näherte sich Max und Eva und die Frau blieb nur wenige Schritte vor Max stehen, der ebenfalls einen Schritt auf sie zutrat.

„Sie sind drei Minuten zu spät", rügte die Frau die Beiden, ohne jede Begrüßung. Ihre Augen waren kalt und fokussierten die Neuankömmlinge, als hätte sie Laser in ihnen versteckt.

Ihr dunkler Hosenanzug passte perfekt und ihr kurz frisiertes Haar umspielte ihr makelloses Gesicht.

„Wenn das nochmal vorkommt, war's das! Verstanden?"

Max und Eva nickten.

„Ich bin Special Agent Carter."

Sie pausierte kurz, dann zog sie zwei Tablets aus einer Tasche und überreichte sie Max und Eva.

„Das ist ihr Auftrag."

In ihrer Stimme schwang ein Hauch Arroganz mit, als ob sie den Beiden nicht zutrauen würde, dass sie überhaupt lesen können.

„Sie machen sich während des Fluges damit vertraut. Niemand weiß über ihren Auftrag Bescheid, deswegen werden sie nur mit mir darüber sprechen. Nur im Notfall. Und nur über dieses Telefon."

Sie schaute beide eindringlich an und die Kälte in ihren Augen sagte deutlich aus, dass sie alles so meinte wie sie es sagte und keine Abweichung duldete.

Sie zog ein altes Handymodell aus ihrer Jackentasche und überreichte es Max, der es in seiner eigenen Jackentasche verschwinden ließ.

„Alles klar?", fragte Carter.

Max nickte. Carter schaute Eva eindringlich an, bis auch sie energisch nickte.

„Dann los", befahl der Special Agent und deutete auf das wartende Flugzeug.

„Der Pilot wartet bereits und wir haben nicht viel Zeit!"

Sie machte auf dem Absatz kehrt und ihre beiden Leibwächter folgten ihr auf dem Fuß.

Max und Eva stiegen über die kurze Einstiegstreppe in den Jet und ließen sich im luxuriösen Passagierteil nieder.

Die Maschinen wurden hochgefahren und das Flugzeug verließ schleichend den Hangar, um sich auf den Weg zur Startbahn zu machen.

Carter zog ihr eigenes Mobiltelefon aus der Tasche, drückte ein paar Tasten und wartete dann bis sich das Freizeichen in eine Stimme am anderen Ende der Leitung verwandelte.

„Ja", raunzte eine tiefe, kräftige Männerstimme, die so klang, als ob sie gewohnt war Befehle zu geben und diese dann auch befolgt wurden – unverzüglich.

„Die Mission ist gestartet, Sir", erklärte Carter.

Ohne eine Antwort legte ihr Gegenüber auf.

Carter schüttelte den Kopf, ob dieser Unhöflichkeit. Aber sie selbst entwickelte sich bereits in diese Richtung und verzichtete zumeist auf Höflichkeitsfloskeln.

In ihrem Job waren weniger Worte auch besser, dachte sie, als sie zusammen mit ihren Bodyguards in den schwarzen Kastenwagen stieg, der im hinteren Bereich des Hangars wartete.

Der Wagen fuhr los, verließ das Flughafengelände und hinterließ den Hangar, als ob dieses Treffen niemals stattgefunden hätte.

Kapitel 12

Der weiße Privatjet glitt majestätisch durch den wolkenlosen Himmel; die Sonne als einziger Begleiter auf einem ansonsten turbulenzfreien Flug.

Eva hob ihren Blick und schaute Max genervt über den Mahagoni Tisch, der die Beiden voneinander trennte, an.

„Musst du so schlürfen?", fragte Eva gereizt.

Max grinste schelmisch und nickte heftig.

„So schmeckt's einfach besser, weißt du", meinte er ein klein wenig beleidigt und schaute seinen Drink verliebt an.

Seine Obstsmoothies waren einfach sein Lebenselixier, auch wenn Eva das nur bedingt verstand.

Zumeist stand er morgens extra früh auf, um sich in aller Ruhe einen Gottestrunk, wie er es häufig nannte, zu mixen.

Er benutzte jeden Tag eine andere Obstzusammenstellung und probierte ständig etwas Neues, was hin und wieder auch zu einem wenig schmackhaften Ergebnis führte.

Das war auch der Grund, warum Eva sich von seinen Smoothies abgewandt hatte und fortan lieber wieder auf ihren altbewährten Kaffee zurückgriff.

Sie verdrehte die Augen.

„So kann ich mich nicht auf die Mission konzentrieren!", sagte Eva gespielt erzürnt.

Max stellte sein leeres Glas ab, stand auf und kam um

den Tisch zu Eva und stellte sich hinter sie. Er legte seine Hände auf ihre Schultern und begann sie sanft zu massieren. Eva stöhnte leicht auf, als ihre Verspannungen sich deutlich bemerkbar machten.

„Du bist doch sonst nicht so angespannt vor einem Auftrag, was ist los Baby?", fragte Max irritiert.

Eva dehnte ihren Nacken, nahm Max Hände und legte sie sich um den Hals.

„Ich weiß auch nicht", erwiderte Eva, „ich… ich hab' einfach ein ungutes Gefühl bei der Sache."

Zügig fügte sie hinzu: „Aber die haben alles sorgfältig geplant, wird schon schief gehen."

Sie lächelte gequält als Max zu seinem Platz zurückkehrte und ihre Hände in seine nahm.

„Du brauchst dich vor mir nicht zu verstellen, das weißt du!" Er schaute Eva eindringlich an und versuchte ihr mit seinem einfühlsamen Blick ein wenig die Nervosität zu nehmen, die so untypisch war.

Denn die Beiden machten das jetzt bereits seit einigen Jahren und er hatte Eva seit ihrem allerersten Auftrag nicht mehr so unruhig und nervös erlebt.

Normalerweise war sie die coolere und nahm ihm regelmäßig mit ihren kecken Sprüchen sämtliche Nervosität.

Diese Tatsache bewirkte, dass er sich umso mehr sorgte und seine Alarmantennen Meldung machten.

„Wenn du willst können wir die Sache abblasen", meinte Max.

Eva schaute ihn an als ob er ein dummes Kind wäre, was noch nicht wüsste was es sagt.

„Du weißt genau, dass das nicht geht", sagte sie ernst.

„Wir hatten noch nie eine Wahl."

Sie seufzte.

„Aber ich mag unseren Job und habe kein Problem damit."

„Aber", begann Max, doch Eva hob die Hand, um ihn zu unterbrechen.

„Lass gut sein, Schatz", erwiderte sie flott. „Es wird alles gut gehen und so perfekt wie immer laufen... mein... Gefühl war sicher nur eine Überreaktion."

Sie lächelte warm und versuchte ihn zu überzeugen, was ihr allerdings nicht gelang.

„Na gut", resignierte er, „belassen wir es dabei."

Eva blickte ihn dankbar an.

„Dann wenden wir uns lieber wieder dem eigentlichen Einsatz zu und gehen alles genaustens durch, damit dein Gefühl nicht Recht behält, sondern wir ein, wie immer, perfektes Ergebnis abliefern."

„Hier, das ist unser Zielsubjekt", Eva schob ein ausgedrucktes Foto zu Max über den Tisch. Dieser nahm es auf und betrachtete es genau. Es zeigte einen Mann mittleren Alters, dessen kurz geschorenes Haar bereits langsam ergraute.

Sein auffälligstes Merkmal waren seine stechend blauen Augen, die Max einen Schauer über den Rücken laufen ließ.

Die hohen Wangenknochen und sein leicht schiefer Mund verliehen ihm ein verwegenes, aber gleichzeitig auch gefährliches Aussehen.

Sein Blick zeugte von absoluter Selbstsicherheit und machte deutlich, dass er es gewohnt war Befehle zu geben. „Interessanter Typ", meinte Max nur, obwohl er wusste wie gefährlich dieser Mann war.

„Er wird gut bewacht in einer Art alten Festung in der Nähe von Prag. Ganz in der Nähe seiner legalen Firma. Zumindest laut unseren Informationen – die allerdings ein Jahr alt sind." Eva schaute Max an und der nickte. So alte Informationen waren mit Sicherheit völlig falsch.

„Wieso fliegen wir dann nach Berlin?", fragte Max ungläubig.

„Weil wir bisher nur wissen, das Agent XF von einer Bombe getötet wurde, die von Krustschov hergestellt wurde. Wir wissen nicht, ob er dahinter steckt. Und auch das sollen wir herausfinden. In Berlin wurde ein Politiker mit einer Patrone erschossen, die ebenfalls von ihm stammt. Wir sollen mit unserem Informanten und den örtlichen Behörden sprechen, ob sie irgendetwas wissen. Der Flug nach Prag kann noch warten. Vielleicht sammeln die in der Zwischenzeit Daten die wir gut gebrauchen können."

„Ok und was wissen wir bis jetzt schon?"

„Hast du immer noch nicht dein Tablet gelesen?", fragte Eva vorwurfsvoll. „Wir sind bereits in einer Stunde in Berlin", seufzte sie.

„Du weißt, ich befolge immer nur deine Befehle. Dann reicht es doch auch, wenn du die Missionsdetails liest", meinte er.

„Oh man, Max. Also gut, hör zu", begann sie, „Detlev Krustschov ist der Kopf einer Organisation die Waffen an unterschiedlichste Parteien liefert. Hauptsächlich in den nahen Osten, aber inzwischen auch an die Rebellen in Afrika. Sein Einfluss wächst täglich und sein

Engagement verhindert die Friedensbemühungen der Vereinten Nationen im nahen Osten.

Seine Waffen bekommt er zum größten Teil aus Weißrussland, aber auch die Russen machen mit ihm Geschäfte – was uns zu Agent XF bringt."

Sie pausierte kurz. „Zuletzt ereilte uns die Nachricht, dass er auch mit iranischen Waffenproduzenten verhandelt, sogar angeblich über Nuklearwaffen. Unseren Informanten zufolge ist es nur eine Frage der Zeit, bis er auch mit Nordkorea Beziehungen aufnimmt und sie mit ausreichend Waffen versorgt, um Südkorea zu annektieren. Wenn das passiert, hat die USA eine große Pufferzone in Asien verloren und auch Japan ist der Gefahr eines heftigen Angriffs ausgesetzt. Der kalte Krieg könnte erneut ausbrechen und sehr bald zu einem Warmen werden. Außerdem und jetzt wird's tricky, wird vermutet, dass er hinter den Morden, die in den vergangenen Tagen begangen wurden, steckt. Sowohl der Politiker in Berlin, als auch Agent XF sollen auf seine Kappe gehen. Es würde zu seiner Neigung zu Russland passen. Es könnte etwas Großes im Gange sein. Allesamt waren die Toten Befürworter der globalen Abrüstungsstrategie. Und das, nunja, schadet nun mal seinem Geschäft, wenn niemand mehr Waffen kaufen will", schloss sie.

„Puh, er ist also ein richtig großer Fisch und da setzen sie nur uns zwei ein, um ihn zu liquidieren?", fragte Max aufgewühlt.

„Sie wollen, dass er auf keinen Fall etwas bemerkt. Und wir sollen ihn nicht liquidieren, sondern festsetzen. Die Agency will Informationen aus ihm herauspressen", erklärte Eva.

„Und da schicken sie natürlich ihre besten Leute… klar", grinste Max.

„Ganz genau", erwiderte Eva lang gezogen.

Eva rief eine Grafik des Gebäudes auf, das vage einem Fünfeck entsprach, an dessen Nord- und Südseite jeweils ein Turm das restliche Gemäuer weit überragte. Das Haus war umgeben von dichtem Wald und es führte nur eine einzige Straße zum Haupttor.

„Das Gebäude hat vier Ebenen, die Türme nur zwei." Eva deutete auf die Türme.

Max nickte und bedeutete ihr fortzufahren.

„Das einzige was wir bis jetzt wissen ist die ungefähre Wachenanzahl."

Eva schaute kurz auf ihre Unterlagen, runzelte die Stirn, fand schließlich die gesuchte Information und fuhr fort: „Jede Ebene verfügt über circa zehn Männer, wobei noch jeweils fünf in den Türmen hinzukommen. Sowie zwei die über dem Haupttor postiert sind."

„Ne ganze Menge", sagte Max verunsichert.

„Außerdem sind ständig zwei zusätzliche Wachen vor Krustschov's Schlafzimmer postiert, sowie eine innerhalb, was wir allerdings nur vermuten, da es bei früheren Hotelbesuchen von ihm so gewesen ist", fuhr Eva fort, ohne den Kommentar von Max weiter zu beachten.

„Und wie um alles in der Welt sollen wir da bitte reinkommen, Schätzchen? Wenn er überhaupt dort ist.", fragte er ein wenig brüskiert.

„Tja… Schätzchen", antwortete Eva mit einem schelmischen Lächeln, wobei sie dem Wort `Schätzchen` einen leicht ironischen Unterton verpasste, „das werden sie uns hoffentlich in Berlin sagen."

Die Landung in Berlin war unsanft. Bei starken Windböen und leichtem Regen rumpelte der Jet über das Rollfeld und ließ Eva instinktiv nach Max' Hand greifen.

Nach dreißig Sekunden war die Albtraumlandung allerdings vorbei, als das Flugzeug so langsam wurde, dass es sich am Boden stabilisierte und in Richtung eines kleinen, privaten Hangars am Ende der Landebahn weiterrollte.

Max blickte aus dem Fenster und verzog angewidert das Gesicht.

„Das Wetter sieht aus wie die Pariser Gosse", sagte er Nase rümpfend.

„Ja besonders toll ist es nicht gerade", pflichtete Eva ihm, ein wenig diplomatischer, bei.

„Paris dagegen war wunderschön, ich wünschte wir wären länger dort gewesen", seufzte sie.

Was waren schon zwei Tage in der Stadt der Liebe. Nichts. Gar nichts. Trotzdem, sie hatten auch diese kurze Zeit zu nutzen gewusst. Direkt nach ihrer Ankunft waren sie mit ihrem Gepäck zum Eiffelturm gefahren, hatten das Gepäck bei einem verdutzten Security-Mann zurückgelassen und den Eiffelturm bis oben bestiegen.

Um das Erlebnis perfekt zu machen waren sie solange oben geblieben bis sie dort zu Abend essen konnten und hatten einen wunderschönen Ausblick auf die gesamte, hellerleuchtete Stadt gehabt. Es war wie im

Himmel gewesen. Die Zeit war beinahe stehen geblieben, ein perfekter Moment, als sie sich unter einem zauberhaften Sternenhimmel – im Hintergrund die glitzerten Lichter der Stadt – innig umschlungen, geküsst hatten.

Die Nacht war anstrengend, dachte Eva mit einem Lächeln, aber eine der schönsten Nächte überhaupt.

Als sie am nächsten Morgen durch die kitzelten Sonnenstrahlen geweckt wurden, sprangen beide wie neu geboren auf und erkundeten Paris.

Sie hatten die atemberaubende Kathedrale Notre Dame besucht, ihr Mittagessen auf einem Schiff auf der Seine eingenommen und waren danach stundenlang durch Paris spaziert. Selbstverständlich nicht ohne in sämtlichen Boutiquen vorbeizuschauen.

Als sie sich schließlich spielerisch in einem Park auf den Boden warfen, hatte Max ihr seine Liebe gestanden, der sie sich aber sicher war – sie kannten sich bereits solange und sie liebte Max genauso.

Ohne Zeitgefühl verbrachten sie ihre Zeit im Park bis die Sonne untergegangen war und beide frösteltn.

Sie aßen am Fluss zu Abend und Eva hatte Schnecken probiert, obwohl sie sich immer davor geekelt hatte. Und zu ihrer beider Überraschung, hatte es ihr auch noch geschmeckt.

Die Flugzeugtür wurde geöffnet und holte Eva unsanft in die Realität zurück; erinnerte sie daran, dass sich die Welt doch weiterdrehte und die Zeit nicht in Paris stehen geblieben war.

„Wir sind da", kam der Kapitän nach hinten in die Kabine, um seinen Passagieren beim aussteigen zu helfen.

„Ja leider", murmelte Eva und ließ einen enttäuschten Laut von sich.

„Hey", munterte Max sie auf, „ich verspreche dir, dass wir hiernach sofort nochmal nach Paris fliegen…"
Er pausierte.

„Und diesmal bleiben wir länger!", grinste er.
Der Pilot schaute ungeduldig nach hinten und wartete, dass die Beiden sich endlich von ihren Plätzen erhoben und sein Flugzeug verließen.

„Ich glaube wir müssen uns beeilen, wir haben bereits kurz nach acht und in einer halben Stunde sollen wir bereits mit unserem Kontakt zusammentreffen", erwähnte Eva, erhob sich und ging in Richtung Ausgang. Max schnappte sich seinen Rucksack und folgte ihr auf dem Fuß.
Beide verließen vorsichtig das Flugzeug und wurden bereits von ihrem Fahrer erwartet, der sie zu ihrem Fahrzeug geleitete.

„Hier entlang", bedeutete er den Beiden und zeigte in Richtung eines unauffälligen, dunkelblauen BMW älteren Baujahrs.
Sein mageres Gesicht zeigte keinerlei Anzeichen irgendeines Gefühls. Er stieg ohne ein weiteres Wort ein und fuhr sofort los, nachdem Max die Tür geschlossen hatte.
Sie verließen das Flughafengelände und fädelten sich in den Berliner Verkehr ein, der an diesem Sonntagmorgen nicht besonders extrem war. Sie kamen dennoch nur schleppend voran und Eva schaute sich um, auf der Suche nach ihrem Ziel, von dem sie nur

wussten, dass es in einem zentral gelegenen Park lag.

Auch kannten sie ihre Zielperson nicht, es war nur ein kleines Erkennungszeichen vereinbart worden und Eva hoffte, dass ihre wirkliche Zielperson noch lebte und nicht durch einen Gegenagent ersetzt wurde, der ihr Erkennungszeichen auswendig gelernt hatte.

„Berlin ist doch super attraktiv", sagte Max sarkastisch.

„Es regnet und wir stecken im Stau", führte Max fort, als sie an einer Ampel halten mussten. „Ich hoffe, dass unser Kontakt pünktlich ist und das Treffen schnell vorbei ist."

„Angst nass zu werden", feixte Eva.

„Ja, du weißt doch, ich bin aus Zucker", spielte Max mit.

Eva lachte und wandte sich dann Max zu.

„Das stimmt, du bist zuckersüß." Sie gab ihm einen Kuss auf die Wange und Max lehnte sich mit einem eingebildeten Blick zurück. Zufrieden, dass er ein solches Kompliment bekommen hatte.

Die Ampel wurde grün und sie konnten ihren Weg langsam fortsetzen. Eva stöhnte erleichtert auf, als der Wagen sich endlich wieder in Bewegung setzte.

Sie fuhren weiter durch die nur teilweise belebten Straßen Berlins, während der Regen stärker wurde und trommelnd auf das Autodach prasselte.

Kapitel 13

Sie verließen das Fahrzeug einen Block vom Park entfernt, um kein Aufsehen zu erregen und ihre wahren Absichten zu verschleiern, für den Fall, dass sie verfolgt wurden.

Zügigen Schrittes marschierten sie die paar Dutzend Meter zum Treptower Park, der an einem idyllischen Arm der Spree lag.

Normalerweise bevölkerten hunderte von Menschen den Park, um unterschiedlichsten Freizeitaktivitäten nachzugehen. Aber heute war der Park beinahe menschenleer. Eine vereinzelte Frau trotzte dem Regenguss und führte ihren Hund aus. Ansonsten war im Park nichts zu hören außer das prasseln des Regens auf die Schotterwege und die Blätter der zahlreichen kräftig-grünen Bäume.

Es hatten sich bereits einzelne Pfützen auf den Wegen gebildet, die die Umgebung wie ein trauriger Spiegel reflektierten.

In einiger Entfernung hörte man das monotone Rumpeln der S-Bahn, die in regelmäßigen Abständen am Rande des Parks vorbeifuhr.

Eva zog ihre Regenjacke, die sie sich inzwischen übergeworfen hatte, enger zu und senkte ein wenig ihren Blick, um den Regen von ihrem Gesicht fernzuhalten.

Sie durchquerten den Park in östlicher Richtung und näherten sich einem alten sowjetischen Ehrenmal, welches zu Erinnerung an die gefallenen sowjetischen Soldaten im zweiten Weltkrieg errichtet worden war.

Auf dem sandsteinfarbenen Sockel stand ein bronzefarbener Mann mit einem Kind im Arm, dessen Schwert auf das zerbrochene Hakenkreuz deutete, was seine Füße zerquetscht hatten.

Alles in allem war die dreißig Meter hohe Statue eine imposante Erscheinung und erinnerte für die Ewigkeit an die Schrecken dieser Zeit.

Der Regen und das trübe Umgebungslicht verstärkten diesen Eindruck noch.

Die beiden näherten sich weiter dem Denkmal, als plötzlich eine dunkle Person, aus Richtung des nahe gelegenen Karpfenteichs – dessen Namen das einzige Überbleibsel war, was von der ursprünglichen Bedeutung übrig geblieben war - um das Denkmal herumkam. Heute schwammen nur noch vereinzelt Fische darin und wenngleich es noch Karpfen gab, so auch andere Arten von Fischen.

Die Gestalt blieb auf der Vorderseite stehen und Max und Eva näherten sich soweit, dass ihre Gesichter sich beinahe berührten.

„Der Spiegel der Seele?", fragte der Mann und schaute sich nervös und Hände reibend um.

„Augapfel", antwortete Eva prompt und wirkte erleichtert, dass sie nicht Auge gesagt hatte, denn das hätte ihr Gegenüber zu ihrer Tötung veranlassen müssen. Es schien als sei auch bei ihrer Kontaktperson eine tonnenschwere Last abgefallen.

„Hier ist alles was sie wissen müssen", sagte er und brachte sogar ein leichtes Lächeln zustande. „Dennoch haben wir nicht alles von den deutschen Behörden erfahren bisher. Der zuständige Kommissar heißt Heinz. Der letzte Teil des Bericht, ist alles was wir bisher über Prag wissen."

Er übergab Eva einen USB-Stick und einen Umschlag.

„Das ist alles", fragte Max ungläubig.

„Ja", nickte der Mann und wandte sich zum gehen, aber Max hielt ihn am Arm fest. Der Mann zuckte zurück. Max packte fester zu und ließ ihn nicht aus seinem eisenharten Griff. Angst spiegelte sich in den Augen ihres Kontaktmannes wider.

„Ich hoffe du verarscht uns nicht."

Max pausierte unheilvoll bevor er fortfuhr: „Sonst finden wir dich, verlass dich drauf", fügte er drohend hinzu. Dann ließ er den Mann los, der sich umdrehte und ohne einen weiteren Blick zügig den Park verließ. Sein Angstschweiß hing noch eine Weile in der Luft und überzeugte Max, dass er die Wahrheit gesprochen hatte.

Eva schaute ihm hinterher, bis der Regen und das trübe Licht ihn verschluckten.

„War das wirklich nötig?", fragte sie gereizt.

„Ja, war es. Jetzt bin ich sicher, dass er uns nicht verarscht hat."

„Vielleicht ist er auch nur ein guter Schauspieler", warf Eva ein.

„Mag sein... Wir werden es früh genug erfahren. Aber jetzt sollten wir nicht länger mit diesen Informationen in aller Öffentlichkeit rumhängen, sondern schleunigst zurück ins Hotel fahren."

Eva nickte und gemeinsam verließen sie gemächlich

aber bestimmt den Park, auf der Suche nach einem der unzähligen Berliner Taxis.

Der Regen donnerte weiter und vergrößerte die Pfützen im Park und auf den umliegenden Straßen.

Der neue Mercedes E-Klasse kam vor ihrem Hotel, einem Vier-Sterne Haus im Herzen Berlins, zum stehen.

Die Fassade des Gebäude hatte schon bessere Tage gesehen und blätterte an manchen Stellen bereits ab.

Die graue Farbe passte sich perfekt in die momentane Umgebung ein. Zwar hatte der Regen inzwischen ein wenig nachgelassen, doch die einzige Farbe die in Berlin zu existieren schien war grau – und zwar in allen Schattierungen und Stufen.

Es war ein trostloser Anblick, als Max und Eva das Taxi verließen und zu ihrem Hotel hinaufblickten.

Selbst der Page passte sich in seiner grauen Uniform optimal der Umgebung an. Einzig seine rot umrandete Mütze bildete einen scharfen Kontrast.

Max steckte dem Fahrer einen Geldschein zu, bedankte sich und ließ ihn dann mit einer beachtlichen Menge Trinkgeld, selig, in seinem Wagen zurück.

„Herzlich Willkommen", trat der Page freundlich lächelnd auf sie zu. Sein Gesicht sah noch sehr jugendhaft aus und er konnte kaum älter sein als Max und Eva.

„Darf ich Ihnen ihr Gepäck abnehmen, Gnädigste", fragte er unterwürfig und Eva hätte ihm dafür am liebsten eine reingehauen. Sie hasste solche übertriebenen Höflichkeiten, zumal sie eigentlich nie ernst gemeint waren – aber sie konnte sich zurückhalten.

Sie erwiderte das warme Lächeln, welches der Page ihr geschenkt hatte und nickte.

„Sehr gerne, vielen Dank!"
Der Page ergriff das Gepäck und bedeutete ihnen, dass sie zur Rezeption vorgehen sollten.

Sie betraten ihr geräumiges Zimmer und Max nickte anerkennend ob der Großzügigkeit die ihnen hier geboten wurde.

Der Page stellte das wenige Gepäck in den Flur und Max drückte ihm ein wenig Trinkgeld in die Hand.

„Vielen Dank, Sir", bedankte sich der Hotelangestellte und zog sich lautlos zurück. Eva war heilfroh, als die Tür ins Schloss viel und ließ sich auf das bequeme Sofa sinken. Es war ein weiß-beige gestreiftes Designerstück, welches das Hotel wohl Unmengen an Geld gekostet haben musste.

Der Rest ihres Zimmers war allerdings sehr modern und funktional gehalten, mit schlichten, blassen Farben, die dennoch eine willkommene Abwechslung zum trüben Tag draußen bildeten.

„Diese ganze geheuchelte Höflichkeit. Zum Kotzen", meinte Eva genervt.

„Er macht doch nur seinen Job", versuchte Max seine Freundin zu beruhigen.

„Ja... ja, machen wir lieber unseren, damit ich Ablenkung habe", forderte sie Max auf.

„Klar!"
Max schwang sich auf einen der unbequem aussehen-

den Stühle, die in der Mitte des Wohnzimmers um einen runden Tisch platziert waren, auf dem eine Vase mit kräftigen roten Rosen stand.

„Dann präsentier uns mal die Fakten Madam", forderte Max Eva auf und gab ihr einen lasziven Blick.

Eva schüttelte nur den Kopf und kam zum Tisch, während Max seinen Laptop aufbaute und hochfuhr.

Sie reichte Max den USB-Stick, der ihn sofort in den Port schob, setzte sich ihm gegenüber und zog die Unterlagen aus dem braunen Umschlag, den sie zusammen mit dem USB-Stick erhalten hatten.

Sie warf einen flüchtigen Blick darüber und breitete das Papier dann sorgfältig auf dem Tisch aus, sodass beinahe jeder freie Fleck des Tisches mit Papier und Fotos bedeckt war.

Sie grinste zufrieden und warf Max einen erwartungsvollen Blick zu, der noch immer mit seinem Laptop zu Werke war.

Sie war gespannt auf sein Gesicht, sobald er den Blick hob und dieses Chaos entdeckte. Sie wusste, dass er Unordnung hasste und brachte ihn gerne auf diese Weise zur Weißglut.

„Wo, fa…", begann Max und stockte, als er die Verwüstung auf dem Tisch sah. An seinem Kopf begann eine Ader zu pulsieren und er legte beide Hände verkrampft auf den Tisch.

„Was zum Teufel soll das, Eva?", spie er angewidert hervor und durchbohrte seine Freundin mit Augen, die zu Lasern geworden waren.

Eva genoss sichtlich den Moment und grinste nur still vergnügt zurück.

„Räum es auf", befahl er. „Wie sollen wir sonst arbeiten?"

„Man, Maxilein, beruhig dich mal. Du musst doch auch irgendwann mal mit so was klar kommen."

Max' Kopf wurde zwei Farbtöne dunkler und leichte Wut kochte in ihm auf.

„Dabei hab ich mir heute so eine Mühe gegeben alles ordentlich auszubreiten, damit..." Sie kicherte bevor sie fortfuhr.

„Damit du nicht wieder eskalierst", schloss sie und wartete darauf, dass Max explodierte.

Sie wusste genau, dass er Probleme hatte mit dieser Unordnung. Seine Mutter hatte ihn bereits früh darauf getriezt penibel Ordnung zu halten. Wenn er es nicht tat, gab es irgendwelche Sanktionen, von Süßigkeitenentzug über Fernsehverbot, bis hin zu Hausarrest, je nach Schwere des `Vergehens`.

Und dieses, bereits im frühen kindlichen Alter antrainierte, Verhalten hatte sich tief in Max eingebrannt und kam auch noch jetzt zum Vorschein, obwohl er bereits ein junger Mann war.

Wann immer also Eva, die es keineswegs so genau nahm mit der Ordnung, so was hier veranstaltete, hätte Max sie am liebsten verprügelt.

Insbesondere, da sie seit kurzer Zeit dieses Theater absichtlich veranstaltete, nur um ihn zu ärgern.

Zu Beginn hatte sie es noch für eine Lappalie gehalten, die sich schnell wieder verflüchtigen würde. Heute sah Eva es anders und empfand das krampfhafte Verhalten Max' äußerst lästig.

Max schnaubte verächtlich und riss sich mit aller Macht

zusammen.

Eva staunte nicht schlecht, denn so beherrscht wie heute war er noch nie gewesen.

„Respekt, du bist ziemlich ruhig", freute sich Eva über diesen kleinen Erfolg und hoffte insgeheim, das er diesen Tick bald abstellen konnte.

„Können wir jetzt einfach anfangen. Wir haben auch nicht ewig Zeit?", fragte Max ungeduldig und versuchte von seinem Problem abzulenken, indem er einfach mit der Arbeit fortfuhr.

„Ok", stimmte Eva zu und kam um den Tisch herum.

„Was ist denn nun auf dem Stick?", fragte sie neugierig und beugte sich über Max' Schulter, damit sie den Bildschirm besser einsehen konnte.

„Nicht sonderlich viel mehr, als das was wir im Flugzeug besprochen haben. Viel scheinen wir über den Kerl nicht zu haben. Und noch ein Bild von Agent XF, sowie des Toten hier in Berlin. Den kenne ich allerdings nicht."

Max lehnte sich in seinem Stuhl zurück und Eva beugte sich vor, so dass Max den Bildschirm nicht mehr einsehen konnte.

„Ich auch nicht", gab Eva zu.

„Was uns das Leben nicht gerade leichter macht", seufzte er.

„Leider", bestätigte Eva.

„Und…", Max deutete unten links auf den Bildschirm in dem er sich in akrobatischer Manier an Eva vorbeizwängte und seinen Zeigefinger auf den Bildschirm richtete, „die Daten sind schon ein paar Monate alt. Wer weiß ob sie noch aktuell sind."

„Bei einer Person seines Kalibers wahrscheinlich eher nicht", räumte Eva ein.

„Dann lass uns die Daten genau durchsehen und sich dann nochmal mit unserem Kontakt hier treffen."

Eva schüttelte den Kopf.

„Du weißt genau, das dass nicht vorgesehen ist, das macht uns nur verdächtig und lässt unsere Mission vielleicht..."

Max hob die Hand, um sie zu unterbrechen.

„Dann müssen wir uns mit dem Kommissar treffen, den er uns genannt hat. Sonst ist unsere Mission schon beendet bevor sie angefangen hat. Und du weißt...", er lächelte gerissen und seine linke Augenbraue zuckte nervös – so wie immer, wenn er mit seinen Leistungen prahlte, „ich will bei meiner Hundert-Prozent-Quote bleiben!"

„Sonst ist dein Ego zu sehr angekratzt, oder Superman?", zog Eva ihn auf.

„Ganz genau", zog er die Worte in die Länge und sein Ego schien in diesem Moment auf eine Größe anzuwachsen, die er nicht länger unter Kontrolle zu haben schien.

Eva schnaubte verächtlich und ließ sich mit ihrem vollen Gewicht auf Max plumpsen.

Max stöhnte auf, musste husten und krümmte sich unter Evas plötzlichem Gewicht auf seinen Hüften, was ihr ein süffisantes Lachen abgewann.

„Willst du mich umbringen?", fragte er verärgert.

„Geschieht dir nur Recht, Schatz. Dein Ego drohte mal wieder auf Universumsgröße anzuwachsen."

Eva drehte sich um, gab ihm einen Kuss auf die Wange

und drehte sich wieder nach vorne.

„Gut, dann lass uns jetzt endlich anfangen, sonst werden wir nie fertig."

Max brummte zustimmend und sagte nichts – immer noch beleidigt, ob der abrupten Verpuffung seines Egos.

„Also", begann Eva, „hier, das ist doch was Neues", meinte Eva und deutete auf einen Absatz, der ein wenig fettgedruckter war als der Rest des Textes auf der Seite.

„Seine Festung hat einen Keller, und dieser Keller ist durch einen zwei Kilometer langen Tunnel zu erreichen, von dem sie angeblich nichts wissen."

Evas Miene hellte sich auf, als sie fortfuhr. „Das heißt für uns, wir haben einen super Zugang, umgehen die Wachen auf den Außenmauern und müssen uns nur noch mit denen im Inneren herumschlagen."

„Vorausgesetzt die Daten sind noch aktuell", dämpfte Max ihre Freude.

„Also müssen wir definitiv nochmal mit irgendwem sprechen", seufzte sie und runzelte die Stirn.

„Hab ich doch gesagt."

Eva stand auf und lief im Raum umher, überlegte fieberhaft wie es weitergehen sollte.

Max schlug mit der Faust auf den Tisch, so dass einige Blätter zu Boden segelten, verließ den Raum und trat zur Minibar, die im Schlafzimmer stand.

Wütend riss er die Tür auf und nahm sich ein Bier, öffnete es an der Kühlschranktür und nahm einen kräftigen Schluck.

Dann kehrte er ins Wohnzimmer zu Eva zurück.

„Ich hasse solch wage Informationen", blaffte er in

den Raum.

„Es wird schwierig. Zugegeben, aber wir sind für alles ausgebildet, Max, nur machen wir die meiste Zeit nichts anderes als Leute zu liquidieren", unterbrach sie ihn.

Das stimmte. Beide machten diesen Job schon seit ungefähr fünf Jahren.

Sie waren ungewöhnlich früh rekrutiert worden, da Evas Vater bereits jahrelang beim amerikanischen Geheimdienst zugange war und er immer von der unglaublichen Intelligenz seiner Tochter geschwärmt hatte.

Max war Evas Nachbar seit er mit zwei Jahren mit seinen Eltern in die USA ausgewandert war. Sein Vater war bei der Army und folglich hatte Max beide Staatsbürgerschaften und sprach beide Sprachen perfekt.

Sein Vater hatte bereits früh begonnen seinen Sohn zu trainieren und so war er bereits im Alter von zwölf Jugendlichen die einige Jahre älter waren sowohl körperlich als auch geistig deutlich überlegen.

Als Evas Vater eines Tages davon erfuhr, schlug er Max als künftigen Geheimagenten vor.

Beide wurden im Alter von fünfzehn Jahren rekrutiert und durchliefen eine der härtesten Ausbildungen, die die meisten zwanzigjährigen nicht überstanden. Beide waren mit einer unglaublichen Intelligenz gesegnet und besaßen darüber hinaus die Gabe niemals aufzugeben und weit über die eigenen Grenzen hinauszugehen. Durch ihr junges Alter wurden sie in den ersten Jahren ihres Einsatz von allen die sie nicht kannten unterschätzt, was ihren Vorteil, den sie ohnehin dank ihrer Fähigkeiten besaßen, noch erhöhte.

Sie wurden in sämtlichen Verhörtaktiken geschult, durchliefen tagelange Folterungen und Abschottungen von der Außenwelt.

Eva stand sogar zweimal kurz vor dem Tod, meisterte die Situationen schließlich und beeindruckte ihre Ausbilder, die es nicht für möglich gehalten hatten, dass eine so junge Frau – eigentlich noch ein Mädchen – diesem Training überhaupt standhalten konnte.

Max wurde mehrere Male vergiftet und lernte nur mit Hilfe von Heilkräutern seinen Körper zu entgiften. Neben dem physischen Training, welches beiden eine ungeheure Kraft und Ausdauer verlieh, durchliefen sie ebenfalls ein knallhartes mentales Training, in deren Verlauf sie mehrfach gebrochen wurden.

Eines Tages war Max – inzwischen hart trainiert und gegen jede Art körperlichen Schmerzes gewappnet – zusammengebrochen und weinte jämmerlich nach seiner Mutter.

Er hatte versucht sich umzubringen, aber als das misslang arrangierte er sich mit seiner Mission stärkte seinen Willen von alleine, setzte seinen Geist wieder zusammen und tötete beinahe einen seiner Ausbilder, der nicht damit gerechnet hatte, das Max Geist wiederhergestellt war.

Eine der letzten Aufgaben der gemeinsamen Ausbildung war die gegenseitige Liquidierung. Beide kannten sich seit Kindesbeinen und liebten sich wie Bruder und Schwester. Da man sie getötet hätte, wenn sie sich geweigert hätten, begannen sie also mit der

Aufgabe, auf einem eigens dafür präparierten Trainingsgelände, welches aus unterschiedlichem Terrain, Höhlen und gemeinen Fallen, wie zum Beispiel Tretminen bestand.

Beide umgingen die Fallen dank ihrer Ausbildung mühelos und trafen sich schließlich in einer der Höhlen, um sich mit bloßen Händen umzubringen. Keiner der Beiden zögerte nur eine Sekunde und sie setzten sich mit harten Schlägen gegen den Körper zu. Wo bei anderen Menschen Knochen gebrochen oder innere Organe schwer verletzt worden wären, erhielten sie nur blaue Flecke.

Als Max Eva schließlich im Würgegriff seiner Beine hatte, erbarmungslos zudrückte und kurz davor war ihr Genick zu brechen, stoppten die Ausbilder den Kampf.

„Genug", schrie der Boss, „wir wollen nicht einen unserer beiden besten Agenten verlieren. Ihre Ausbildung haben sie mit Bravour bestanden. Sie sind bereit!", schloss er mit grimmiger Stimme.

Max ließ sofort los, erleichtert, dass er seine Freundin nicht töten musste.

Eva fiel Max um den Hals und von diesem Moment an wurde ihre Liebe zueinander noch stärker, sie liebten sich nicht mehr nur als gute Freunde, sondern von nun an als Paar und wurden immer gemeinsam eingesetzt, da der eine sich bedingungslos auf den anderen verlassen konnte und jeder des anderen Stärken und Schwächen genau kannte.

„Trotzdem können wir ihn zu zweit nicht entführen", fuhr Eva unbeirrt fort.

„Wir müssen ihn erst einmal finden", sagte Max und

überging Evas Kommentar.

„Stimmt."

Kapitel 14

Die Tür fiel hinter ihm ins Schloss und erleichtert sank er mit dem Rücken dagegen. Er war froh, dass er dem Dauerregen entkommen war. Aber viel glücklicher war er darüber, dass die Übergabe reibungslos abgelaufen war und er zu keinem Zeitpunkt um sein Leben hatte fürchten müssen. Nun hoffte er, dass dieser Alptraum bald endete und er seine üppige Bezahlung erhielt, die ihm in nächster Zeit ein sorgenfreies Leben ermöglichte. Und, was viel wichtiger war, er konnte aus diesem Kellerloch ausziehen, was sein Vermieter als superschönes Appartement angepriesen hatte. Im Sommer sei es besonders kühl, da es nur halb aus der Erde ragte, hatte der Vermieter gesagt. Ja, aber er hatte verschwiegen, dass es im Winter auch dem entsprechend kalt wurde. Und die Heizung funktionierte kaum. Im letzten Winter hatte er eine Woche keine Heizung gehabt. Er musste in einem dicken Anorak und langen Unterhosen schlafen. Die Temperatur war beinahe auf den Gefrierpunkt gesunken. Wenigstens brauchte er keinen Kühlschrank in dieser Zeit, hatte er sarkastisch gedacht. Als nach einer Woche die Heizung repariert worden war, war er heilfroh, dass er das ganze überlebt hatte und schwor sich sobald wie möglich auszuziehen. Aber leider hatte er nicht die finanziellen Mittel gehabt und musste weitere sechs Monate warten. Jetzt war er allerdings kurz davor sich eine angenehme Wohnung suchen zu können. Er erhob sich, durchschritt das eine Zimmer aus dem seine Wohnung bestand und verschwand in einem winzigen Bad im hinteren Teil der Wohnung. Er knipste das Licht an und betrachtete sich im Spiegel. Sein Gesicht war von Narben gezeichnet und seine Nase bereits mehrmals gebrochen und dadurch recht schief. Er wusch sich mit seinen schwieligen Händen das Gesicht und trat dann zu dem kleinen Kühlschrank hinüber, der auf der anderen Seite seines Zimmers in einer kleinen Kochnische stand.

Er öffnete sich ein Bier - der einzige Weg den ganzen Scheißdreck zu ertragen, dachte er bei sich - und wollte einen Schluck nehmen, als sein Handy klingelte.

„Halt's Maul, du verdammtes Scheißding", fluchte er, stellte sein Bier ab und nahm widerwillig doch ab, nachdem er gesehen hatte wer ihn anrief. Er spannte sich innerlich an, da ungeplante Anrufe nie etwas positives bedeuteten.

„Ja", meldete er sich vorsichtig, auf alles gefasst was vom anderen Ende der Leitung auch kommen mochte.

„Bericht!", forderte eine tiefe, unhöfliche Stimme forsch.

Emil Langer zuckte beim Klang dieser Stimme unwillkürlich zusammen und hätte beinahe sein Telefon fallen gelassen. Er würde sich nie an diesen einzigartigen Klang gewöhnen, der eine Mischung aus eiskalter Verachtung vor allem und jedem und hohlem süffisanten Sarkasmus war. Diese Kombination machte es unmöglich zu erahnen, wann sein Gegenüber ihn am liebsten töten wollte oder nur eine Informationen brauchte. Die Festigkeit der Stimme zeugte außerdem von Selbstvertrauen und der Gewohnheit Befehle zu erteilen. Er schwieg noch einige Sekunden, bevor er sich räusperte, um seinen Bericht vorzutragen.

„Alles verlief wie geplant. Übergabe erfolgreich. Keine Komplikationen", führte er kurz und knapp aus – so wie es sein Auftraggeber bevorzugte.

„Gut."

Die darauf folgende Stille war unheilvoll als Emil darauf wartete, dass sein Gegenüber noch etwas sagte.

„Was ist mit meiner Bezahlung?", traute sich Emil schließlich die Stille zu beenden.

Das Lachen war wie ein Schlag in die Magengrube – ein fester Schlag. Seine Innereien verkrampften sich und er hatte Angst, dass allein dieses Lachen ihn auf der Stelle töten könnte.

Schweiß brach ihm auf der Stirn aus und seine Gesichtsmuskeln zuckten nervös. Jede seiner Narben begann zu brennen, als ob sie ihm gerade noch einmal zugefügt wurden.

„Mein Sohn, noch sind wir nicht am Ende. Du musst noch eine Sache für mich tun."

Die Stimme sprach wieder ganz ruhig, mit dem gleichen Tonfall wie zu Beginn und das trug noch zur Vergrößerung von Emils Angst bei.

„W… Was… Was denn noch?", stammelte er, um Fassung bemüht, aber sein zitternder Körper war im Moment nicht unter Kontrolle zu bringen.

„Das erfährst du bald. Sehr bald."

Der Anrufer legte auf und Emil sackte auf sein Bett, ließ das Telefon fallen und vergrub die Hände im Gesicht. Er zitterte am ganzen Körper und begann zu schluchzen.

Er rollte von seinem schäbigen Feldbett hinunter auf den ungefliesten Betonboden – und zitterte noch mehr, als er dessen Kälte spürte.

Hört das denn nie auf, dachte er benommen, als sich die grauen, kargen Wände seines Zimmers immer enger um ihn zu schließen schienen, um ihn mit Haut und Haaren zu verschlingen. Er ließ einen kurzen, markerschütternden Schrei los, bevor er sich wieder zusammenrollte und Tränen auf den übel riechenden Boden vergoss.

Niemand hatte ihn gehört, niemand half ihm. Das wusste er, es war bis jetzt immer so gewesen in seinem Leben. Emil Langer musste ganz alleine aus dieser Sache herauskommen.

Irgendwie.

Er hoffte nur, dass er es lebend schaffte.

Kapitel 15
Mallorca

Die Yacht dümpelte in einer wunderschönen, idyllischen Bucht, rund einen Kilometer vom bezaubernden Sandstrand entfernt, der wie jeden Tag, dutzende von Besuchern anlockte.

Die Sonne strahlte heiß vom Himmel und überall waren Menschen in knappen Klamotten zu sehen, die sich im Wasser abkühlten.

Hinter dem knappen Sandstrand erhob sich eine steile Felsenküste, deren zerklüftete Felsen die Menge, die sich unter ihr vergnügte, aufmerksam zu beobachten schien. Genauso wie das kleine Beiboot, welches sich nun der Yacht näherte und dabei das Wasser ringsum aufschäumte. Die Wellen die es erzeugte trafen die Yacht und schüttelten sie schwach durch.

Ein Schwarm kleiner Fische, der im kristallklaren Meer deutlich zu erkennen war, stob auseinander und versuchte vor dem Eindringling zu flüchten.

Trotz alledem blieb das Meer ziemlich ruhig und der Wellengang war ziemlich sanft.

Das schmale Boot verlangsamte und sein Motor dröhnte, weißer Qualm stieg auf und es war ein leichtes Stottern zu hören. Der Motor wurde abgestellt und der Kahn dümpelte nur noch im aufgewühlten Wasser direkt neben der Yacht.

Drei Personen befanden sich auf dem Boot, und unterhielten sich mit Händen und Füßen, einer erhob sich und warf ein Tau auf die Reling der Yacht, auf dessen Deck gerade ein muskelbepackter, dunkelhäutiger Mann erschienen war, um die Neuankömmlinge zu empfangen.

Er machte das Tau fest und ließ eine Sprossenleiter zum Beiboot hinunter, die sehr ausgefranst aussah und ihre besten Tage bereits hinter sich hatte.

Die Männer unterbrachen ihre lebhafte Unterhaltung und kletterten behände auf das Deck der Yacht.

Die Holzlatten, die den Boden bildeten, waren noch leicht feucht, von der soeben erfolgten gründlichen Reinigung. Und das Weiß der Yacht blitzte und funkelte im Sonnenschein, als bestünde es aus tausenden von Juwelen. Die verdunkelten Fensterscheiben ließen nur wenig Sonnenlicht ins Innere, so dass es dort erträglich kühl war, als die vier Männer nun den großzügigen Innenraum, der beinahe vierzig Meter langen Yacht betraten. Eine Wand in der Mitte, vor der ein weißes Sofa stand, trennte den Raum in einen Wohn- und Essbereich. In der unteren Etage waren die privaten Kajüten untergebracht und auf dem Oberdeck war ein moderner Whirlpool installiert, den der Besitzer nur allzu gerne benutzte, um sich von seinem anstrengenden Alltag zu erholen.

Schließlich hatte die Yacht ihn ein paar Millionen gekostet und nun wollte er auch die Annehmlichkeiten, die sie mit sich brachte so oft wie möglich nutzen.

„Kommen Sie Sir", sagte der schwarze Butler und führte seinen Boss, eine Mann mittlerer Größe, der einen mächtigen Schnurrbart besaß zu einem länglichen Esstisch. Auf dem Tisch stand ein Laptop, auf dem ein

Mann mittleren Alters zu sehen war, der so aussah, als würde er gleich zu sprechen anfangen. Eine Haarsträhne hing ihm ins Gesicht und sein Blick war rastlos – so als leide er unter Verfolgungswahn und fürchtete jede Sekunde hinter sich einen Attentäter zu erspähen.

„Dieses Video haben wir vor knapp einer Stunde empfangen, Sir", erklärte der Butler.

„Ich denke, Sie werden es für extrem wichtig halten."
Der Boss bedeutete ihn mit einem Wink zu gehen und der Butler verneigte sich und verließ leise den Raum, um sich seinen anderen Pflichten zuzuwenden.
Detlev Krustschov ließ seinen drahtigen Körper auf den Stuhl fallen und startete das Video. Seine beiden Leibwächter postierten sich in angemessenem Abstand hinter ihm.

„Lasst mich allein", sagte er mit einer tiefen Bassstimme. Seine Lakaien gehorchten und begaben sich aufs Oberdeck, um sich dort ein wenig zu sonnen.
Der Mann in dem Video begann zu sprechen:

„Der Kontakt ist hergestellt. Unser Mann hat alles eingeleitet und die Unterlagen übermittelt. Es dürfte nur noch eine Frage der Zeit sein, bis wir unseren Deal abschließen können."

Der Mann im Video stockte kurz, warf einen Blick über die Schulter, als ob er was gehört hatte. Er drehte sich zur Kamera zurück und einen kurzen Moment flackerte so etwas wie Unbehagen in seinen Augen. Dann hatte er sich wieder gefasst und fuhr fort:

„Noch etwas. Ich habe von einer Patronenhülse gehört, die von Ihnen stammt und mit der der Mord begangen wurde und die sie angeblich gefunden haben. Ich melde mich zu gegebener Zeit. Nehmen Sie keinen Kontakt auf!"

Das Video endete abrupt.

Krustschov schlug mit der Faust auf den Tisch. Es ärgerte ihn, dass der Mann ihm indirekt einen Befehl gegeben hatte.

Die Behörden waren Pfeifen, bis jetzt hatte er sie locker ausgetrickst. Er konnte sich keine Handlanger mit einer solchen Fahrlässigkeit leisten. Er hatte hier die Befehlsgewalt und nicht irgendwelche Handlanger, die nur Mittel zum Zweck waren.

Aber sein Kontakt hatte Recht, wenn das stimmte was er sagte, mussten sie sich erstmal bedeckter halten. Und wenn der erste Teil seiner Nachricht auch stimmte, sollte das allerdings auch kein Problem sein, denn es war alles eingeleitet. Der Stein war ins Rollen gekommen. Detlev Krustschov rieb sich seine dicken, kräftigen Hände, lehnte sich in seinem Stuhl zurück und lächelte zufrieden.

Am Ende gewann er sowieso immer.

Kapitel 16
Berlin

„Wir wissen, dass er sich vor ein paar Wochen eine Yacht für 4,8 Millionen Euro gekauft hat. Und damit jetzt vermutlich durch die sieben Weltmeere tourt", erzählte Eva.

„Und sein Blutgeld mit vollen Händen ausgibt", ergänzte Max verächtlich.

„Die Yacht ist schön und gut, hilft uns aber nicht weiter. Was noch?", wollte Max – nun voll auf sein Ziel fokussiert – wissen.

Eva schlug die Hände vor den Kopf und begann auf und abzugehen. Max wartete bis sie ihren Halbkreis beendet hatte und sich geschmeidig vor dem Laptop niederließ.

„Nur zwei Fotos von seinen Bodyguards."

Eva hielt die ausgedruckten Bilder zweier Männer hoch, deren Gesicht so breit und Bartwuchs so stark war, das man denken konnte, man hätte es mit Bären zu tun.

„Das sind ungemütliche Zeitgenossen", kommentierte Max, ohne einen Hauch Angst in der Stimme. Auch mit ihnen würde er, so wie mit allen Gegnern, fertig werden.

„Ich rufe unseren Kontaktmann an. Hier steht auch eine Handynummer. Und außerdem haben wir immer noch nicht die erforderliche Ausrüstung für eine solche Mission. Ich hoffe, dass er das schnell beschaffen kann."

Evas Stimme klang wieder fester und ihre Entschlossenheit wuchs, trotz der widrigen Umstände und der spärlichen Informationen über ihr Ziel.

„Ok", sagte Max und nahm einen Schluck von seinem Getränk. „Ich gehe solang unter die Dusche."

Eva lächelte ihn begierig an.

„Du kannst ja gleich nachkommen, Baby." Seine Augen funkelten und sein Blick verriet, dass er gerade nur an das Eine dachte – trotz ihrer dringenden Mission.

„Geh", winkte ihn Eva ins Badezimmer. Er verschwand im Bad und schloss die Tür. Eva nahm ihr Handy heraus und wählte die bereitgestellte Nummer; für den Fall, dass sie nochmal Kontakt mit ihrem Mann hier in Berlin aufnehmen mussten.

Eva wusste, dass so etwas eher unüblich war und es besser wäre sie würde nicht nochmal den Kontakt suchen. Aber da sie diese Informationen brauchten, konnte sie keine Rücksicht auf die Sicherheit und die Anonymität ihres Berliner Kontaktes nehmen.

Der Mann meldete sich nach dem zweiten Freizeichen.

„Ja."

Seine Stimme klang nervös und er sprach nasal, so als ob er gerade einen Weinkrampf gehabt hätte.

„Wir müssen uns nochmal treffen. Wir brauchen weitere Infos. Diese hier sind veraltet und sehr lückenhaft."

„Treffen, ich… ich weiß nicht. Das Protokoll sieht eigentlich kein zweites Treffen vor, und…"

„Sofort", unterbrach ihn Eva und legte eine Schärfe in

ihre Stimme, die keinen Widerspruch duldete.

„Ich habe nicht mehr Infos", er seufzte, „aber wie sie wollen."

Seine Niedergeschlagenheit und seine Gleichgültigkeit überraschten Eva und ließen zugleich alle Alarmglocken schrillen.

„Tempelhofer Feld in einer Stunde. Seien sie pünktlich, sonst bin ich wieder weg."

Er legte auf und ließ Eva ratlos zurück.

Sie runzelte die Stirn und blickte auf, als Max, nur mit einem Handtuch bekleidet, aus dem Bad kam.

„Und?", fragte er.

„In einer Stunde. Ehemaliger Flughafen Tempelhof."

„Du scheinst nicht sonderlich überzeugt zu sein, ob es richtig ist, dass wir ihn nochmal treffen."

Max Stimme war misstrauisch und er trat ein paar Schritte auf Eva zu.

„Hmm... er machte einen seltsamen Eindruck am Telefon. Außerdem sagte er, dass er keine Informationen mehr habe. Dennoch müssen wir uns mit ihm Treffen; das steht außer Frage", versuchte Eva überzeugt zu klingen, was ihr allerdings nicht ganz gelang.

„Wir werden die Augen offen halten", versprach Max.

Eva rang sich ein leichtes Lächeln ab und nickte.

„Außerdem müssen wir noch mit diesem Kommissar reden", warf sie ein.

Max kam lautlos zu ihr herüber, gab ihr einen zärtlichen Kuss und ergriff ihre Hand.

„Das kann noch ein wenig warten", sagte er, einen erregten Ausdruck auf dem Gesicht. „Wir haben noch

Zeit für eine Runde Matratzentango."

Er grinste schief und Eva musste lachen.

„Du bist so romantisch Max, es ist immer wieder unglaublich."

Eva schüttelte den Kopf, sie liebte diesen Mann einfach über alles und daran würde sich auch nie etwas ändern.

„Nicht wahr?", fragte Max spitzbübisch.

Eva stand auf und Max hob sie hoch und trug sie zum Bett, ließ sie sanft fallen und öffnete dann sein Handtuch. Evas Gesicht bebte vor Erregung und sie zog ihn zu sich heran. Beide Körper zitterten, als sie sich aneinander schmiegten.

„Ich liebe Dich so unfassbar", hauchte sie ihm ins Ohr. Max wusste, dass es die Wahrheit war, denn er fühlte genauso.

Sie liebten sich heiß und innig und für die kurze Dauer ihrer körperlichen Vereinigung schien die Zeit stehen zu bleiben.

Das Leben konnte so schön sein, dachte Max, wenn man einfach mit den Personen zusammen war, die man liebte.

Für einen Moment vergaß er alles um sich herum und lebte nur für den Augenblick.

Sofort nachdem er aufgelegt hatte, wählte er hastig eine neue Nummer. Seine Finger flogen nur so über die Tasten und mit einem zitternden Daumen drückte er schließlich den grünen Hörer.

„Was gibt es?", ertönte sofort eine tiefe, Angsteinflößende Stimme.

„Ehm…", stammelte Emil, „die… also, die zwei wollen sich nochmal mit mir treffen. Sie wollen noch weitere Informationen … und… und ich habe nichts davon."

Er stieß die Worte teilweise so schnell hervor, das sein Gegenüber Mühe haben musste zu verstehen, was Emil ihm sagen wollte.

„Sag ihnen einfach, dass sie morgen alles Weitere erfahren."

„Aber, ich habe mich mit ihnen in einer Stunde verabredet. Im Tempelhofer Feld. Ich kann nicht mehr absagen."

„Ich kümmere mich darum!"

Die Stimme ließ keinen Widerspruch zu und die Kälte ließ Emil kalten Schweiß über den Rücken laufen.

„O-ok…"

Seine Stimme war brüchig und er betete, dass er alles zur Zufriedenheit seiner Auftraggeber erledigen konnte.

„Und noch etwas", sagte die Stimme, mit einem noch bedrohlicheren Tonfall, der einem das Blut in den Adern gefrieren ließ, „ruf nie wieder diese Nummer an!"

Er legte auf und Emil warf das Handy auf sein Bett.

Alles hatte sich gerade unglaublich verkompliziert.

Warum konnte es nie einfach sein? Warum konnte es nicht einfach enden? Warum, fragte er sich nicht zum ersten Mal, hatte er sich überhaupt auf die ganze Sache eingelassen?

Der schwarze Hubschrauber hob einige hunderte Meter östlich des Mühlenbecker Sees mit röhrenden Rotorblättern ab. Er wirbelte die Kieselsteine auf denen er gestanden hatte mächtig durch und erzeugte einen Luftzug, der die Baumwipfel, welche auf dem Gelände eines kleinen Bauernhofs standen, kräftig durchschüttelte. Kleine Wellen entstanden auf der Wasseroberfläche - trotz der großen Entfernung und wirbelten einige kleine Fische in ihrem Bestreben ihre Eier zu beschützen durcheinander.

Der Helikopter drehte bei, stieg einige dutzende Meter auf und begann seinen rund zwölf Kilometer langen Flug in Richtung Berliner Zentrum.

Der laute Klang der Rotoren begleitete seinen ruhigen Flug, als er zügig durch die Lüfte glitt und den Bauernhof scheinbar völlig verlassen zurückließ.

Max und Eva schritten über den verlassenen Flughafen. Die Rollbahn war zu einer Freizeitzone geworden und überall sprießte Unkraut und Gras aus den Fugen des Betons.

Heute allerdings waren hier wenige Leute unterwegs. Das Wetter war nicht gut genug, um sich zu sonnen oder Frisbee zu spielen.

In der Ferne konnten sie zwei Personen erkennen, die ihre Drachen steigen ließen. Im kräftigen Wind flogen sie prächtig und ihre Besitzer wirkten sehr vergnügt.

Max schüttelte den Kopf und sah sich aufmerksam um.

„Ich glaube wir wurden verschaukelt. Hier ist niemand. Und wir waren schon eine Minute zu spät."

„Ruhig. Wir sind erst seit ein paar Minuten hier."

Max lachte kurz auf.

„Ein paar Minuten. Das sind Lichtjahre in unserem Job. Das weißt du besser als jeder andere."

„Was soll dass denn heißen?"

Max grinste schief. Eva hob die Faust und drohte Max.

„Hey, hey. Beruhig dich", sagte Max und wich ein paar Schritte zurück.

Eva ließ die Faust sinken und trat einen Schritt auf Max zu.

„Buh", sagte sie.

Max zuckte zusammen und Eva lachte laut.

„Manchmal bist du echt gruselig", sagte er, als sich Eva wieder beruhigt hatte.

Eva zog nur eine Augenbraue hoch und ließ dann den Blick wieder über das Gelände schweifen.

Eine Gestalt tauchte hinter einem Gebäude auf und schaute sich um. Er erspähte die Beiden und schritt langsam auf sie zu.

„Da ist er."

Max bedeutete Eva mit dem Kopf, ihm zu folgen.

„Was wollen Sie denn noch", fragte ihr Kontakt, während er nervös hin und hertippelte. Seine Souveränität aus dem ersten Treffen war komplett verschwunden und hatte einer nervösen Unsicherheit Platz gemacht. Er schaute sich alle paar Sekunden um, so als ob er Angst hatte, dass er verfolgt wird.

Max ignorierte sein Verhalten, als er die erste Frage stellte:

„Wir brauchen weitere Informationen. Das was du uns gegeben hast, war nicht sehr ergiebig. Hast du noch mehr?"

Max durchbohrte ihn mit seinem Blick und er schaute nervös nach unten, wich Max' Blick aus.

„Ich habe euch alles gegeben, was man mir gegeben

hat. Ich habe keine weiteren Infos für euch.“

Er schaute kurz auf und in seinen Augen blitzte Hoffnung auf, dass Max es so akzeptieren würde.

Eva schaute gen Himmel, als sie das Geräusch eines nahenden Helikopters vernahm, das mit jeder Sekunde die verging, lauter dröhnte.

Ihr Kontakt zuckte erschrocken zusammen.

„Gar nichts mehr?“, bohrte Max.

„Nein“, er unterbrach sich. „Außer…“

Sein Satz wurde niemals vervollständigt.

Sein Schädel platzte auseinander und besspritze Eva und Max mit Blut und Gehirn. Seine leblose Gestalt sank wie eine Puppe, der man die Fäden durchgeschnitten hatte, zu Boden.

Eva warf sich sofort auf den Bauch.

Max blickte instinktiv nach oben und erspähte augenblicklich das Scharfschützengewehr, welches grade zurück in den Hubschrauber bugsiert wurde.

„Scheiße“, schrie Max dem Hubschrauber nach, der bereits abgedreht hatte und in Richtung Norden flog. Hilflos ließ er die Arme hängen.

„Alles in Ordnung?“

„Ja.“ Eva rappelte sich auf und schüttelte den Kopf.

„Wer zum Teufel war das?“, fragte Max.

„Keine Ahnung. Verdammt.“

Eva holte ihr Handy raus und tippte eine Nummer.

„Was machst du?“, fragte Max besorgt.

Eva schaute ihn verwirrt an: „Ich rufe die Polizei. Hier ist grade ein Mord passiert. Oder meinst du wir sollen seine Leiche hier liegen lassen bis Kinder damit spielen.“

Max blickte in die andere Richtung.

„Aber wir sollten noch keinen Kontakt aufnehmen!"

Seine Miene war streng und unnachgiebig.

„Na gut. Dann lass uns die Leiche da hinten in den Schuppen räumen.

„Okay", sagte Max zwischen zusammengebissenen Zähnen.

Die beiden zerrten die Leiche in einen mit Brettern vernagelten Schuppen und verbargen sie unter ein paar Planen.

„Nicht gerade nach Vorschrift."

„Wie oft gehen wir nach Vorschrift vor?", fragte Max.

„Stimmt auch wieder."

„Wir werden später zurückkommen und diese neue Wendung untersuchen. Zuerst sollten wir hier mal verschwinden!"

„Gut", nickte Eva, obwohl ihr nicht wohl dabei war, hier eine Leiche zurückzulassen. Noch dazu einer ihrer Agenten.

„Wie sollen wir jetzt weiter vorgehen?" Max Stimme klang verunsichert, als er seine Jacke auf einen Stuhl pfefferte.

„Als dieser Politiker hier in Berlin erschossen wurde, begleitete ihn ein Freund. Ebenfalls Politiker. Das alles können wir unseren Akten entnehmen. Vielleicht sollten wir mal mit ihm reden."

„Hmm… ich bin nicht sicher, ob uns das weiter bringt."

„Ich sehe keine Alternative, wenn wir nicht jetzt schon aufgeben wollen."

Eva stockte. „Es sei denn wir fahren zu der Festung,

nehmen Krustschov fest und müssen ihn nach vierundzwanzig Stunden mangels an Beweisen wieder laufen lassen. Dann wird er sich noch besser verstecken und wir werden wohl nie mehr an ihn rankommen. Geschweige denn, dass er sich überhaupt noch in diesem Gebäude aufhält, von dem wir wissen."

„Ja… du hast Recht. Verdammt, mir gefällt diese Sache überhaupt nicht."

„Glaubst du mir? Wir gehen einfach weiter vor, wie üblich. Wir sind schon mit komplizierteren Situationen fertig geworden."

„Stimmt." Max nickte. „Also nicht zum Kommissar?" Eva schüttelte den Kopf und Max seufzte erneut. „Wo können wir diesen Kerl treffen?"

„Steven Barrett hat sein Büro unweit des Reichstages", las Eva vor, nachdem sie eine Google-Suche nach seinem Namen durchgeführt hatte.

„Wir werden ihn allerdings erst morgen wieder dort antreffen."

„Na gut. Dann also morgen… Lass uns noch was essen gehen, ja?"

„Gerne." Eva schmunzelte. „Sehr gerne."

Max zog sie zu sich heran und ihre Lippen berührten sich zärtlich. Eva berührte seinen Hintern und Lust stieg in ihr auf, wie Magma aus einem Vulkan. Max schob sie sanft von sich weg.

„Erst essen", grinste er, „sonst halt ich die Nacht nicht durch."

Eva lachte laut auf und gab ihm einen Kuss auf die Wange.

„Dann komm. Ich hab einen Riesenhunger. Insbesondere auf den Nachtisch.“

Kapitel 17

Das Restaurant war perfekt. Es lag in einer ruhigeren Seitenstraße und wirkte von Außen eher unscheinbar. Sobald man es betrat, änderte sich dieser Eindruck vollständig. Strahlende Kronleuchter soweit das Auge reichte; die Tische bestanden aus Echtholz und waren in einer antiken Art und Weise getischlert – ebenso wie die Stühle. Die warmen Wandfarben luden einen gerade dazu ein hier stundenlang zu verweilen und überall standen kleine Accessoires, die dem großen Raum eine persönliche Note gaben, ohne störend oder gar kitschig zu sein.

Schlichte weiße Tischdecken bedeckten die Tische und im Licht blitzende Wein- und Wassergläser waren darauf drapiert.

Das ganze Ambiente wirkte wie ein Festsaal für einen Adligen.

Max zog den Stuhl zurück und bat Eva ihren Platz an. Beide setzten sich und bedachten ihre Umgebung mit offenem Staunen.

Natürlich hatten sie schon in solch schönen Restaurants gegessen. Sogar in weitaus nobleren, wie Eva zugeben musste.

Aber dennoch zeugte dieses Lokal von einer schlichten Eleganz, die ihnen den Atem zu rauben schien. Und die sie den Mord vom Mittag einen Moment beiseite schieben ließ.

„Du hast echt Geschmack", meinte Eva verblüfft, als

sie ihren Blick weiter durch das Restaurant schweifen lies.

„Danke. Aber das weißt du ja nicht erst seit heute."

„Stimmt."

Ein Kellner trat zu ihnen an den Tisch und überreichte die Menükarten.

„Danke", sagten beide im Chor.

„Wünschen Sie schon etwas zu Trinken?", fragte der Kellner respektvoll.

„Eine Flasche Wasser. Und eine Flasche ihres Hausrotweins, bitte."

„Sehr gerne."

Der Ober verbeugte sich knapp und zog sich dann unauffällig zurück, um ihre Bestellung auszuführen.

Eva versteckte sich hinter der Karte und begann zwischen ihren Zähnen zu bohren. Max kicherte leise.

„Was ist?", fragte Eva ertappt.

„Och, nichts. Nur, du versteckst dich schon seit du sechs bist hinter irgendwas, wenn du in deinen Zähnen stocherst."

Eva senkte die Karte und blickte verärgert über den Tisch.

„Du kennst mich einfach schon zu lange."

Das stimmte, denn die zwei kannten sich bereits seit frühester Kindheit.

Mit drei Jahren waren Max Eltern in die USA ausgewandert. Sein Vater – ein US-Soldat – kehrte Europa den Rücken und zog zurück in seine Heimat. Sein Frau und sein Sohn begleiteten ihn und sie zogen in eine Vorstadt in der Nähe von Washington D.C. – in unmittelbare Nachbarschaft zu Eva und ihrer Familie.

Die Familien hatten sich von Anfang an gut verstanden und häufig gemeinsame Grillpartys veranstaltet.

Bei einer Party hatte Eva eine Menge Grillfleisch zwischen den Zähnen und pulte unverhohlen in ihren Zähnen. Diane, ihre Mutter ermahnte sie. Und von da an versuchte Eva sich immer hinter irgendetwas zu verstecken. Ihre Mutter kam natürlich schnell dahinter, ließ sie aber gewähren und gab nach einigen weiteren Ermahnungen auf. Denn sie war froh gewesen, dass Eva ihren Mund nun wenigstens bedeckte und nicht mehr jedem ihre Nahrungsstücke, die zwischen ihren Zähnen hingen, zeigte.

Der Kellner brachte ihnen die Getränke und beide stießen an.

„Lecker", machte Max, nachdem er den Wein probiert hatte.

„Ist echt gut", stimmte Eva begeistert zu.

„Weißt du noch die Geschichte mit den Weinflecken?", fragte Eva und musste lachen.

„Ohja, wie könnte ich das vergessen."

Einmal hatten ihre Familien mal wieder ein gemeinsames Abendessen veranstaltet. Es war bereits Herbst und alle saßen im gemütlichen Esszimmer. Im Hintergrund hatte ein offenes Feuer geknistert und wohlige Wärme erzeugt.

Eva und Max hatten sich wieder einmal durch die Gegend gejagt und dabei gekichert, wie es Neunjährige nun mal tun.

Wie durch ein Wunder war nichts zu Bruch gegangen und alle Vasen blieben heil. Die Beiden stürmten zusammen ins Esszimmer, wo Max' Mutter gerade den

Tisch abräumte. Sie balancierte einige Gläser durch den Raum.

Max sah seine Mutter zu spät und prallte mit voller Wucht gegen sie. Die Gläser flogen durch die Luft und der gesamte Boden, sowie Teile der Wände waren mit Rotwein besudelt.

„Wir haben schon viel Schabernack getrieben."

Max verlor sich in Erinnerungen und auf seinem Gesicht spiegelte sich zufriedene Gelassenheit.

„Das kannst du laut sagen. Aber nie absichtlich."

„Naja, fast nie", erwiderte Max lächelnd.

„Haben Sie schon gewählt?", fragte ihre Bedienung. Sie gaben die Bestellung auf und schauten sich dann lange, intensiv in die Augen.

„Ich liebe Dich!"

„Ich liebe Dich", sagte Eva ehrlich.

Ihre Liebe zueinander war lange gewachsen. Erst als Schwester-Bruder-Gespann, später, als sie älter wurden veränderte sich diese Liebe.

Sobald ihre Hormone als Teenager verrückt spielten, entwickelte sich ein körperliches Verlangen zwischen ihnen. Ihre Vertrautheit beschleunigte die ganze Situation noch.

„Unser erster Kuss im Baumhaus. Der war wunderschön", sagte Eva romantisch.

„Das kann auch nur eine Frau sagen. Wenn ich daran zurück denke, wie unbeholfen ich gewesen bin."

„Und wie verdutzt wir uns danach angeguckt haben." Max lachte. Eva beugte sich zu ihrem Freund und beide gaben sich einen flüchtigen Kuss.

„Ich glaube wir könnten ganze Bücher schreiben mit

Anekdoten über unsere Albernheiten."

„Und über unsere Urlaube. Insbesondere den, wo du in der Räucherkammer eingesperrt warst."

„Die ganze Nacht", stöhnte Eva, bei der Erinnerung.

„Es war super witzig."

„War es nicht." Eva versuchte ernst zu gucken, schaffte es kaum fünf Sekunden und prustete los.

„Benimm Dich mal", maßregelte Max sie im Spaß. Eva pfiff empört. Sie wurde ernst, als sie Max' Hände in ihre nahm.

„Lass uns immer zusammen bleiben."

„Ja", erwiderte er schlicht. Aber mehr war nicht nötig. Worte konnten einiges sagen. Aber ihrer beider Blicke und die damit verbundene Vertrautheit sagten alles.

Beide schwiegen eine lange Zeit und badeten sich in ihrem gegenseitigen Vertrauen und ihrer Liebe zueinander, die den Raum und alles was sich darin befand hell erstrahlen ließ.

„Köstlich", brachte Eva hervor, nachdem der Kellner schließlich ihre Dinner gebracht hatte. Sie war einfach nur glücklich im hier und jetzt zu leben. Es war so wichtig von Zeit zu Zeit aus ihrem Job auszubrechen und sich solche Abende zu gönnen.

„Stimmt", gab Max zu.

Kapitel 18

„Gestern Abend war einfach wunderbar", sagte Eva und trank einen Schluck ihres frisch gepressten Orangensaftes.

„Leider müssen wir jetzt weiterarbeiten."

Max Tonfall klang alles andere als begeistert.

„Ja."

„Am besten wir schneien einfach in sein Büro. Ohne Ankündigung. Ohne Voranmeldung. Dann bekommen wir die ehrlichste Reaktion."

Eva sah ihn mit hochgezogenen Brauen an.

„Er ist Politiker. Die lügen wann immer sie können."

„Also gut. Dann lass uns sofort los."

„Ist gut", sagte Max und sprang belebt auf.

„Wow. Bist du schon wieder fit?"

„Klar, kennst mich doch."

„Puh, ich bin noch ein bisschen müde von letzter Nacht."

„Das du aber auch nachts nicht schläfst."

Max grinste breit.

„Komm jetzt." Eva zog ihn unsanft mit zur Tür.

„He", protestierte er.

Eine dreiviertel Stunde später erreichten sie das Gebäude, in dem sich das Büro von Steven Barrett befand. Sie eilten die Stufen hinauf und betraten das Gebäude durch eine Glastür.

„Sehr steril", meinte Eva.

„Wie alles, was mit Politik zu tun hat."

Sie warf ihm einen kurzen Blick zu und trat dann zum Empfangstresen, hinter dem eine junge Dame stand. Sie war nur unwesentlich älter als Eva selbst.

„Kann ich Ihnen helfen", fragte sie höflich.

„Ehm… ja. Wir suchen das Büro von Herrn Barrett."

„Haben Sie einen Termin."

„Nein, aber…"

„Nun, dann kann ich sie leider nicht durchlassen. Herr Barrett ist zur Zeit sehr beschäftigt und…"

„Hören Sie. Wir müssen unbedingt mit ihm sprechen. Es ist sehr wichtig."

„Das mag ja sein", fuhr sie im immer gleich bleibend höflichem Ton fort, der Eva langsam auf die Palme brachte, „trotzdem wird es warten müssen, bis sie einen Termin haben."

Sie verschränkte die Arme, zufrieden mit sich selbst.

Eva seufzte hörbar.

„Hören Sie Fräulein, es geht um Barretts Sicherheit. Er ist in Gefahr."

Die Augen der Rezeptionistin weiteten sich und Eva ballte innerlich die Faust, den sie wusste, dass sie gewonnen hatte.

„Wenn das so ist, werde ich sie natürlich sofort anmelden."

„Nein", unterbrach Max sie scharf. „Sagen sie uns einfach nur den Weg. Den Rest machen wir schon."

„Ok", antwortete sie, nun nicht mehr so selbstsicher.

„Er ist in Raum 308. Dort entlang sind die Aufzüge."

„Vielen Dank", sagte Eva.

Max und Eva schritten zu den Aufzügen. „Ich hatte

ganz vergessen wie nervtötend solche Leute sein können", meinte er.

„Sie hat nur ihren Job gemacht."

„Pah", schnaufte er, als sie in den Aufzug stiegen und die Türen sich schlossen.

Sie betraten das Büro von Steven Barrett ohne anzuklopfen und seine Sekretärin fuhr erschrocken aus ihrem Stuhl.

„Ich muss schon sehr bitten. Wer sind sie?", fragte sie brüskiert.

„Wir müssen mit Herrn Barrett sprechen. Sofort. Es geht um seine Sicherheit."

Die Sekretärin beruhigte sich ein wenig und fuhr sich durchs Haar.

„Also, wenn das so ist. Warten Sie."

Sie ging zu einer Tür gegenüber der Eingangstür und klopfte leise.

„Herr Barrett. Hier sind zwei Personen, die müssen unbedingt mit Ihnen sprechen. Sie sagen es gehe um ihre Sicherheit."

Ein lautes Seufzen war zu vernehmen. „Lass Sie herein."

Die Stimme klang abgekämpft und niedergeschlagen, so als ob ihr Besitzer grade einen Gladiatorenkampf verloren hätte und das Publikum entschieden hatte, dass er sterben müsse.

Die Sekretärin öffnete die Tür und bedeutete Max und Eva mit einem Wink hindurchzugehen.

Beide betraten das Büro. Es war ein relativ kleines, aber dennoch schmuckvoll eingerichtetes

Arbeitszimmer, dem man die Funktionalität dennoch anmerkte.

Der große Schreibtisch füllte den Raum fast zur Hälfte und die hintere Wand bestand fast vollständig aus Glas. Die hellen Wände wurden hier und da von Bildern verziert, aber die meisten Utensilien, die es hier gab, waren praktischer Natur.

Der Mann hinter dem Schreibtisch blickte sie finster an, während er nervös mit seinem mächtigen Stuhl hin und herfuhr.

„Herr Barrett", begann Eva bedächtig, nachdem die Sekretärin die Tür geschlossen hatte, „wir müssen unbe…"

„Wer sind sie? Und was wollen sie wirklich", fragte Barrett argwöhnisch. Sein Tonfall war ungehalten und zeugte von leichter Aggressivität. Er beugte sich nach vorne, um seine Stellung zu verbessern und deutlich zu machen, wer Herr im Hause war.

Eva blickte Max an und der nickte. Sie waren sich einig, dass es besser war von Anfang an mit offenen Karten zu spielen und Barrett die Wahrheit zu sagen.

„Wir sind zwei Spezial Agenten der NSA und wir sind auf der Suche nach einem internationalen Verbrecherboss, der möglicherweise den Mord am Berliner Flughafen zu verantworten hat." Sie verschwieg, dass es einen weiteren Mord in Prag gegeben hatte, der möglicherweise mit dem Ganzen zusammenhing. *Barrett musste ja nicht alles wissen.*

Barrett rieb sich die Stirn und schaute für einen Moment aus dem Fenster. Die Spree floss stetig wie immer und das sanfte Sonnenlicht tauchte die Umgebung in eine Welt aus Licht und Schatten.

„Vor diesem Thema hab ich wohl nie Ruhe", sagte er dann schlapp.

„Vorerst nicht. Das stimmt", bestätigte Eva, ohne auf sein abweisendes Verhalten einzugehen.

„Na dann setzen sie sich. Ich hab ja sowieso keine Wahl. Sie sind so aufdringlich, dass sie nicht gehen werden bevor ich ihre Fragen beantwortet habe."

„Danke." Eva schenkte ihm ein aufrichtiges Lächeln und beide nahmen auf zwei schwarzen Sesseln gegenüber von Barrett Platz.

„Ich habe bereits eine Menge Fragen beantwortet. Das BKA hat alles aufgenommen, was ich weiß", startete er einen weiteren halbherzigen Versuch, die zwei loszuwerden.

„Wir arbeiten nicht mit den deutschen Behörden zusammen. Zumindest bis jetzt. Also werden sie unsere Fragen noch einmal beantworten müssen."

„Warum?"

„Weil wir berechtigt sind jeden zu befragen, der mit einem Kriminalfall in Verbindung gebracht werden kann, der einen US-Bewohner betrifft."

„Wenn sie wollen, können sie unsere Missionsbefehle und Befugnisse gerne in unserem Büro abfragen", fügte Max hinzu.

Barrett winkte ab. „Schon gut. Fangen sie einfach an. Wir wollen ja irgendwann fertig werden." Entweder hatte er es überhört oder er ging nicht auf Evas Versprecher ein.

„Gut."

„Wir haben Unterlagen, die besagen, dass die Patronenhülse die ihre Behörden gefunden haben, von diesem Verbrecherboss hergestellt wurde. Wir vermuten, dass dieser Hersteller hinter den Anschlägen stecken könnte. Kennen Sie Detlev Krustschov?", fragte Max.

Barrett blickte nach links oben während er überlegte.

„Ich habe von ihm gehört. Man könnte sagen, er ist das Gegenstück zu mir. Er ist Waffenhändler und hat nichts für Leute wie mich übrig, die sich für die globale Abrüstung einsetzen."

„Vermutlich nicht."

„Er ist auch Waffenproduzent", fuhr Eva fort.

„Allerdings wissen wir nicht, wo er diese Waffen produziert."

„Da kann ich ihnen auch nicht helfen. Tut mir Leid."

„Er hat eine Fabrik in Tschechien, die unter anderem Schrauben herstellt. Wissen sie etwas darüber?"

„Nein."

Eva nickte und blickte zu Max herüber.

„Es ist möglich, dass Krustschov allerdings nichts mit dem Ganzen zu tun hat."

„Wahrscheinlich. Denn glauben sie wirklich, dass er sich die Mühe macht, einen Politiker am Berliner Flughafen zu erschießen."

Barretts Gesicht verzog sich, als er an die grausame Nacht zurückdachte, in der sein Freund erschossen wurde.

„Ich weiß es nicht. Deswegen sind wir hier. Ist Ihnen denn irgendwas Ungewöhnliches aufgefallen, als Wolfgang Scholz erschossen wurde? Sie waren ja dabei?"

„Ja ich war dabei. Und es war grausam. Plötzlich hatte ich Blut überall an mir und... und...", seine Stimme brach.

Eva und Max schwiegen und ließen Barrett Zeit sich wieder zu sammeln.

„Nein, ich habe überhaupt nichts bemerkt. Es dauerte ja auch nur ein paar Sekunden. Und dann brach ein heilloses Durcheinander los. Ich wusste garnicht wohin und was ich machen sollte."

„Okay."

„Sie und Wolfgang Scholz kannten sich?", wollte Eva wissen.

„Kannten uns? Wir waren sehr, sehr gute Freunde. Das können sie glauben."

„Nun gut. Dann wissen sie bestimmt auch, ob er sich jemanden zum Feind gemacht hat?"

„Wieso interessiert sie dieser Fall so? Sie sind doch US-Ermittler?"

Eva seufzte. „Das haben wir doch schon gesagt. Wir untersuchen diesen Fall, da die Waffensignatur hier zu unserem Zielsubjekt passt."

„Würden sie nun bitte unsere Frage beantworten?", forderte Max.

„Ja. Ja, klar... - Also ich wüsste niemanden. Natürlich ist er Politiker, und die haben immer Gegner. Aber, dass ihn jemand deswegen gleich umbringt? Das glaube ich nicht."

„Sie sagten, sie setzen sich für die globale Abrüstung ein?"

Barrett nickte.

„Und ihr Freund. Traf das auch auf Scholz zu?"

„Ohja. Er war sogar der Vorsitzende in unserem Ausschuss.“

„Könnte es da nicht sein, dass ein Waffenhändler berechtigtes Interesse hat, solche Leute aus dem Weg zu räumen?“

„Da ist was dran. Vielleicht haben sie Recht. Aber wieso, bin ich dann nicht erschossen worden?“

„Gute Frage.“

„Wäre ich auch erschossen worden, gäbe es keinen Zeugen. Und es hätte wohl nur eine Patrone mehr erfordert…“

„Warum also sie am Leben lassen?“, führte Eva seinen Gedankengang fort.

„Genau.“

„Das können wir noch nicht beantworten. Aber eventuell hat der Täter sie am Leben gelassen, um eine Botschaft zu überbringen?“, vermutete Max.

„Botschaft?“, fragte Barrett ungläubig.

„Möglicherweise wollte er alle warnen, die sich für Abrüstung einsetzen. Lasst es lieber bleiben, sonst endet ihr so wie Scholz.“

„Das ist doch sehr an den Haaren herbeigezogen“, meinte Barrett und kratzte sich an der Nase. „Diese Nachricht wäre genauso wirkungsvoll gewesen, wenn ich auch erschossen worden wäre. Vielleicht sogar noch wirkungsvoller.“

„Das glaube ich nicht. Tote können keine Angst mehr erzeugen. Wenn sie ihre Story erzählen, dass ein Kollege direkt neben ihnen niedergeschossen wurde, führt das sehr wahrscheinlich zu einer Welle der Angst. Niemand fühlt sich mehr sicher. Und wird vermutlich seine Bemühungen die Abrüstung voranzutreiben einstellen, da ihm oder ihr sein eigenes Leben wichtiger ist."

„Und somit wäre das Ziel des Täters erreicht."

„Stimmt."

„Vorausgesetzt, der Täter verfolgt genau dieses Ziel. Und nicht irgendwas anderes, was sich ihnen bis jetzt entzieht", warf Barrett überzeugend ein.

„Momentan konzentrieren wir uns auf unsere Theorie. Aber danke für diesen neuen Blickwinkel."

„Ich helfe wo ich kann", sagte Barrett mit einem Tatsch Sarkasmus.

„Wir wissen das zu schätzen", erwiderte Eva, den Sarkasmus wohl wissend ignorierend.

„Können sie uns noch einen kurzen Einblick in ihre Arbeit gewähren?", bat Max. „Was genau machen sie, im Ausschuss für Abrüstung?"

„Selbstverständlich. Hauptsächlich führen wir Gespräche. Mit Staatsoberhäuptern. Militäroberen. Wirtschaftsbossen. Wir wollen sie zur Zusammenarbeit bewegen und den Nutzen einer globalen Abrüstung aufzeigen.

Des Weiteren arbeiten wir Programme aus, um die Abrüstung umzusetzen Und für die Zeit danach. Wir versuchen Arbeitsstellen für die Soldaten und Mitarbeiter zu finden, wo sie immer noch dem Staat dienen können. Aber in einer – unserer Meinung nach – besseren Art und Weise."

„Okay. Das heißt sie haben mit einer Menge Menschen zu tun. Bestimmt sind ihnen nicht alle wohl gesonnen oder offen für ihre Vorschläge?"

„Da haben sie Recht. Zu oft schlägt uns nicht nur Ablehnung, sondern auch Hass entgegen."

„Also könnte es doch sein, dass Scholz unter diesen Menschen ein paar Feinde hat?"

„Kann sein", sagte Barrett ohne wirklich zuzustimmen.

„Was war denn das letzte, an dem Scholz gearbeitet hat?"

Evas Stimme klang nun ungeduldig, denn Barrett schien offenbar nicht bereit ihnen komplett zu helfen.

„Er war zu einer Konferenz in den Vereinigten Arabischen Emiraten. Zuletzt arbeitete er an den Beziehungen zur arabischen Welt. Insbesondere zu Saudi-Arabien, denn wie sie vielleicht wissen, ist das die stärkste Kraft da unten. Und wenn die Saudis mitmachen, dann wäre viel gewonnen."

Barrett führte die Arme von Innen nach Außen und deutete eine Kugel an: „Und das würde der ganzen Welt helfen, wenn wir aufgrund von Abrüstung dort unten endlich Stabilität reinbringen können."

„Das leuchtet ein", bestätigte Eva.

„Und hat es geklappt?"

„Leider konnte wir nicht viel darüber sprechen. Denn bereits kurz nach seiner Rückkehr wurde er erschossen. Er sagte nur, dass die Beteiligten zu weiteren Gesprächen bereit wären."

„Vielleicht hat einer von seinen Verhandlungspartnern gelogen und wollte ihn beseitigen lassen."

„Ich glaube Agent, sie spekulieren zu viel."

Eva schenkte ihm ein nachsichtiges Lächeln. „Wenn sie das sagen."

„Wars das? Ich hab nämlich andere Sachen zu tun."
Barretts Ton wurde nun aggressiver. Seine Haltung
veränderte sich um ein paar Nuancen und machte klar,
dass er das Gespräch für beendet ansah.

„Vorerst."

„Könnten sie uns vielleicht eine Nummer geben unter
der wir sie erreichen können, falls wir noch ein paar
Fragen haben?"

„Sicher."

Barrett griff in eine Schublade und holte eine
Visitenkarte hervor.

„Hier." Er überreichte die Karte und Eva steckte sie in
ihre Jackentasche.

„Vielen Dank für ihre Zeit, Herr Barrett."

„Wie gesagt, ich helfe wo ich kann."

Barrett wandte sich seinem Computerbildschirm zu und
Max und Eva verließen das Büro.

Als beide das Gebäude verließen hielt Max Eva am
Arm fest.

„Und? Was hältst du von ihm?"

„Hmm, schwer zu sagen. Er war nicht gerade
freundlich."

„Stimmt. Ein bisschen abweisend. Meinst du er
verbirgt irgendetwas?"

„Nein, das glaube ich nicht. Er schien mir ehrlich. Nur
genervt von den ganzen Fragen."

„Ja. Das BKA wird ihn schon gelöchert haben."

„Und er war wirklich bestürzt über den Tod seines
Freundes. Ich glaube er wird noch einige Zeit damit zu
kämpfen haben."

Eva strich sich eine Haarsträhne aus dem Gesicht.

„Wenn wir keine Ausbildung hätten, wären wir wahrscheinlich genauso verstört, wenn einem Freund direkt neben uns das Gehirn weggepustet würde."

„Ja", stimmte Max ihr zu.

„Dennoch sollten wir ihm im Auge behalten. Ich bezweifle, dass er etwas damit zu tun hat. Aber man kann nie wissen. Wir sollten uns alle Richtungen offen halten."

„Ganz deiner Meinung."

„Gut."

„Und was machen wir als Nächstes?"

Bevor Eva antworten konnte raste ein schwarzer Kastenwagen auf den Vorplatz. Die Tür flog auf und ein Mann wurde auf die Straße geworfen. Der Wagen preschte sofort mit quietschenden Reifen davon und verschwand hinter der nächsten Straßenbiegung.

„Was zum…", begann Max und eilte zu dem Mann, der regungslos auf der Straße lag.

Eva beugte sich zu dem Mann herunter und fühlte seinen Puls.

„Das kannst du dir sparen", sagte Max niedergeschlagen und deutete auf seine Stirn.

Eva schaute auf und sah das dort prangende große Loch, wo das Scharfschützengewehr eingeschlagen war.

Es war ihr Kontaktmann, irgendwer wollte ihnen eine Nachricht zukommen lassen. Nur verstanden sie den Inhalt nicht.

„Was soll das?", fragte Eva verwirrt.

„Keine Ahnung. Verdammt", sagte Max und schlug die Arme hilflos in die Luft.

„Leider können wir ihn auch nicht mehr fragen", seufzte Eva.

Max beugte sich herunter und erspähte einen weißen Zettel in der Tasche des Toten. Er schnappte ihn sich und ließ ihn unbemerkt in seine gleiten.

„Und jetzt?", drehte er sich zu Eva um.

„Gute Frage."

Die Augen des Toten starrten ins Unendliche.

Kapitel 19

Die Sirenen des überflüssigen Krankenwagens heulten, als Oberkommissar Heinz mit quietschenden Reifen einige Meter vom Tatort entfernt zum Stehen kam. Die Straße war weiträumig abgesperrt und dennoch versammelten sich dutzende Schaulustige und Pressevertreter, um ihr eigenes perverses Verlangen nach einer Sensation zu befriedigen.

Heinz durchschritt das Absperrband, was einer seiner Kollegen hochhielt, damit er drunter hindurch schlüpfen konnte. Der Kollege deutete in eine Richtung, in der Max und Eva etwas Abseits standen. Er trat zu ihnen und schüttelte einem nach dem anderen die Hand.

„Oberkommissar Heinz."

„Sehr erfreut. Special Agent Young."

„Special Agent Berger."

„Sie haben uns gerufen?", begann Heinz.

„Ganz recht. Ich glaube eine Leiche, die aus einem Fahrzeug gestoßen wird, direkt vor einem öffentlichen Gebäude, tagsüber... also das soll irgendetwas aussagen."

Evas Blick musterte Heinz, der dies gleichgültig über sich ergehen ließ.

„Da bin ich ihrer Meinung. Aber was machen zwei Special Agents hier in Berlin?", fragte Heinz vorsichtig.

„Wir sind auf der Suche nach einem Verbrecherboss

und die SFCD hat uns nach Berlin zu einem ganz ähnlichem Fall geführt."

Heinz runzelte die Stirn.

„Aha."

„Vielleicht sollten wir unsere Ermittlungen kombinieren", schlug Max vor, „ich bin nämlich ziemlich sicher, dass sie uns helfen können. Und wir Ihnen, da wir glauben das dieser Verbrecherboss mit diesem Mord hier etwas zu tun hat."

„Denken Sie?", fragte Heinz sichtlich überrascht.

„Ja."

Max entfernte sich einige Schritte und trat auf die Leiche zu, die inzwischen teilweise mit einem Laken bedeckt war. Sie wurde umringt von Männern und Frauen in weißen Kitteln – die Spurensicherung.

Max konnte sich nicht vorstellen, dass sie viel entdeckten. Selbst die Patrone war vom Täter aus dem Einschussloch entfernt worden.

„Haben sie bereits etwas Verwertbares gefunden", fragte er einen Mann mit einer Brille und lichtem Haar, der grade irgendeine Paste anrührte, um welche Spuren auch immer zu finden.

„Bis jetzt nicht. Tut mir Leid."

„Okay. Machen Sie weiter."

Max drehte sich um und kehrte zu Eva und Heinz zurück.

„Noch hat die Spurensicherung nichts", eröffnete er, „selbst die Patrone fehlt. Aber ich bin mir ziemlich sicher, das die Patrone eine von Krustschovs Patronen ist."

„Wahrscheinlich." Eva nickte und blickte fragend zu

Heinz hinauf.

„Krustschov. Wie bei unserem ersten Toten. Ist das ihr gesuchter Mann?

„Ja", gab Eva preis.

„Mich würde interessieren wer der Kerl war?"

„Gute Frage. Aber das kriegen ihre Leute schon raus", umging Max geschickt die Frage. Er war nicht bereit Heinz alles zu offenbaren was sie wussten.

„Also was halten sie von einer Zusammenarbeit. Sie geben uns ihre Informationen. Wir geben Ihnen unsere. Wir bleiben ständig in Kontakt und tauschen uns über alle Ermittlungsschritte aus?"

Eva trat einen Schritt näher zu Heinz heran, sodass dieser kurz mit der Augenbraue zuckte.

„Was sagen Sie?"

Heinz fasste sich in einer nachdenkenden Geste ans Kinn. Er räusperte sich.

„Warum nicht. Aber wir spielen von Anfang mit offenen Karten. Keine Geheimnisse."

Er hob drohend den Zeigefinger und schaute beide mit harten, funkelnden Augen an.

„Ich kenne eure Sorte von Agenten. Die sind immer sehr geheimniskrämerisch."

Eva lachte laut auf. „Keine Sorge. Wir werden alle Informationen austauschen", log sie.

„Also gut. Versuchen wir es."

„Ja dann lassen sie mal hören, was sie uns über den Mord an Wolfgang Scholz sagen können."

„Aber nicht hier. Lassen wir die Spurensicherung ihre Arbeit machen und fahren in mein Büro. Dort können wir ungestört über alles sprechen."

„Alles klar", sagte Max und deutete in Richtung des Wagens, mit dem Heinz gekommen war.

Eine Viertelstunde später saßen sie in Heinz' Büro. Er hinter seinem wuchtigen Schreibtisch, Eva ihm gegenüber auf einem simplen Holzstuhl und Max saß auf der Kante eines weiteren Schreibtisches – die Arme verschränkt. Eva bewunderte ihre Tasse Kaffee vor sich, an der sie gerade genussvoll nippte.

„Hmm, sie haben hier aber sehr guten Kaffee. Für eine Polizeidienststelle."

„Vielen Dank. Ich habe extra eine teure Kaffeemaschine anschaffen lassen. Ohne guten Kaffee bin ich nicht zu ertragen und habe auch keinen Erfolg bei meiner Arbeit."

„Mir geht es genauso."

Eva blickte ihn aufreizend an und Heinz senkte verlegen den Blick.

Max warf ihr einen genervten Blick zu.

„Muss das immer sein. Wir haben sein Vertrauen auch so", flüsterte er.

Eva ignorierte ihn.

„Also, was haben sie für uns?", fragte sie unvermittelt.

„Der Tote heißt Wolfgang Scholz, wie sie bereits wissen. Fünfundvierzig Jahre alt, Vorsitzender des SAF."

„SAF?", wollte Max wissen.

„Ein Sonderausschuss für Abrüstungsfragen."

„Ah. Das ist interessant."

„Scholz war viel auf Reisen", fuhr Heinz fort, „in alle Herren Länder, aber insbesondere lag ihm der Nahe

Osten am Herzen. Vor Jahren hat er dort seinen Sohn verloren, der auf eine Landmine getreten war. Er wollte nun unbedingt dort unten den Krieg beenden."

„Verständlich", sagte Eva nur.

„Natürlich hatte er eine Menge öffentlicher Auftritte, wie viele Politiker. Aber gehörte nie zu der radikalen Sorte, die ihre Ziele um jeden Preis durchzusetzen versuchten. Er wollte das erreichen, was er sich vorgenommen hatte. Aber mit fairen – mit legalen Mitteln."

„Er war also auch zu Kompromissen bereit."

„Ja. Denke ich, ich habe seine Akte leider zu kurz studiert, um über seine Arbeit hundertprozentig Bescheid zu wissen. Ich weiß nur, zuletzt war er in den Arabischen Emiraten zu einer Konferenz mit einigen hohen Tieren der Arabischen Welt."

„Vielleicht hat einem von denen nicht geschmeckt, was Scholz vorschlug. Ich meine, Saudi-Arabien ist nicht gerade für seine Friedenspolitik bekannt."

„Da hast du Recht, Max", stimmte Eva ihrem Freund zu.

„Spekulationen führen uns zu nichts. Wir müssen uns an die Fakten halten."

„Es sind nicht gerade viele Fakten", warf Eva ein.

„Zweifellos. Aber dennoch haben wir ein wenig. Es hilft uns nicht wenn wir in alle Richtungen ermitteln und dann immer in der Mitte stehen bleiben, ohne voran zu kommen."

„Wie sie meinen."

Max' Stimme klang gereizt und er konnte seine Ungeduld nur schwer verbergen. Eva warf ihm einen warnenden Blick zu.

„Wann werden sie wissen wer das Opfer heute war?"

„Nicht vor morgen, fürchte ich."

„Schade."

„Und was können sie mir sagen?"

„Wir stehen ebenso am Anfang wie sie. Das einzige was wir wissen ist, das Krustschov eine Firma in der nähe von Prag hat. Eine ganz legale", blockte Eva ab.

„Mehr wissen wir auch nicht."

„Okay." Heinz Blick wurde misstrauisch, doch er sagte nichts mehr.

„Ich denke, das war's dann vorerst für uns", sagte Max.

Er bedeutete Eva zu gehen.

„Ja. Ich halte sie wegen dem Toten auf dem Laufenden."

„Gut. Vielen Dank. Auch wir werden sie informieren, Kommissar. Darauf können sie sich verlassen."

„Danke."

Sie schüttelten sich die Hände und Max und Eva verließen sein Büro.

Halten Sie sich zurück. Sonst wird es eng für Sie!

Krustschov überflog die Zeilen der Email immer und immer wieder und Zorn kochte in ihm hoch. Er würde das machen, was *er* für richtig hielt. Schließlich hatte nicht er diese Partnerschaft begonnen. Und allmählich zweifelte er an deren Nutzen. Natürlich er hatte einige wertvolle Informationen erhalten. Aber nichts – so glaubte er – was nicht auch seine Spione geschafft hätten. Trotzdem war es besser vorerst an der Vereinbarung festzuhalten. Sterben konnte sein Partner schnell. Jederzeit. Und bis dahin würde er noch einiges aus ihm herausquetschen.

Er war erst vor wenigen Stunden aus dem sonnigen Mallorca ins verregnete Mlada Boleslav zurückgekehrt, um in seiner Firma einige Dinge zu regeln.

Und jetzt musste er sich um noch wichtigere Angelegenheiten kümmern.

Er würde die Mission von seinem Hauptquartier leiten. Dort würde ihn niemand finden und niemand suchen. Und wenn doch ließen sich die Behörden und die Polizei sehr leicht schmieren.

Wie einfach die Welt doch gestrickt war, dachte er immer wieder. Die menschliche Habgier hatte ihm schon so viele Vorteile geliefert und ihm so oft geholfen, dass er sie als seinen mächtigsten und zuverlässigsten Partner bezeichnete.

Er durchschritt einen langen Korridor auf dem Weg zu seinem Büro, welches am anderen Ende lag.

Er schloss die schwere Stahltür auf und ging hinein, schloss die Tür sofort und knipste erst dann das Licht in dem fensterlosen Zimmer an.

Er öffnete die Doppeltüren eines Aktenschrankes, auf dessen mittleren Boden ein Safe stand.

Krustschov gab die Kombination ein und entnahm dem Safe eine CD, einen USB-Stick sowie einige

Unterlagen. Dann verschloss er alles wieder sorgfältig und verließ den Raum.

„Hey Boss. Wir haben Probleme mit einer der Maschinen", behelligte ihn einer seiner Angestellten auf dem Weg nach draußen.

„Nicht jetzt, Josh", erwiderte er barsch.

Josh schreckte ein wenig zurück. „Aber…"

„Wende dich an Walter. Ich bin erstmal einige Tage auf Geschäftsreise und nicht zu erreichen. Ich habe ihm eine Email geschrieben. Er weiß Bescheid." Krustschov drängte sich an Josh vorbei und beschleunigte seine Schritte.

„Alles klar, Boss. Viel Erfolg", rief Josh hinterher und machte sich wieder an die Arbeit.

Krustschov sprang in seinen Wagen – einem 5er BMW älteren Baujahrs.

Dieser Wagen war sein Kind, das er nie hatte. Er pflegte ihn penibel und niemand durfte ihn bewegen außer ihm selbst. Mit diesem Auto war er schon zu so vielen Deals gefahren und hatte so viele Geschäfte eingetütet, wie er kaum zählen konnte.

Auch für sein Liebesleben war der Wagen von unschätzbarem Wert. Wie viele Frauen hatte er damit abgeholt und ausgeführt. Natürlich hatte er nie Sex im Wagen gehabt. Dafür war das Auto ihm viel zu wertvoll – und selbstverständlich wichtiger als jede Frau. Er wollte den Wagen nicht wegen ein wenig animalischer Lust besudeln.

Der Motor brummte und dieses Geräusch durchlief ihn von Kopf bis Fuß und versetzte ihn in Hochstimmung.

Er gab Gas und brauste davon.

Kapitel 20

Berlin

Als sie das Büro verließen, kramte Max in seinen Taschen und wedelte mit einem Stück Papier vor Evas Gesicht.

„Was ist das?"

„Ein Zettel, meine Liebe."

„Seh ich selbst", sagte sie schroff.

„Von einer Reinigung. Und das Beste ist, da steht auch der Name des Kunden drauf."

„Was?", fragte Eva hellhörig und kam näher zu ihm.

„Woher hast du den?"

„Von unserer Leiche, von vorhin", sagte er triumphierend.

„Nicht immer so optimistisch", sagte Eva voller Sarkasmus. „Wir werden herausfinden wo dieser…". Eva las den Namen ab und musste dabei ihre Augen zusammenkneifen, weil die Schrift sehr klein war.

„… Emil Langer gewohnt hat. Wenn es unser Mann ist, finden wir eventuell ein paar interessante Dinge in seiner Bude."

„Und wenn nicht haben wir auch nichts verloren. Wir haben sonst ja keine Spur", stimmte Max wieder motivierter zu.

„Sag ich ja. Du musst einfach nur immer auf mich hören. Dann wird alles gut."

Max schnaubte verächtlich.

„So weit wird es nie kommen. Träum weiter."

Sie gingen weiter und stiegen in ihren Mietwagen, der unweit auf einem Parkplatz abgestellt war.

„Hör mit diesem Blick auf. Dann kann ich dir nicht böse sein."

„Ich weiß." Max' Grinsen wurde noch ein wenig breiter und er ließ Eva den Vortritt als sie in das Auto stiegen.

„Wir sollten unseren Agent anrufen. Immerhin war er unser Kontaktmann hier. Die werden wissen wer er war."

„Da bin ich mir nicht so sicher. So eine Tarnung soll perfekt sein. Ich glaube nicht, dass die seinen Wohnort kennen."

„Puh. Du könntest Recht haben. Was dann?", wollte Eva wissen.

„Am besten bitten wir die deutschen Behörden um Hilfe. Kommissar Heinz wird uns bestimmt helfen."

„Ja. Aber er wird sein eigenes Team hinschicken wollen. Und wenn die bereits da waren bevor wir hinkommen…"
Eva warf die Arme hilflos in den Himmel.

„Ich weiß was du meinst. Dann bleibt uns wohl nur noch auf eigene Faust zu ermitteln."

„Ich habe noch jemanden an der richtigen Stelle, der mir einen Gefallen schuldet. Ich denke wir bekommen von ihm was wir brauchen."

„Ok."

„Lass mich nur mal schnell telefonieren", sagte Eva und entfernte sich einige Schritte.

„Hey. Hast du Geheimnisse. Ist das dein Lover?", fragte Max eifersüchtig. Eva ignorierte ihn und tippte eine Nummer in ihr Handy ein.

Das Gespräch war kurz und Evas Blick hellte sich auf. Als sie auflegte war ein breites Grinsen zu sehen.

„Siehst du", sagte sie als sie zu Max zurückgekehrt war.

„Er meldet sich noch heute Abend. Und er hat versprochen mir die Informationen zu liefern."

„Hoffentlich."

„Wie gesagt Max", sagte sie mit einem Augenzwinkern, „Sei doch nicht immer so optimistisch."

Noch bevor sie im Hotel ankamen rief Matt Singer sie zurück. Wie versprochen mit den Informationen die Eva gewünscht hatte.

„Matt. Und?", wollte Eva wissen.

„Ich habe was du brauchst, Süße." Er klang überschwänglich und überschlug sich beinahe so voller Freude war er, dass er Eva etwas von dem zurückgeben konnte, was sie für ihn getan hatte.

Auch wenn Information kaum ein Äquivalent zu einer geretteten Karriere, vielleicht sogar einem geretteten Leben darstellten.

Vor knapp zwölf Monaten hatte Singer dem Ruf des Geldes unterlegen. Er arbeitete an einem Fall in dem ein Rauschgiftring gesprengt werden sollte. Das FBI war beinahe so weit, dass sie alle Beweise hatten, da suchten ihn einige unfreundliche Burschen heim.

Sie boten ihm eine Menge Geld, wenn er die Beweise oder große Teile davon verschwinden lassen würde. Natürlich ließen sie ihm mehr oder weniger keine Wahl

– er hatte Frau und Kind, und die waren bedroht worden.

Dennoch hätte er den Vorfall auch sofort melden können. Singer jedoch entschied sich das Geld zu nehmen und die Beweise verschwinden zu lassen.

Das Sonderkommando griff zu, fasste einige Dealer, musste sie allerdings schnell wieder gehen lassen, da die Beweise wie von Geisterhand verschwunden waren.

Die Bosse waren stinksauer gewesen und hatten einen Schuldigen gesucht.

Unglücklicherweise hatte Matt alleine Zugang zu den Unterlagen. Nur er kannte die Kombination, was einem Schuldspruch gleichkam.

Nachdem er Eva angerufen hatte und ihr alles gebeichtet hatte, bot sie ihm an zu helfen.

Die beiden kannten sich bereits seit der Highschool und waren gute Freunde geworden.

Sie half ihm, indem sie behauptet hatte, er hätte ihr die Kombination verraten und sie hätte die Unterlagen genommen, um sie zu studieren und noch mehr herauszufinden, um ihm zu helfen eine Beförderung zu ergattern. Wie man das eben unter guten Freunden macht. Und da sie auch bei einem Geheimdienst sei, könnte sie sicherlich etwas herausfinden.

Dabei wären sie ihr gestohlen worden, als sie ihre Handtasche einen Moment unbeaufsichtigt gelassen hatte.

Da sie der NSA angehörte, hatte das FBI keine Weisungsbefugnisse gegen sie und da sie eine der besten Agentinnen war hatte man die Sache schnell vergessen. Matt bekam nur einen Tadel in seiner Akte vermerkt und konnte seine Karriere fortsetzen. Das Geld, was er tatsächlich bekam, spendete er vollständig an ein Hilfswerk zu Suchtprävention und Suchtbehandlung.

Eva hatte darauf bestanden und hatte gesagt, dass es das Mindeste sei, was Matt hätte tun können, um den Schaden wieder zu reparieren. Resigniert hatte er eingewilligt.

„Das hört sich super an. Schieß los", forderte Eva ihn auf.

„Also… Ich habe den Namen, und das Bild was ihr mir geschickt habt durch alle möglichen Programme laufen lassen. Hier in den Staaten gab es keinen Treffer. Was mich nicht weiter verwundert hat, da ihr ja gesagt habt er lebe in Berlin.

„Komm zur Sache, Matt." Eva platzte vor Ungeduld.

„Ja. Klar. Ich habe auch bei meinen deutschen Kumpels angerufen und die…" Er machte eine Pause bevor er die Sensation vom Stapel ließ, „die haben mir seine Adresse genannt. Ich hab sie euch schon per Mail geschickt."

„Super. Danke."

„An was arbeitet ihr eigentlich schon wieder. Max ist doch auch dabei, oder?"

Matt hatte schon immer ein wenig auf Eva gestanden, aber gegen Max hatte er keine Chance gehabt. Auch hatte Eva keine Gefühle für Matt übrig, die über Freundschaft hinausgingen.

„Ja, bin ich", rief Max aus dem Hintergrund. „Und wie immer merke ich, dass du meine Freundin anmachst. Gut für dich, dass ich gerade tausende Kilometer entfernt bin."

„Sachte, sachte Kumpel. Ich hab mich nur nett unterhalten", erwiderte Matt vorsichtig. Er hatte Max in Aktion erlebt und wollte nicht, dass er gegen ihn aktiv wurde, nur weil er Eva schief anguckte. Aber er wusste auch, dass Max nur scherzte.

„Leider geheim, Engelchen. Wie immer."

„Schade", seufzte Matt.

„Machs gut, Matt. Wir sehen uns."

Eva legte auf und drehte sich zu Max um.

„Fahr den Laptop hoch. Wir holen uns die Adresse und dann düsen wir los um das Geheimnis des Emil Langers zu lüften."

„Zu Befehl", sagte er in militärisch knappen Tonfall.

„Sei nicht so albern. Wir haben hier ernsthafte Arbeit zu erledigen."

„Aber sicher doch, General", fuhr Max im selben Ton fort.

Eva stöhnte und verdrehte die Augen.

„Wie alt bist du? Zwei?"

„He, ich bin schon drei, Fräulein, ja. Hörst du, drei. Drei!"

„Spinner."

Max Späße hatten noch einige Zeit angedauert, bis Eva schließlich wirklich genervt war und den Raum verlassen hatte. Nun waren die zwei auf dem Weg zur Adresse, die Matt herausgefunden hatte.

Eva hatte sich Ohrstöpsel besorgt, damit sie Max' Geblödel nicht mehr länger hören musste. Nun saßen sie schweigend nebeneinander während die Gebäude an

172

ihnen vorbeirauschten. Max blickte nachdenklich aus dem Fenster und versuchte sich einen Reim auf die Ganze Sache zu machen. Warum waren sie hier? Morde fielen ganz sicher nicht in ihren Aufgabenbereich. Woher wollten ihre Vorgesetzten denn wissen, dass die nationale Sicherheit bedroht war? Agents starben jeden Tag. Überall. Aber natürlich sollte man der Sache nachgehen.

Und wie passten die unterschiedlichen Toten zusammen? Max konnte das Bild noch nicht klar erfassen und wandte sich zu Eva um.

„Willst du diese albernen Ohrstöpsel nicht langsam mal raus nehmen?", fragte er genervt. „Ist echt kindisch."

„Wer von uns beiden kindisch ist", platze Eva heraus, „wissen wir Beide."

„Oh man." Max warf genervt die Arme nach vorne.

„Frauen… Wie lange geht das jetzt hier noch?"

„Solange es eben geht. Am besten reden wir nicht, bis wir da sind."

Evas Stimme war kalt, so wie meistens, wenn sie sich von irgendwas belästigt fühlte.

„Ja. Am besten", presste Max zwischen zusammengebissenen Zähnen hindurch. Einige weitere schweigsame Minuten später, in denen ein unangenehmes, stilles Knistern zwischen ihnen lag, brachte Eva ihren Wagen am Straßenrand zum stehen.

„Keine sonderlich schöne Gegend", entgegnete Eva, die sich wieder voll und ganz auf ihren Job konzentrierte. Ihre Professionalität war zurückgekehrt und Max atmete erleichtert auf.

„Das kannst du laut sagen. Wer hier wohnt wird es nicht leicht haben."

Überall lag Dreck und Abfall herum. Die Häuserfassaden sahen aus, als stammten sie alle aus der Zeit des zweiten Weltkriegs und die Umgebung war so karg und bar jeder Vegetation, dass Max es beinahe surreal vorkam.

Das Haus in dem Emil Langer gewohnt hatte, fügte sich nahtlos ins Gesamtbild. Grau, alt und der Putz blätterte teilweise schon ab. Diverse Fensterrahmen waren verbogen; bei manchen fehlte gar die komplette Scheibe. Es hatte zwei Haustüren; eine die in die oberen Stockwerke führte und eine, die nur für die Kellerwohnung zu sein schien. Sie näherten sich der unteren Tür und übler Geruch stieg ihnen in die Nase.

Max musste unwillkürlich würgen und hielt sich angewidert die Nase zu.

„Wie kann man hier nur leben?"

Eva antwortete nicht und stieg stattdessen die Stufen zur unteren Tür hinab.

Sie versuchte den Knauf zu drehen, aber der bewegte sich nicht. Als sie keine Klingel fand, klopfte sie zaghaft.

„Herr Langer", flüsterte sie, „sind Sie da?"

Nichts. Nur Schweigen. Schweigen, das zu dieser Gegend passte. Hier wurde nicht viel gesprochen und wenn, dann nur hinter vorgehaltener Hand. Niemand wollte hier auffallen. Das Verbrechen lauerte in solchen Gegenden überall und wenn man nur das kleinste Detail über sich preisgab, war man verwundbar.

„Scheint niemand da zu sein", scherzte Max und zog einen Dietrich. „Wir müssen wohl etwas energischer klopfen."

„Das können wir doch nicht tun", sagte Eva mit einer hohen Stimme in geschwollenem Tonfall, der Max zum kichern brachte.

„Ich denke, einmal geht das schon in Ordnung."

Max machte sich behände ans Werk und nach wenigen Augenblicken sprang die Tür auf und schwang nach innen.

„Voilà! Treten sie hindurch, Madam."

Eva schlüpfte hinein und Max folgte ihr leise, schloss die Tür. Erneut standen sie in völliger Dunkelheit und Eva suchte tastend nach einem Lichtschalter. Eine einzelne von einem Kabel baumelnde Glühbirne, die in der Mitte der Decke angebracht war, flammte auf. Sie hüllte die winzige Wohnung in diesiges Licht.

„Das ist ja ein heilloses Durcheinander", bemerkte Eva, als sie sich umsah und die Haufen voll Unrat anstarrte. Hier lagen schmutzige Klamotten, dort Pappkartons vom Pizzaservice; verbeulte Cola- und Bierdosen säumten einen Teil des Bodens und dreckiges Geschirr stapelte sich zu Hauf in der kleinen Kochnische.

„Du kannst froh sein, dass ich so ordentlich bin", warf Max ein.

Eva warf ihm einen schrägen Blick zu und öffnete dann die einzige Tür, die es in der Wohnung gab. Augenblicklich schloss sie die Tür wieder und musste ein Würgen unterdrücken.

„Im Bad wurde auch schon länger nicht mehr sauber gemacht."

„Wahrscheinlich hat er die Gerüche schon gar nicht mehr wahrgenommen", meinte Max.

„Ja."

„Ob wir hier mehr finden als Müll glaub ich nicht wirklich."

„Lass uns erstmal umschauen, bevor wir voreilige Schlüsse ziehen."

Max öffnete einen alten, klapprigen Holzschrank, aus dem ihm einige Unterlagen entgegen fielen. Er nahm eine Kiste heraus und stellte sie auf den Boden.

„Ich beschäftige mich hiermit. Schau du dich weiter um."

„Ist gut."

Eva ging zu einem weiteren kleinen Schrank hinüber, der nur aus Stoff bestand und einen Reißverschluss zum Öffnen und Schließen besaß.

Der Schrank roch muffig und hatte überall weiße Schimmelflecken. Eva verzog das Gesicht, als sie den Reißverschluss vorsichtig aufzog.

Bevor sie ihn ganz aufgezogen hatte fiel ihr ein langer schwerer Gegenstand entgegen. Verdutzt fing sie ihn auf und trat einen Schritt zurück.

„Was zum…", brachte sie hervor. Perplex hielt sie ein Scharfschützengewehr in den Händen.

„Wow", stieß Max aus und kam zu ihr herüber.

„In der Tat, wow", stimmte Eva zu.

„Ich glaube nicht, dass das zur Standardausrüstung eines Undercover Feldagenten gehört", deutete Max auf das Gewehr in Evas Hand.

„Wohl kaum", nickte sie zustimmend. Eva hob das schwere, metallene Gewehr ein wenig höher und untersuchte es vom Lauf bis zum Trigger; von oben bis unten.

„Hier", stieß sie hervor. „Die Gravur. Die Herstellerfirma."

Sie machte ein ungläubiges Gesicht und ihr Mund stand offen, als sie den Atem anhielt.

„KD Industries."

Der Name hing einen Moment unheilschwanger zwischen ihnen im Raum, bevor Max die Sprache wieder fand.

„Meinst du, das KD steht für…"

Erschrocken blickte er zu Eva hinüber, dann zum Gewehr und wieder zu Eva zurück.

„Ja. Es sind mit Sicherheit seine Initialen. Nur umgedreht, damit es nicht sofort jedem ins Augen springt. Normalerweise beginnt man seine Initialen mit dem Vornamen."

„Und nicht wie hier mit dem Nachnamen."

„Genau."

„Das wirft ein ganz anderes Licht auf unsere Treffen mit dem Kontaktmann. Und erklärt warum er so nervös war beim zweiten Mal."

„Und den Hubschrauber."

„In Wahrheit, war er gar nicht unser Agent."

„Nein, er arbeitete für die, wer auch immer die sind. Und die haben kalte Füße bekommen und ihn lieber mundtot gemacht."

„Das macht die Sache nicht gerade einfacher. Wer weiß wem wir aus unseren Reihen jetzt noch trauen können."

„Das ist die Frage."

„Lass uns die Waffe mitnehmen. Wir geben sie Heinz. Der soll sie einer ballistischen Untersuchung unterziehen. Ich gehe jede Wette ein, dass unser Freund hier", er machte eine ausschweifende Bewegung und umfasste die ganze Wohnung, „die Waffe bereits benutzt hat."

Er pausierte, um die Enthüllung ein wenig dramatischer zu machen.

„Die passende Patronenhülse liegt bei der Spurensicherung. Jede Wette."

Eva rief Kommissar Heinz an, als sie zurück zum Wagen eilten.

„Heinz", meldete er sich.

„Hier spricht Agent Young. Wir müssen uns treffen. Sofort."

„Ehm… kein Problem", willigte er zögerlich ein.

„Und wir müssen sofort mit ihrer Spurensicherung sprechen."

„Wieso?"

„Es ist wichtig für die weiteren Ermittlungen. Vielleicht haben wir eine erste, kleine Spur. Alles Weitere sag ich ihnen, wenn wir uns sehen. Nicht über Telefon."

„Ok. Am besten Treffen wir uns direkt bei der Spurensicherung, so sparen wir Zeit."

„Gute Idee", stimmte Eva zu, „geben sie uns die Adresse."

Kapitel 21
Washington D.C.

Der Lärm war ohrenbetäubend und es roch nach frisch gedruckter Tinte. Der Geruch überdeckte alles und Berny Cabot musste würgen. Er arbeitete nun schon beinahe zehn Jahre bei der Washington Post, aber er würde sich nie daran gewöhnen. Für viele war es ein wunderbarer Geruch, für ihn war er einfach nur grauenhaft. Abscheulich. Berny konnte nicht verstehen, wie manche Menschen sich garnicht daran satt riechen konnten und schüttelte stets angewidert den Kopf. Er war jedes Mal froh, wenn er die Druckerräume verlassen hatte und wieder in sein wohlriechendes Büro zurückkehren konnte. Dort spendeten diverse Duftbäume eine äußerst angenehme Atmosphäre.

Nun allerdings durchschritt er den großzügigen Raum, der die Bezeichnung ‚Druck I' trug. Eine der Maschinen hatte den Geist aufgegeben und der Techniker war gerade außer Haus.

Es war der denkbar schlechteste Zeitpunkt, denn die Abendausgabe war in Druckauftrag gegeben worden. Und da Berny der einzige neben dem Techniker war, der sich damit auskannte – er hatte eine technische Ausbildung gehabt, bevor er zur Zeitung kam – musste er nun ran.

Ob er wollte oder nicht, Geruch hin oder her. Mit einem Seufzer machte er sich an der Maschine zu schaffen und öffnete eine Verschlussklappe unter der die Tintenpatronen zum Vorschein kamen.

„Was hast du denn jetzt schon wieder, Schätzchen", murmelte er vor sich hin, als er mit der Arbeit begann.

Seine Hände flogen schnell und gezielt, aber gelangweilt über die Maschine. Nach kurzer Zeit hatte er das Problem identifiziert – eine verheddterte Papierrolle – und behoben.

Er klappte die Luke wieder zu, drehte sich um und schoss förmlich in Richtung Ausgang.

Ein breites Grinsen erschien auf seinem Gesicht, nachdem die schwere Tür hinter ihm ins Schloss gefallen war und er zu den Aufzügen schritt, um vom Erdgeschoss wieder zu seinem Büro hochzufahren.

Als die Aufzugtüren sich schlossen klingelte sein BlackBerry. Er griff in seine Hosentasche und warf einen Blick auf das Display. Es war die Nummer seines Bosses. Er unterdrückte ein Stöhnen. Was konnte der alte Grieskram nun wieder wollen.

Wenige Wochen bevor er eine Laufbahn bei der Washington Post eingeschlagen hatte, war Timothy Moon – seines Zeichen Chefredakteur eben dieser Zeitung – zu ihm nach Hause gekommen. Woher er auch immer seine Adresse hatte zum Teufel.

Er hätte von ihm gehört und wollte ihm einen Job anbieten, in dem er seine Talente ausleben könne; und der Welt weiterhelfen könne, indem er sie einfach nur informiert.

Berny hatte noch keine Erfahrung, weder wusste er wie man Artikel verfasste, noch wie man gute Redaktionsarbeit verrichtete. Zudem war er noch unfassbar jung und ein echter Grünschnabel. Zwar war er als freier Fotograf tätig gewesen, was nicht allzu weit entfernt vom Journalismus war. Dennoch fühlte er sich nicht in der Lage, in diese Rolle zu schlüpfen.

„Ich glaube nicht, dass ich das kann. Tut mir Leid", hatte er entschlossen geantwortet.

„Doch. Sie können das. Ihre Fotos sind sehr beeindruckend. Sie sind fokussiert und zielstrebig. Genau das brauche ich.", hatte Moon geduldig erwidert. Er hatte Berny gebeten zu einem Probetag zu kommen. Er würde ihm alles zeigen und dann könne er neu entscheiden.

Nach einigen schweigsamen Minuten hatte Berny schließlich eingewilligt. Warum auch immer, hatte er sich die Tage danach gefragt und mit dem Gedanken gespielt, den Termin wieder abzusagen.

Doch irgendetwas in der Stimme Moons hatte ihn tief im Inneren überzeugt.

Es konnte ja nicht schaden.

Und er hatte es nicht bereut. War inzwischen sogar froh, dass Moon ihn vor all den Jahren aufgesucht und an ihn geglaubt hatte. Sein Leben war viel geordneter. Er hatte eine tolle Wohnung, einen guten Job – und der Verdienst war wesentlich besser als zuvor.

Das Beste allerdings war, dass er die Liebe seines Lebens durch den Job gefunden hatte.

Dana arbeitete ebenfalls bei der Post und war ein Engel mit bezaubernden Augen, die ihn bereits an seinem ersten Arbeitstag in ihren Bann gezogen hatten. Mittlerweile waren sie fast vier Jahre zusammen und er spielte mit dem Gedanken ihr einen Heiratsantrag zu machen. Sie war der wichtigste Grund, warum er Moon über alles dankbar war. Bereits nach wenigen Monaten hatte er allen Mut zusammen genommen und sie um eine Verabredung gebeten. Zu seiner großen Erleichterung und Freude hatte sie eingewilligt. Sie war schüchtern gewesen, viel mehr als er gedacht hatte und so hatte er das Zepter übernommen und sie einigermaßen elegant durch den Abend geführt.

Sie aßen in einem vorzüglichen Restaurant und spazierten danach noch stundenlang durch die milde, sternenklare Nacht.

Ihr Lachen erfüllte die ansonsten stille Nacht mit wunderbarer Harmonie und Berny war von überwältigender Freude und Zufriedenheit übermannt worden. Die Zeit war stehen geblieben. Es war eine perfekte Nacht gewesen. In den folgenden Wochen und Monaten hatten sie viele fabelhafte Nächte und auch Tage zusammen verbracht. Aber keine war so atemberaubend gewesen wie die Allererste.

„Ja, Sir", meldete sich Berny und kratzte sich nervös am Hinterkopf. *Hoffentlich wollte er nicht wieder irgendeine absurde Recherche, die kaum durchzuführen war.*

„Wo immer sie sind. Kommen sie in mein Büro. Die Welt fällt gerade ins Chaos, habe ich das Gefühl."

„Sir?", fragte Berny verwirrt.

„Beeilen sie sich Berny. Die Erde dreht sich schneller als gedacht, und wenn wir unsere Geschwindigkeit nicht erhöhen werden wir vom Zug geschleudert."

Die Verbindung wurde unterbrochen. Berny blickte verdutzt an die Decke der Kabine und verdrehte die Augen. Warum musste Moon immer in Rätsel sprechen. Was immer er wollte, es musste wichtig sein. Seine Stimme war vor Aufregung fast gebrochen – und das erlebte Berny nur äußerst selten.

Die Türen glitten auf und er zischte in Richtung Moons Büro davon.

„Was halten sie davon?", fragte Moon ohne Umschweife. Er war ein Bär von einem Mann. Seine Größe wurde zwar durch die Tatsache dass er saß geschmälert, aber seine Ausstrahlung und seine Aura ließen darauf schließen, dass er der Richtige für diese Position war. Sein mächtiger Schnurrbart bewegte sich, als er lange ausatmete und seine dunklen Augen funkelten Berny an wie schwarze Löcher. Des Öfteren hatte Berny das Gefühl in der Gravitation dieser Grube zu versinken. Sie waren wie ein Riss in einem Canyon, der alles was nicht stark genug war, genügsam aufsaugte. Sein kolossaler Bauch bewegte sich wie ein gestrandeter Wal, der ums überleben kämpfte, als er sich schließlich zu seinem Besucher umwandte. Berny stand noch auf der Türschwelle des großzügigen Büros und der Chefredakteur warf ihm bereits einen Stapel Zeitungen hin.

Berny trat auf den massiven Schreibtisch zu und schnappte sich eine Zeitung vom Stapel. Seine Augen überflogen die Titelseite mit großen Blicken, als er registrierte, was dort geschrieben stand. Er nahm nach einander jede Zeitung und studierte die Titelseiten, während die Farbe ein wenig aus seinem Gesicht wich.

„Sir, ist das…?", begann er und unterbrach sich dann.

„Das", begann Moon überschwänglich, mit einem gefährlichen Unterton, „sind Tageszeitungen aus Südostasien – genauer gesagt, die englischen Ausgaben von großen Zeitungen aus Japan, Vietnam und Südkorea."

Moon machte eine lange Pause und Berny bemerkte wie er den Atem anhielt.

„Ich habe mich umgehört", durchbrach Moon schließlich die Stille. „Noch hat keine Zeitung in den USA etwas darüber geschrieben. Keine Veröffentlichung. Nirgends."

„Also sollen wir die ersten sein?"

„Genau Berny. Scharfsinnig und schnell wie immer." Moon lächelte und zeigte ein Raubtiergrinsen.

Berny ließ sich ohne zu fragen auf einen Sessel nieder, der vor einem Glastisch stand, auf dem eine Vase mit frischen Blumen drapiert war.

Jeden anderen hätte Moon pikiert hinauskatapultiert, wenn er oder sie sich ohne Aufforderung hingesetzt hätte. Aber Berny wusste, dass er sich das erlauben konnte. Moon schätze ihn. Er hatte die Post weit vorangebracht mit seiner Arbeit. Angesichts der bevorstehenden Aufgabe brauchte er Berny umso mehr. Berny wusste das. Und deshalb fläzte er sich jetzt in seine Sitzgelegenheit und schlug die Beine übereinander.

„Das wird hohe Wellen schlagen. Besonders nach der Sache mit dem Außenminister."

„Ich glaube die Dinge sind miteinander verbunden. Ich habe keine Zweifel", bekräftigte er seinen Gedanken.

Berny nickte. Seine Gedanken rasten und sein Kopf

glich einem Ameisennest in dem alles durcheinander wirbelte. Nur mit dem Unterschied, dass in seinem Gehirn keine Ordnung herrschte.

Sein Blick schweifte durchs Zimmer und verharrte auf einem Bild mit goldenem Rand. Es stellte einen Löwen dar, der gerade seine Beute gerissen hatte und nun machtvoll auf dem toten Zebra thronte.

Der Löwe konnte auch gut durch Timothy Moon ersetzt werden.

„In der Morgenausgabe bereits?", wollte Berny wissen.

„Nein. Heute noch, in der Abendausgabe."

Bernys Augen weiteten sich ein klein wenig und er musste unwillkürlich husten.

„Sir. Sie wissen dass das unmöglich ist. Wir haben nur die Informationen aus diesen Artikeln und sie wissen selbst am besten, dass man keine Drittinformationen verwerten soll."

„Normalweiser würde ich ihnen zustimmen, Berny. Aber hier ist die Sache anders. Dieser Fall ist von nationalem Interesse. Vielleicht von internationalem. Vielleicht entsteht da unten ein neuer Krisenherd. Vielleicht wissen die schon darüber, vielleicht nicht. Dennoch ist es von immenser Bedeutung, dass wir noch heute Abend einen Artikel verfassen."

Berny schluckte, sagte aber nichts.

„Wie ist unser Leitspruch?", fragte Moon und seine Brust schwoll voller Stolz an.

„Ehrlich und schnell", zitierte Berny gefühllos.

„Genau." Moon ballte die feiste Faust und öffnete die Hand dann blitzschnell wieder. „Und in dieser Sache, ist vor allem Schnelligkeit gefragt. Die Ehrlichkeit ist zweitrangig. Verfassen sie einen Artikel."

Er machte eine unheilvolle Pause und sein Gesicht verzog sich, so als müsse er sich übergeben.

Dann war der Moment vorüber und er sprach leiser weiter. Mit einer Stimme die vor Willenskraft und Überheblichkeit nur so troff.

„Die beste Zeitung Amerikas muss darüber berichten. Unbedingt."

Berny starrte ihn nur ausdruckslos an, gebannt, wie bei einem Unfall, den man sich eigentlich nicht ansehen möchte – man kann aber den Blick auch nicht einfach abwenden.

„Jawohl, Sir", sagte er pflichtbewusst. „Sie bekommen ihren Artikel."

„Sehr gut, Berny. Sehr gut." Seine Stimme wurde zu einem Flüstern. „Ich sag ihnen warum der Artikel eine so große Bedeutung hat." Er winkte Berny näher und dieser kam zum Schreibtisch und beugte sich näher zu Moon damit er ihn verstehen konnte. Heißer Atem schwappte ihm in die Nase, aber er ignorierte ihn.

„Unsere Arbeit ist von immenser Bedeutung. Für unser Land. Für die globale Bevölkerung, vergessen sie das nie." Er hob mahnend den Zeigefinger bevor er zu einem letzten Satz ansetzte.

„Die Welt ist gefährlicher geworden, Berny. Wir müssen aufpassen, dass der Schatten das Licht nicht völlig auffrisst."

Kapitel 22
Berlin

Das Gebäude war so unansehnlich wie eh und je und die graue Fassade glänzte nicht mal im grellen Sonnenschein. Schon gar nicht in der drüben Umgebungstemperatur des diffusen Lichts, was gerade vorherrschte. Die langweilige Stimmung dieses grauen Tages konnte allerdings nicht über die Hektik hinweg täuschen die hinter diesen Mauern herrschte.

Vor wenigen Minuten waren Max und Eva mit dem Gewehr im Schlepptau hineinspaziert und Kommissar Heinz schnurstracks in die Arme gelaufen. Sein Blick war wirr und undurchsichtig. Seine Neugier hatte sie direkt getroffen und er konnte sich nur mühsam zurückhalten sofort loszuplappern.

Nun standen die drei zusammen mit einem weiteren Mann in einer kleinen Kammer, die nur von einer nackten Glühbirne erhellt wurde die von einem Kabel an der Decke baumelte.

Die Kammer war voller Regale aus kaltem Metall, die bis unter die Decke gingen und voll gestopft waren mit den unterschiedlichsten Utensilien und Aktenordnern.

Der Mann trat zu einem Regalboden im hinteren Bereich des Raumes und nahm eine kleine beige Kiste hervor, die er auf den schmalen Tisch stellte, der zwischen den Regalen ruhte.

Er hob den Deckel ab und zog einen schmalen Umschlag hervor, welcher am unteren Ende eine schmale Beule aufwies. Er schüttete den Inhalt auf seine Handfläche und hielt sie seinen Besuchern hin, wie ein Fisch, den er grade mit bloßen Händen gefangen hatte. „Das hier ist die Patronenhülse, die wir auf dem Dach des Flughafengebäudes gefunden haben. Unser einziges Beweisstück in diesem Mordfall bisher. Neben der Patrone aus dem Kopf des Opfers natürlich." Er deutete mit seiner Hand auf die leere Kiste, um seine Aussage zu unterstreichen.

„Das hier ist der zweite." Eva legte das Gewehr in ihren Händen auf den Tisch.

„Wenn sie zusammen passen", gab Heinz zu bedenken.

„Da bin ich sicher", beteuerte Max nachdrücklich.
Der Mann blickte Heinz skeptisch an. Heinz nickte und der Mann wandte sich zurück an Eva, während er seine Brille auf der Nase zurechtrückte.

„Nun gut. Dann werden wir sofort eine ballistische Untersuchung einleiten. Ich rufe unseren Experten an."

„Wann liegen die Ergebnisse vor?", wollte Max wissen.

„Sehr wahrscheinlich noch heute, am späten Abend."

„Leiten sie sofort alles in die Wege. Das hat oberste Priorität", untermauerte Heinz mit strengem Blick.
Zur Antwort nahm er das Gewehr und die Hülse an sich und wies mit einer Hand auf den Ausgang.

„Alles klar", sagte der Mann abschließend. Alle verließen gemeinsam den Raum – Max, Eva und Kommissar Heinz traten ins Freie, blieben stehen und bildeten ein Dreieck, sodass sie sich alle gegenseitig in die Augen sehen konnten.

„Ich glaube wir haben wirklich eine gute Spur", warf Heinz gut gelaunt ein.

„Wir haben gelernt nicht allzu euphorisch zu sein, bevor wir Gewissheit haben", relativierte Max.

Heinz kniff die Augen zu und nickte anerkennend.

„Sehr klug. Aber ich habe ein gutes Gefühl, das wir endlich eine Spur bekommen."

„Wir setzen uns mit unserem Vorgesetzten in Verbindung. Ich schlage vor, sie rufen uns sofort an, sobald sie das Ergebnis der ballistischen Untersuchung auf dem Tisch haben."

„Natürlich", sagte Heinz.

Er schüttelte Max und Eva nach einander kräftig die Hände und verschwand dann in Richtung seines Wagens, der in einer Seitenstraße abgestellt war.

„Special Agent Carter", meldete sich die raue, kalte Stimme, die Eva zuletzt am Flughafen in Paris gehört hatte. Eva zuckte bei ihrem Klang unmerklich zusammen und runzelte verwirrt die Stirn. Irgendetwas an dieser Stimme machte ihr zu schaffen und gab ihr ein Gefühl von Gefahr, dass sie nicht näher beschreiben konnte. Dennoch, diese Agent Carter war ganz sicher unangenehm und wenn es drauf ankam knallhart, da war sich Eva sicher.

„Hier Agent Young. Wir haben eine erste Spur", kam sie gleich zur Sache, ihr Tonfall blieb jedoch zurückhaltend und ihr Verstand aufmerksam.

„Sprechen Sie."

Knapp. Hart. Sie wollte nur die Fakten hören. Kein überflüssiger Smalltalk. Was Eva nur recht war. Sie wollte dieses Gespräch so schnell wie möglich beenden. Sie hasste Unterredungen dieser Art, in denen ihre Vorgesetzten zumeist raushängen ließen wer hier das sagen hatte – ohne auch nur die Hälfte von Evas Fähigkeiten zu besitzen. Aber so war es nun mal und sie würde so schnell nichts daran ändern können. Also ließ sie sich darauf ein und gab sich ganz sanft, als sie mit ihrem Bericht begann.

„Unser Kontakt hier wurde ebenfalls liquidiert. Wir glauben allerdings, dass er nicht für uns gearbeitet hat sondern, dass er derjenige war, der Scholz umgebracht hat. Jedes Mal wurde der Mord mit einer Waffe des Waffenhändlers, den wir verfolgen, begangen. Daher vermuten wir, dass er dahinter steckt."

„Ok. Das mit Agent PT ist bedauerlich und ist eine gefährliche Nachricht."

Schweigen. Eva dachte über ihren Bericht nach und was jetzt wohl kommen mochte. Dann fuhr Carter monoton und emotionslos fort.

„Sie wissen mit Sicherheit von seiner Scheinfirma in Tschechien. Sie werden sich dort hinbegeben und ihn suchen. Bringen sie ihn zu uns nach Washington. Wir haben noch nichts gegen ihn in der Hand, deshalb benötigen wir ihre speziellen Fähigkeiten. Sprechen sie mit den Ermittlern vor Ort und hören sie, was sie über das Ableben von Agent XF in Erfahrung gebracht haben. Zwei tote Agenten in zwei Tagen. Ich brauche Ihnen nicht sagen wie vorsichtig sie sein müssen. Wir haben es hier mit Vollprofis zu tun. Insbesondere, wenn sie einen von uns umgedreht haben."

Carter unterbrach sich und Eva schwieg weiter beharrlich.

„Beeilen sie sich. Schlagen sie schnell und hart zu. Aber töten sie das Ziel unter keinen Umständen."

„Verstanden", sagte Eva, aber Carter hatte die Verbindung bereits unterbrochen.

„Diese Ziege", echauffierte sich Eva und steckte ihr Telefon zurück in die Tasche.

„Du kennst doch diese Leute. Einfach nicht ernst nehmen", winkte Max gleichgültig ab.

„Ja", stimmte Eva ihm zu und nickte heftig mit dem Kopf.

„Wundervoll. Einfach wundervoll. Wir haben hier tausend lose Enden, die in alle Himmelsrichtungen deuten und unsere Freundin Carter hat nichts Besseres zu tun, als uns nach Tschechien zu schicken, um einen Mann zu suchen, der sich keines Verbrechens schuldig gemacht hat."
Max Stimme klang gereizt und er wedelte wild mit den Armen in der Luft.

„Wir haben keine Beweise für seine Verbrechen. Das heißt nicht, dass er sie nicht begangen hat. Allein, dass Krustschov Waffenhändler ist…."

„Das ist noch kein Verbrechen", unterbrach Max sie ungehalten.

„Wie dem auch sei. Wir fahren nach Mlada Boleslav zu dieser blöden Fabrik und schnappen ihn uns. Vorher reden wir mit diesem Prager Ermittler."

„Bestimmt wird er uns nichts ahnend in die Arme laufen."

„Klar. Bei unserem Glück." Eva grinste schelmisch

und schlug Max auf die Schulter.

„Sollen wir Heinz informieren?", wollte er dann wissen.

„Nein. Ich denke es ist besser, wenn die Informationen weiterhin nur in eine Richtung fließen. Er soll nur glauben, dass wir ihm alles mitteilen. Und bis jetzt hat er sich noch nicht beschwert. Bevor er das nicht macht..." Eva zuckte die Schultern.

„Ist mir nur Recht. Also als nächstes buchen wir einen Linienflug nach Prag, mieten uns da ein Auto und fahren nach...", Max Blick glitt nach oben, als er überlegte wie der Name der Stadt war.

„Mlada Boleslav", half Eva ihm.

„Ja. Genau."

„Du hast es erfasst, Max. So lautet der Plan. Vorher reden wir allerdings wie gesagt mit diesem Ermittler Cech, der die ganze Sache ja erst ins Rollen gebracht hat. Ich glaube wir sollten ihm eine reinhauen, dafür das er uns aus unserem Urlaub geholt hat."

„Worauf warten wir dann noch?", fragte er und rieb sich die Hände.

„Auf besseres Wetter", witzelte Eva und ihre Augen wanderten zu den grauen Wolken, die den Himmel über Berlin seit Tagen verdunkelten.

Kapitel 23
Prag

Der Anruf ereilte sie kurz nach ihrer Landung in Prag. Der Flug war holprig gewesen und Eva stapfte unsicher in Richtung Ausgang, froh wieder festen Boden unter den Füßen zu haben. Max konnte die Flugangst seiner Freundin nicht nachvollziehen und zog sie bei jeder Gelegenheit damit auf.

Einmal hatte er den Pilot ihrer Regierungsmaschine veranlasst, per Funk durchzugeben, dass sie abstürzten und die Situation hoffnungslos sei. Ihr Tod wäre unvermeidlich. Er hatte sich bedankt, dass sie ihr Vertrauen in ihn gesetzt hatten und bedauert, dass er sie enttäuscht hätte. Max hatte nur mit Mühe ein Lachen unterdrucken können und verbarg sich hinter seinem Kissen. Eva war kreidebleich geworden und hatte sich sogar übergeben. Max hatte es zwar Leid getan, aber von Zeit zu Zeit verdiente sie solche Retourkutschen, da sie ihn ebenfalls immer wieder aufzog. Nach der wundersamen Landung und nachdem alle unversehrt die Maschine verlassen hatten, war die Sache ans Licht gekommen und Eva hatte darauf volle fünf Tage kein Wort mit Max gewechselt. Damals hatte er sich Sorgen gemacht, dass er diesmal zu weit gegangen war und Eva ihre Beziehung beenden würde. Glücklicherweise hatte sie sich wieder eingekriegt und ihm verziehen.

„Willst du nicht endlich drangehen?", fragte Max, als Eva auch nach dem vierten Läuten noch immer keine

Anstalten machte den Anruf entgegen zu nehmen. Eva blickte verwirrt auf, so als ob sie das Klingeln bis jetzt noch nicht wahrgenommen hatte. Sie griff langsam nach ihrem Handy und hielt es unsicher ans Ohr.

„Young", meldete sie sich mit schwacher Stimme immer noch den Flug verarbeitend.

„Hier Heinz. Wir haben bereits erste Ergebnisse."
Mit einem Mal war Eva hellwach, als Adrenalin durch ihre Adern schoss.

„Schießen Sie los.", forderte sie Heinz auf.

„Das Ergebnis der ballistischen Untersuchung ist eindeutig. Es gibt keine Zweifel. Waffe und Patronenhülse passen wie die Faust aufs Auge."
Eva schwieg und musste diese Nachricht erst einmal verdauen und sacken lassen. Das konnte bedeuten, dass ihr Einsatz hier, doch nicht ganz sinnlos werden würde.

„Gut.", brachte sie schließlich nur hervor.

„Da ist noch mehr", hinderte Heinz sie am auflegen. Seine Stimme klang nun heißer und weit entfernt, so als ob er ein Gespenst nur mit Brüllen hatte vertreiben wollen.

„Ich höre."

„Wir wissen wer der Tote ist, der aus dem Wagen gestoßen wurde."

„Wie bitte?" Eva versuchte überrascht und aufgeregt zu klingen. „Wer ist es?"

„Die Antwort wird ihnen nicht gefallen."

„Spannen sie mich nicht auf die Folter, Kommissar. Egal wer es ist, sagen sie es einfach."

„Der Tote ist ein gewisser Emil Langer. Wir haben nicht viel über ihn. Hatte aber angeblich Kontakte zu

194

NSA. Lebte sehr zurückgezogen. Mehr wissen wir nicht." Sie wussten also noch nicht, das Langer den Mord begangen und das es sein Gewehr war. Offensichtlich hatten sie keine Fingerabdrücke vom Gewehr genommen.

„Wow. Danke für diese Information. Wir werden nachfragen, ob ihn bei uns jemand kennt."

„Alles klar."

„Was jetzt?"

„Unser lieber Toter hat sich für die Abrüstung interessiert und wir wissen, dass er sich das ein oder andere Mal mit – sie werden es kaum glauben – Steven Barrett getroffen hat. Es scheint so, dass die Freundschaft zu Barrett momentan sehr tödlich zu sein scheint."

Evas Augen wurden schmal und sie sinnierte wie das alles zusammen passen konnte.

„Am besten sprechen sie nochmal mit Barrett."

„Das hatte ich vor", erwiderte Heinz ruhig.

„Gut. Wir sind grade anderweitig beschäftigt. Ich melde mich, sobald wir wieder frei sind."

Sie legte auf und ließ Heinz keine Chance für lästige Fragen oder überflüssige Kommentare.

„Die ganze Sache entwickelt sich immer mehr zu einer Achterbahnfahrt", sagte sie zu Max.

Der hob fragend eine Augenbraue und Eva berichtete ihm von Heinz' Informationen.

„Hmm", machte er und fuhr sich mit Daumen und Zeigefinger über das Kinn.

„Ich blick da auch nicht durch", gab er zu. „Aber lass uns erstmal unseren Auftrag hier erledigen. Vielleicht kann unser lieber Freund der Waffenhändler ein bisschen Licht ins Dunkeln bringen."

„Oder er hat überhaupt nichts damit zu tun", warf Eva ein.

„Dann wären wir wieder am Anfang", seufzte Max.

„Seit wann bist du der pessimistische Teil?", fragte er amüsiert. Eva zuckte die Schultern. „Er wird schon in der Sache mit drinhängen", versuchte sie optimistischer zu klingen, als sie sich fühlte.

Max musterte sie einen Augenblick lang, ließ es dann aber dabei bewenden.

Sie mieteten ein Auto direkt am Flughafen, verstauten ihr leichtes Gepäck und ihre Waffen, die sie dank ihrer Ausweise mühelos durch die Kontrollen bekommen hatten.

Was nicht immer so gewesen war. Vor zwei Jahren waren sie auf dem Flughafen Tijuana gelandet. Eine Stadt in Mexiko direkt an der Grenze zur USA, die nicht viel mehr als ein Zaun und ein bisschen Land von San Diego an der südkalifornischen Küste trennte. Die Landung, die durch das spektakuläre Anflugmanöver, welches nötig war, da man diesen Trennzaun knapp überfliegen musste, ziemlich unangenehm war und Eva alles abverlangt hatte, dass sie ihren Mageninhalt behielt, war nicht annähernd das schlimmste an dieser Reise gewesen.

Sie waren durch den Zoll marschiert und wollten dort ihre Waffen abholen, die in einem extra Koffer gereist waren. Doch da fingen die Probleme an. Die Zöllner erkannten ihre Ausweise nicht an und verweigerten ihnen die Rückgabe – Eva vermutete aus Willkür, da die Mexikaner einfach nicht allzu gut auf die USA zu sprechen waren; auch wenn das offen natürlich niemand zugab.

Die Diskussionen hatten einige Zeit in Anspruch genommen und schließlich waren Max und Eva genervt ohne ihre Waffen gegangen und mit ihrem Leihwagen zu ihrem Unterschlupf unweit des Flughafens gefahren. Allerdings waren sie dort niemals angekommen. Kurz nachdem sie das Gelände verlassen hatten, waren zwei schwarze Kastenwagen hinter ihnen aufgetaucht und hatten die Verfolgung aufgenommen. Sie hatten versucht die Beiden von der Straße zu drängen und sie schließlich eine Böschung hinunter geschoben. Das Auto hatte sich mehrmals überschlagen und ihre Verfolger waren glücklicherweise der Auffassung gewesen, dass dieser Sturz die Insassen mit Sicherheit getötet hatte.

Nach kurzer Zeit waren sie zufrieden davon gebraust. Max und Eva hatten noch fast eine Stunde reglos ausgeharrt bevor sie sich aus ihren Gurten befreiten und abgesehen von ein paar Schrammen unversehrt ausgestiegen waren.

„Hab ich schon mal gesagt, dass ich Mexiko hasse."

„Öfter", hatte Eva belustigt geantwortet, sich dennoch bewusst, dass dies ganz leicht ihre letzte Reise hätte werden können, wären ihre Verfolger nur etwas gründlicher vorgegangen.

„Alles. Vom Essen bis zu den Frauen und den idiotischen Kakteen, die hier überall rumstehen", hatte Max sich den ganzen Weg zum Flughafen zurück aufgeregt. Eva hatte belustigt geschwiegen. Ein paar Wochen später waren sie zurückgekehrt, hatten die korrupten Zöllner dingfest gemacht und ihre Verfolger, samt der Drahtzieher dahinter, liquidiert und somit einen kleineren Drogenring gesprengt.

„Tja. Man sollte jemanden der Mexiko hasst, nicht auch noch provozieren", hatte Max trocken gesagt, als sie ihre Mission abgeschlossen hatten.

Nun waren sie also gut bewaffnet auf dem Weg zu einer Fabrik, die ein kleines Stück außerhalb von Mlada Boleslav lag – der Stadt in der die tschechische Automarke (und Tochterfirma von Volkswagen) Skoda ihren Hauptsitz hat.

„Du weißt schon, dass wir nichts in der Hand haben, um einfach so in diese Fabrik zu marschieren", sagte Eva und fühlte sich mit jedem Kilometer, den sie zurücklegten und ihrem Ziel näher kamen, unwohler.

„Ich hoffe Cech kann uns irgendwas geben."

„Wir stürmen diese Fabrik ja auch nicht und legen alle um. Wir werden ganz gesittet durch den Vordereingang gehen, uns als Geschäftskunden ausgeben und freundlich um eine Unterredung mit Herrn Krustschov bitten."

„Aha", runzelte Eva die Stirn, ob der Diplomatie, die Max hier an den Tag legte. Denn normalerweise war er derjenige, der lieber *aggressive Verhandlungen* führte, als es mit Worten zu versuchen.

Eva erinnerte sich nur zu gut an ihren Einsatz auf Island, als Max die ganze Mission beinahe verpatzt hätte, als er anstatt seiner Zunge, doch lieber seine Neunmillimeter benutzt hatte. Er hatte ihren Gastgeber

– von dem er dachte, er wäre das eigentliche Ziel, da er die beiden geheimniskrämerisch vom Flughafen entführen ließ (allerdings nur um keine Aufmerksamkeit zu erregen, und ihre eigentliche Mission nicht zu gefährden) – angeschossen. Anstatt ihn zu Wort kommen zu lassen und das ganze zu erklären, hatte Max abgedrückt noch bevor Eva reagieren konnte. Sie waren daraufhin zurückbeordert worden und hatten einen Tadel in ihrer Akte (die eigentlich gar nicht existierte) erhalten. Erst nach einer offiziellen Entschuldigung von Seiten der NSA und von Max persönlich, hatten sie die Genehmigung bekommen fortzufahren. Glücklicherweise waren die Ganoven zwar gefährlich, aber nicht die hellsten Köpfe und so hatten sie auch nach einer Woche weder ihr Lager geräumt, noch die Spuren verwischt – und Max und Eva hatten leichtes Spiel alle hochzunehmen.

Danach war Max zwar vorsichtiger geworden; trotzdem war er immer noch schnell bei der Sache und dachte zu oft nicht nach, wie Eva fand.

Diese Impulsivität hat uns allerdings auch schon das ein oder andere Mal den Arsch gerettet.

Max nahm seine Waffe auseinander und überprüfte sie von vorne bis hinten, so wie er es immer tat vor einer Mission. Eva wusste, dass er so Stress abbauen und sich beruhigen konnte. Sie brauchte nichts dergleichen und hielt einfach nur das Lenkrad fest – ihr Blick stoisch auf die Straße gerichtet, die voller Schlaglöcher war.

Max lud die Waffe durch und drückte den Abzug. Das Klicken ließ Evas Kopf zu ihm herumschnellen.

„Wie oft", begann sie mit roter werdendem Kopf, „hab ich dir gesagt, du sollst das nicht machen."

„Die Waffe ist nicht geladen." Max hob entschuldigend die Hände.

„Ist mir egal. Ich hasse es", presste sie zwischen zusammengebissenen Zähnen hindurch und schaute Max eindringlich an.

„Hey. Pass auf", rief er und deutete auf die Straße.

Eva war auf die Gegenfahrbahn geraten und das entgegenkommende Fahrzeug blinkte mehrmals auf und setzte die Hupe ein.

Entsetzt riss Eva das Lenkrad herum, gerade noch rechtzeitig. Nur den Bruchteil einer Sekunde später raste der andere Wagen an ihnen vorbei. Erleichtert atmeten beide aus – heilfroh dem todbringenden Zusammenstoß noch einmal von der Schippe gesprungen zu sein.

„Alles wegen dir!", beschwerte sich Eva.

„Wegen mir?", fragte Max ungläubig. „Du fährst ja wohl."

„Was glaubst du wohl, was unsere Vorgesetzten davon halten, wenn wir auf gerader Strecke gegen ein Auto prallen, weil du deine Waffe nicht im Zaum hältst."

Max schnaubte verächtlich.

„Ich für meinen Teil will jedenfalls nicht auf meinem Grabstein stehen haben: *Sie starb wegen unglaublicher Dummheit.*"

Max winkte ab und blickte aus dem Fenster, sagte nichts mehr und steckte seine Waffe weg.

Warum waren Frauen so oft so kompliziert? Er hatte

dutzende Streits ausgefochten; über die belanglosesten Dinge – Frauen konnten sich dagegen über solche Sachen stundenlang echauffieren.

Einmal waren sie zusammen shoppen gewesen. Max hatte gerade seinen Führerschein gemacht und hatte sie stolz wie ein Schneekönig mit seinem Wagen (einem feuerroten Ford Mustang) abgeholt.

Eva war sofort hellauf begeistert gewesen und ihr Strahlen überdeckte ihren Neid nur unzureichend. Liebend gern hätte auch sie ein solches Auto gefahren – denn sie war vernarrt in jede Art von motorisiertem Gefährt; solange es auf dem Boden blieb.

Sie cruisten ein wenig durch die Stadt und Max hatte sich wie ein Rockstar gefühlt – und das auch offen gezeigt. Er war wie ein Rowdy gefahren und hatte zwei Parkplätze für sich beansprucht.

„Es sind doch eh genug da", sagte er mit breiter Brust dazu.

Das hatte Eva noch süß gefunden, denn sie wusste, dass Max in Wahrheit ganz anders war. Er hatte einen guten Charakter, so ganz das Gegenteil eines Rowdymachos.

Aber die eigentliche Sache, nach der die Stimmung gekippt war, ließ nicht lange auf sich warten.

„Ein bisschen nuttig siehst du schon aus", hatte er ganz flapsig kommentiert, nachdem sich Eva mit einem schicken Minirock ihm präsentiert hatte.

Ihre Gesichtszüge waren ihr entglitten und sie war bestürzt zurück in die Kabine gestürzt. Max hatte es gar nicht bemerkt und sich weiter nach Klamotten umgeschaut.

„Du bist so ein Arsch", hatte sie ihm zu gerufen, als sie

mit Tränen in den Augen an ihm vorbeigestürmt war und fluchtartig die Shopping Mall verlassen hatte.

Max hatte sich verdutzt umgeschaut, ohne auch nur zu ahnen was er falsch gemacht hatte. Verzweifelt warf er die Arme in die Höhe und verdrehte die Augen.

„Versteh einer Mal die Frauen", meinte er zu einer Verkäuferin und war dann pfeifend aus dem Geschäft geschlendert; ohne sich auch nur nach Eva zu erkundigen. Das war sein Tag. Er war sechzehn, hatte gerade seinen Führerschein und ein geiles Auto. Das würde er sich unter keinen Umständen von einem Weib kaputt machen lassen. *Soll sie doch heulen, was immer die hat.*

Er durchschritt fröhlich das Kaufhaus und hatte ungeniert mit anderen Mädels und Frauen geflirtet; ohne wirklich Interesse an ihnen zu haben. Denn tief im Innern hatte er bereits damals gewusst, dass er die Richtige bereits gefunden hatte. Aber er wollte nun mal einfach seinen Charme ausspielen – und wenn er sich nie wieder so verhalten würde, wenigstens einmal im Leben als Macho daherkommen. Er war der Auffassung gewesen, dass jeder Mann dieses Recht besaß.

Als er am frühen Abend nach Hause gekommen war, hatte er versucht Eva anzurufen, sie aber nicht erreicht. Er hatte ihr eine SMS geschickt, als Antwort allerdings nur ein „Arschloch" bekommen.

Mehrere Tage sprachen sie kein Wort miteinander, Eva heulte sich die Augen aus vor Kummer und Evas Mutter wimmelte Max jedes Mal an der Haustür ab. Eva wolle ihn nicht sehen und es sei besser wenn er jetzt gehe, war die Standardaussage und Max schlich jedes Mal niedergeschlagen nach Hause. Inzwischen voller Sorge, dass Eva nie mehr etwas mit ihm zu tun haben wollte – auch wenn er immer noch nicht wusste, was er so Schlimmes getan hatte.

Schließlich war er über den Balkon heimlich in ihr Zimmer geklettert und hatte sie überrascht, so dass sie ihm nicht mehr ausweichen konnte.

Er hatte einen bunten Blumenstrauß dabei und lächelte sein verzauberndstes Lächeln.

„Eva... äh", stammelte er unsicher. „Ich... ich wollte mich entschuldigen. Auch wenn ich gar nicht weiß, was ich falsch gemacht habe", stieß er mit sich überschlagender Stimme hervor.

Eva musste lachen, ob der Unbeholfenheit und war ihm dann glücklich in die Arme gesprungen. Max Erleichterung war übermenschlich gewesen und sie hatten gemeinsam Arm in Arm die ganze Nacht schweigend da gesessen und die Sterne bewundert. Es war eine der wenigen Nächte gewesen, in denen ihre Liebe zueinander noch gewachsen war – auch wenn sie das erst ein paar Jahre später festgestellt hatten.

„Wie finden wir diesen Cech eigentlich?", wollte Max aus seinen Gedanken gerissen wissen.

„Mir fahren zur Polizeistelle im Prager Zentrum und fragen nach ihm", sagte Eva in einem Tonfall der deutlich machte, für wie dumm sie diese Frage hielt.

„So einfach ist das?", fragte Max grinsend.

„Ja so einfach ist das, Dummerchen", gab Eva schlagfertig zurück. Max verschränkte beleidigt die Arme und beide schwiegen bis Eva schließlich auf dem Parkplatz vor der Polizei hielt.

„Auf geht's", sagte sie, schlug Max auf den Oberschenkel und schwang sich aus dem Wagen.

Keine fünf Minuten später saßen sie einem Mann gegenüber, der Eva unglaublich an Columbo erinnerte. Sie hatte ein Lachen unterdrücken müssen, als sie den Raum betraten und Max hatte ihr in die Rippen gestoßen und ihr einen Bleib-Professionell-Blick zugeworfen. Nun warteten beide Parteien, dass die jeweils andere das Gespräch eröffnete, während sie sich von oben bis unten sondierten.

„Wir haben einige Fragen bezüglich der Autobombe und des Toten", brach Eva schließlich das Schweigen. Einer kurzen Vorstellungsrunde war dieses lange Schweigen gefolgt und alle schienen froh, dass es nun beendet war.

„Das dachte ich mir. Wie sie wissen war der Tote ein US-Bürger", startete Cech ohne Umschweife, „das sie deswegen allerdings gleich zwei Geheimagenten schicken überrascht mich aber doch. War der Tote so wichtig?"

Eva lächelte ihn an. „Sagen wir einfach, wir haben ein Interesse an einer schnellen lückenlosen Aufklärung dieser Tat."

„Ah", machte Cech nur und nickte wissend. Der Blick von Cech gefiel Eva gar nicht. Dieser Ermittler schien mehr zu wissen als er sollte und mehr als gut für ihn war. Aber sie ließ es vorerst dabei bewenden und fuhr mit der Befragung fort.

„Was können sie uns zur Herkunft der Tatwaffe sagen? Wir würden gerne alles wissen, was sie wissen", bekräftigte Eva ihren Standpunkt.

„Natürlich. Sehr gerne. Ich habe mir die Freiheit genommen das hier bereits für sie vorzubereiten." Er griff hinter sich und schob einen braunen Umschlag über den Tisch zu Eva. „Hier steht alles was unsere Untersuchung des Sprengkopfes ergeben hat."

„Ersparen sie mir die viele Leserei und sagen sie mir wenigstens den Hersteller", bat Eva.

„Krustschov Industries", sagte Cech frei heraus.

„Interessant", murmelte Max. *Unsere Informationen sind also korrekt.*

„Was können sie uns über die Leiche sagen. Wie viel ist von ihr überhaupt noch übrig?", fragte Eva, während sie den Umschlag in ihrer Tasche verschwinden ließ.

„Bedauerlicherweise nicht sehr viel", sagte Cech und wirkte ehrlich betroffen. „Mehr als ein paar Hautfetzen und verkohlte Knochen, sowie verschrumpelte Innereien haben wir nicht. Mir hatten Glück genug Material für eine DNS-Analyse zusammenzukratzen."

„Was hat die ergeben", wollte Eva sofort wissen.

„Der Tote ist, entschuldigen sie, war John Miller. Ein US-Bürger, der aus unerfindlichen Gründen seit knapp eineinhalb Jahren hier bei uns in Prag wohnte. Nach unseren Recherchen ging er keiner Arbeit nach. Auch sonst hatte er, soweit wir es wissen, praktisch keine sozialen Kontakte. In der Befragung, die wir auf die Schnelle durchgeführt haben, kannte keiner der Befragten einen John Miller. Selbst die Leute in seinem Haus, haben ihn nie zu Gesicht bekommen oder auch nur einen Mucks von ihm gehört." Er pausierte und schaute Max und Eva einen nach dem anderen eindringlich an. Wie ein Scanner, der nach Schwachstellen und Informationen suchte, die er zu seinen Gunsten verwenden konnte.

„Wissen sie genaueres?", fragte er dann und zog neugierig eine Braue nach oben.

„Leider nicht mehr als sie", beantwortete Eva überzeugend die Frage. Cech blieb dennoch misstrauisch und Evas Respekt vor ihrem Gegenüber wuchs. Dieser Polizist war weitaus kluger und gefährlicher als Heinz es jemals sein würde. *Wir müssen aufpassen, dass er unsere Ermittlungen nicht sabotiert,* machte sie sich eine gedankliche Notiz, um später auch Max zu warnen.

„Schade", sagte er nur.

„Wie dem auch sei. Eine weitere Sache, die uns brennend interessiert, sind Informationen jeglicher Art über Detlev Krustschov. Wir wissen von seiner legalen Firma hier in der Nähe, aber ansonsten herzlich wenig."

„Glauben sie, dass er hinter dieser Sache steckt."

„Wir vermuten es. Es würde Sinn ergeben", sagte Eva, ohne es weiter zu erläutern.

„Wir wissen, dass er Dreck am Stecken hat. Aber Beweise haben wir nie gefunden. Seine Firma ist sauber. Über jeden Zweifel erhaben. Ich gebe ihnen aber gerne die genaue Adresse."

„Danke."

„Krustschov sorgt nicht gerade für Aufsehen", fuhr Cech fort, „er hält sich bedeckt und lässt Mittelsmänner, denen er vertraut für sich die Drecksarbeit machen. Damit bleibt er für uns ungreifbar." Er stockte, stand auf und bewunderte das

Gemälde hinter seinem Schreibtisch, welches irgendeine blutige Schlacht aus der Menschheitsgeschichte darstellte.

„Wir wissen auch nicht wo er sich aufhält. Seine kleine Festung hier ganz in der Nähe haben wir noch nie von Innen gesehen.

Es gab keinen Grund für einen Durchsuchungsbefehl und freiwillig lässt einer wie Krustschov bestimmt keine Gesetzeshüter in seine vier Wände."

„Verdammt. Wie sollen wir so weiter kommen", verschaffte Max seinem Unmut Luft.

„Ja. Das sehen wir schon eine ganze Weile ähnlich", stimmte Cech zu. „Wir hätten ihn liebend gerne in sicherem Gewahrsam." Er zuckte entschuldigend die Achseln und setzte sich wieder.

„Ein Team wird die gesamten Habseligkeiten und die Überreste von John Miller alsbald abholen", wechselte Eva abrupt das Thema. „Wir wären ihnen sehr dankbar, wenn das alles reibungslos verlaufen könnte. Seine Familie hat ein Anrecht auf dieses Andenken", versuchte es Eva auf die Mitleidstour.

„Natürlich. Unsere Untersuchungen sind in dieser Hinsicht abgeschlossen. Wir haben nichts gefunden, was uns auf irgendeine Spur bringen würde. Wir überlassen ihnen gerne von nun an das Feld und legen den Fall zu den Akten. Nur bitte lassen sie uns wissen, wenn sie den Täter gefasst haben."

„Darauf können sie sich verlassen", versprach Eva und stand auf. Max folgte ihrem Beispiel und sie schüttelten sich die Hände.

„Passen sie auf sich auf", riet Cech den beiden, „Krustschov ist ein gefährlicher Mann."

„Danke für die Warnung", lächelte Max als sie hinausgingen.

„Was hältst du von ihm?", wollte Max wissen.

„Er sagt die Wahrheit und hat uns alles erzählt was er weiß, denke ich. Auch wenn das nicht viel war."

„Ja. Das glaube ich auch. Komm", sagte er und schob Eva mit der Schulter an, „lass uns zu der Firma fahren. Vielleicht finden wir dort mehr."

„Ich bezweifle es."

Eva klang resigniert.

„Hey. Niemals die Hoffnung aufgeben." Max schlang einen Arm um ihre Schultern und gemeinsam schritten sie zu ihrem Wagen.

Sie verbrachten die restliche Strecke in angenehmem Schweigen. Die Fabrik lag knapp einen Kilometer außerhalb der Arbeiterstadt Mlada Boleslav, rund sechzig Kilometer nordöstlich von Prag und sah genauso grau und trostlos aus wie die gesamte restliche Stadt.

„Ein hässliches Nest", beschwerte sich Eva, während sie die Stadt durchquerten, die vorwiegend aus niedrigen Wohngebäuden und Fabrikhallen bestand. Der größte Komplex war zweifellos die Skodaproduktionsstätte. Die Straßen waren aufgerissen, die Bürgersteige verdreckt, die wenigen Menschen auf den Straßen wirkten ebenso heruntergekommen und veraltet, wie die Fassaden der umliegenden Gebäude.

Mit Löchern übersäte Mauern und zerrissene Zäune begleiteten die Nebenstraßen der Stadt. Eine Menge

Verkehr rollte über die Hauptverkehrsader und verpestete die Luft auf eine fast schon unerträgliche Art und Weise.

Hier wohnten keine Reichen, dachte Eva bei sich. Nur harte Arbeiter. Und Menschen die sich zurückziehen wollten. *Wie unser Ziel.* Sie kamen an einem Strommast vorbei, dessen Holz geborsten war und der größte Teil auf dem kleinen Feld daneben lag. Die losen Stromkabel endeten mitten in ein paar Mäuselöchern.

Die Stadt wirkte, als wäre sie vor dutzenden von Jahren aufgegeben worden und nun hätte das Ungeziefer die Überhand gewonnen.

Nur das nötigste – so schien es – wurde Instand gehalten; der Rest lag vergessen da, unbeachtet von den wuselnden Menschen die hier nur für ihre Arbeit lebten.

„Die Armen hier", meinte Max beim Verlassen der Stadt in Richtung Norden.

„Sie sahen mir nicht unglücklich aus. Nur verkniffen, zurückhaltend. Sie leben für ihre Arbeit und ich glaube, sie sind ganz zufrieden."

Max zuckte die Schultern und blickte hinaus in die Tristesse. Selbst die Bäume in der Umgebung wirkten im Sommer schon herbstlich; teilweise waren die Blätter bereits gelb und fielen von den Bäumen. Die Gräser links und rechts der Straße wirkten kränklich und das einzelne Reh, was er erspähen konnte, humpelte in Richtung eines kleinen Haines aus Nadelbäumen, um sich den düsteren Gefilden zu entziehen und verlassen in seinem Elend zu schwelgen.

„Wie auch immer. Ich bin froh, wenn ich hier wieder weg bin. Hier bekommt man ja Depressionen", warf Max dazwischen.

„Konzentrier dich jetzt auf deine Aufgabe", gab Eva zu bedenken und stellte ihren Wagen auf dem Firmenhof ab.

Sie spazierten in die spartanische Eingangshalle, in der nur eine Uhr hing und ein kleiner Tresen an der rechten Wand angebracht war. Niemand war zugegen und die ganze Fabrik schien verwaist zu sein.

Max drosch auf die kleine Klingel, die auf dem Tresen stand – ein altmodisches Modell, an dem die grässlich-grüne Farbe bereits abblätterte. *Passt in diese Gegend hier.* Max' Blick schweifte umher, aber er konnte nichts von Interesse oder Bewandtnis entdecken. Er steckte die Hände in die Hosentasche und lehnte sich überheblich an den Tresen.

„Als ob wir hier das finden was wir wollen", sagte Max gelangweilt. Evas Blick glitt über Max hinweg und sie zuckte mit einer Augenbraue.

„Kann ich ihnen irgendwie helfen?", fragte eine hohe nasale Stimme, die Max einer Frau mittleren Alters zuordnete.

Stirnrunzelnd drehte er sich um und seine Augen weiteten sich vor Überraschung als er einen kleinen Mann erblickte, der bereits in seinen Sechzigern sein musste. Sein Kopf reichte kaum über den Tresen und als er sprach zeigten sich deutliche Lücken in seinen gelben Zahnreihen. Sein Haar war grau und so licht, dass Max es beinahe übersehen hätte. Ein Ohr hing schlaff herunter, wie bei einem enttäuschten Hund, der nicht sein versprochenes Leckerli bekommen hatte. Eine Brille baumelte um seinen Hals und sein kariertes Hemd wies überall Flecken und kleine Löcher auf.

Sein goldener Ohrclip schien sein ganzer Stolz zu sein, da er (so kam es Max jedenfalls vor) ständig versuchte sein Ohr so in Position zu bringen, dass seine Besucher es bewundern konnten.

Max drehte sich vollständig zu ihm um und erkannte, dass seine Haut sehr verbraucht wirkte – seine Augen wirkten leer, so als hätten sie bereits alles gesehen und würden nun alles mit einem Achselzucken hinnehmen.

„Ehm ja. Das können Sie in der Tat", begann Max und warf über die Schulter einen Blick zu Eva. Die verstand den Wink und trat mit wallendem Haar auf ihren Gastgeber zu.

„Wir würden gerne mit ihrem Boss sprechen."

Joshs Augen verengten sich misstrauisch zu Schlitzen.

„Wieso?", wollte er wissen. Seine Stimme blieb jedoch völlig gelangweilt.

„Wir wollen Geschäfte mit ihm machen und würden gerne persönlich mit ihm sprechen."

Seine Augen entspannten sich augenblicklich und er musterte Eva intensiver. Sie konnte beobachten wie leichte Lust in ihm aufstieg, aber sofort wieder abflaute. Diese Tage waren vorbei und er wusste es, schien es aber nicht zu bedauern.

„Leider muss ich sie da enttäuschen, meine Dame", erwiderte er Max ignorierend. „Er ist leider seit gestern außer Haus. Auf Geschäftsreise."

„Oh, das ist bedauerlich. Wissen sie wann er zurückkommt?", wollte Eva wissen.

„Tut mir Leid. Das ich kann ich nicht sagen, er hat nicht erwähnt wie lange es dauert."

Eva wirkte enttäuscht. „Schade."

„Tut mir Leid", entschuldigte Josh sich ein weiteres Mal.

„Kein Problem – aber könnten sie uns vielleicht eine Telefonnummer geben, wo wir ihn erreichen können."

„Normalerweise schaltet er sein Mobiltelefon auf Geschäftsreisen aus, aber…" Er kramte in einer Schublade und zog dann triumphierend eine Visitenkarte hervor. „Hier. Das ist seine Nummer." Er deutete auf die Karte. „Versuchen Sie es."

Sein Blick zeigte, dass sie sich nicht allzu viel Hoffnung machen sollten.

„Danke."

Eva drehte sich zu Max um und gemeinsam gingen sie zurück zu ihrem Wagen.

Josh senkte den Kopf und schlurfte zurück in sein kleines Büro nebenan. Schicksalsergeben, in dem Wissen das sein Leben keinerlei Überraschungen mehr für ihn parat hielt.

Kapitel 24

Berlin

Der Kies knirschte und spritzte zur Seite als der schwere Wagen hindurchpflügte, wie ein Schiff durch hohen Wellengang. Das Auto kam zum Stehen und braune Stiefel schwangen sich aus der Fahrertür und nahmen zielstrebig die Haustür ins Visier.

Kommissar Heinz richtete seine Jacke und bimmelte dann an der weißen Holztür, die den Weg in das Innere des Hauses versperrte.

Während er wartete bewunderte er den goldenen Löwen mit Türring, der in der oberen Hälfte der Tür wie ein antiker Tempelwächter prangte.

„Wer ist da?", meldete sich eine Stimme, verzerrt durch die Türsprechanlage.

„Herr Barrett. Hier ist Kommissar Heinz. Ich habe noch einige Fragen an Sie."

„Es ist jetzt unpassend", sagte Barrett schroff.

„Es ist wirklich wichtig. Sehr wichtig", bekräftigte Heinz mit Nachdruck.

Man hörte ein Seufzen, dann ein Klicken als die Sprechanlage abgeschaltet wurde und dann nichts mehr. Einen kurzen Augenblick später öffnete sich die Tür einen Spalt und Steven Barrett lugte hervor.

„Darf ich reinkommen Herr Barrett?", fragte Heinz vorsichtig, aber dennoch mit kraftvoller Stimme.

„Sicher", erwiderte sein Gegenüber und zog die Tür ganz auf. Er bedeutete Heinz mit einer Geste ihm ins

Innere zu folgen und Heinz trat über die Schwelle. Barrett ging ins Wohnzimmer und schlenderte zu einer kleinen Bar hinüber, öffnete den Holzschrank und nahm eine Glasflasche mit einer bernsteinfarbenen Flüssigkeit hervor.

„Wollen sie auch einen Drink?", fragte er während er ein Glas hervorholte.

„Nein. Danke." Heinz hob abwehrend eine Hand. Barrett zuckte die Achseln und goss sich einen großzügigen Schluck ein.

Er kam zur Couch hinüber und bat Heinz einen Platz an: „Nehmen sie doch Platz, Herr Kommissar."

Heinz nickte und nahm Platz, schlug die Beine über und nahm einen Notizblock hervor, den er hütete wie einen Augapfel. Denn er wusste, der beste Freund eines Kommissars oder Ermittlers war sein Notizblock.

„Ich darf mir doch ein paar Notizen machen."

„Nur zu", ermutigte Barrett ihn. „Wenn es hilft, dass sie dann nicht wiederkommen und den Täter schnappen, anstatt mich zu belästigen." Sein Tonfall war angriffslustig und herausfordernd.

„Danke", lies sich Heinz nicht auf ein Scharmützel ein und fuhr unbeirrt fort.

„Wie gut kannten sie einen gewissen Emil Langer?", eröffnete er die Befragung.

„Wie bitte? Was hat das mit dem Fall zu tun?" Barretts Blick wirkte ehrlich verwirrt und blickte unstet durch den Raum.

„Oh, sie wissen es noch nicht."

„Was weiß ich nicht?"

„Emil Langer ist tot."

Barretts Gesichtszüge entgleisten und er wurde ganz fahl. Er ließ sich, wie eine Marionette, der man die Fäden durchgeschnitten hatte, auf die Couch fallen. Er begutachtete sein Glas und bewegte es im Kreis. Dann nahm er einen tiefen Schluck und warf seinen Kopf in den Nacken, um das Gebräu herunterzuwürgen.

Barrett starrte erneut ins Glas und verstärkte seinen Griff, bis die Knöchel ein wenig hervortraten. Er rutsche nervös auf seinem Platz hin und her.

„Wir… wir… wir sind Freunde. Ehm, waren Freunde… wie auch immer", fügte er noch murmelnd hinzu.

Heinz kritzelte eine erste Notiz in seinen Block, obwohl er diese Information bereits hatte.

„Wo, wer… wann wurde er ermordet?", stammelte Barrett.

„Ich habe nicht gesagt, dass er ermordet wurde."

„Kommissar", tadelte Barrett ihn, der sich überraschend schnell wieder fasste, „lassen sie diese Spielchen. Wenn es kein Mord wäre, wären sie nicht hier und würden mit mir nicht darüber sprechen." Heinz lächelte süffisant und machte sich eine weitere Notiz, die er zweimal unterstrich. „Sie haben Recht. – Wie lange kannten sie Herr Langer bereits?"

„Seit einigen Jahren. Wir lernten uns auf einer Konferenz, der Nato zur Abrüstung kennen. Er wurde allerdings nicht reingelassen und beschwerte sich, dass einfache Bürger keine Rechte besäßen und man ihre Meinung nicht anhören würde. Wie er da stand, und sich nicht hat abwimmeln lassen, hat mir imponiert und ich versprach ihm, mit ihm zusammenzuarbeiten und seinen Worten Gehör zu verschaffen. Von da an haben wir einige Mal unsere Gedanken ausgetauscht und er hatte einige nützliche Vorschläge, die teilweise sogar umgesetzt wurden."

„Interessant. Hartnäckigkeit zahlt sich also doch noch aus", bemerkte Heinz und kritzelte weiter in seinen Notizblock.

„Sagen Sie mal. Hat diese Tat wirklich eine Verbindung zum Tod von Wolfgang?"

„Das vermuten wir", seufzte Heinz.

„Welche Beweise haben sie dafür?", wollte Barrett neugierig wissen.

Heinz lächelte wissend und wechselte die Position der Beine.

„Das kann ich Ihnen nicht sagen. Dafür haben sie doch sicher Verständnis."

„Natürlich. Sie haben ja ihre Vorschriften, Herr Kommissar", sagte Barrett ironisch.

„Wann haben sie Langer zuletzt gesehen – mit ihm gesprochen?"

Barrett kratzte sich die Stirn und fuhr mit der Handinnenfläche über seinen Dreitagebart am Kinn.

„Hmm – Ich glaube, dass ist bereits etwas länger her. Bestimmt schon zwei, drei Monate. Wir hatten uns zuletzt aus den Augen verloren."

„Wissen Sie trotzdem noch vorüber sie gesprochen haben?"

„Für was ist das wichtig?"

„Herr Barrett", sagte Heinz genervt und mit ein bisschen mehr Schärfe in der Stimme als er beabsichtigt hatte, „alles kann entscheidend sein. Sie wollen doch, dass ich schnell wieder gehe. Also schlage ich vor, dass sie einfach meine Fragen zu meiner Zufriedenheit beantworten. Dann bin ich ganz schnell wieder verschwunden."

Barrett verdrehte die Augen und schaute seinen Gast gereizt an.

„Sicherlich", sagte er mit einem aufgesetzten Lächeln, das so eklig wirkte und so aalglatt war, dass es Heinz einen Schauer über den Rücken laufen ließ.

„Gut. Also worüber haben sie gesprochen?", wiederholte er die Frage.

Sein Tonfall beruhigte sich wieder und er kehrte zu seiner sachlich-abgeklärten Art zurück. Genau die Art, die man als Ermittler brauchte, um einen kühlen Kopf zu bewahren und sich nicht von Emotionen lenken zu lassen.

„Über dies und jenes. Nichts Spezielles. Smalltalk. Was man so unter Freunden beim Mittagessen eben spricht."

„Sie haben nicht über die Arbeit gesprochen? Oder ihre Erfolge bei der globalen Zusammenarbeit?"

„Nein."

„Hmm. Sie haben also kein Wort über ihre Arbeit verloren und auch er nicht?"

Barrett überlegte. „Er erwähnte, dass es einen Verrückten in der US-Botschaft gegeben hatte. Der wollte die Botschaft stürmen und überall Hasstiraden gegen die USA an die Wände sprühen. Die Sicherheit, hat ihn aber rechtzeitig geschnappt. Und auch sein Banner beschlagnahmt. Keine Ahnung woher er das wusste. Ich glaube nicht, dass er inzwischen für die US-

Botschaft gearbeitet hat. Aber sicher bin ich da auch nicht. Er war zuletzt sehr verschwiegen, was seine Tätigkeiten anging."

„Verstehe." Er blickte Barrett an, aber dessen Miene blieb undurchsichtig.

„Das Hassplakat ging gegen die USA allgemein, nicht gegen eine Person speziell? Vielleicht sogar gegen Langer? Wenn er es ihnen erzählt, muss es doch eine Bedeutung für ihn haben, meinen Sie nicht?" Heinz Stimme wurde ein Oktave tiefer und sein Sitz veränderte sich unmerklich, was ihm eine autoritäre Ausstrahlung verlieh und sein Gegenüber ein klein wenig schrumpfen ließ.

„Nein. Nicht unbedingt. Man erzählt sich eben auffällige Besonderheiten, die einem am Tag passiert sind."

„Da könnten sie Recht haben", ging Heinz darauf ein. Barrett stand auf und schlich zur Bar hinüber. „Was dagegen wenn ich mir noch einen genehmige?"

„Nur zu", ermutigte Heinz ihn.
Er goss sich ein weiteres Glas ein und nippte daran, dann wandte er sich der Tür zu, die auf die Terrasse führte und begutachtete den dahinter liegenden Garten. Saftig grünes Gras und zwei Obstbäume waren das Einzige, was sich darin befand. Eine Hecke grenzte das Grundstück nach hinten zu einem Feld ab. Heinz stand auf und trat neben ihn.

„Sie haben einen wirklich schönen Garten. Ich wünschte, ich hätte einen solchen." Heinz Blick wurde kurz bodenlos und sehnsüchtig. Abrupt kehrte er ins Hier und Jetzt zurück.

„Wir fühlen uns wohl hier. Meine Frau und ich."

„Das glaube ich gerne. Wo ist ihre Frau?"

Barrett lachte auf. „Gute Frage. Vermutlich beim Tennis. Sie spielt es für ihr Leben gern und will einfach nicht auf die Empfehlung des Arztes hören, es doch besser sein zu lassen."

Heinz' Handy summte und er nahm ab. Das Gespräch war kurz und Heinz Gesicht wirkte bekümmert, nachdem er aufgelegt hatte.

„Vielen Dank für ihre Zeit, Herr Barrett. Leider muss ich los." Er deutete seufzend auf sein Telefon.

„Tja. Die Pflicht ruft. Ich kenne das sehr gut."

Beide schüttelten sich die Hände und Barrett brachte Heinz zur Tür.

„Schnappen sie diesen Kerl, Kommissar. Das sind wir Wolfgang schuldigt."

Heinz nickte nur und schritt dann zu seinem Wagen. Barrett blickte ihm noch einen Moment hinterher und schloss dann die Haustür.

Kapitel 25

Letztlich war Max doch überzeugt worden, dass es an ihrem neuen Zuhause mindestens genauso schön war. Ob es nun am Bolzplatz gelegen hatte oder am Schokoladenmilchshake – Mary wusste es nicht sicher. Auf jeden Fall schienen die gleichen Methoden gewirkt zu haben, wie bei der Tochter ihrer neuen Nachbarn – Eva.

Diane hatte eine ganz ähnliche Überzeugungsgeschichte erzählt, die Eva den Umzug aus der lebendigen Großstadt hierher schmackhaft gemacht hatte.

Aber sie war froh, dass sich ihr Sohn so gut eingelebt hatte in ihrer neuen Umgebung. Er hatte sich sogar mit der Nachbarstochter angefreundet, die in seinem Alter war. Und nicht minder abenteuerlustig. Zwei sechsjährige Rabauken, die keinen Stein auf dem anderen ließen. Manchmal war Mary wirklich am Ende gewesen, nachdem die Beiden mal wieder Haus und Garten auf den Kopf gestellt hatten.

Einmal, an einem lauen Sommertag, mit makellosem, blauem Himmel und strahlendem Sonnenschein – Max und Eva hatten wieder einmal im Garten gespielt – war es passiert.

Die Beiden hatten mit einem Ball herumgebalgt und sich immer wieder neu herausgefordert, wer weiter werfen konnte.

„Fang den", hatte Max Eva zugerufen und den Ball

mit all seiner kindlichen Kraft und voller Enthusiasmus geworfen. Der Ball war in einem Bogen durch die Luft gesegelt, über mehrere Büsche hinweg, in Richtung Straße. Eva sprintete in vollem Tempo hinterher – so schnell ihre flinken, kleinen Beine sie trugen. Ihr Blick war nur auf den Ball fokussiert, der immer länger wurde. Sie vergaß die Umgebung völlig und war nur noch in einem Tunnel unterwegs; wollte diesen Ball unbedingt schnappen. Wollte es Max zeigen, dass sie die Bessere war. Schon in diesen jungen Jahren striezten sich die beiden gegenseitig und zogen den anderen immer tagelang damit auf gewonnen zu haben. Eva rannte über den Bürgersteig auf die Straße und ergriff den Ball kurz bevor er auf die Straße klatschte. Sie drehte sich zu Max um und zeigte ihr Siegerlächeln. Das Letzte was sie gehört hatte, war ein Schrilles Hupen gewesen. Dann ein Knall. Und ein Aufklatschen – Fleisch auf Asphalt. Evas Blickfeld verschwamm und wurde schwarz. Max hatte die Szene voller Entsetzen beobachtet und stand stocksteif da. Regungslos hatte er mit ansehen müssen wie Evas Mutter aus dem Haus gestürmt war und Eva schützend in die Arme genommen hatte.

„Geh raus", hatte Eva ganz ruhig gesagt, als Max sie im Krankenhaus besuchen wollte. „Ich will dich nicht sehen."

Niedergeschlagen hatte er sich in sein Zimmer eingeschlossen und lautlos ins Kissen geweint.

„Hey, Schatz", hatte Mary an seine Tür geklopft. „Darf ich reinkommen?" Max hatte wortlos die Tür aufgeschlossen und sich zurück aufs Bett fallen lassen.

Sie war zu ihm gekommen und hatte ihren Sohn in den Arm genommen. Max hatte erneut zu weinen angefangen und sich minutenlang an ihrer Schulter ausgeheult. Dann hatte er sich mit dem Ärmel die Tränen abgewischt.

„Ich bin dran Schuld, Mama", sagte er mit schwacher, verheulter Stimme. „Wegen mir ist Eve überfahren worden." Seine Stimme brach und er vergrub sein Gesicht in den Händen.

„Hey, Schatz", sagte Mary einfühlsam. Sie nahm seine Hände in ihre und sah ihrem Sohn in die Augen.

„Du; du hast überhaupt keine Schuld. Red dir das ja nicht ein. Es war ein Unfall." Mary streichelte Max sanft über den Kopf und ihr Blick wurde so weich, dass das härteste Metall augenblicklich geschmolzen wäre. Sorge, Liebe, Trauer und Mitgefühl vermischten sich bei Mary und eine einzelne Träne rollte über ihre Wange, die sie schnell abwischte. Sie wollte ihren Sohn, ihren Schatz, ihr Leben, nicht so niedergeschlagen sehen. Sie musste ihm helfen, und deshalb musste sie stark sein.

„Aber – aber sie will nichts mehr mit mir zu tun haben, Mama." Seine Stimme war so voller Trauer und Niedergeschlagenheit, dass es Mary beinahe das Herz brach.

Sie lächelte gezwungen.

„Hör mal, Schatz. Eva ist nur genauso schockiert wie du. Sie muss erstmal den Schock verarbeiten. Wenn sie wieder gesund ist, wird sie schnell merken, dass alles nur ein Unfall war. Sie mag dich immer noch. Daran hat diese Sache nichts geändert."

Sie machte eine wegwerfende Geste und streichelte Max erneut über den Kopf.

„Meinst du?", fragte er unsicher, sein Kopf immer noch auf die Brust gesenkt.

„Ja. Ich weiß es Schatz."

Max schwieg und Mary saß einfach nur da, gab ihrem Sohn halt und Kraft und das Gefühl geborgen zu sein. Die Momente verstrichen und es war fast greifbar, wie diese einfachen Worte Max den Mut und die Lebensfreunde zurückgaben. Manchmal waren es nicht die großen Reden, nicht die vielen Worte, sondern einfach nur die Nähe eines geliebten Menschen, die einen wieder auf die helle Seite bringen konnte.

„Okay", brachte Max schließlich hervor, ein unsicheres Lächeln auf den Lippen.

„Am besten bereitest du schon mal einen Willkommensgruß für Eve vor. Sie würde sich mit Sicherheit riesig freuen."

„Ohja. Bestimmt. Ich habe auch schon eine Idee." Seine Stimme war enthusiastisch und hatte seine kindliche Freude zurückerlangt. Ein tiefer lautloser Seufzer verließ Marys Seele. Die Reinheit ihres Sohnes, der so schnell die schönen Seiten des Lebens wieder sehen konnte, erfreute sie zutiefst. Seine Seele war kristallklar und ein riesiges Licht brannte in seinem Inneren, das jeden Kummer nach kürzester Zeit verbannte.

„Soll ich dir helfen?"

„Nein. Danke Mama, aber das will ich ganz alleine machen." Er zog das *ganz* unendlich lang und ein keckes Grinsen hellte sein Gesicht auf.

„Ok" Sie machte Anstalten zur Tür zu gehen. „Kann ich dich wirklich alleine lassen, Schatz?"

„Ja. Klar Mama." Er verdrehte die Augen und scheuchte seine Mutter mit einer werfenden Handbewegung aus dem Zimmer.

„He, nicht so frech", lachte Mary und verließ das Zimmer. Glücklich und zufrieden. Ihr Sohn war wieder ok und das war für sie das Wichtigste im Leben.

Einige Tage später war Eva aus dem Krankenhaus gekommen und Max hatte sie mit einer selbst gebastelten Rose in Empfang genommen. Sie hatte gelächelt. Dankbar endlich aus dem Krankenhaus zu sein und glücklich, dass Max sich immer noch für sie interessierte.

„Danke. Toll", sagte sie und umarmte Max kurz.

„Eh. Ich hab noch was für dich, Eve. Komm mit." Er ergriff ihren Arm und führte sie in die Küche.

„Hab ich gebacken", mogelte Max und deutete auf Evas Lieblingskuchen. Seine Mutter hatte den Kuchen gebacken und die einzige Beteiligung, die Max geleistet hatte, war ständiges Teignaschen. So oft, dass Mary sich sogar genötigt sah ihm auf die Finger zu hauen und ihn zum Spielen in den Garten zu schicken – unter der Drohung, wenn er weiter nasche, würde er nichts vom fertigen Kuchen bekommen.

„Cool. Ich bin froh wieder hier zu sein. Krankenhaus ist doof."

Eva lächelte unsicher und Max erwiderte die Geste. Die beiden Mütter standen ein wenig abseits und lächelten sich ebenfalls an. Zufrieden, dass sich ihre Kinder so gut verstanden. Wenig später machten sie sich über den

Kuchen her und grinsten und lachten und machten Spaß miteinander.

Kindsein hat etwas Wunderschönes, Abstraktes. Man kann sich für fast alles begeistern und man hat den Blick für die kleinen Dinge. *Schade, dass das bei Erwachsenen mit der Zeit verloren geht*, dachte Mary, während sie Max und Eva beim herumtollen zusah.

„Weißt du, wir sollten nicht so schnell aufgeben. Und wir sollten ein bisschen von der kindlichen Zufriedenheit und Naivität übernehmen, die uns anscheinend jetzt schon abhanden gekommen ist", meinte Max zu Eva, als sie zum Auto zurück gingen.

„Was?" Eva verzog das Gesicht.

Max erzählte ihr von der Erinnerung, die ihm gerade durch den Kopf geschossen war.

„Ah. Hältst du dich immer noch für schuldig?"

„Nein. Nein natürlich nicht", sagte Max sicher. „Aber ich meine, wenn wir diesen Fall durch die kindliche Brille sehen, fällt uns vielleicht etwas auf, was wir bis jetzt übersehen haben."

„Hmm. Ich habe meine Kindlichkeit in Westlake verloren", sagte Eva und spielte damit auf den geheimen Ort an, wo sie einen der härtesten Teile ihrer Ausbildung absolviert hatten.

„Ja. Genau. Und die sollten wir jetzt wieder finden." Max Stimme war ernst und Eva konnte keine Spur von Sarkasmus finden.

„Du meinst es echt ernst, oder?!"

„Ja."

Eva presste die Lippen zusammen und schielte dann zu Max hinüber.

„Wie wär's dann, wenn du dich hier im Matsch wellst und ich fahr zur Krustschovs Haus?!"

Eva prustete los und konnte sich nicht mehr zurückhalten.

„Lach du nur. Aber ich werde dir schon zeigen, wie wichtig es ist, sich hin und wieder daran zu erinnern, wie man mit sechs so drauf war."

„Komm jetzt, Max", sagte sie ernst. „Wir haben einen Auftrag zu erfüllen. Und wenn wir Krustschov schnappen und ihn rüberbringen, können wir vielleicht für einige Tage in unsere Kindheit schlüpfen."

Max grübelte darüber nach und nickte schließlich.

„Ja. Das wär echt cool. Ich hab meine Eltern schon länger nicht mehr gesehen. Und auch deine würden sich mit Sicherheit über einen Besuch freuen."

„Bestimmt", lächelte Eva. „Also erst spielen wir die Erwachsenen und holen uns diesen Idioten, und dann", sie zog die letzten Worte in die Länge, „werden wir wieder zu Kindern und tollen durch euren Garten." Eva grinste schief, denn ihr gefiel dieser Gedanke tatsächlich. Ihre Kindheit war viel zu früh, viel zu abrupt geendet. Und ihre Jugendzeit hatte aus hartem Training, Folter und den unterschiedlichsten Methoden bestanden, um sie zu harten unnachgiebigen Agenten zu machen. Sie bedauerte den Weg, den sie eingeschlagen hatte keineswegs. Aber es konnte sicher nicht schaden dann und wann zurückzuschauen und ein wenig dieser verlorenen Zeit nachzuholen. Auch wenn es nur ein paar Tage waren. Ihr Handy piepte und sie wollte schon abnehmen, da erkannte sie, dass es sich nur um eine Email handelte. Der Absender war anonym und stirnrunzelnd öffnete sie den elektronischen Brief:

Sichere Quelle: Weiterhin keine Spur des Zieles.
Anhang beachten!!

Eva scrollte mit dem Daumen ein wenig nach unten und tippte auf den Button mit dem Anhang. Während die Datei herunter geladen wurde, wandte sie sich an Max.

„Wir können lange suchen. Er ist nicht mehr in Europa." Sie hielt Max das Handy vor die Nase und er überflog die Zeilen.

„Was ist mit dem Anhang?", fragte er neugierig.

„Warte. Der downloadet noch", sagte Eva und zog das Smartphone zu sich zurück.

„Wow", war ihre erste, offene Reaktion, nachdem sie den Anhang anschaute, der nur aus einem einzigen Bild bestand. Auf dem Bild waren in Art einer Collage mehrere Zeitungsartikel zusammen geschnitten.

„Was?" Max trat hinter sie und schaute über ihre Schulter auf den Bildschirm.

„Es hat noch ein paar weitere Morde gegeben. In Asien."

„Na und. Täglich passieren überall hunderte Morde auf der Welt. Auch dutzende Fälle, die es in die Zeitungen schaffen. Was hat das mit uns zu tun?", fragte Max und fuhr sich durchs Haar.

„Lies die Fußnote." Eva deutete unten auf den Bildrand, in der in winziger Schrift eine kurze Anmerkung zu sehen war.

„Opfer allesamt engagierte Befürworter der Abrüstung", las Max laut vor und unterbrach sich, als er zum Ende kam.

„Also… ehm, jetzt…" Max fand nicht die richtigen Worte und schaute hilfesuchend zu Eva.

„Ja. Es ist in der Tat verwirrend", gab Eva zu. „Das wolltest du doch mit deinem Gestammel sagen."

„Naja…"

„Wie auch immer. Aus einem nationalen Problem, ist ein globales geworden. Und wir sind mittendrin. Je weiter wir uns vortasten, desto wirrer und verworrener wird."

„Völlig undurchschaubar", stimmte Max zu. „Aber vielleicht sollten wir uns nur auf Krustschov und XF konzentrieren."

„Hier. Einer der Artikel ist aus einer Ausgabe der Washington Post." Eva zeigte auf den oberen Bildrand.

„Die Post. Da arbeitet doch Berny", sagte Max nach kurzer Denkpause.

„Genau", sagte Eva und ballte die Faust. „Vielleicht weiß er ja was."

Max schaute skeptisch und keinesfalls überzeugt.

„Manchmal weiß die Presse mehr als wir. Als ob sie ein übernatürlicher Geheimdienst wäre." Eva grinste bei dem Gedanken. „Und es hat noch einen Vorteil. Du kannst früher in deine Kindheit zurückschlüpfen als gedacht, wenn wir nach Washington fliegen."

„Hmm." Max dachte darüber nach. „Keine schlechte Idee. Und das aus deinem Mund."

„Hey!" Eva deutete bedrohlich mit dem Zeigefinger

auf Max' Nase.

„Reden wir mit Berny. Wir haben eh keine andere Spur. Und eventuell hat er sogar den Artikel verfasst."

„Auf in die Staaten", johlte Eva und reckte die Faust in den trüben Himmel über Mlada Boleslav. Bei ihren Worten riss die Wolkendecke kurz auf und ein paar glänzende vereinzelte Sonnenstrahlen durchbrachen die graue Mauer, die die Umgebung in eine Art tristes Gefängnis verwandelt hatte.

„Wenn das nicht ein gutes Omen ist", freute sich Eva und wies Max daraufhin. Max sagte nichts, sein Blick blieb kalt und undeutbar, fest auf die Straße vor ihm gerichtet. Er schien ganz in Gedanken versunken und Eva wollte ihn nicht daraus aufschrecken. Sie zuckte die Achseln und startete den Motor. Stotternd machten sich die beiden auf den Rückweg. Unsichtbare Hände hatten das Loch in der Mauer bereits wieder gestopft und die Sonne kämpfte wieder vergeblich darum hindurch zu brechen.

Kapitel 26
In der Wildnis

Der Regen prasselte unablässig auf die Formation der Wellblechhütten, die ein einzelnes graues Steinhaus umringten, wie ein Schwarm Bienen eine Blüte. Es machte den Eindruck als würden diese Hütten unter der Bürde, die ihnen das Steinhaus tag für tag auftrug, langsam aber sicher zusammenbrechen.

Die schmale Lichtung war künstlich in den dichten Wald geschlagen worden, um Platz für ebendiese kleine Siedlung zu schaffen. Es wirkte surreal und war bar jeder Zivilisation. Die wenigen Bewohner konnte man an zwei Händen abzählen und niemand besaß Strom oder gar fließend Wasser. Ein schmutziger Fluss (eigentlich war es eher ein Bächlein) floss unweit vorbei und seine trägen Wassermassen versorgten die Bewohner mit dem nötigsten zum Überleben. Ein einzelner Generator, angetrieben mit stinkendem Diesel sorgte dafür, dass es im Steinhaus ausreichend Elektrizität gab, um ein paar Computer und Lampen zu betreiben. Hätte man nicht von dieser Ansammlung von zusammengeschustertem Müll gewusst, man hätte sie niemals entdeckt. Und genau das war auch das vorrangigste Ziel dieses *Dorfes*. Es sollte nicht aufgespürt werden, denn seine Bewohner blieben lieber im Verborgenen. Die nächste geteerte Straße war rund dreißig Kilometer entfernt und selbst ein abenteuerlicher Matschweg war soweit entfernt, dass ungebetene Touristen (die es hier sowieso nicht gab), nicht zufällig auf die Häuser stoßen konnten. Ein älterer BMW rollte in eine Art Garage, die direkt an das Haus angrenzte. Garage war ein Euphemismus sondergleichen, den der Verschlag bestand aus drei Wellblechwänden und ein paar Planen als Dach, die durch was auch immer zusammen gehalten wurden.

Krustschov eilte die schmutzigen Steinstufen hinauf, die zur Haustür führten. Er verschwand im Gebäude, ohne auch nur einen flüchtigen Blick auf die drei einheimischen Männer zu werfen, die vor ihren Hütten standen und ihn mit grimmigen Blicken bedachten.

„Oh. Sir, wir hatten sie nicht erwartet", stammelte ein kleiner Mann, mit grau wirkender Haut, als Krustschov einen großzügigen Raum betrat, der zu einem Büro umgebaut worden war. An den Wänden entlang stand Bildschirm an Bildschirm und überall röhrten die Ventilatoren der Computer.

„Ich muss mich in meinen eigenen vier Wänden nicht ankündigen", sagte er schroff und schubste den Mann unsanft gegen die Wand. Unvorbereitet fiel der Mann zu Boden und schaute ängstlich zu Krustschov hinauf.

„Raus jetzt", brüllte Krustschov und sein Handlanger zuckte zusammen. Er rappelte sich hoch und stolperte beinahe, als er sich beeilte den Raum zu verlassen. Er wollte auf keinen Fall bestraft werden. Er wusste, zu was Krustschov fähig war, und wollte auf keinen Fall so enden wie einige seiner Kollegen und Freunde, mit denen Krustschov unzufrieden gewesen war.

Krustschov schlug die Stahltür hinter ihm zu, die den Raum schalldicht machte. Es war der einzige Raum im

Haus, der sogar über kugelsichere Wände verfügte, die einem schwachen Granatenschlag standhalten konnten. Die Modifikationen hatte Krustschov veranlasst, nachdem ihr altes Lager durch mehrere Maschinengewehre in einen Schweizer Käse verwandelt worden war und er nur knapp mit dem Leben davon gekommen war. Er hatte auch beschlossen dieses Geheimversteck näher an seinem eigentlichen Zuhause zu errichten, da er der Meinung war, dass die Behörden in solcher Nähe ein solches Versteck nicht vermuteten.

Er öffnete einen Schrank, der in eine der Wände eingelassen war, holte eine Schachtel Zigarren heraus und setzte sich auf einen bequem aussehenden schwarzen Ledersessel vor der Stirnwand des Zimmers. Er steckte sich eine kubanische Zigarre an, die er hier aufbewahrte, wann immer er sich beruhigen musste. Und jetzt war es wieder soweit. Die Mission war zwar abgeschlossen (andererseits würde seine Mission niemals abgeschlossen sein), aber jetzt waren ihm die Amerikaner wohl erst recht auf der Spur. Er hatte die Befürchtung, dass alles ganz schnell aus dem Ruder laufen konnte. Jetzt da sie den Sprengsatz identifiziert hatten und der Trottel der die Bombe gelegt hatte dummerweise einen von seinen genommen hatte, war er jetzt wahrscheinlich im Visier. Und wie konnte man so dämlich sein einen US-Bürger in die Luft zu sprengen. Die Amis reagierten darauf immer sehr empfindlich. *Als ob es von diesem Pack nicht genug gab.* Sein Informant und Geschäftspartner, mit dem er gute Geschäfte für Westeuropa eingefädelt hatte, hatte ihm auch noch gesteckt, dass der Tote am Berliner Flughafen, ebenfalls mit einer Patrone von ihm getötet wurde. Irgendwer wollte ihm bestimmt übel mitspielen. Aber wer? Vielleicht war es auch nur Zufall. Aber dann hätte sein Kontakt ihn doch nicht gewarnt. Nun gut. Er würde auf der Hut sein, wie immer. Dabei hatte er gar nichts damit zu tun. Er nahm einen kräftigen Zug, um einen klaren Kopf zu bekommen, lehnte sich zurück und starrte an die Decke. Dann blies er den Rauch aus und versuchte Ringe zu formen, was ihm allerdings wieder einmal misslang. Er hatte es mit allem möglichen versucht; von Zigarette über Zigarre bis hin zur Shisha, aber es hatte nie funktioniert. Sogar mit einer Rauch produzierenden E-Zigarette hatte er es versucht – vergeblich. Anfangs hatte es ihn geärgert, aber inzwischen belustigte ihn seine eigene Unfähigkeit nur noch.

Das schrille Bimmeln eines Telefons riss ihn wieder einmal aus all seinen Gedanken und unterbrach unsanft eine seiner wenigen Entspannungsphasen. Er stöhnte auf und sank noch einen Stück tiefer in seinen Sessel.

Das Klingeln wurde immer schriller und es war wie ein geduldiger Bieber, der kontinuierlich an einem Baumstamm nagte, bis dieser fiel. Und er fiel. Krustschov rappelte sich auf und nahm schließlich sein verrückt spielendes Handy in die Hand.

„Was um alles in der Welt, kann jetzt so wichtig sein!", bellte er in den Hörer, ohne auch nur darauf zu achten, wer ihn angerufen haben könnte.

Am anderen Ende der Leitung war ein plumpsendes Geräusch zu hören, so als ob jemand gerade auf seinen

Allerwertesten gefallen war. Getroffen von der Wucht der Worte – völlig unvorbereitet. Einige Momente der Stille vergingen und der Anrufer schien zu überlegen, ob es nicht besser sei, wieder aufzulegen. Krustschov genoss diese Macht und sonnte sich in dem Gedanken, wie sich sein Handlanger wand und krümmte, während er mit sich rang, ob es seinem Leben zuträglicher sei, später anzurufen. Es war einfach ein erhebendes Gefühl Macht über Andere ausüben zu können. So, dass sie nach deinem Willen tanzten und jedes Mal vor Angst zusammenzuckten, wenn man den Raum betrat. Nach einigen weiteren Sekunden widersprüchlicher Gefühle, fasste der Anrufer schließlich allen Mut zusammen und räusperte sich.

„Boss", meldete sich Josh leise und zurückhaltend; abschätzend wie weit er gehen konnte.

„Josh. Was gibt es?"

„Ehm", begann Josh und schien nun etwas Selbstvertrauen getankt zu haben. „Hier waren eine Frau und ein Mann, die wollten Geschäfte mit ihnen machen. Ich hab gesagt sie seien erst einmal beschäftigt und ihnen eine Visitenkarte gegeben. Aber", sagte er und schnappte nach Luft, „wir ist gerade eingefallen, dass die Nummer dort drauf ja veraltet ist und…"

„Stopp. Stopp. Stopp Josh", unterbrach ihn Krustschov.

„Was wollten sie denn genau? Und haben sie ihre Namen genannt?" Krustschov überkam ein ungutes Gefühl und sein Magen fing an zu rebellieren. Es waren schon lange keine *Geschäftspartner* für seine legale Firma mehr gekommen und auch jetzt glaubte er nicht daran. Die zwei suchten ihn, aber nicht um Geschäfte mit ihm zu machen. Sondern bestimmt, um eben diese zu beenden.

„Also ihre Namen haben sie nicht gesagt. Und auch nicht genau, was sie von ihnen wollten. Äh, sie wollten mit ihnen persönlich sprechen."

„Na gut. Danke für diese Information."

„Ehm, Boss. Vielleicht hilft es ihnen; die beiden waren sehr jung. Anfang zwanzig. Eigentlich viel zu jung für Geschäftspartner für sie.

„Danke Josh."

Krustschov legte auf und pfefferte sein Handy auf den Schreibtisch. Natürlich konnten heutzutage so junge Menschen schon ein florierendes Unternehmen führen. Aber bestimmt keines, das mit seinem, einem Schraubenhersteller, Geschäfte machen wollte. Sie würden ein Multimediaunternehmen führen oder etwas super Innovatives. Mit Sicherheit aber nichts so Gewöhnliches wie Schrauben herzustellen. Er musste ab sofort auf der Hut sein. Und er musste seinen wichtigsten Kontakt sofort anrufen. Den Mann, der glaubte, dass er die Befehlsgewalt hätte. Aber Krustschov sah ihn nur als Mittel zum Zweck und würde ihm früh genug die Grenzen aufzeigen. Darauf konnte er sich verlassen. Dieser Schnösel dachte er könne ihn verarschen. Aber dieser Typ verstand nichts vom wahren Leben. Hart. Ungerecht. Und hinterhältig. Erbarmungslos drosch das Leben immer wieder auf einen ein und mit jedem Schlag wurde die gute Seite des Bewusstseins kleiner und kleiner, bis sie schließlich ganz starb. Jetzt allerdings brauchte er ihn. Vielleicht konnte er herausfinden, wer die zwei waren und ob sie tatsächlich eine Bedrohung für ihn darstellten.

Er wählte eine lange Nummer und wartete bis das Freizeichen ertönte.

Am anderen Ende schrillte ein Telefon und weckte den Mann, der kurz zuvor ins Bett gestiegen war und sich auf einen traumlosen, tiefen Schlaf gefreut hatte. Er rappelte sich in eine sitzende Position hoch und stützte sich mit dem linken Arm, um nicht wieder sofort umzukippen. Er schüttelte den Kopf, um den wabernden Nebel in seinem Kopf zu vertreiben und die schwammige Masse seines Gehirns wieder zu etwas Festem werden zu lassen.

„Hallo", nuschelte er in sein Telefon, ohne völlig klar im Geist zu sein.

„Wir haben vielleicht ein Problem. Sie müssen es lösen."

Die tiefe Stimme und ihr ernster, sonorer Tonfall vertrieben den Nebel und er konnte wieder klar denken. Er setzte sich kerzengerade auf, sein Blick wach und aufmerksam.

„Was für ein Problem?", fragte er, zwar besorgt aber dennoch kühl.

„Ich glaube die haben mir ein paar Bullen auf den Hals gehetzt. Und das alles nur wegen einer Patronenhülse, die von mir produziert wurde. Wieso sollte ich was damit zu tun haben?", fragte er schelmisch.

„Wie dem auch sei. Sie sollen herausfinden, ob jemand an mir dran ist. Auch wenn er natürlich keine Beweise finden kann, kann ich auf einen Tag im Polizeigewahrsam verzichten. Überlegen sie mal, wie sich das auf meinen guten Ruf auswirken würde", scherzte er, selbst verblüfft wie gut er bereits wieder aufgelegt war.

„Hmm, und wenn sie gerade dabei sind, beseitigen sie das Problem für mich gleich."

„Ich soll Polizisten umnieten?", fragte der Mann schockiert. „Meinen sie, die haben nur zwei?"

„Natürlich nicht, Sie Trottel." Krustschov wirkte genervt. „Aber sie sollen sie einschüchtern. Vielleicht blasen sie die ganze Sache dann ab. Außerdem haben sie doch wohl einen gewissen Einfluss."

„Das ist viel zu riskant."

„Entweder", sagte Krustschov und seine Stimme senkte sich bedrohlich, „sie machen was ich ihnen sage, oder der Deal platzt. Hier und jetzt."

Der Mann schwieg kurz um sich zu fassen und nachzudenken.

„Nein. Das kommt natürlich nicht in Frage. Ich versuche es. Aber ich kann nichts garantieren."

„Das kann man in unserem Geschäft sowieso nicht", lachte Krustschov abermals.

„Gehen sie an die Arbeit!", befahl Krustschov und legte auf.

Er stand auf und ging unruhig im Zimmer hin und her. Auf und ab, ohne Unterlass. Wie ein Raubtier in seinem Käfig, was nur darauf wartete freigelassen zu werden und sein Opfer zu zerreißen.

Ohne Vorwarnung schlug er mit voller Wucht die Faust gegen die Wand und gab einen gutturalen Laut von sich.

„Hat man denn nie seine Ruhe", brüllte er aus voller Kehle. Zwei Wimpernschläge später hatte er sich wieder völlig beruhigt und unter Kontrolle. Er musste jetzt ein paar Sicherheitsmaßnahmen aktivieren. Auf keinen Fall wollte er hier gefunden werden.

Dennoch musste die Operation ohne Unterlass weitergehen. Die Welt brauchte ihn. Und sie brauchte das, was er verkaufte. Davon war er überzeugt. Er gab den Menschen nur das, wonach sie sich sehnten. Denn tief im Inneren war jeder Mensch ein Kriegsherr. Bei einigen war nur die Schwelle höher, die sie überschreiten mussten, bevor sie zur Waffe griffen. Aber im Endeffekt benutzte jeder eine, wenn es zum Äußersten kam.

Genau deswegen florierte seine Branche ja auch so ungemein zufrieden stellend.

Kapitel 27

Washington D.C

Der Mann hatte lichtes Haar, ohne bereits eine Glatze zu haben – aber es schien unabänderlich und würde schließlich passieren. Sein schlankes Gesicht passte so gar nicht zu seinem untersetzten Körper und wirkte so, als ob er aus unterschiedlichen Teilen, wahllos zusammengesetzt worden war. Er war klein und sein hervorstechendes Merkmal war mit Sicherheit seine Hakennase, die einen Großteil seines ansonsten hübschen Gesichts einnahm. Er wechselte nervös von einem Bein auf das Andere, während er auf die zwei Personen wartete, die unbedingt mit ihm sprechen wollten. Er freute sich auf ihren Besuch, denn er hatte sie lange nicht gesehen und sie waren früher in der Schule ganz gute Freunde gewesen. Was ihn schon immer gewundert hatte, den er war eher der unscheinbare Außenseiter gewesen und die zwei, die wunderschönen, beliebten Schulstars. Aber er war froh, so hatte er weniger die Sticheleien und das Mobbing über sich ergehen lassen müssen. Er schaute auf die Tür. Sie müssten jeden Moment ankommen und bei dem Gedanken bildete sich ein Lächeln und umspielte seine Mundwinkel. Er freute sich wirklich und er hoffte, dass sie einige Tage da bleiben würden. Vielleicht könnten sie wieder etwas total Lustiges unternehmen. Etwas Verrücktes. So wie früher, wo sie jede Menge Schabernack fabriziert hatten. Bei den

Erinnerungen, die in ihm aufstiegen, hätte er beinahe laut aufgelacht.

Peter Clarkson hatte ihn während seiner frühen Highschool Jahre immer wieder aufgezogen und gemobbt. Er hatte sich die fiesesten Dinge ausgedacht, um ihn zu demütigen und zu erniedrigen. Eines Tages hatte er den Mut aufgebracht es jemandem zu erzählen, trotz der Gefahr, dass ihn Peter windelweich schlug, so wie er es für diesen Fall angekündigt hatte.

Die drei hatten ihm eine riesige Kröte in seine Jeans gesteckt und als er sie nach dem Sport angezogen hatte wäre er beinahe gestorben. Zumindest hatte sich sein Gebrüll was er vom Stapel gelassen hatte so angehört, als ob er einen qualvollen Tod starb. Er hatte sich in die Hose gepinkelt und der versammelte Umkleideraum hatte ihn nieder gelacht. Mit schamrotem Kopf war er aus dem Raum gestürmt und hatte sich die Hose vom Leib gerissen und sich auf dem Klo eingeschlossen.

Die drei hatten alles auf Video aufgenommen und drohten es auf den Schulserver zuladen, wenn er ihren Freund weiterhin mobbte. Peter hatte gewinselt und gefleht das nicht zu tun und hoch und heilig versprochen sein Opfer zukünftig in Ruhe zu lassen.

Damit er zeigen konnte, dass er es wirklich ernst meinte, hatten sie ihm befohlen, dass er seinem Opfer zur Entschädigung jeden Morgen einen Donut mitbringen sollte. Peter hatte sich kleinlaut auch damit einverstanden gezeigt und das Problem Peter Clarkson war von nun an gelöst. Peter war die folgenden Monate höchst zuvorkommend und brachte täglich den Donut, bis er schließlich die Schule wechseln musste, da seine

Eltern wegzogen. Das Beste war die 24er Packung Donuts, die Peter wenige Wochen nach seinem Umzug an sein Mobbingopfer geschickt hatte.

Noch heute musste der Mann darüber lachen, während er sich daran erinnerte und darüber sinnierte, was wohl aus dem guten alten Peter geworden sein mochte.

Berny Cabot drehte sich um und sein Lächeln wurde breiter, als er die zwei Menschen sah, die ihm geholfen hatten, das Monster Peter Clarkson, zu einer kleinen, unscheinbaren Maus zu machen.

Max und Eva schritten zielstrebig aus der Ankunftshalle und Evas Haar wallte in der Durchzugsluft, die hier herrschte, hin und her und bauschte sich zu einer prächtigen Mähne auf, die Berny jedes Mal aufs Neue bewunderte. Bereits beim allerersten Mal, als er Eva gesehen hatte, hatte er sich in ihre Haare verliebt und sie waren über die Jahre noch schöner und kraftvoller geworden, wie er überrascht feststellte.

Tief im Herzen liebte er Eva, aber diese Gefühle waren fest vergraben und konnten sich keinen Weg an die Oberfläche bahnen – auch weil er Dana über alles liebte und glücklich mit ihr war.

„Hey Berny", stürmte Eva los und fiel ihm um den Hals. „Wir haben dich vermisst", zwinkerte sie ihm mit einem Auge zu und lächelte dabei. Wunderschön. Sanft und unverdorben.

„Ich euch auch", presste Berny unter der schlangengleichen Umarmung Evas hervor.

„Na. Du hast dich ja ganz schön gemausert. Guter Posten bei der *Post*. Glückwunsch Junge", sagte Max und schüttelte ihm kräftig die Hand. Berny grinste schief.

„Danke Max. Ich kann mich nicht beschweren."

„Freut mich zu hören."

„Wie geht's Dana?", wollte Eva wissen. Bernys Blick ging in die Ferne, und verlor sich in der Liebe zu seiner Freundin. Sein Blick wurde weich und seine Stimme zärtlich, als er antwortete.

„Sehr gut. Wir sind wirklich glücklich. Ehm...", er zögerte und schaute verlegen zu Boden. „Ich... ich will sie fragen, ob sie mich heiraten will." Er hob den Kopf und in seinen Augen war ein Funkeln zu sehen, dass zeigte, dass er es ernst meinte und das er Dana über alles liebte.

„Wow." Eva boxte ihm spielerisch auf den Arm.

„Hätte ich dir ja gar nicht zugetraut, du alter Schameur. Sie wird bestimmt ja sagen. Sie kann froh sein, jemanden wie dich zu haben."
Berny grinste verlegen.

„Kommt. Lasst uns fahren. Am besten fahren wir zu Dennys und essen was", schlug Berny vor.

„Gute Idee, Berny. Mein Magen rebelliert schon", beschwerte sich Max und rieb sich übertrieben den Magen. Eva schlang einen Arm um Bernys Hüfte und schob ihn sanft in Richtung Ausgang. Max schüttelte den Kopf, verdrehte die Augen hinter Evas Rücken, nahm das spärliche Gepäck und folgte den Beiden auf dem Fuß.

„Jetzt erzählt mal. In welcher Weise müsst ihr diesmal die Welt retten?", fragte Berny und schaute beide übertrieben neugierig an. Wie ein Fuchs, der nur darauf wartet, dass das Huhn endlich sein Gehege verlässt. Eva ließ den Blick kurz durch den kleinen Imbiss fallen, der in typisch US-Amerikanischer Art und Weise eingerichtet war. Eine lange Bar mit Hockern und einige Tische mit billigen Stühlen im Rest des Gastraums. Sie schweifte ein wenig mit ihren Gedanken ab und stellte zu ihrem Erstaunen fest, dass sie diese Art von Restaurants zuletzt vermisst hatte und das sie froh war mal wieder hier zu sein. Hier in diesem Dennys hatten sie so viele lustige Stunden verbracht. Hier war auch der Plan geschmiedet worden, es Peter Clarkson so richtig heimzuzahlen. Ein Fingerschnippen von Max holte sie jäh ins hier und jetzt zurück. Sie schüttelte kurz den Kopf, um wieder in der Gegenwart anzukommen und schaute dann zu Berny herüber, der sie wissbegierig anklotzte.

„Du weißt…", begann Eva abwehrend und zuckte entschuldigend die Schultern.

„Ja ich weiß", erwiderte Berny und setzte eine gespielt verärgerte Miene auf, „ihr dürft mir nichts davon erzählen. Schon klar."

Eva verzog entschuldigend das Gesicht.

„Aber sagt mir doch wenigstens inwieweit *ich* diesmal die Welt mitretten kann", forderte er Max und Eva auf und ein Leuchten erschien in seinen Augen. Er war offenbar hellauf begeistert und hoffte auf das Abenteuer seines Lebens.

„Am Telefon wart ihr… nunja, ich sag mal, sehr wage." Berny lachte kurz auf bevor er Eva aus stechend blauen Augen erwartungsvoll anblickte.

„Ja", sagte Eva gedehnt. „Du weißt, das Telefon ist heutzutage keine Möglichkeit mehr sicher zu kommunizieren. Man muss sehr vorsichtig sein. Gerade in unserem Biz."

Berny nickte zustimmend, schwieg und wartete, dass Eva endlich mit der Story rausrückte, die sein Leben hoffentlich mal so kräftig durchwirbeln würde. Sein Job war mehr als ok und Weißgott nicht langweilig. Aber das, was Max und Eva machten, war um Längen spektakulärer und von Zeit zu Zeit wollte er unbedingt aus seinem Trott ausbrechen und ein bisschen Abenteuer und Spektakel in sein Leben bringen.

„Vielleicht kannst du uns weiterhelfen", warf Max ein.

„Normalerweise stehen wir ja mit den Medien eher ein bisschen auf Kriegsfuß, weil sie uns zuviel herumschnüffeln."

Berny grinste und nahm diese Aussage als Kompliment für die gute Arbeit, die in seinem Job gemacht wurde.

„Aber diesmal könnte genau das für uns hilfreich sein", schloss Max.

„Inwiefern?"

„Sieh mal Berny. Die *Post* und auch Zeitungen aus Asien haben von Morden berichtet. Die stehen zwar nicht unmittelbar im Zusammenhang mit unserer aktuellen Mission."

„Eventuell aber doch", warf Max ein.

„Die getöteten gehören in denselben Personenkreis wie unsere. Deshalb denken wir, dass es da einen Zusammenhang geben könnte."

„Und da du darüber berichtet hast, dachten wir, du

244

weißt vielleicht mehr."

Max blickte ihn erwartungsvoll an.

„Die Japaner arbeiten noch recht gerne mit uns zusammen. Trotz unserer Vergangenheit. Aber von den Chinesen und anderen Asiaten können wir nicht wirklich Hilfe erwarten."

„Ich verstehe", sagte Berny.

„Und deshalb kommen wir zu dir. Weil wir dir vertrauen."

Bernys Brust schwoll vor Stolz ein wenig an und er setzte sich aufrecht hin. Eva bemerkte die subtile Veränderung und lächelte.

„Weißt du etwas über den Waffentyp, mit dem die Morde passiert sind?"

„Oder wie genau die Morde passiert sind?", fragte Eva ein wenig allgemeiner, um Berny nicht gleich zu frustrieren, falls er nicht so viel wusste, wie sie gerne hören würden.

„Aus der Zeitung haben wir nämlich nur erfahren, dass sie passiert sind. Und mehr wissen unsere Quellen bisher auch nicht."

Berny legte eine Hand an die Stirn und versuchte sich fieberhaft zu erinnern. Eine Ader an seiner Schläfe begann stärker zu pulsieren, als sein Denkprozess auf Hochtouren geriet.

„Ich glaube nicht", begann er und schlug sich dann so abrupt mit der flachen Hand gegen die Stirn, dass Eva erschrocken zusammenzuckte. Max warf ihr einen schiefen Blick zu.

„Etwas schreckhaft heute", frotzelte er. Eva winkte ab und wandte sich wieder Berny zu, der gerade einen

Umschlag aus seinem Jackett zog.

„Vielleicht aber doch", fuhr er fort, während er einige Papierblätter aus dem Umschlag zog und vor sich auf den Tisch legte. Max und Eva beugten sich gleichzeitig gespannt nach vorne – ihre Ellenbogen auf den kleinen Tisch gestützt, der hier im Dennys Standard zu sein schien.

Berny schob seinen leeren Teller beiseite, nahm einen kräftigen Schluck aus seiner Cola und griff dann nach dem Papier.

„Wir haben ein Fax erhalten, das einen kurzen Text und ein Bild enthält, auf dem die Gestellnummer und der Waffentyp einer Waffe zu sehen ist. Es wird spekuliert, dass das die Tatwaffe ist. Aber das weiß keiner sicher."

Max und Eva warfen sich einen knappen Blick zu und nickten.

„Was ist mit dem Hersteller?", wollte Max wissen.

„Hmm, davon ist nur der letzte Buchstabe zu erkennen, leider", seufzte Berny, und schob die Fotografie über den Tisch, sodass die Beiden Agenten sie genauer unter die Lupe nehmen konnten.

Eva nahm das Blatt auf und Max schielte schräg über ihren Arm und kniff die Augen zusammen, um auf der schlechten Fotografie überhaupt etwas erkennen zu können.

„Ein *v* ist der letzte Buchstabe", sagte Eva stoisch und schaut vielsagend zu Max hinüber.

„Du denkst?", fragte er, ohne die Frage zu formulieren, da er genau wusste was Eva dachte und sie wusste, was er fragen wollte. Sie verstanden sich fast immer auf einer Art telepathischer Basis und benötigten keine Worte, um dem Anderen etwas mitzuteilen. Das ein oder andere Mal hatte ihnen diese Fähigkeit das Leben gerettet oder zumindest schwerste Verletzungen verhindert.

„Ja. Das denke ich. Und du mit Sicherheit auch." Es war keine Frage, sondern eine Feststellung und Max brauchte nicht einmal zur Bestätigung zu nicken.

„Ehm, darf ich fragen, *was* genau ihr denkt?", unterbrach Berny ihr Zwiegespräch und lugte über den Zettel den er noch immer in der Hand hielt.

„Was steht auf dem Zettel, Berny?", überging Eva die Frage einfach.

„Ihr verarscht mich doch nur." Berny warf voller Verzweiflung die Arme in die Luft und ließ sie dann resigniert sinken. „Aber wenn ihrs mir nicht sagen wollt, na gut. Dann eben nicht." Berny setzte eine beleidigte Miene auf und schmollte. Eva grinste ihn an.

„Das hilft auch nicht, Berny. Wir können es dir nicht sagen. Das ist für dich sicherer und für uns besser. Je weniger darüber Bescheid wissen, desto einfacher haben wir es unsere Pflicht zu erfüllen."

„Okay. Okay", hob Berny beschwichtigend die Hände. „Also, das hier", er deutete auf den Zettel, „ist nur ein kurzer Text. Hier steht drin, dass vermutet wird, dass diese Morde, mit Morden in Europa zusammenhängen. Mehr nicht."

Eva griff nach dem Schreiben und schnappte es aus Bernys Fingern.

„Angeblich eine riesen Sache. Die tun gerade so als würde die Welt untergehen. Morde sind doch an der

Tagesordnung und…"

Eva brachte Berny mit einer Handbewegung zum Schweigen und begann die Notiz zu lesen. Nachdem sie sie mehrmals gelesen hatte, legte sie sie zurück auf den Tisch und schaute Berny fest in die Augen, der wie gebannt da saß. Wie ein Kind, in Erwartung eines Schokoriegels als Belohnung.

„Und?", konnte er nicht mehr zurückhalten und platzte hervor.

„Danke Berny. Ich denke du hast uns sehr geholfen. Kannst du uns eine Kopie von Bild und Notiz machen?"

„Klar. Gerne", sagte er ein wenig zerknirscht, denn er hatte das Gefühl, dass das Gespräch jetzt zu Ende war – und er ganz und gar nicht seine Abenteuerlust erfüllen konnte. Max und Eva wollten ihn nicht dabei haben. Das hatten sie ihm durch die Blume zu verstehen gegeben und er war nicht gerade begeistert. Aber was sollte er machen, er konnte sie schließlich nicht zwingen ihn teilhaben zu lassen.

„Wir sind einige Tage bei unseren Eltern. Kannst du es dahin schicken? Du kennst die Adresse ja?"

„Ja. Klar, kenn ich noch. Mach ich. Spätestens übermorgen habt ihrs."

„Danke Berny." Eva beugte sich vor und gab ihm einen Kuss auf die Wange, während Max aufstand.

„Für euch immer. Das wisst ihr."

„Danke", sagte auch Max und gab Berny die Hand.

„Komm uns doch einfach mal besuchen", warf Eva ein.

„Die nächsten Tage irgendwann. Zum Barbecue."

„Ohja. Liebend gerne. Ich weiß wie toll die Barbecues von Max' Vater immer waren. Ich freu mich schon darauf."

Alle drei verließen den Imbiss und gingen zu ihren Wagen.

„Netter Kerl. Ich mag ihn wirklich", gab Max zu, als er hinter dem Steuer Platz nahm.

„Ich auch. Komm lass uns fahren, ich kann es gar nicht mehr erwarten endlich mal wieder nach Hause zu kommen."

Max schenkte ihr eines seiner strahlenden Lächeln, bei denen Eva jedes Mal dahin schmolz.

„Home sweet home", sagte er inbrünstig und gab Gas.

Die Straßen wirkten so idyllisch und so friedlich, als wäre die Szene aus einem Streichelzoo geschnitten und hier platziert worden. Die Bäume sahen aus wie aus dem Bilderbuch und die Hecken waren so akkurat zurecht geschnitten, dass es beinahe übermenschlich erschien. Der Asphalt war makellos und kein Auto stand auf der Straße. Alle waren in wunderschönen gepflasterten Einfahrten platziert und wirkten, als wären sie erst gestern aus dem Werk gerollt. Die wenigen Fußgänger, die gerade unterwegs waren, schoben Kinderwägen vor sich her und lächelten vergnügt. Warfen ihrem Nachwuchs liebende Blicke zu und ihrem Partner leidenschaftliche Küsse. Die Situation schien perfekt zu sein und wenn man hier wohnte konnte man sich nicht vorstellen, dass die Welt auch einen bösen, dunklen Teil hatte. Hier war die Sonne so heiß, dass alle Bewohner aussahen, als hätten sie selbst eine gelb-glühende Aura, mit der sie sich gegenseitig erhellten.

Niemand schien zu ahnen, dass die perfekte Welt in zwei der dutzenden Häuser nur vorgespielt war und das die Bewohner absichtlich hier wohnten, um einen Rückzugsort zu haben, in dem sie vermutlich nicht so auffielen. Der Vorgarten dieser Häuser, die direkt nebeneinander standen, war genauso perfekt und makellos wie der Rest. Ein saftiges Grün stach jedem von der akkurat getrimmten Rasenfläche empor und ein einzelner Apfelbaum in voller Blüte stand in der Mitte des Rasens und warf einen angenehmen Schatten auf die Fenster, die zur Straße lagen. Das Haus war groß, ohne riesig zu sein. Von außen modern, ohne an eine luxuriöse Villa zu erinnern. Ganz einfach ein Haus, wie jede hart arbeitende mittelständische Familie hier in der Gegend besaß.

Die beige Farbe war erst kürzlich neu aufgetragen worden und präsentierte sich in ihrem besten Zustand; harmonierte wunderbar mit der hellen Holztür, die einen geradezu einzuladen schien, das Haus zu betreten – und sich mit Sicherheit sofort wohl zufühlen.

„Oh man. Es sieht immer noch aus wie im Paradies", bemerkte Eva voller Freude und Vorfreude auf die nächsten Tage.

„Ja. Das stimmt. Ich bin froh, dass sich so wenig verändert hat." Max drehte sich zu Eva und gab ihr einen liebevollen Kuss.

„Ich auch."

„Na dann los. Lassen wir die Überraschungsparty beginnen."

Eva grinste und schwang sich aus dem Wagen. Beide hatten herausgefunden, dass Max' Eltern im Moment unterwegs waren und deshalb steuerten sie zielstrebig auf das Elternhaus von Eva zu. Eva klopfte an die Tür und trat dann einen Schritt zurück. Nur kurze später waren Schritte zu hören und ein leichtes Murmeln. Einige Augeblicke danach öffnete sich bereits die Tür und Evas Mutter stand auf der Türschwelle. Sie war in ein wunderschönes Kleid gehüllt, was bis beinahe zum Boden ging, weit wirkte und dennoch ihre Vorteile deutlich umspielte. Sie war eine hübsche Frau, groß gewachsen mit dunklem Haar, das ihr bis auf die Schultern fiel. Ihr Blick war sanft und ihr Ausdruck von einer Energie erfüllt, wie man es selbst bei Zwanzigjährigen kaum beobachten konnte. Sie sah aus als hätte sie alle Tiefen des Lebens mit angesehen und wäre an ihnen weder zerbrochen noch beschädigt worden, sondern durch sie gestärkt hervorgegangen. Sie strahlte eine ruhige Gelassenheit aus, die selbst die wildeste Raserei um sie herum beruhigen würde können.

Als sie Eva erblickte verwandelte sich ihr wachsamer Blick in einen roten Riesen und sie strahlte über das ganze Gesicht. Die Überraschung vermischte sich mit Liebe und Zuneigung und unendlichem Stolz. In einer einzigen flüssigen Bewegung glitt sie vorwärts und drückte ihre Tochter an sich. So fest und so innig, das es schien sie würde Eva nie wieder loslassen.

Max stand breit grinsend daneben und war voller Dankbarkeit. Dankbar das es ihren beiden Eltern so gut ging und sie jederzeit zurückkehren konnten. Evas

Mutter riss Max aus seinen Gedanken, als sie ihn ebenfalls umarmte, als wäre er ihr eigener Sohn.

„Das ist mal eine Überraschung", sagte Diane schließlich, als sie zurücktrat und sich eine Träne von der Wange wischte.

„Wir freuen uns auch dich zu sehen, Mom", erwiderte Eva lächelnd.

„Wer ist denn da?", knurrte eine kratzige Stimme aus dem Hintergrund. Eva prustete los und schob sich die Hand vor den Mund, um sich in Zaum zu halten. Auch ihre Mutter musste grinsen.

„Deine Tochter ist hier, du alter Stinkstiefel", bellte Diane nur halb im Ernst zurück.

Evas Vater – Matt – kam aus dem Wohnzimmer nach vorne und es wirkte fast als sei er die letzten Schritte gerannt. Abrupt blieb er stehen, musterte seine Tochter von oben bis unten und nahm sie dann in den Arm wie nur Daddys ihre Töchter in den Arm nehmen können.

„Hey, Baby. Schön dich wieder zu sehen. Deine Mom hat dich echt vermisst", sagte er und schielte zu Diane hinüber.

„Ach was. Hör nicht auf ihn Liebes. Dein Vater fragt beinahe jeden Tag nach dir. Wann kommt sie endlich wieder? Geht es ihr auch gut? Verhungert sie nicht?"

„Hör doch auf, Diane", winkte Matt ab und lachte.

„Ich liebe euch zwei über alles. Wisst ihr das. Und ich bin froh wieder hier zu sein", sagte Eva.

„Wir dich auch, Schätzchen. Aber kommt erstmal rein. Wir stehen schon viel zu lange an der Tür."

Alle vier verschwanden im Haus und gingen durch den großzügigen Flur, in dem eine Holztreppe nach oben führte, ins riesige Wohnzimmer, was fast die Hälfte des Erdgeschosses einnahm.

„Ihr habt ja immer noch diese grausige Couch" sagte Eva und verzog missbilligend das Gesicht.

„Ja Schatz. Uns gefällt sie", antwortete ihre Mutter nachsichtig.

„Na dann", sagte Eva nur und ließ sich auf einen der bequemen hellen Ledersessel fallen.

„Also ich mag sie", versuchte Max zu vermitteln, was ihm nicht ganz gelang, denn Matt schenkte ihm ein wissendes Lächeln.

„Komm Max. Lass uns den Grill für heut Abend sauber machen. Wir haben zwar nichts zuhause, aber Diane fährt bestimmt gerne nochmal los." Matt griff nach Max Schulter und führte ihn hinunter in den Keller. „Ich bin froh endlich mal wieder einen Kerl zu Gesicht zu bekommen", murmelte er zu Max, aber Diane hörte es trotzdem.

Sie lehnte mit der Schulter im Rahmen der Küchentür.

„Pff. Dein Vater ist unmöglich. Soll er doch selber fahren."

„Lass die zwei mal ihr Männergespräch führen. Wir können zusammen einkaufen fahren. Dann haben auch wir Frauen mal unsere Ruhe, Mom."

„Ok. Gute Idee, Schatz", lächelte Diane warmherzig zurück.

Der Keller war nur spärlich beleuchtet und sie mussten einige Zeit im diffusen Schein der schwachen Lampen herumkramen, bis sie alle Utensilien beisammen hatten, um den Grill fachgerecht zu reinigen. In den Räumen herrschte ein heilloses Durcheinander und Max wunderte sich, wie sie überhaupt alles finden konnten.

„Was für ein Durcheinander", staunte Max und stemmte die Fäuste in die Hüften.

„Das kannst du laut sagen. Diane und ich müssten hier echt mal klar Schiff machen. Aber man kommt ja zu nichts."

Matt blickte kurz auf und ließ den inzwischen schwarzen Lappen auf den staubigen Grill plumpsen.

„Wem sagst du das. Arbeit hier. Mission da. Immer dasselbe. Aber wir haben es so gewollt nicht wahr."

Max Stimme zeigte kein Bedauern, sondern er war stolz auf das was er tat.

„Für das Vaterland. Für eine bessere Welt, Max."

„Ohja. Das sag ich mir auch immer. Und natürlich für meinen Sohn. Er soll mal sicher aufwachsen."

Matt stockte und hielt inne – völlig perplex. Dann schüttelte er kurz den Kopf, um sich wiederzusammeln und stellte die Frage.

„Eva ist…"

Max lachte kurz auf.

„Nein, Matt. Keine Sorge. Wir lassen uns noch ein wenig Zeit. Ich habe nur gemeint, wenn ich mal einen Sohn habe."

Matt ließ die Luft aus seinen Lungen, und merkte erst jetzt dass er kurzzeitig mit dem Atmen ausgesetzt hatte.

„Junge, du hast mir vielleicht einen Schreck eingejagt. Nicht, dass ich mir nicht wünschen würde Großvater zu sein. So ein kleiner Wurm ist etwas zauberhaftes, ein Geschenk. Und ich würde mich mehr als glücklich schätzen und wäre sehr stolz, wenn du der Vater des

Kindes meiner Tochter bist." Er pausierte kurz und dachte über seine Worte nach. „Aber ich finde auch, dass ihr euch noch ein wenig Zeit lassen solltet. So etwas Wunderbares sollte nicht überstürzt werden."

„Mit Sicherheit nicht, Matt. Wir gehen dieses Thema ruhig an. Eva und ich sind da zum Glück einer Meinung."

„Das freut mich zu hören. Frauen können da mitunter sehr launisch reagieren. Ich habe es bei Diane erlebt. Sie war schon soweit und ich weiß Gott noch nicht."

„Wie habt ihr euch geeinigt?", wollte Max wissen. Matt lachte laut auf und kratzte sich an der Schläfe.

„Gar nicht. Sie hat mir einen Schuh hier gegen geworfen", begann er und deutete erneut auf seine Schläfe, „und sich dann durchgesetzt, so wie sich Frauen immer durchsetzen. Schließlich haben sie uns in der Hand. Wenn du weißt, was ich meine."

Er zwinkerte Max zu und dieser nickte verstehend.

„Ich frage mich immer noch, ob nicht schon seit jeher Frauen an der Macht sind und wir nur ihre Marionetten darstellen."

„Ich hoffe doch nicht", erwiderte Max ein wenig erschrocken, ob dieses Gedankens.

„Wer weiß", grummelte Matt vor sich hin und gemeinsam machten sie sich wieder an die Arbeit den Grill für das Barbecue vorzubereiten.

„Der hat aber auch schon mal bessere Tage gesehen", stellte Max nach einem prüfenden Blick auf das Gerät fest.

„Hier unten verkommt alles besonders schnell hab ich manchmal das Gefühl. Ich stelle etwas herunter und drei Tage später ist es verschwunden. So als ob die Luft alles wegätzen würde", alberte Matt. „Wir können froh sein, das der Grill noch in einem Stück ist", witzelte Evas Vater weiter und Max musste unwillkürlich schmunzeln.

Evas Vater wurde ernst und unterbrach seine Arbeit. Er legte Max eine Hand in väterlicher Sorge auf die Schulter.

„Ich bin unendlich froh, dass du der Mann an der Seite meiner Tochter bist. Sie ist in einem gefährlichen Metier unterwegs. Aber wenn du dabei bist, habe ich das Gefühl, dass sie sicher ist. Danke dafür." Er drückte Max Schulter und ließ sie dann los, wandte sich wieder seiner Arbeit zu. In Max stieg eine wohlige Wärme auf und er fühlte sich in der Tat zuhause.

„Danke, dass du solches Vertrauen in mich hast, Matt. Aber deine Tochter kann schon sehr gut auf sich selbst aufpassen. Das konnte ich oft genug beobachten."

Matts Lippen umspielte ein Lächeln und er warf Max einen Blick zu.

„Sie kann ganz schon Furcht einflößend sein", fügte dieser hinzu.

„Das hört sich tatsächlich nach meiner Tochter an", lachte Matt auf und verschluckte sich beinahe.

„Komm lass uns den Grill fertig machen. Wir wollen ja nicht, dass die Mädels vom Einkaufen zurück sind, bevor wir den Grill sauber haben. Sonst müssen wir uns wieder anhören, dass wir nur Bier trinken und uns die Eier schaukeln."

Max grinste.

„Stimmt."

Der Einkaufswagen und die Tüten darin platzten fast aus allen Nähten, als Eva und ihre Mutter den Supermarkt in Richtung ihres Wagens verließen. Sie hatten viel mehr gekauft als sie beabsichtigt hatten und viel mehr als nötig. „Das war herrlich", ließ ihre Mutter ihre Erleichterung völlig frei vom Stapel.

Eva warf ihrer Mutter einen schiefen Blick zu.

„Einkaufen?"

„Ja, Schatz. Es war wie früher. In der Zeit in der ich dich noch für mich hatte. Noch Kontrolle über dich hatte." Diane lachte und fuhr Eva sanft durchs Haar.

„Du würdest mich also gerne kontrollieren?"

„Ich würde dich am liebsten den ganzen Tag, ach was, das ganze Jahr immer um mich haben. Das weißt du auch. Und ich weiß auch, dass das unmöglich ist. Max würde das nicht zulassen."

Dianes Blick wurde selig und verlor sich in der Ferne, als sie über ihre Tochter als kleines Mädchen nachdachte. Für sie war Eva immer noch ihr kleines süßes Mädchen. Und das würde sich auch nie ändern. Nicht in hundert Jahren.

„Wahrscheinlich würden wir uns schon nach kurzer Zeit die Köpfe einschlagen", witzelte Eva nur halb im Spaß.

„Wahrscheinlich", gluckste Diane amüsiert und schob den Wagen weiter in Richtung Auto.

Es fühlte sich an wie ein Blitzkrieg. Ohne Vorwarnung schlugen die Männer knallhart zu. Eva kassierte einen Schlag auf den Hinterkopf und sackte sofort bewusstlos zu Boden. Blut sickerte aus einer Wunde auf den Asphalt. Diane wurde von kräftigen Händen gepackt und ein Tuch wurde auf ihre Nase gepresst. Sofort umfing sie Nebel und der Dunst in ihrem Kopf wurde immer größer, bis er sie schließlich überwältigte und sie schlaff in die Arme ihrer Entführer sackte. Ihr letzter klarer Gedanke war ihrer Tochter gewidmet und die Angst was mit ihr passieren würde. Die zwei Männer zogen sie zügig in ihren schwarzen Kastenwagen, der direkt neben Diane und Eva gehalten hatte. Sie schmissen die Tür zu und der Wagen brauste davon, bog um eine Ecke und war verschwunden. Der Einkaufswagen rollte herrenlos über den Parkplatz, bis er schließlich auf ein Blumenbeet traf und umkippte. Die Szene war so unwirklich und so schnell, dass niemand der Kunden etwas Ungewöhnliches bemerkt hatte. Letztlich bemerkte eine ältere Dame die bewusstlose Eva und rief Hilfe herbei. Kräftige Arme trugen Eva in den Markt und betteten sie bequem, bis wenig später der Krankenwagen eintraf, Evas Wunde versorgte und sie daraufhin ins Krankenhaus fuhr.

Das Bimmeln des Telefons hallte von den Kellerwänden wieder und die engen Räume verstärkten den Effekt noch, sodass es sich übermäßig laut anhörte. Matt warf ein Blick auf sein Handy und runzelte verwirrt die Stirn. Es war eine unbekannte Nummer, die er nicht in seinem Kontaktbuch hatte.

„Ja", meldete er sich vorsichtig. Seine Stimme klang neugierig. Max blieb auf dem Weg nach oben stehen, und blickte ihn besorgt an.

„Sind sie Mr. Young?", wollte eine weibliche Stimme wissen, die sehr beruhigend klang.

„Wer will das wissen?", fragte Matt barsch.

„Oh. Verzeihen sie Sir. Mein Name ist Emily Walter. Ich bin Krankenschwester im Mercyside Krankenhaus."

„Krankenhaus?" Die Alarmglocken in Matts Kopf schrillten los und er tippelte nervös hin und her.

„Mr. Young, ich denke sie sollten herkommen. Ich denke wir haben ihre Tochter hier. Sie hat eine Kopfwunde und ist im Moment noch bewusstlos. Wir…"

„Ich komme sofort", unterbrach er sie wirsch und legte auf.

„Komm", befahl er und zog Max am Arm. „Wir müssen los?"

„Wohin?", wollte Max wissen.

„Unterwegs", sagte Matt nur und Max stellte keine Fragen mehr. Matts Blick sagte alles. Es musste ernst sein. Jetzt war Handeln gefragt und nicht reden. Keine dreißig Sekunden später saßen sie im Auto und rasten Richtung Krankenhaus.

Der Mann schlug schelmisch die Handflächen zusammen und freute sich diebisch über diesen Erfolg. Woher nahmen sich die Amerikaner nur das Recht, sich in alles einzumischen. Diese verdammten Bastarde. Aber schließlich hatte er es ja auch so gewollt. Auch wo sie sich jetzt aufhielten und wie weit sie mit ihren Ermittlungen ungefähr waren, hatte er erfahren. Natürlich auch alles über ihre Schwachstellen und wie er sie dazu bringen konnte ihn in Frieden seine Arbeit machen zu lassen. Beziehungsweise, dass zu tun, was er wollte. Selbstverständlich hätte er sie auch direkt beseitigen lassen können. Aber er liebte diese Art von Spielen, in denen er seine Opfer demütigte und leiden lassen konnte. Sie hatten es verdient. Schlicht und ergreifend mehr als verdient.

Die Mutter dieser Göre war nun auf dem Weg zu ihm und würde hier seine freundliche Bekanntschaft machen. Er würde sie foltern, bis sie ihn anflehte sie zu töten und dann würde er sie noch mehr foltern. Die Hure würde ihre Mutter nicht wieder erkennen, wenn sie sie wieder sah. Und dafür würde er sorgen. Er war schließlich ein Familienmensch. Und die Familie gehörte nun mal zusammen. Ob tot oder lebendig, das war egal. Freudig erregt und in Gedanken an die bevorstehenden Tage des Genusses, lehnte er sich zurück, verschränkte die Arme hinter dem Kopf und zog an seiner Zigarre, die zwischen seinen Lippen klebte. Das Leben konnte so schön sein. Insbesondere dann, wenn ein Plan funktionierte.

Bis jetzt lief alles blendend.

Der Geruch war stechend und so steril, wie es nur in einem Krankenhaus sein konnte, in dem täglich hunderte Patienten mit den unterschiedlichsten Leiden eingeliefert wurden. Der Versuch die Keime und Viren in Schach zu halten, forderte seinen Tribut und war nichts für jemanden mit empfindlichen Geruchsknospen. Die Korridore passten sich dem Geruch an und man konnte leicht denken, man sei in einer Irrenanstalt so viele weiße Kittel wuselten in scheinbar völligem Chaos durch die Gänge.

Max und Evas Vater eilten durch den Korridor in

Richtung des Zimmers, wo Eva untergebracht war. Matt fühlte sich dabei wie in einem Bienenschwarm und musste das Verlangen unterdrücken ständig nach links und rechts zu schlagen, um sich Platz zu schaffen. An der Tür fing sie der Arzt ab, der gerade das Zimmer verließ. Ein Klemmbrett unter dem Arm und einen müden Ausdruck in den Augen, der deutlich die Überforderung widerspiegelte (die bei diesem Andrang zwangsläufig auftreten musste).

„Liegt hier Eva Young?", wollte Matt aufgebracht und nervös wissen. Er platzte beinahe und konnte sich nur mit Mühe zurückhalten nicht den Arzt beiseite zu drücken und ins Zimmer zu stürmen.

„Wer sind sie, Sir", wollte der Arzt wissen und seine Stimme war so ruhig und seine Bewegungen so langsam, das es Matt noch mehr auf die Palme brachte.

„Ihr Vater, mein Gott man. Lassen sie mich durch." Sein Tonfall war eiskalt und der Doktor zuckte unmerklich zusammen.

„Natürlich", zuckte er die Schultern und machte den Weg für Matt und Max frei, die sich ins Zimmer drückten. Der Arzt folgte und schloss die Tür hinter sich. Er nahm einen Platz nahe der Tür ein, so als ob er fürchtete eine schnelle Flucht sei vonnöten, wenn Evas Vater wirklich ausflippen sollte. Aber die Gefahr bestand nicht, zumindest war der Arzt auf keinen Fall das Ziel seiner Aggressionen, die ihn im hoch kochten, als er seine Tochter hilflos auf dem Bett liegen sah; ein dicker Verband verdeckte große Teile ihres Kopfes, aber ansonsten wirkte sie unverletzt.

„Wie geht es ihr?", wollte Matt wissen und drehte sich

kurz zum Doktor um, der sich bemühte schnell und präzise zu antworten.

„Den Umständen entsprechend gut. Sie hat einen schweren Schlag auf den Hinterkopf bekommen, durch den sie wohl sofort ohnmächtig geworden ist. Sie ist ohne sich abzustützen auf den Asphalt geknallt und hat sich dadurch mehrere Prellungen und Schürfwunden zugezogen. Keine Knochenbrüche."

„Was ist mit ihrem Kopf?", drängte Matt weiter.

„Sie hat eine schwere Gehirnerschütterung, aber soweit wir bisher feststellen konnten, keine Hirnblutungen und auch kein Schädelbruch. Sie hatte Glück im Unglück. In ein paar Stunden steht ein Schädel-CT an und wir werden alles noch einmal genaustens untersuchen." Er holte tief Luft und machte eine Pause. „Aber stand jetzt können wir davon ausgehen, das ihre Tochter keine bleibenden Schäden davon tragen wird und recht schnell wieder auf die Beine kommen sollte."

Matt und Max atmeten gleichzeitig stoßhaft aus und ihre Erleichterung bildete sich in Form eines leichten Lächelns auf ihren Gesichtszügen ab.

„Danke Doc", sagte Matt.

„Ich lasse sie jetzt allein", nickte der Doktor und zog sich respektvoll zurück.

„Dad?!!", die Stimme war leise und schwach und klang sehr brüchig, so wie Porzellan, das überall Risse hatte und durch den sanftesten Windhauch zerspringen würde.

Die beiden Männer drehten sich rückartig zum Bett um und Matt trat ganz nah an die Bettkante.

„Schatz. Wie geht es dir?" Seine Sorge wurde überspielt durch die Freude seine Tochter wieder wach zu sehen.

„Es dreht sich alles. Ich…"

„Psst."

Matt legte den Zeigefinger auf die Lippen.

„Nichts sagen, du musst deine Kräfte schonen. Wir bleiben bei dir. Du brauchst keine Angst zu haben, Schatz."

Ein schwaches kraftloses Lächeln erschien auf Evas Lippen und ihr Blick huschte zu Max, der ihr einen Handkuss zuwarf und dann ihre Hand in seine legte.

„Ich liebe dich. Aber du musst aufhören mir solche Schrecken einzujagen, ok Baby?"

Sein Blick war angsterfüllt und er konnte seine Sorgen nur schwerlich verbergen. Vor Eva konnte Max seine Gefühle sowieso nicht verbergen, dafür kannten die Beiden sich einfach viel zu gut.

Evas Gesicht erhellte sich ein wenig mehr und sie gab so zu verstehen, dass sie versuchen würde sich daran zu halten.

„Der Doc hat gesagt, du kommst schnell wieder auf die Beine. Und so zäh wie du bist, habe ich daran auch keine Zweifel", ermutigte ihr Vater sie.

„Ich hoffe es." Dann plötzlich, wie ein Blitz – eine Sekunde da, die andere nicht – kam die Erinnerung an die Szene auf dem Parkplatz zurück.

„Mom…", begann sie. „Wir müssen Mom retten. Wo ist Mom?"

Evas Blick füllte sich mit Entsetzen und ihr umnebelter Kopf klärte sich ein wenig. Die Freude über Evas einigermaßen guten Zustand schlug bei Matt in Entsetzen und Furcht um seine Frau um. Wo war Diane? Das war die Frage, die ihm in der Sorge um seine Tochter ganz entfallen war. Sie mussten sie finden und zwar schnell, sonst war es vielleicht zu spät.

„Das wissen wir nicht, Schatz. Aber wir werden sie finden, mach dir keine Gedanken. Du musst gesund werden." Er bereute seine Worte sofort. Eva war kein kleines Mädchen mehr. Sie wusste, was so eine Entführung zu bedeuten hatte und sie wusste auch, dass schnelles Handeln gefragt war.

„Dad. Ich bin nicht mehr fünf. Mir geht es gut. Ihr zwei müsst sofort Mom suchen. Die Entführung kann nur mit unserem jetzigen Fall zu tun haben." Sie blickte Max eindringlich an, dann ihren Vater.

„Wir kümmern uns darum, Baby. Aber du musst dich ausruhen." Es war keine Bitte von Max, sondern ein Befehl. Eva wusste, dass er Recht hatte. Ihr Zustand war nicht gut genug, um ihnen eine Hilfe zu sein. Zumindest im Moment nicht. Und die beiden konnten nicht auf sie aufpassen und auch noch ihre Mutter suchen. Sie würde warten müssen. Vielleicht kam ihr hier im Krankenhaus ein Geistesblitz.

„Warum haben sie mich nicht mitgenommen?", murmelte Eva.

„Mach dir keine Gedanken darum", sagte Max. „Wir finden Diane und die Arschlöcher, die sie haben." Er drückte fest ihre Hand und erhob sich dann.

„Wir kommen bald zurück, Schatz. Versuch bitte bis dahin keinen Unsinn zu treiben." Matt lächelte und gab Eva einen Kuss auf die Wange. Ihre Blicke trafen sich und die gesamte Bandbreite der menschlichen Emotionen war in den vier Augen zu sehen, die sich beinahe in ihrer Liebe zueinander verloren.

„Schnappt sie euch", sagte Eva.

Matt und Max verließen das Krankenhaus und stiegen in ihren Wagen.

Die Jagd war eröffnet – und sie würde erfolgreich sein. Wer immer Diane entführt hatte und Eva ins Krankenhaus gebracht hatte. Er würde dafür bezahlen. Und die Rechnung würde nicht billig werden.

Kapitel 28

Matt rief noch während er nach draußen lief seinen Freund und Kollegen beim FBI an. Er kannte Special Agent Jack Warner aus ihrer gemeinsamen Zeit beim Bureau und sie hatten gemeinsam einiges durchgemacht. Nachdem Matt sich zurückgezogen hatte und von nun an nur noch im Geheimen agierte, war der Kontakt weniger geworden. Nichtsdestotrotz hielten sie ihn immer noch aufrecht, auch wenn es nur noch selten vorkam, dass sie telefonierten und noch seltener, dass sie sich persönlich trafen. Warner nahm noch beim ersten Klingeln ab.

„Warner", meldete er sich schroff und seine Stimme klang, als hätte er anstrengende Tage hinter sich, in denen praktisch nichts so gelaufen war, wie er es sich vorgestellt hatte.

„Jack. Gut, dass ich dich erreiche", sagte Matt ein wenig erleichtert. „Wir müssen uns sofort treffen. Ich brauche deine Hilfe."

„Matt. Was gibt es denn?" Jack schien erfreut von Matt zu hören, aber meistens ließen sich Jacks Aussagen nicht deuten und seine Gefühle waren unter einer dicken Hornhaut verborgen.

„Das kann ich am Telefon nicht sagen. Kannst du mich treffen? Sofort!"

„Klar. Für dich lässt sich das einrichten. Komm in mein Büro." Jack gab ihnen die Adresse und Max notierte sie sich. Matt steckte das Handy weg und sprang in seinen Wagen.

„Komm", trieb er Max zu Eile an. Beide schlugen synchron die Türen zu und Matt schoss mit quietschenden und qualmenden Reifen davon.

„Hey Jack", begrüßte ihn sein Partner William Dallas. „Komm mit in mein Büro. Wir haben was zu besprechen."

Dallas folgte, ohne weiter auf den barschen Tonfall einzugehen, den Warner an den Tag gelegt hatte.

„Wir bekommen gleich Besuch. Unser jetziger Fall muss erst einmal warten. Kannst du das arrangieren?"

„Ja klar. Fast jeder hier weiß…"

„Gut. Ich spreche erst einmal alleine mit unserem Besuch", unterbrach er Dallas. „Wenn ich euch brauche, rufe ich euch. Haltet euch bereit."

Dallas Augen wurden groß und er blickte Warner erschrocken an.

„Ist es so etwas schlimmes?", wollte Dallas wissen.

„Ihr werdet es früh genug erfahren, wahrscheinlich", schloss er und verließ ohne ein weiteres Wort den Raum.

Es war stockdunkel. Nicht der schwächste Lichtschimmer war zu sehen und die Dunkelheit hatte eine Schwere, die greifbar schien. Diane wollte sich bewegen, konnte aber keinen Finger rühren. Sie schlug die Augen auf und sah nur das Dunkel. Vielleicht konnte sie auch ihre Lider nicht bewegen. Oder, was noch viel schlimmer wäre, sie war blind. Panik stieg in ihr auf und ihr Atem ging heftiger. Verzweifelt versuchte sie, sich zu bewegen. Nach kurzer Zeit war sie bereits außer Puste und ihre Bemühungen verebbten. Die Panik blieb allerdings. *Beruhig dich. Du weißt nicht wo du bist, und wie viel Sauerstoff dir noch bleibt. Oh Gott, ich werde ersticken.*

Neue Panik stieg in ihr auf, aber diesmal hatte sie sich sofort wieder unter Kontrolle. Sie erinnerte sich an die Atemübungen, die Matt ihr gezeigt hatte, um sich in Stresssituationen zu beruhigen. Mit jedem kontrolliertem Atemzug wurde sie ruhiger und ihr Gehirn klarer. Sie musste ihre Situation so gut analysieren wie es möglich war, auch wenn sie nichts sehen konnte. Wie war sie hierher gekommen?

Es fiel ihr wie Schuppen von den Augen. Einkaufen. Parkplatz. Schwarzes Auto. Dunkle Männer. Dann nichts mehr. Was vom Parkplatz bis hierher passiert war, entzog sich ihr komplett. Sie hatte keine Ahnung wo sie war, oder wer sie entführt hatte. Das einzig gute war, dass sie noch am Leben war. Das bedeutete, dass sie eine Chance hatte lebend zu entkommen. Vielleicht wollten die Täter Lösegeld.

Aber das wäre Unsinn. Sie waren nicht reich, und hatten auch sonst nichts Wertvolles, was man erpressen könnte. Wieso konnte sie sich nicht bewegen? Ihre Muskeln wollten ihr einfach nicht gehorchen. Sie fühlte nichts an ihren Hand- und Fußgelenken, was sie festhielt. Aber andererseits fühlte sie gar nichts in ihren Extremitäten.

Bin ich gelähmt? Neuerlich schlug ihr das Herz bis zum Hals und sie atmete hart, als sie sich erneut gegen ihre unsichtbaren Fesseln stemmte, aber nichts erreichte, außer ihre Verzweiflung zu vergrößern. Ein Gedanke durchschoss sie und sie konnte nicht mehr atmen. All ihre Eingeweide zogen sich zusammen und plötzlich war ihr eiskalt. Was war mit Eva? Was hatten sie mit ihrer Tochter angestellt? War sie noch am Leben? Tausend Fragen schossen ihr durch den Kopf, aber sie schob sie alle beiseite und konzentrierte sich auf das hier und jetzt. Sie musste einen Weg finden, sich aus ihrer Lage zu befreien, schon allein um ihre Tochter zu retten.

Wenn sie sich schon nicht bewegen konnte, so konnte sie schließlich hören. Sie verlangsamte ihren Atem, bis dieser nur noch kaum hörbar war und spitzte die Ohren, um irgendetwas zu hören. Nichts. Es schien, als sei sie in einem schalldichten Raum eingesperrt. Kein Licht. Keine Geräusche. Keine Bewegungen. Nichts. Da war es wieder, dieses Wort: nichts.

Oder war sie vielleicht schon tot? Sah so der Tod aus? *So ein Unsinn, komm zu Sinnen Diane. Du bist ganz bestimmt nicht tot.* Ihre innere Stimme meldete sich und übernahm das Ruder. Die Stimme der Vernunft. Sie brachte Klarheit. Ruhe. Aufmerksamkeit; und vertrieb die Stimme der Unsicherheit und Panik.

Jäh hörte sie ein Geräusch. Es war wie ein Schaben. Wie Metall auf Metall, das übereinander gerieben wurde. Beinahe klang es, als würde jemand Messer schärfen. Sie konzentrierte sich auf weitere Geräusche, aber sie erkannte keine mehr. Inzwischen war das Schaben auch verstummt und sie kehrte in eine umfassende Stille zurück.

Die Aussichten waren alles andere als rosig. Sie lag

völlig bewegungslos in einer dunklen Kammer, in der es absolut nichts gab, an dem sie sich orientieren konnte. Sie musste also abwarten. Sie würde warten, bis sie jemand aus diesem Raum holte. Sie holte tief Luft und entspannte sich ein wenig.

Für den Moment konnte sie nichts tun, vielleicht musste sie noch Stunden warten. Aber egal wann es soweit war, sie würde vorbereitet sein. Ein Lächeln erschien auf ihrem Gesicht, bei dem Gedanken an die verdutzten Gesichter ihrer Entführer, die mit Sicherheit nicht damit rechneten.

Sie wartete.

Die Fassade bestand komplett aus Glas, nur unterbrochen durch die Stahlträger, die die Scheiben an Ort und Stelle hielten. Es beeindruckte nur durch seine Schlichtheit und an einem sonnigen Tag würde diese Fassade das Sonnenlicht mit Sicherheit tausendfach brechen und die herrlichsten Lichtspiele erzeugen.

Für nichts in der Richtung hatten Matt und Max einen Gedanken frei oder einen Blick übrig, als sie stürmisch die breiten, hellen Steinstufen hinaufeilten, die den Parkplatz von der großen Glastür trennte, welche den Haupteingang des FBI-Gebäudes markierte.

Zwei stämmige Afroamerikaner versperrten ihnen den Weg, als sie durch die Tür schlüpfen wollten.

„Tut mir Leid. Sie können diese Gebäude nicht betreten. Es ist…"

„Wir sind verabredet. Mit Special Agent Warner", keuchte Matt hervor, ganz außer Puste von der Hast, die sie an den Tag gelegt hatten. Max Atem ging normal und er warf beiden einen abschätzenden, kalten Blick zu, der in der Regel einschüchternd wirkte. Aber bei diesen Kolossen, die Max gut und gerne zehn Zentimeter überragten, verfehlte er seine Wirkung.

„Wir überprüfen das. Warten sie hier, Sir. Ruhig", ermahnte der eine sie.

Er schickte seinen Kollegen nach Innen, um ihre Aussagen zu prüfen und Warner zu kontaktieren.

Die Zeit dehnte sich und Max tippelte nervös hin und her. Mit jeder Sekunde die verstrich, war Diane mehr in Gefahr und weiter aus ihrer Reichweite. Sie mussten sich beeilen und diese beiden Trottel erkannten den Ernst der Lage nicht. Er hätte mit seinem NSA-Ausweis herumwedeln können, aber diese Kerle sahen gar nicht gerne, wenn andere Behörden ihnen auf der Nase herumtanzten. Also warteten beide – ihre Ungeduld wuchs mit jeder Nanosekunde und musste inzwischen messbar sein.

Erleichterung durchlief Matt, als er Jack Warner durch die offene Glastür kommen sah – sein Jackett zurecht streichend.

„Endlich", entfuhr es ihm unwillkürlich. Beide drängten sich an der Wache vorbei.

„Hey, Matt", lächelte Jack fröhlich und schüttelte beiden nacheinander die Hände.

„Hallo, Jack. Lass uns die Begrüßung bitte verschieben und gleich in dein Büro verschwinden."

„Ganz wie du meinst", sagte Jack nüchtern. Sein Lächeln war wie weggefegt und sein Tonfall war geschäftlich. Sachlich. Er schien den besorgten und gefährlichen Unterton in Matts Stimme gehört zu haben

271

und Begriff offensichtlich, dass es sehr ernst war. Er stellte keine weiteren Fragen und bedeutete beiden, ihm in sein Dienstzimmer zu folgen.

Das Zimmer war schlicht und relativ klein. Funktionale Elemente bildeten den Hauptteil und es war kein Kitsch zu sehen. Durch seine Fensterfront war es sehr hell, was auch die halb heruntergelassene Jalousie nur ungenügend kaschierte. Eine einzelne Zimmerpflanze stand auf der Fensterbank und sah aus, als hätte Jack in letzter Zeit nicht die Muße gehabt ihr Wasser zu geben. Ein kleines Familienfoto auf einem schweren Metallschreibtisch, war der einzige Hinweis darauf, dass hier ein Mensch und kein Roboter arbeitete. Der Rest des Raumes bestand aus Akten und Ordnern, zwei Stühlen und einem großen Monitor, der zu einem der modernsten PC-Systeme gehörte, die es überhaupt auf der Welt gab. So modern, dass sie für den ottonormal Verbraucher gar nicht zu erwerben waren, sondern nur für Regierungs- oder Militärzwecke verwendet wurden. Jack nahm hinter dem Schreibtisch platz und Max setzte sich auf einen der alten, abgewetzten Stühle, die wohl noch aus den ersten Tagen dieses Gebäudes stammten.
Matt lief rastlos auf und ab.

„Was gibt es denn so Dringendes zu besprechen Matt", wollte Jack wissen. Matt blieb stehen und blickte Jack direkt in die Augen.

„Sie haben Diane entführt!", schrie er, ein wenig lauter, als er beabsichtigt hatte.

„Wer?", fragte Jack und blieb ganz gelassen – ignorierte den Ausbruch.

„Keine Ahnung, verdammt. Aber wir müssen sie finden", zischte er zwischen zusammengebissenen Zähnen hindurch. Seine Kiefer mahlten unablässig und es wäre sicherlich komisch gewesen, wenn die Situation nicht so todernst gewesen wäre.

„Wir wissen es nicht. Aber ich habe eine Vermutung", unterstützte Max Matt, in dem Versuch Matt zu beruhigen, damit das Gespräch zügig und strukturiert ablief.

„Wir brauchen deine Kavallerie", preschte Matt erneut ungezügelt vor.

„Wir denken, dass diese Entführung etwas mit Morden zu tun hat, die Eva, meine Partnerin und ich im Geheimauftrag untersucht haben. Wie sie sich vorstellen können wird der Agency aber eine unbedeutende Entführung egal sein, solange wir Erfolg haben. Sie wird nichts für die Befreiung von Matts Frau tun", sagte Max.

„Wir?"

„Meine Partnerin Eva und ich", führte Max aus.

Jack nickte wissend und lehnte sich in seinem Stuhl zurück, wobei die Lehne ein wenig nachgab und er in eine bequeme Position nach hinten sackte.

„Also haben sie Diane entführt, um Druck auf Eva auszuüben und somit wieder auf dich und eure Ermittlungen?", wollte Jack wissen.

„Ganz recht. Ja", bestätigte Max.

„Und ihr seid von welcher Behörde?"

„NSA."

„Ah", sagte Jack nur, aber sein Blick verzog sich unmerklich und sein Tonfall nahm einen etwas aggressiveren Klang an.

„Ist das ein Problem?"

„Nein."

„Gut."

Max blieb ganz ruhig, schob die Abneigung zur Seite, die sein Gegenüber ihm entgegenbrachte. Er hatte dieses Kompetenzgerangel nie leiden können und noch weniger verstanden. Warum konnten die US-Behörden, wenn es darauf ankam nicht einfach Hand in Hand arbeiten, anstatt sich gegenseitig auf den Füßen zu stehen und einander damit zu quälen, wer für was zuständig sei.

„Wir brauchen deine Hilfe. Deine Kontakte", meldete sich Matt erneut zu Wort, seine Stimme klang inzwischen fast verzweifelt.

„Meine Hilfe?", fragte Jack misstrauisch und deutete auf Max.

„Ich glaube nicht, dass die NSA Interesse daran hat mir Mittel zur Verfügung zu stellen, wie ich schon sagte. Um, wie sie es formulieren würden: ˋeine unbedeutende Entführung aufzuklären, die keinen Einfluss auf die Sicherheit der USA hatˊ", sagte Max mit vor Ironie triefender Stimme.

„Also?", drängte Matt und überbrückte die Entfernung zwischen ihm und Jack mit ein paar schnellen Schritten. Er stützte sich mit den Händen auf den Schreibtisch und trommelte ungeduldig mit den Fingern auf die Tischplatte.

Jack drehte sich zur Seite und fuhr sich mit Daumen und Zeigefinger über sein glattrasiertes Kinn. Sein

Blick ging nach draußen und war undeutbar. Er verfolgte den Flug eines kleinen Vogels, bis dieser außer Sicht verschwand. Dann drehte er sich ruckartig um, und fing sich mit den Armen am Schreibtisch auf, um seine Drehung zu stoppen. Er stand langsam und bedächtig auf, strich seinen Anzug glatt und blickte dann nacheinander Matt und Max an. Sein Blick kehrte zu Matt zurück und seine Züge wurden eine Spur sanfter. Ein schmallippiges Lächeln erschien auf seinem Gesicht und er kam um den Schreibtisch herum.

„Ich werde Dir helfen, Matt. Mit allen Mitteln, die mir zur Verfügung stehen."

Matts Erleichterung war beinahe greifbar, als er Jacks Hand schüttelte.

„Danke."

„Ja. Dann würde ich sagen, legen wir direkt los, meine Herren. Bei einer Entführung sollten wir keine Zeit verlieren. Erzählt mir alles, was ihr wisst. Ich rufe mein Team zusammen und wir treffen uns in fünf Minuten im Besprechungszimmer."

Matt und Max nickten und ließen sich von Jack hinausscheuchen.

Die Besprechung dauerte nicht lang und war sehr zielführend. Nach einer kurzen Vorstellung des Teams, das neben Jack noch aus dem Verhörspezialisten William Dallas, der Forensikerin Sarah Landers und dem Computernerd und Experten für Technik, David Morrison bestand, legten sie los.

„Das heißt also, ihr glaubt, dass die Leute die du verfolgst, Max, mit dem Verschwinden von Diane zu tun haben?", fragte William Dallas zusammenfassend.

Sarah Landers kaute nervös an ihrer Unterlippe und David saß gelangweilt über seinen Laptop gebeugt und schien der Unterhaltung nur halb zu folgen.

An einem weißen Flipboard waren Stichpunkte in großen schwarzen Lettern angeschrieben, um einen groben Überblick über den Fall zu geben.

„Das ist so lustig", meinte Sarah amüsiert. „Da…"

Jack warf ihr einen bösen Blick zu und sie verstummte augenblicklich.

„Entschuldigt", nuschelte sie noch hervor, bevor sie verlegen aus dem Fenster schaute.

„David?", fragte Jack ungehalten, ob der Unverfrorenheit Davids sie hier mehr oder weniger unbeachtet links liegen zu lassen. „Was denkst du über die ganze Sache?"

David drehte sich genervt um und warf einen Blick in die Runde, so als ob ihm gar nicht aufgefallen war, wann die anderen das Zimmer betreten hatten.

„Ich denke, dass die Vermutungen von Agent Berger zutreffend sind. Das was er uns geschildert hat, lässt darauf schließen, dass diese Entführung stattgefunden hat, um Druck auf das Agententeam auszuüben. Meiner Meinung nach sollten wir zum Tatort fahren und die Spuren, die vielleicht noch da sind sofort sichern", führte David aus, und bewies, dass er die ganze Zeit aufmerksam zugehört hatte und ganz und gar nicht abwesend gewesen war.

„Das halte ich auch für wichtig und den ersten Schritt", stimmte Jack zu. „William und ich fahren zum Tatort und suchen dort nach Spuren. In drei Stunden treffen wir uns wieder hier zur Besprechung. Ihr findet in der Zwischenzeit ein wenig über diesen Krustschov heraus. Ob er in den USA Kontakte hat. Was auch immer ihr finden könnt."

„Ist gut", bestätigte Sarah mit einem ihrer atemberaubenden Lächelns.

„Ok", sagte David nur, stand auf und machte sich sofort an die Arbeit. Er hasste untätiges herumsitzen, wenn man seine Zeit auch mit sinnvollen Tätigkeiten verbringen konnte.

„Also gut", sagte Jack und machte eine einladende Geste zum Rest des Teams. „Lasst uns aufbrechen. Wer weiß, vielleicht haben wir Glück und finden etwas Beweisdienliches. Etwas, was uns auf die Spur dieser Bastarde führt."

Alle nickten bestätigend und gemeinsam verließen sie das Büro.

Die Jagd war eröffnet.

Ihr Blickfeld war eingeengt und irgendwie lag ein Schleier über allem, der ihr einen klaren Blick auf die Umgebung verweigerte. Sie wusste nicht wo sie war und hatte keinerlei Orientierung. Dumpfe Geräusche drangen an ihr Ohr, doch sie konnte keines davon erkennen. Sie war wie in Trance. Es fühlte sich an, als ob sie in einem riesigen Wattebett lag, das sie vollständig umschloss.

So musste sich Alice im Wunderland gefühlt haben schoss ihr durch den Kopf, der sich anfühlte wie ein Marshmallow. Jeder Gedanke, den sie fassen wollte, verließ sie, noch bevor sie ihn richtig packen konnte.

Alles geschah wie in Zeitlupe, als plötzlich eine Hand ihre Schulter berührte und ihren Kopf in einen weichen Schoß zog.

Jemand rief ihren Namen. Zumindest glaubte sie, dass es ihrer war, denn sie konnte immer noch nichts hören. Die Person wedelte wild mit den Armen und weitere Menschen kamen auf sie zu gerannt. Sie konnte ihre besorgten Blicke erkennen, als sich ihr Sichtfeld allmählich ein wenig klärte. Sie wurde auf eine Trage gehoben und mit einem Schlag war sie wieder Herr ihrer Sinne. Stechende Schmerzen durchzuckten ihren Körper überall und sie ließ ein tiefes Stöhnen los.

„Schneller. Ihr Zustand verschlechtert sich", raunte eine Stimme, die ihre Trage trug einem weiteren Helfer zu, der außerhalb ihres Blickfelds wartete.

Ihre Schmerzen wurden heftiger und überall pochte und klopfte es. Es war beinahe unerträglich und sie hatte das Gefühl zu sterben. So musste sich die Hölle anfühlen, zuckte es ihr durch den Kopf. Sie versuchte ihren Arm zu heben, kam aber nur wenige Zentimeter weit bevor ihr Arm vor Agonie explodierte. Sie ließ einen markerschütternden Schrei los und ihre Träger beeilten sich noch mehr. Schließlich wurde sie in einen Krankenwagen geschoben und die Türen wurden hinter ihr geschlossen.

Erneut versuchte sie sich zu bewegen und diesmal war der Schmerz so stark, dass sie augenblicklich in Ohnmacht fiel und nicht mehr mit bekam, wie sich der Wagen in Bewegung setzte und mit heulenden Sirenen losfuhr.

Als sie ihre Augen wieder öffnete starrte sie an eine

weiße Decke. Ihre Schmerzen waren verschwunden, aber ihr Kopf war wieder in den Marshmallow-Zustand zurückgekehrt. Sie konnte sich nicht erinnern wie sie hierher gekommen war…

Verdammt, ich muss einen Unfall gehabt haben. Ich… Ich… Mehr konnte sie im Moment nicht greifen.

Die Tür öffnete sich und ein Arzt kam herein. Er lächelte freundlich und sein älteres, faltiges Gesicht wurde dadurch noch faltiger.

„Ah. Sehr schön. Du bist wach. Das ist sehr erfreulich", begann er fröhlich, zog sich einen Stuhl heran und setzte sich ans Kopfende des Bettes.

„Ws…", brachte das Mädchen nur hervor. Ihre Kehle war staubtrocken und ihre Zunge klebte am Gaumen. Sie war nicht in der Lage ein Wort zu formen, so sehr sie sich auch anstrengte. Schließlich gab sie ihre Versuche auf und starrte den Mann erwartungsvoll an. Sie wollte sich aufsetzen, aber sofort durchzuckte ein heftiger Schmerz ihre Arme und sie ließ sich zurücksinken.

„Ruhig mein Kind. Bleib liegen. Deine Eltern kommen gleich. Aber du musst versprechen, dass du ruhig liegen bleibst. Du hattest einen Unfall und wir behandeln dich, sodass du wieder ganz gesund wirst", sagte der Arzt mit einer Stimme, die so beruhigend wirkte, dass das Mädchen beinahe auf der Stelle einschlief. Der Arzt lächelte zufrieden, dass seine Patientin keine weiteren Anstalten machte, sich erneut aufzusetzen und fuhr fort. Sein Lächeln blieb die ganze Zeit und vermittelte ein Gefühl von Geborgenheit und Zuneigung. Der Arzt beugte sich plötzlich über sie und sein Lächeln verzerrte sich zu seiner grässlichen Fratze. Das Mädchen schrie und versuchte ihn zu treten, aber ihre Beine gehorchten ihr nicht.

„Du kannst dich nicht bewegen. Dafür habe ich gesorgt", gackerte der Arzt. Das Mädchen zuckte ängstlich zusammen und stemmte sich verzweifelt gegen die unsichtbaren Fesseln, die ihre Beine festzuhalten schienen. Dann durchzuckte ein furchtbarer Gedanke ihr Gehirn. Sie hatte einen Unfall gehabt. Was, wenn sie nie wieder würde laufen können. Vielleicht war sie gelähmt worden. Sie wäre auf ewig diesem gackernden Etwas ausgeliefert. Sie stemmte sich erneut, diesmal fester, aber ihre Beine gehorchten ihr nicht. Panik kam in ihr hoch und Galle stieg ihr in den Mund, die sie würgen ließ. Der Mann kam immer näher und es gab kein Entrinnen. Ihre Muskeln wollten ihr nicht gehorchen. Konnten ihr nicht gehorchen. Sie war gelähmt. Das Etwas öffnete den Mund, wie um sie mit Haut und Haaren zu verschlingen und sie schrie. Schrie so laut sie konnte, so laut wie sie es niemals für möglich gehalten hatte, das ein Mensch schreien konnte.

Irgendetwas berührte sie an der Schulter und das Etwas verblasste und platzte auf wie eine Seifenblase. Ihre Schreie verstummten und sie war wieder im hier und jetzt.

„Ms. Young? Alles in Ordnung. Ms Young, wachen sie auf", hörte Eva eine Stimme, die unablässig auf sie einredete.

„Was? Wer?" Eva schlug die Augen auf und sah eine besorgte Pflegerin. Die Angst wich nur langsam aus ihren Augen, als sie Eva erwachen sah und sie legte ihr sanft eine Hand auf den Kopf.

„Geht es ihnen gut, Ms Young?", wollte die Pflegerin wissen.

Eva setzte sich schweißgebadet auf und nickte schwach. Immer noch verwirrt durch ihren Traum. Es war ein Traum, wie ihr jetzt klar wurde. Alles nur geträumt. Es war ihr erster wirklicher Krankenhausaufenthalt gewesen. Sie war angefahren worden und es waren ein paar bange Tage vergangen, bis feststand, dass sie sich wieder vollständig erholte und ihre temporäre Lähmung der Beine vorübergehen würde. Sie hatte damals fast jeden Tag geweint und kaum gegessen. Sie hatte soviel abgenommen, dass ihre Ärzte sehr besorgt gewesen waren, und darüber diskutiert hatten, sie zwangszuernähren. Glücklicherweise hatte sich alles zum Guten gewendet und Eva hatte ihr verlorenes Gewicht schnell wieder drauf. Sie aß für ihr Leben gern und als sie wieder herumtollen konnte, war ihr Appetit manchmal größer, als man es bei einer Sechsjährigen für möglich gehalten hätte.

„Alles in Ordnung. Es geht wieder."
Die Pflegerin wirkte nicht überzeugt, sagte aber nichts.

„Vielleicht können sie mir etwas Wasser holen", bat Eva.

„Natürlich. Aber bewegen sie sich nicht zuviel. Sie haben immerhin eine Gehirnerschütterung."

„Na klar doch", lächelte Eva. Aber sie konnte nicht länger hier bleiben. Ihre Mutter wurde vermisst und sie lag hier mit einer lächerlichen Gehirnerschütterung. Sie wusste, dass Max und ihr Dad alle Hebel in Bewegung setzen würden, um Mom zu finden. Aber eine helfende Hand mehr, konnte entscheidend sein. Sie schwang sich in eine sitzende Haltung und ihr Schädel dankte es ihr mit einem durchdringenden Schmerz. Übelkeit stieg in ihr auf und sie musste sich an der Bettkante festkrallen, damit sie nicht umkippte, so schwindelig war ihr. Mit purer Willenskraft trieb sie den Schwindel zurück und stellte sich auf. Sie schlüpfte in eine Jogginghose, die über einem Stuhl hing und zog sich einen schlapprigen Pullover an, der im Schrank hing. Dann stieg sie in ihre Schuhe und drehte sich um. Was beinahe dazu geführt hätte, das sie umfiel. Sie stützte sich gerade noch an der Wand ab und verharrte dort einige Sekunden, bis sich ihr Kreislauf wieder stabilisiert hatte. *Mich hat's ja doch ein bisschen härter erwischt,* stöhnte sie innerlich. Wut überkam sie, dass man sie so leicht hatte überwältigen können. Und das ihre Mom jetzt Gott weiß wo war. Wenn sie überhaupt noch lebte. Sie schob diesen grausigen Gedanken beiseite und hangelte sich an der Wand entlang zur Tür. Sie zog die Tür auf, wobei sie wirkte wie eine Schnecke deren Schleimspur ausgegangen war. Sie verließ den Raum, und schlüpfte auf den Gang – völlig unbemerkt. Sie schritt in Richtung Aufzüge und mit jedem Schritt wurde ihr Kopf klarer und ihr Gehirn schien in den festen Zustand zurückzukehren. Niemand würde sie hier im Krankenhaus halten können. Ihre Mutter war entführt und sie brutal k.o. geschlagen worden. Sie würde die Entführer finden und dann würde sie sie töten. Sie würden langsam sterben und Qualen erleiden, die sie sich in ihren unterbelichteten Köpfen nicht einmal in ihren kühnsten Träumen ausmalen konnten.

Eva stieg in das erstbeste Taxi, welches zu Verfügung stand.

„Wohin soll es gehen?", fragte der langhaarige Taxifahrer, der so wirkte als wäre er vor dreißig Jahren stehen geblieben. Was praktisch unmöglich war, da er nur kaum älter als dreißig war.

Darüber hatte Eva sich noch keine Gedanken gemacht, fiel ihr unvermittelt auf. Sie wusste nur, dass sie das Krankenhaus verlassen musste und die Ermittlungen aufnehmen sollte. Auch konnte sie keinen Kontakt zu ihrem Dad oder Max aufnehmen, da die Beiden alles andere als einverstanden gewesen wären, dass sie frühzeitig das Krankenbett verließ.

„Maam?", fragte der Fahrer freundlich nach.

„Oh. Verzeihung", sagte Eva aus ihren Gedanken gerissen. *Wie wär's wenn ich erstmal zurück zum Tatort fahre?*

Sie nannte dem Fahrer die Adresse und das Taxi setzte sich gemächlich in Bewegung. Ihr Ziel war nicht allzu weit entfernt, aber der immer dichte Stadtverkehr verhinderte ein zügigeres Vorankommen.

Letztlich kämpften sie sich erfolgreich durch den Verkehrsdschungel und erreichten den Parkplatz vor dem Supermarkt.

Eva ließ ein kleines Trinkgeld da und wartete bis das Taxi vom Hof gerauscht war, bevor sie sich in Bewegung setzte.

Sofort fielen ihr die Bremsspuren auf, die einem Unbeteiligten nicht weiter verdächtig erscheinen würden – sie aber wusste es besser. *Denk nach*, ermahnte sie sich. *Wie ist das ganze genau abgelaufen?* Sie kratzte sich am Kopf und umlief die Spuren mehrmals langsam, um ihre Erinnerung so anzuregen.

Sie verlangsamte ihre Schritte und ging in die Hocke, als ihr etwas silber-blitzendes auffiel, was mitten in einer der dicken, schwarzen Spuren lag. Sie griff danach und wog es in ihren Händen. Begutachtete es genau. Es war ein kleiner Anhänger, der Sorte, die man an seinen Schlüsselbund hängte, um diesen ein bisschen weniger langweilig zu gestalten. Sie drehte ihn hin und her, um vielleicht etwas Auffälliges zu finden und in der Tat fiel ihr eine kleine Gravur an der Unterseite des schmalen Kreises auf. Ein kleines o war zu erkennen. Der Rest der Gravur wurde von getrockneten Blutrückständen überlagert und war so nicht zu erkennen. *Das ist doch schon mal ein Anfang.* Eva grinste und war sich sicher, den Entführern ein Stück näher zu sein. Sie steckte den Anhänger in die Tasche und nahm sorgfältig ihre Suche nach weiteren Beweisen wieder auf.

Ihr Kopf ruckte herum, als ein Wagen auf den Parkplatz gepprescht kam und mit quietschenden Reifen knapp vor ihr stoppte. Vor lauter Schreck fiel sie zu Boden und konnte sich gerade in eine sitzende Position hochrappeln, als die Insassen des Fahrzeugs ausstiegen und auf sie zukamen.

„Baby?", rief Max fragend und sprang auf Eva zu, die gerade dabei war wieder aufzustehen. Max griff sie am Arm und zog sie hoch.

„Was zum Teufel machst du hier?", fragte er vorwurfsvoll und blickte Eva durchdringend an.

„Ehm…", stammelte sie und schaute verlegen zu Boden. Sie hatte ganz und gar nicht damit gerechnet, dass Max und ihr Vater hier auftauchen würden. Das hatte ihr gerade noch gefehlt.

„Wieso, in Herrgottsnamen bist du nicht im Krankenhaus?", fragte ihr Vater erbost.

„Ich… ich konnte nicht im Bett liegen, während Mom entführt ist. Ich musste irgendetwas machen und im Krankenhaus ist das nun mal nicht möglich", erwiderte sie mit wieder gewonnenem Selbstvertrauen. Sie verschränkte die Arme und ihr Blick zeigte eindeutig, dass sie die Zicke rauslassen würde, wenn die beiden noch weiter auf ihr herumhackten.

Max blickte sie abschätzend an, verdrehte die Augen und zuckte resigniert die Achseln. Er wusste, wenn es keine Chance gab mit Eva vernünftig zu reden.

„Geht's dir wirklich schon gut genug?", wollte ihr Vater wissen. „Du warst nicht gerade lange im Krankenhaus und mit einer Gehirnerschütterung ist…"

„Dad", unterbrach sie ihn mit erhobener Hand", ich bin okay. Ich kann gut auf mich aufpassen. Ich bin kein Baby mehr. Alles kein Problem", würgte sie weitere Protestversuche bereits im Kern ab. Sie zog eine Augenbraue nach oben: „Können wir jetzt weitermachen? Mom hat nicht ewig Zeit."

Ihre Augen verwandelten sich in eiskaltes Wasser und Max wusste, dass sie im Jagdfieber war. Sie wollte unbedingt, die Leute schnappen, die ihre Mutter in der Gewalt hatten. In diesem Zustand war Eva gefährlich –

und nicht nur für ihre Gegner, sondern auch für ihre Verbündeten und insbesondere für sich selbst. Sie konnte unberechenbar sein, das wusste Max und das war gar nicht gut für ihre Situation. Sie brauchten einen klaren Kopf und klugen Verstand, keine Haudrauf-Methoden. Eva verhielt sich dann oft irrational und war emotional leicht reizbar; handelte bevor sie dachte. *Ich muss sie gut im Auge behalten,* dachte Max als er nickte, um Eva zu bedeuten, dass sie jetzt weitermachen konnten.

„Ja, lass uns mit der Suche anfangen", stimmte Matt zu und winkte Jack und William heran, die noch beim Auto gewartet hatten.

Matt stellte Eva den beiden kurz vor und Jack und William bedachten sie mit einem knappen Nicken.

„Ich habe etwas gefunden", eröffnete Eva, kramte in ihrer Tasche und holte den Anhänger hervor, den sie kurz zuvor auf der Bremsspur entdeckt hatte.

„Darf ich mal", sagte Jack und griff sich den Anhänger, ohne auf die Erlaubnis zu warten, was ihm einen verärgerten Blick von Eva einfing – den er allerdings übersah.

„Hmm", murmelte Jack, als er das Metall in den Händen hin und her wendete.

„Das ist nicht gerade viel", warf William ein.

„Besser als nichts", beharrte Eva.

„Stimmt. Aber was ist mit den Bremsspuren", sagte Max, „mit denen müssten wir doch was anfangen können. Vielleicht lässt sich dadurch aufs Reifenprofil schließen oder auf den gesamten Wagen."

„Könnte sein", gab Matt zu, allerdings lange nicht so

zuversichtlich, wie Max es zu sein schien.

„Ich denke, dass wird schwierig, etwas durch die Bremsspuren über das Auto zu erfahren. Aber vielleicht haben wir Glück, und finden Gummireste. Damit ließe sich schon deutlich mehr anfangen", meinte William.

„Ich lasse den Anhänger von der Spurensicherung untersuchen", steuerte Jack bei und kam wieder einen Schritt auf die Gruppe zu. „Eventuell sind Hautreste oder Fingerabdrücke daran zu finden. Das wäre die beste Spur."

Er ließ den Anhänger in seine Tasche gleiten und blickte fragend in die Runde.

„Mach das", sagte Matt.

„Viel ist hier jedenfalls nicht zu holen, als Beweise", meinte Max resigniert.

„Vielleicht mehr als du denkst", machte Jack den Versammelten Hoffnung. „Ich rufe ein paar Leute an, die das hier bis auf das letzte Atom gründlich zerlegen sollen. Mal sehen, was dabei herumkommt."

„Ok." Eva schien nicht überzeugt, aber sie mussten jeden kleinen Strohhalm ergreifen, wenn sie eine Chance haben wollten, ihre Mutter lebend wieder zu sehen.

Jack entfernte sich etwas von den vier und wählte eine Nummer. Das Telefonat dauerte nicht lang und man versprach ihm so schnell wie möglich Leute zu schicken, die dass ganze ausführlich untersuchen konnten. Er kehrte in den kleinen Kreis zurück den Matt, Max, Eva und William inzwischen gebildet hatten, um ungestört zu diskutieren.

„Die Zauberer sind unterwegs. Wenn es was zu finden

gibt, dann finden die es", versprach Jack.

„Ich glaube, dass wir hier nichts mehr ausrichten können. Lasst uns fahren und diesen Anhänger untersuchen", schlug Eva bestimmt vor.

„Ist gut", nickte Jack. Lasst uns ins Büro fahren und sehen was Sarah und David bisher haben. Vorher fahren wir schnell zur Spurensicherung und lassen denen ein wenig Arbeit da." Jack grinste und winkte die anderen in den Wagen. Nacheinander stiegen alle ein, Eva zuletzt. Sie hatten eine erste Spur, praktisch nichts greifbares, aber besser als nichts.

Sie hoffte nur, dass es reichen würde, um ihre Mutter zu finden.

Die trüben Wolken flogen am Fenster vorbei, als sich Eva in den Gedanken an ihre Mutter verlor. Stumme Tränen kullerten ihr über die Wangen, als der Wagen durch die belebten Straßen davonfuhr.

Kapitel 29

Berlin

Es stank nach abgestandenem Bratenfett und verbrannter Wurst. Heinz rümpfte die Nase und ließ seinen Blick umherschweifen. Zweifelnd zog er eine Braue nach oben. Das hier sollte die beste Currywurstbude Berlins sein. Vom Wagen blätterte bereits die weiße Farbe ab und sämtliche Schilder, die Preise und Menü bewarben, waren vergilbt – manche bis zur Unkenntlichkeit. Die Massen an Besuchern schien das allerdings keineswegs zu stören. Genüsslich bissen sie in ihr Brötchen und schlangen die Currywurst hinunter, als ob sie zu oft bei der Raubtierfütterung zu geschaut hatten.

Es verwunderte ihn, dass Steven Barrett diesen Treffpunkt vorgeschlagen hatte. Heinz hatte angenommen, dass Politiker aller Art solche Orte mieden und eher in edleren Restaurants ihre Mahlzeiten einnahmen. Umso verblüffter war er, als er weitere Politiker erkannte, die er irgendwann, bei einer unbedeuteten Rede vor dem Bundestag, gesehen hatte.

Ein Mann trat von der Seite an ihn heran und er zuckte unwillkürlich zusammen, als er sich so drehte, dass er Steven Barrett in die Augen sehen konnte.

„Ein wenig schreckhaft heute, Kommissar?", fragte Barrett lachend.

„Ich war in Gedanken", erwiderte Heinz zähneknirschend und schalt sich innerlich für dieses

Zeichen der Schwäche. Auch noch einem Politiker gegenüber, die jedes dieser Anzeichen sofort in einen Vorteil für sich zu verwandeln wussten.

„Kein Problem. Jeder von uns ist von Zeit zu Zeit in einer anderen Welt", nickte Barrett nachsichtig und stellte sich Heinz gegenüber. Beide standen um einen weißen, alten Stehtisch, der seine besten Zeiten lange hinter sich zu haben schien.

„Ich war etwas verwundert, dass sie diesen Ort vorgeschlagen haben." Heinz machte eine umfassende Armbewegung. „Es hat nicht den Anschein, dass es hier die beste Currywurst der Stadt gibt."

„Lassen Sie sich nicht vom Äußeren täuschen, Kommissar. Dieser Zustand ist der Menge an Arbeit geschuldet, die die Inhaber haben, weil ihre Wurst so vorzüglich ist. Und außerdem", sagte Barrett während er mit der Hand nacheinander auf ein paar weitere Tische deutete, „die Masse an Besuchern spricht ja wohl für sich."

„Vielleicht haben Sie Recht", gab Heinz widerwillig zu.

„Warten Sie hier, Herr Kommissar. Ich hole uns eine. Dann können sie sich selbst ein Bild machen. Und glauben sie mir, sie werden nicht enttäuscht sein."
Heinz nickte nur und Barrett trat zum Tresen hinüber, um seine Bestellung aufzugeben. Er wunderte sich immer wieder über Politiker und musste nur den Kopf schütteln, ob der Überzeugungskraft Barretts, das er doch tatsächlich gleich diese Wurst, aus dieser versifften Pommesbude essen würde. Nach einem kurzen Augenblick kehrte Barrett breit grinsend mit

einem Pappteller zurück. Er schob den Teller zu Heinz hinüber.

„Probieren sie ruhig. Sie werden überrascht sein", ermutigte Barrett den Kommissar.

Heinz spießte sich ein Stückchen Wurst auf und bugsierte es vorsichtig in seinen Mund. Er kaute zögerlich und plötzlich zeigte sich Erstaunen in seinen Augen und er kaute schneller.

„Hmm. Wirklich gut", sagte er begeistert und spießte sich prompt noch ein Stückchen auf. Barrett lächelte.

„Ich wusste, dass es Ihnen schmecken wird." Er gab dem Kommissar einen freundschaftlichen Klaps auf die Schulter.

„Ja. Sie hatten Recht", gab Heinz zwischen zwei Bissen kleinlaut zu.

„Aber bestimmt wollten sie sich nicht mit mir treffen, um über Currywurst zu philosophieren."

„Nein", stimmte Barrett schlicht zu.

„Ehrlich gesagt war ich doch etwas überrascht und verwirrt, dass sie ein weiteres Treffen vorgeschlagen haben. Die letzten Male wirkten sie doch sehr abweisend", sagte der Kommissar, ohne ein Blatt vor den Mund zu nehmen.

„Leider. Ich bitte um Verzeihung. Aber sie müssen verstehen, dass es nicht gerade einfach ist, wenn ein guter Freund Zentimeter von dir kaltblütig erschossen wird." Er stockte und brachte die nächsten Worte nur schwer über die Lippen. „Und es auch gut dich selbst hätte treffen können." Er pausierte erneut, fasste sich dann und fuhr gestärkt fort. „Aber die letzten Tage haben mir etwas geholfen. Auch wenn nicht allzu viel

Zeit vergangen ist, so hilft es doch das ganze zu verarbeiten."

„Warum wollten Sie mit mir sprechen?", unterbrach Heinz den Redeschwall von Barrett unsanft.

„Darauf wollte ich gerade hinaus, Herr Kommissar. Ich bin zu dem Schluss gekommen, dass der Täter schneller geschnappt werden kann, wenn ich mich kooperativ zeige und alles sage, was mir einfällt. Auch wenn es nicht gerade viel ist", seufzte Barrett.

„Der Ansicht bin ich auch. Freut mich, dass sie sich ebenfalls dazu durchgerungen haben.

„Wie dem auch sei. Ich bin allerdings zusätzlich der Auffassung, dass auch sie mir ihre Ermittlungsschritte mitteilen sollten." Er hob die Hand, bevor der Kommissar protestieren konnte. „Aus dem einfachen Grund, dass ich hier einen gewissen Einfluss habe, und so eventuell an Informationen komme, an die sie nicht so einfach kommen."

„Hmm", grübelte Heinz. „Das wäre eine Überlegung wert. Auch wenn ich sie natürlich nicht haarklein in alles einweihen kann."

„Verständlich."

„Fangen wir zuerst mit Ihnen an. Was ist Ihnen noch so wichtiges eingefallen, dass sie mich so dringend sprechen wollten?"

„Gute Frage. Kommen wir gleich zur Sache", schlug Barrett vor, „sie hatten mich gefragt, ob ich jemanden gesehen hätte, als ich im Flughafen auf Wolfgang gewartet habe." Der Kommissar nickte. „Und ich sagte Ihnen, dass ich zwei Personen gesehen habe. Das", begann er und machte dann eine bedeutungsvolle Pause, „war nicht ganz korrekt.“

„Nicht ganz korrekt?“, bohrte Heinz nach.

„Mir ist noch eine dritte Person aufgefallen, was ich in der Hektik leider vergessen habe.“

„Diese Person war ebenfalls in der Ankunftshalle?“

„Ja. Genau. Aber als sich unsere Blicke trafen, schritt er zügig davon. Fuhr eine Rolltreppe hoch und war weg. Danach habe ich ihn nicht mehr gesehen.“

„Sind sie sicher, dass es ein Mann war?“

„Ja. Absolut. Sein Gang, seine Größe. Ich bin mir absolut sicher, auch wenn sein Gesicht halb unter einer Kapuze verborgen war.“

„Sehr interessant. Meinen Sie, dass könnte unser Mann sein?“, fragte Heinz sichtlich erregt, ob der Möglichkeit, den Fall bald lösen zu können.

„Keine Ahnung. Auf die Entfernung konnte ich wenig wahrnehmen. Aber er sah mir nicht aus, wie der typische Attentäter.“

„Das können sie aber nicht sicher sagen.“ Es war mehr eine Aussage denn eine Frage und Barrett blieb stumm.

„Es erschien mir etwas merkwürdig, mit einem Kapuzenpulli im Flughafen umher zu laufen. Aber andererseits war die Nacht kühl und es hat geregnet.“

„Dennoch könnte es auch seine Absicht gewesen sein, dass ihn niemand erkennt.“

„Möglich.“

„Könnten sie ein Phantombild von ihm erstellen?“, wollte Heinz wissen.

„Ich weiß es nicht. Ich habe ihn kaum gesehen. Ich glaube eher nicht, es tut mir Leid, Herr Kommissar.“

„Würden sie es trotzdem versuchen. Wir verlieren dadurch nichts und falls sie sich doch erinnern könnten die Ermittlungen einen immensen Schub erhalten. Was sicherlich auch in Ihrem Sinne wäre."

„Ganz bestimmt", bestätigte Barrett.

„Dann kommen sie heute Nachmittag auf die Wache und wir sehen, was wir finden können." Heinz klang zuversichtlich, dass sie eine richtige Spur hatten und lächelte.

„Na gut. Versuchen wir's."

„Danke für die Wurst", sagte der Kommissar und schüttelte Barrett die Hand.

„Nichts zu danken, Herr Kommissar."

Kapitel 30
Washington D.C.

„Verdammt. Es gibt absolut nichts, was wir über diesen Anhänger in Erfahrung bringen konnten", echauffierte sich Sarah und boxte verärgert gegen die Wand. Die Informationen, die sie zusammensuchen sollten waren nicht viel ergiebiger gewesen. Krustschov war wie ein Phantom. Ein Geist, der sich jederzeit rechtzeitig in Luft auflösen konnte, sobald Probleme ans Ufer brandeten. Die Recherchen waren dementsprechend kurz und ergebnislos verlaufen.

Einige Zeit lang schwiegen alle und versuchten in der Stille jede noch so kleine Information, jeden noch so kleinen Gedankenblitz aufzusaugen. Aber es war wie im Vakuum, die Kühle des Weltalls ließ alles zu einer undefinierbaren Masse erstarren, aus der es kein Entrinnen gab.

„Kommt es euch nicht sonderbar vor, dass jemand wie Krustschov, der sehr darauf bedacht ist, sich bedeckt zu halten und ja keine Hinweise oder Beweise zu hinterlassen, plötzlich damit anfängt Leute zu erschießen oder an öffentlichen Plätzen in die Luft zu sprengen?", wollte Max wissen – Sorge spiegelte sich allzu deutlich auf seinem Gesicht wieder.

„Das ist tatsächlich ein guter Punkt. Gute Frage", gab Jack zu.

„Vielleicht ist es ihm inzwischen egal. Vielleicht denkt er, er wäre über alles erhaben und hat es nicht mehr nötig vorsichtig zu sein", schlug Sarah vor.

„Möglich", gab David zu, „aber ich denke Agent Berger hat einen sehr guten Punkt angesprochen. Wir sollten zumindest darüber nachdenken, bevor wir weitere Schritte planen."

William boxte Max leicht gegen die Schulter. „Wow, ein Lob von Grieskram. Kompliment", flüsterte er Max zu. Max musste ein Lachen unterdrücken und grinste nur breit, als William eine fiese Grimasse schnitt.

„Aber es passt einfach alles zu gut zusammen", stellte Matt dagegen.

„Vielleicht zu gut", meinte Max. „Trotzdem bin ich der Meinung, dass wir Krustschov aufspüren und verhören müssen."

„Wie willst du das anstellen?", fragte Jack und in seiner Stimme klangen erhebliche Zweifel an der Durchführbarkeit der Unternehmung mit.

„Wir fliegen zurück nach Prag, infiltrieren seine Villa, holen ihn und bringen ihn hierher."

„Seine Villa?", bohrte Jack nach.

„Wir haben einige Informationen darüber. Nur wir glauben nicht, dass er sich da aufhält. Aber vielleicht haben wir ja Glück", sinnierte Max.

Jack gab ein tiefes Lachen von sich.

„Das ist das Beste was wir haben. Max hat Recht", sagte Matt unternehmungslustig.

Jack blickte ungläubig in die Runde, dann zu Matt und Max.

„Ihr meint das wirklich ernst?"

„Ja", sagte Max schlicht und seine Stimme war stark, keine Anzeichen von Ironie oder Unsicherheit war zu erkennen.

„Na gut. Aber mein Team kann ich dafür nicht entbehren. Wir haben einen offiziellen Fall an dem wir weiter arbeiten müssen." Jack blickte betreten zu Boden, er wollte unbedingt helfen.

„Ok. Dann eben nur Max und ich."

„Nein. Ich begleite euch."

„Was?", fragte Sarah entsetzt.

„Ich glaube nicht, dass die Vorschriften das gestatten", gab David zu bedenken.

„Zum Teufel mit den Vorschriften", bellte Jack. „Matt ist mein Freund. Ich werde ihm helfen", sagte er nun wieder ruhiger.

„Aber…", wollte William widersprechen.

„Nein William. Meine Entscheidung ist getroffen. Solange ich weg bin, hast du hier das Kommando. Ihr kommt auch ohne mich klar. Eure Fähigkeiten sind herausragend, diesen Fall auch ohne mich zu lösen. Außerdem soll die Aktion ja schnell gehen, nicht wahr?", fragte Jack und blickte Matt und Max an, die energisch nickten.

„Hoffentlich", murmelte Eva, die bis jetzt geschwiegen hatte. Ihr war es nicht Recht, die Zeit mit der Suche nach Krustschov zu verschwenden. Vermutlich war das aber wirklich die beste Spur, die zu Diane führte.

„Also gut", sagte Jack und rieb sich die Hände. „Wann fliegen wir los?"

Es klang abscheulich und erschreckte Diane bis ins Mark. Was es war, wusste sie nicht, aber es verringerte ihre Zuversicht auf ein Minimum. Hätte sie nicht gelegen, wären ihre Schultern ein ganzes Stückchen nach unten gesackt. Dieses Geräusch verursachte ein Gefühl in ihr, was sie gar nicht beschreiben konnte und noch nie empfunden hatte. Es klang wie eine hungrige, blutrünstige Bestie aus irgendeiner Fantasysaga. Sie hoffte inständig, dass es nicht näher kam und es sie nicht einverleibte. Es rumpelte und sie rutschte mit dem Kopf gegen Metall als ihre Kiste bewegt wurde. Sie hielt den Atem an. Es war soweit. Sie hatte nur eine Chance und diese wollte sie definitiv nutzen.

Ihre Umgebung fing an zu wackeln und sie wusste, dass sie sich in Bewegung gesetzt hatte. Vermutlich wurde sie getragen, da sie hin und her schaukelte, als ob sie auf einem Schiff auf hoher See war. *Kurz vor dem Untergang,* schoss es ihr in einem Angstschub durch den Kopf und ihre Hände begannen erneut zu zittern. Sie ballte die Hände zu Fausten, um sich zu beruhigen und atmete mehrmals tief ein. Die Zeit schien sich wie Kaugummi zu dehnen und der Weg erschien ihr endlos. Mit jedem Schritt, den sie zurücklegten, wurde sie wieder unsicher, ob sie ihren Plan wirklich durchführen sollte. Oder ob sie sich lieber vorerst in ihr Schicksal ergeben sollte.

Unvermittelt hörten die Bewegungen auf und sie hörte einen dumpfen Schlag, als ihr Behältnis auf dem Boden krachte. Sie hatte sich einen wunderbaren Plan überlegt. Aber ein Detail übersehen. Ein ganz gravierendes Detail, was ihren Plan zum Scheitern verurteilte. Sie konnte sich immer noch kein Stück bewegen. Nur ihre Augenlider waren beweglich, wenn auch schwerfällig. Und sie hatte nicht vor, ihren Entführern zuzuzwinkern und ihnen schöne Augen zu machen. Resigniert stieß sie die Luft aus und schlug sich gedanklich für diesen Fehler, der ihre Hoffnungen platzen ließ wie eine Seifenblase.

Ein Klicken ertönte, gefolgt von einem Zerren und plötzlich drang ein kleiner Lichtschimmer an ihre Augen, die sie unwillkürlich zusammenkniff. Der Lichtschimmer wurde immer größer und sie musste ihre Augen komplett schließen, um nicht geblendet zu werden. *Mein Plan hätte so oder so nicht funktioniert,* dachte sie und freute sich darüber, dass sie zumindest nicht blind zu sein schien.

Sie wurde unsanft nach oben gerissen, konnte aber nicht erkennen von wem, da sie ihre Augen immer noch nicht öffnen konnte. Starke Hände trugen sie ein kurzes Stück und sie wurde in eine sitzende Position auf ein bequemes Möbelstück gelegt.

Ihre Hände wurden festgezurrt. Dann entfernten sich die Männer, die sie hierher gebracht hatten und das Licht erlosch.

Was soll das Ganze? Wieso zum Teufel redet niemand mit mir?

Man ließ Diane mit ihren düsteren Gedanken und Befürchtungen allein.

In der Dunkelheit.

„Wie sieht unser Plan aus?", fragte Jack gespannt in die Runde während er sich eine Nuss in den Mund schob. Er raschelte mit der Tüte und warf die Nächste gleich hinterher.

„Alle Nüsse vernichten", presste Max zwischen den Zähnen hindurch; nicht wirklich erzürnt.

„Hey, ich mag Nüsse", protestierte Jack und kaute genüsslich weiter.

„Nicht zu übersehen", meinte Eva, nicht ganz so nachsichtig wie Max.

„Kommen wir zum Thema zurück", beendete Matt das Geflachse.

„Ja", stimmte Eva zu.

„Am besten weihen wir Jack ein, in das was wir über Krustschovs Anwesen wissen. Jetzt wo wir doppelt so viele sind, wie vorher, haben wir glaube ich ganz gute Chancen dort einzudringen", begann Max die Einsatzbesprechung. Sie hatten noch sechs Stunden Flug vor sich, aber je früher, desto besser. Außerdem wäre es gut wenn alle nochmal ein paar Stunden schlafen würden.

„Gut."

„Das wäre echt hilfreich", gab Jack zu.

„Mir würde die eine oder andere Info auch nicht schaden", meinte Matt und blickte Max gebannt an.

„Alles klar", sagte Max und holte seinen Laptop hervor, während Eva einige Unterlagen hervorkramte.

„Also", eröffnete Eva und beugte sich auf den kleinen Holztisch vor, der in der Mitte der Kabine stand. „Wir wissen nicht viel. Und das was wir wissen, ist veraltet. Aber das ist ja in diesem Fall nichts Neues."
Alle nickten schweigend und Eva fuhr fort – strich ihr Haar hinter den Ohren zurecht.

„Das Anwesen unseres Zieles soll eher eine Festung sein, als eine Villa. Es ist ein altes herrschaftliches

Haus mitten in Tschechien.“ Eva hielt inne und hielt ein gedrucktes Foto hoch, auf dem das Anwesen aus der Vogelperspektive zu sehen war.

„Das Bild wurde vor rund zehn Monaten von einer Drohne aufgenommen. Es ist unser aktuellstes Bild.“

„Das macht es nicht gerade einfacher“, meinte Jack,

„aber einfach wäre ja auch langweilig“, fügte er achselzuckend hinzu.

„Es gibt dutzende Wachen und Alarmanlagen. Von Kameras ganz zu schweigen“, fuhr Eva unbeirrt fort.

„Wir haben also keine Chance und die müssen wir nutzen“, sagte Matt voller Zweifel.

„Keine Sorge. Eva und ich haben Erfahrungen mit so was. Wir schaukeln das schon“, wollte Max die Stimmung heben und Matts Zweifel zerstreuen.

„Genau. Machen wir mit der Besprechung weiter?“, fragte Eva ungeduldig. In den letzten Stunden war sie sehr unruhig geworden. Die Entführung ihrer Mutter machte ihr mehr zu schaffen, als sie nach außen hin zugeben wollte.

„Natürlich“, sagte Jack.

„Wir müssen uns überlegen wie wir in das Haus gelangen. Seine Gemächer sind auf den oberen Etagen. Aber wir wissen natürlich nicht wo er sich aufhält, wenn wir dort ankommen.“

„Wenn er überhaupt da ist“, grummelte Max.

„Er muss da sein. Sonst können wir meine Mom aufgeben.“

Der Satz schlug ein wie eine Bombe und ließ alle Anwesenden schlagartig verstummen. Einige Minuten verstrichen völlig geräuschlos, bevor Eva weiter sprach.

„Vielleicht ist Mom auch schon da."

„So schnell?" Matt schien Zweifel zu haben.

„Zeitlich wäre es möglich. Wenn sie sofort zum Flughafen gefahren sind, könnte Diane schon einige Stunden dort sein", gab Jack zu bedenken.

„Also wie gehen wir rein? Wie kommen wir überhaupt zum Haus? Es scheint nicht gerade mitten in der Stadt zu liegen."

„Nein. Es liegt in einem hügeligen Tal inmitten zum Teil dichter Wälder", gab Eva zu.

„Wir improvisieren, wie immer", sagte Max breit grinsend.

„Guter Plan", frotzelte Matt sarkastisch. Eva verdrehte gereizt die Augen und beide verstummten augenblicklich.

„Es gibt einen langen Tunnel, der rund zwei Kilometer entfernt in einem Waldstück beginnt und bis in einen der Keller des Hauses führt. Wir glauben, dass Krustschov nichts davon weiß und deswegen dort keine Sicherheitsmaßnahmen irgendeiner Art zu erwarten sind."

„Wir sollten trotzdem auf alles vorbereitet sein", warf Jack ein und Eva warf ihm einen dankbaren Blick zu, wenigstens einer nahm die Besprechung gerade ernst. Aber sie konnte auch nicht wirklich sauer auf ihren Vater und Max sein. Jeder hatte seine eigene Art mit Katastrophen, Schicksalsschlägen und schlechten Nachrichten umzugehen. Unglücklicherweise ähnelten sich ihr Vater und Max in dieser Hinsicht sehr. Max wusste in solchen Situationen immer einen witzigen Spruch auf den Lippen zu haben und vermittelte zumindest nach Außen das Gefühl von Lockerheit. Er wollte sich einfach nicht zu sehr herunter ziehen lassen. Eva dagegen war dann immer sehr angespannt und äußerst fokussiert, ohne die leichteste Ablenkung zu dulden.

Aber wie in allen anderen Aspekten ergänzten sich beide auch hier wieder perfekt und Eva musste sich eingestehen, dass sie hin und wieder froh war, das Max bei solchen Begebenheiten die Stimmung aufzulockern wusste.

„Natürlich. Wir werden vorsichtig sein", stimmte Eva zu. „Wir fahren zu diesem Tunnel, durchqueren ihn dann und sichern den Keller. Dann arbeiten wir uns nach oben, bis zu Krustschovs Schlafzimmer."

„Und im besten Fall ist er da und geht freiwillig mit uns", sagte Max trocken.

„So ähnlich, ja", sagte Eva.

„Super Plan. Kurz. Knackig. Nicht zu durchorganisiert", nickte Jack. „Das meine ich ernst", fügte er hinzu, als er Evas skeptischen Blick sah. „Der Plan lässt Spielraum, und das kann nie schaden. Wir werden viel improvisieren müssen, da ist genaue Planung nur hinderlich. Und da sowieso alles fällt und steigt, ob Krustschov zuhause ist oder nicht…" Er hob fragend die Hände.

„Vermutlich hast du Recht, Jack", meinte Matt, stand auf und vertrat sich kurz die Beine.

„Ja, Eve. Lass uns erstmal in den Keller gelangen. Von da sehen wir weiter."

„Na gut, Max. Weiter können wir eh nicht vorplanen. Dazu haben wir zu wenig aktuelle Informationen."
Eva seufzte.

„So ist es", stimmte auch Jack zu.

„Jetzt sollten wir alle noch ein wenig schlafen. Wir müssen fit sein, und jede Minute kann da hilfreich sein", forderte Eva das Team auf.

„Ist gut", sagte Jack und versank in seinem Sessel.

Max stand auf und gab Eva einen Kuss auf die Stirn.

„Wir schaffen das, Baby. Bitte schlaf du auch."

„Ja klar, mach ich", sagte sie tonlos. Aber sie wusste genau, dass sie kein Auge würde zu machen können. Ihre Mutter war verschwunden und sie würde alles tun, um sie zu retten. Ihr Herz pochte so schnell, das sie Angst hatte es würde ihr gleich aus der Brust springen.

Sie versuchte sich zu beruhigen, aber das schlechte Gefühl wollte nicht verschwinden.

Sie schloss ihre Augen, aber ihre Gedanken rasten unaufhörlich weiter.

Kapitel 31

Sie hatte stundenlang regungslos im Dunkeln gesessen. Ihr Mund war völlig ausgetrocknet und ihre Lippen bereits sehr rau. Das einzig Positive war, dass sie ihre Füße wieder bewegen konnte. Die Sedierung hatte langsam nachgelassen und sie konnte sogar den Kopf drehen. Nicht, dass ihr das etwas gebracht hätte. Die Dunkelheit war vollkommen. Pechschwarz und undurchdringlich. Wie ein schwarzes Loch hatte sie nicht nur das Licht verschluckt, sondern auch die Wärme, die Materie – selbst die Gefühle schienen in der Dunkelheit zu einem brüchigen Faden zu verschwimmen, der sich in der Unendlichkeit des Nichts verlor.

Dianes tiefste Ängste stiegen an die Oberfläche empor, nur um sogleich von neuen, noch tieferen Abgründen verdrängt zu werden. Sie hatte das Gefühl, das ihre Lungen von innen nach außen Stück für Stück zerrissen würden. Mit jedem Atemzug verlor sich ein Teil ihrer Lunge in der Dunkelheit und brachte sie dem Nichts scheinbar unaufhaltsam näher. Ein Rascheln ließ sie den Atem anhalten und machte den Druck auf ihrer Brust unerträglich. Gerade als sie sicher war in tausend Stücke zu zerspringen flammte ein grelles Licht auf. Sie gab einen erschrockenen Laut von sich und verdeckte ihre augenblicklich blind gewordenen Augen. Sie kniff ihre Augen zusammen, während schwere Stiefel den Raum betraten und ihr Herz höher schlagen ließen. Eine schwere Tür fiel ins Schloss und wirbelte staub auf dem Betonboden auf, der glänzend zum sterilen, kühlen Raum passte.

Die drei Männer, die den Raum betreten hatten nahmen Diane gegenüber Platz, wobei sich nur der Älteste von ihnen auf einen klapprigen Metallstuhl setzte. Die zwei Muskelprotze flankierten ihn und machten den Eindruck sie würden jeden zu Brei schlagen, der auch nur falsch mit der Wimper zuckte.

Diane öffnete die Augen einen Spalt breit und ihre malträtierten Augen dankten es ihr mit einem stechenden Schmerz, der sie zusammenzucken ließ. Der Mann ihr gegenüber gab ein amüsiertes Kichern von sich. Er rieb sich voller Freude die Hände und ein Lächeln umspielte sein fieses Gesicht.

„Wir warten gerne noch ein wenig", sagte er mit einem tiefen Grummeln, das beinahe klang wie ein veralteter Traktor.

„Schließlich ist nichts wichtiger als der Augenkontakt", meinte der Mann voller Ernst – sein Lächeln war wie weggeblasen.

Er stand auf und umrundete langsam den Stuhl auf dem Diane saß. Er fuhr mit der Hand durch ihr fettiges, feuchtes Haar, während ein wahnsinniger Ausdruck in seine Augen trat. Sofort war er wieder verschwunden und wich einem enttäuschten Blick, dass sein Opfer es nicht bemerkt hatte. Er nahm erneut Platz und klatschte laut in die Hände. Diane zuckte zusammen und wäre vom Stuhl gefallen, wäre sie nicht gefesselt gewesen.

„Nicht so schreckhaft meine Liebe", gackerte der Mann und ein gehetzter Ausdruck trat auf sein Gesicht.

Schien ihn in sich aufzusaugen. Zu verschlingen, wie ein episches, immerwährendes Feuer.

„Öffne jetzt bitte endlich deine Augen", sagte er mit einer Kälte und Gleichgültigkeit in der Stimme, die Diane bis ins Mark erschütterte und sie zittern ließ wie Espenlaub. Der Mann nahm das zufrieden nickend zur Kenntnis, verschränkte seine Beine und wartete geduldig, dass Diane seinem Befehl nachkam.

Langsam schob Diane ihre Lider nach oben und es schien, als würde es sie eine Menge Kraft kosten. Ihre Lider waren wie Felsen und sie hatte nichts weiter als Gedanken, um sie beiseite zu schieben.

Schweiß erschien auf ihrer Stirn, als sie schließlich die Augen vollständig öffnete. Ihr Blick war wirr und suchte einen Fixpunkt. Letztlich fiel er auf den Mann ihr gegenüber und sie erstarrte. Ihr Herz gefror zu Eis. Ihre Lunge zerfiel zu Staub und ihr Zittern wurde so heftig, das es wie ein Anfall wirkte.

„Kennst du mich noch?", fragte der Mann lachend und der Wahnsinn erschien in seinen Augen. Ein Freudenfeuer loderte ihn ihm auf und schien ihm eine unbändige Kraft zu geben.

„Ich bin auch froh, dich wieder zusehen, Diane."

Sein Blick war bodenlos und Diane empfand eine Angst und Hoffnungslosigkeit wie niemals zuvor in ihrem Leben.

„Bereitet sie vor", sagte der Mann und verließ den Raum.

Oberkommissar Heinz starrte fassungslos auf das Phantombild, welches Barrett für ihn angefertigt hatte.

Er hatte es vor dem Politker geschickt gewusst seine Emotionen zu kontrollieren. Nun wo er alleine war, flutete alles auf ihn ein.

Der Mann, den er hier vor sich sah, war der gleiche, der mitten in der Stadt aus einem Wagen gestoßen worden war. Dieser Mann lag jetzt in der Gerichtsmedizin und man versuchte Hinweise für seine Todesursache zu finden.

Wenn das der Mann war, den Barrett gesehen hatte, war es für Heinz klar. Er hatte Scholz erschossen und war dann von seinem Auftraggeber beseitigt worden. *Aber warum hatte man ihn dann der Polizei in den Schoß geworfen? Die Leiche wäre niemals gefunden worden, wenn man sie in einen See geworfen hätte?*

Das Phantombild hatte eine Frage beantwortet, aber tausend neue aufgeworfen. Der Mörder von Scholz lag wohl tot in einer Kühlkammer. *Aber wer steckte als Drahtzieher wirklich hinter der ganzen Sache? Und wer ist der Tote?*

Heinz konnte sich keinen Reim darauf machen und vergrub das Gesicht in den Händen.

Soll ich den Fall abschließen, der Mörder ist ja wohl gefunden? Nein! Wer weiß wer der Verrückte ist, der diese Morde in Auftrag gibt und wer als Nächstes auf seiner Liste steht.

Trotz der Kälte schwitze ihr nackter Körper, als stünde er unter starker körperlicher Belastung. Dabei tat sie nichts mehr als still zu sitzen, gelegentlich unterbrochen von einem Zitteranfall. Ihre Augen waren starr auf die Metalltür fixiert, die sich gerade öffnete.

Der Mann trat hindurch und kam zu ihr herüber. Sein teuflisches Grinsen blitzte wieder auf und verursachte bei Diane einen erneuten Zitteranfall.

„Wie ich sehe, bist auch du schon voller Vorfreude auf das Bevorstehende", sagte er und seine Stimme verriet den Wahnsinn, den er nicht länger im Zaum halten konnte.

Er zog sich einen hellen Holzstuhl aus einer Ecke heran, schob ihn gegenüber seinem Opfer und setzte sich. Er schlug die Beine übereinander und wirkte auf einmal wie ein Therapeut, der seinen Patienten fragte, was er gestern denn gemacht habe.

„Du weißt, warum du hier bist." Es war keine Frage und Diane musste nichts erwidern. Er sah es in ihren Augen, dass sie ganz genau wusste wer er war und warum sie hier war.

„Gut, dass vereinfacht vieles. Und erspart uns lästige Erklärungen. Wir können also gleich beginnen", frohlockte er und sein wahnsinniger Blick kehrte zurück.

„Was… was machen sie jetzt mit mir", brachte Diane hervor und ihre Stimme brach.

„Keine Angst", lachte der Mann und es klang rasselnd. Er zog einen spitzen Gegenstand aus einer Tasche und trat hinter Diane, so dass sie ihn aus dem Blick verlor. Er vollführte einen schnellen, oberflächlichen Schnitt von der Ohrmuschel bis zum Kinn. Diane schrie auf, als ihre Wange vor brennendem Schmerz explodierte. Blut tropfte auf den kahlen Boden und verwandelte ihn zu einem abstrakten Kunstwerk. Sie biss sich auf die Zähne und versuchte den Schmerz zu verdrängen.

„Das war nur ein kleines Willkommensgeschenk. Die nächsten Male werden schlimmer, wenn dein Bastard von Mann und deine Hure von Tochter nicht genau das machen, was ich will."

Er genoss sichtlich die Macht, die er über Diane hatte. Tränen strömten über ihr Gesicht und sie konnte sich nicht mehr zusammenreißen, als sie erneut zu zittern begann.

„Bereitet das Video vor", befahl er und scheuchte seine Handlanger aus dem Raum.

Er ging zu Tür und drehte sich noch einmal um: „Wir sehen uns bald wieder", versprach er völlig ruhig. Dann knipste er das Licht aus und ließ Diane mit ihrer Angst zurück.

Kapitel 32

Der Wagen flog über die Straße.

Matts Blick war starr nach vorne gerichtet und seine Hände hatten einen so festen Griff um das Lenkrad, dass Max Angst hatte, es würde unter Matts Kraft zerbrechen.

Der Wald war so dicht, das Max das Gefühl überkam sie seien im asiatischen Dschungel und nicht auf einer gottverlassenen Straße in Mitteleuropa. Die Bäume huschten vorbei und es sah aus, als ob geisterhafte Schatten sie auf Schritt und Tritt verfolgten.

Sie waren den Plan – *der gar kein richtiger ist* – noch gefühlte tausend Mal durchgegangen und dennoch wusste Max, dass es ganz anders kommen würde. Wenn Krustschov nicht zuhause war standen sie wieder ganz am Anfang und hatten nichts. Er musste ständig an Eva denken; er sorgte sich, ob sie überhaupt in der Lage war diese Mission professionell über die Bühne zu bringen. Einmal hatte er Eva so aufgebracht erlebt und dabei wären sie beide fast draufgegangen.

Diesmal war es aber wohl noch schlimmer, da es um ihre Mutter ging. Max wusste genau wie tief und innig die Beziehung zu ihrer Mutter war und das sie komplett zerstört zurück bleiben würde, wenn ihre Mutter starb. Auch das machte ihm eine Menge Angst, denn er hatte keine Ahnung wie er damit umgehen würde und ob er ihr überhaupt helfen würde können zur Normalität zurückzukehren – wenn es sowas überhaupt gab. Eva schwieg seit ihrer Landung und auch jetzt fixierte sie einen Punkt am Sitz vor ihr, bloß um keinen Blickkontakt mit Max oder einem anderen aus dem Team zu haben. Sie hatte sich völlig in sich zurückgezogen; ihre antrainierten Automatismen hatten übernommen, diesmal allerdings noch verstärkt vom Hass und dem Verlangen den Peiniger ihrer Mutter zur Strecke zu bringen.

Während ihrer Ausbildungszeit waren sie einem ganz ähnlichem Fall ausgesetzt gewesen.

Einer ihrer damals besten Freunde war von der NSA entführt und festgehalten worden. Max und Evas Aufgabe war es gewesen, die Entführer aufzuspüren, auszuschalten und ihren Kumpel lebend wieder zurückzuholen.

Max konnte sich noch genau an die Wut erinnern, die Eva empfunden hatte, als sie sah wer das Opfer gewesen war. Und die Wut eines Teenagers ist eine ganz andere, als die einer jungen Frau. Viel wilder. Unkontrollierter. Nicht zielgerichtet.

Das hatte ihre kühlen Analysefähigkeiten stark beeinträchtigt und aus ihrer Mission einen Harakiri-Angriff gemacht.

Sie wussten nicht genau wo sich ihr Ziel befand und so suchten sie aufs Geratewohl – und gleich ihr erster Schuss war ein Treffer.

Sie fanden ihren Freund, lebend und unversehrt, schalteten die Bewacher aus und brachten ihn wohlbehalten zurück.

Ihre Ausbilder waren beeindruckt, da sie gegen ausgebildete Agenten mühelos die Oberhand behalten hatten. Eva wollte darauf allerdings hinschmeißen und war kurz davor gewesen ihrem Boss eine Kugel in den Kopf zu jagen, da sie diese Art von Ausbildungsmethoden nicht dulden wollte.

Die Mutter des Opfers war tausend Tode gestorben und beinahe in die Psychiatrie eingeliefert worden.

Schließlich konnte ihr Boss sie davon überzeugen, dass es ein wichtiger Schritt ihrer Ausbildung gewesen war und Eva hatte sich beruhigt. Dennoch hatte sie bis zum heutigen Tage kein Wort mehr mit ihm gewechselt und war jedem einberufenen Meeting ferngeblieben.

Ihr Boss hatte es hingenommen, da er wusste, dass sie seine beste Agentin war.

Hoffentlich ist auch diesmal der erste Schuss ein Treffer, dachte Max, der ins Hier und Jetzt zurückkehrte. *Sonst wird es nicht so einfach und nicht so glimpflich ausgehen wie damals.*

Der Wagen fuhr über ein Schlagloch und Max stieß sich den Kopf an der Decke.

„Hey. Kannst du nicht aufpassen!", neckte er Matt und rieb sich den Kopf.

„Man sollte immer auf alles vorbereitet sein mein lieber Max", gab Matt zurück.

„Könnt ihr damit aufhören", meldete sich Eva endlich wieder zu Wort.

Es war keine Bitte, sondern ein Befehl eines eiskalten Killers und die Männer verstummten augenblicklich.

Eva, ich hab angst um dich. Max überlegte einige Minuten fieberhaft wie er Eva in dieser Situation helfen konnte, kam allerdings zu keinem Schluss und so richtete er den Blick wieder auf die Straße, die unaufhörlich ihre geschwungenen Bahnen bildete.

Matt bremste den Wagen, bis er schließlich zum Stillstand kam.

„Ich denke wir sind da", sagte er ein wenig aufgeregt.

„Zumindest wenn man eurer Karte trauen kann."

„Sie stimmt Dad", sagte Eva entschlossen und stieg aus. Die anderen verließen den Wagen ebenfalls und ließen ihre Blicke umherschweifen. Sie waren in tiefem Wald, nur durchbrochen durch eine kleine Lichtung und den schmalen Schotterplatz auf dem sie standen. Von der Lichtung führten zwei Wanderwege in den Wald hinein, die sich beide nach kurzer Zeit im dichten Nadelwald verloren. Auf der Lichtung lag ein kleiner Hügel, bewachsen mit saftigem Gras und einer bunten Auswahl an Wiesenblumen.

Eva setzte sich in Bewegung, blieb vor dem Hügel (der kaum so hoch war wie ein durchschnittlicher Mensch) stehen und senkte suchend ihren Blick.

„Das muss es sein", sagte sie schließlich, nachdem sie einige Sekunden darauf gestarrt hatte.

Jack zog eine Augenbraue nach oben: „Das soll unser Geheimeingang sein. Nicht sehr eindrucksvoll", gab er zu Protokoll.

„Deswegen heißt es Ge-heim-ein-gang", sagte Max langsam, so als würde er es einem Minderbemittelten erklären. „Und nicht Tag-der-offenen-Tür-Eingang", führte er zwinkernd weiter aus.

„Vielleicht hast du Recht", gab Jack zu.

Max warf ihm einen natürlich-hab-ich-Recht-Blick zu und stampfte hinüber zu Eva.

„Und?", fragte er und schaute prüfend umher. „Wie

kommen wir rein?"

„Ich würde sagen", begann Eva und bückte sich, „wir ziehen an diesem Hebel."

Sie zog an etwas, das Max nicht sehen konnte und ein kleiner Metalldeckel erhob sich aus dem Boden und ließ Gras und Erde in das dunkle Loch rieseln, welches nun freigelegt war.

„Ah. Gute Idee Schatz", meinte er verblüfft.

„Wow. Nicht sonderlich gesichert. Neugierige Wanderer könnten leicht darauf stoßen", meinte Matt.

„Ich glaube kaum, dass Wanderer hier herumwühlen", lachte Jack.

„Vielleicht. Vielleicht auch nicht. Ist aber auch egal", sagte Eva genervt.

Max hob abwehrend die Hände.

„Ist ja gut Schatz. Also", sagte er und blickte in die Runde, „wollen wir den Sprung in die Löwengrube wagen?!"

„Nach Dir", bot Jack ihm den Vortritt an.

„Hat jemand eine Taschenlampe? In ein dunkles Loch zu springen, ist nicht unbedingt meine Traumbeschäftigung", wand sich Max davor den ersten Schritt zu tun.

„Hier", warf Matt ihm eine zu. Max leuchtete in das Loch und atmete erleichtert durch, als er kaum zwei Meter unter ihm einen staubigen, trockenen Boden erkennen konnte.

„Na dann… wollen wir mal." Max sprang in das Loch.

„Und?", wollte Eva wissen, als Max nach oben blickte.

„Du siehst auch von hier unten super aus", witzelte er.

„Max!"

„Ja ja. Es gibt hier einen Gang, der solang ist, dass die Taschenlampe das Ende nicht erleuchten kann."

„Gut. Holen wir unsere Ausrüstung", forderte Eva die Beiden anderen auf.

Jack und Matt holten zwei große Rucksäcke aus ihrem Wagen und kehrten zum Loch zurück.

„Auf geht's", befahl Eva. „Jack, du gehst bitte am Ende."

„Kein Problem. Ich sicher euch das Hinterteil."

„Max geht voran, dann Matt, ich komme an dritter Stelle."

„Ist gut", bestätigte Matt und ließ sich ebenfall hinunter.

„Ziemlich muffig hier", sagte er und rümpfte die Nase.

„Wir sind auch nicht auf den Weg in den Luxusurlaub", gab Max besserwisserisch zu bedenken.

„Alle da?! Dann endlich los", sagte Eva nachdem alle in das Loch gestiegen waren und sich nun im engen Gang nebeneinander quetschten.

Die Kolonne setzte sich in Bewegung und die Männer mussten gebückt gehen, da der Gang selten höher als einen Meter und achtzig war. Sie orientierten sich an den Wänden, die so dicht aneinander standen, dass gerade eine Person durchpasste.

Sie gingen langsam und vorsichtig und der Schein der einzigen Taschenlampe verlor sich in der Dunkelheit vor ihnen.

„Wie lange ist dieser Tunnel nochmal?", fragte Matt

schnaufend.

„Circa zwei Kilometer", erwiderte Eva gelassen.

„Ein Katzensprung", meinte Matt sarkastisch.

„Wir haben schon wesentlich längere Märsche auf uns genommen, um ein Ziel zu erreichen Daddy."

„Ja. Aber ihr seid auch noch jung. Ich bin doppelt so alt wie ihr."

„Du schaffst das schon", klopfte Eva ihrem Vater auf die Schulter.

„Genau Matt. Denk einfach daran, dass du am Ende einem Arschloch die Fresse polieren kannst", rief Jack freudig von hinten.

Matt lachte auf. „Danke, Kumpel."

„Keine Ursache. Ich helfe gerne."

„Psst", machte Eva. „Still, ich höre was", flüsterte sie. Alle blieben abrupt stehen und lauschten. Ein leichtes Beben war zu hören, ähnlich einem Trampeln.

„Ich glaube der Tunnel liegt hier nicht sonderlich tief, und wir haben eine große Wandergruppe, die über uns hergeht", mutmaßte Matt.

„Möglich. Trotzdem sollten wir die Konversation ab sofort auf das Nötigste beschränken", bestimmte Eva.

„Ok", murmelten alle im Chor.

Lautlos schlichen sie weiter durch die modrigen Gewölbe. Nach einiger Zeit stieg der Tunnel leicht an und Eva blieb erneut stehen.

„Ich glaube wir sind gleich da."

„Ja, der Tunnel steigt an. Ich denke auch, dass wir demnächst auf dem Anwesen sind", stimmte Jack zu.

„Möglicherweise sind ab hier Fallen und Alarme installiert", gab er zu bedenken.

„Davon gehen wir wie gesagt nicht aus. Laut unseren Informationen weiß niemand aus dem Haus von diesem Tunnel", sagte Eva und klang selbst nicht überzeugt.

„Da wäre ich mir nicht so sicher", sagte Jack. „Nicht, dass wir unangenehm überrascht werden."

„Wir passen auf", sagte Max ernst und sein Herz begann ein bisschen schneller zu schlagen. Sofort beruhigte er sich wieder und sein Puls verlangsamte sich auf die optimale Frequenz eines Scharfschützen. Ruhig. Gelassen. Aufmerksam.

„Haltet die Augen auf nach einer Falltür oder irgendeinem Durchgang. Wir wollen schließlich nicht noch stundenlang hier unten umherirren", meinte Eva bestimmt und ging weiter.

„Stopp" Matts Stimme klang erregt. „Ich denke ich habe sie gefunden", deutete er auf eine Luke, die an der Kante zwischen Decke und Wand eingelassen war. Sie war aus Holz und wirkte so unscheinbar, dass man sie mühelos übersehen konnte. Aber Matts Blick war in dieser Hinsicht jahrelang geschult worden. Als Späher im Geheimdienst wusste er genau worauf er achten und nach was er Ausschau halten musste, um versteckte Türen und Schlösser zu entdecken.

Zwar war er seit drei Jahren nicht mehr im Dienst, seinen Fähigkeiten hatte das allerdings keinen Abbruch getan.

„Sehr gut, Dad."

Eva klemmte sich die Taschenlampe zwischen die Zähne und stemmte ihre Hände gegen die Falltür um sie aufzustoßen. Nichts geschah.

„Lass mich mal Schatz", sagte Max und drängte sich

an Eva vorbei, die beleidigt zur Seite wich.

„Warte", fuhr Jack dazwischen. „Wir wissen nicht was uns dahinter erwartet. Jeder sollte seine Waffe bereithalten."

„Einverstanden", nickte Eva.

Sie zogen ihre Waffen, prüften und entsicherten sie. Dann richteten alle die Läufe auf die Tür.

„Ich mach jetzt auf", sagte Max und drückte heftig gegen die Tür, die nur einen Spalt nachgab. Max drückte nochmal und die Tür schwang in einem automatischen Mechanismus nach oben und gab den Blick auf einen winzigen Raum mit niedriger Decke preis. Ein fader Lichtschimmer erhellte den Raum nur unzureichend.

„Sieht nicht sonderlich einladen aus", meinte Max und trat einen Schritt zurück.

„Wir wollen ja hier auch nicht einziehen."

„Außerdem ist das vermutlich immer noch unter dem Keller der Villa", gab Eva zu bedenken.

„Wer will als erstes?", fragte Max in die Runde und verschränkte seine Hände zu einer Räuberleiter.

„Ich gehe", sagte Matt und schob sich nach vorne.

„Die Luft ist hier alles andere als rein", meckerte Matt, als er oben angekommen war. „Aber immerhin sind wir hier allein."

Kurze Zeit später quetschten sich alle in die enge Kammer und versuchten sich umzuschauen.

„Ich kann mir schönere Keller vorstellen", witzelte Matt und versuchte seinen Arm zu befreien.

„Soll ich die Tür öffnen?", fragte Eva, die direkt vor

der schmalen Tür stand. Der Lack war abgeplatzt und das Metall sah uralt aus.

„Wir sind bereit."

Eva holte Luft und zog am Griff. Nichts geschah. Die Tür öffnete sich nicht. Nicht mal einen Spalt breit. Es schien als sei sie fest mit der Wand verwachsen.

„Verschlossen", knirschte Eva.

„Na toll. Jetzt stecken wir in einer winzigen Kammer fest und atmen unseren Schweiß ein", klang Max genervt.

„Optionen?", wollte Matt wissen.

„Wir könnten die Tür sprengen", schlug Max vor.

„Das wäre nicht sonderlich unauffällig", meinte Jack.

„Ich glaube nicht, dass wir dann noch eine Chance hätten Krustschov zu schnappen", sagte Eva abweisend.

„Was haben wir für Alternativen?", nahm Max den Faden wieder auf. „Wir sprengen die Tür, sprinten rein, räumen alles aus dem Weg was uns aufhält, holen Krustschov und verschwinden wieder. Der Einsatz wird nun eben blitzschnell ablaufen und nicht mehr heimlich, still und leise."

„Ich weiß nicht, Max. Wir wissen einfach nicht genau, wer alles hinter dieser Tür wartet. Vielleicht können wir es nicht so schnell machen", gab Eva zu Bedenken und schlug gleichzeitig mit der Faust gegen die Wand.

„So ein Mist", murmelte sie.

„Hast du eine Alternative?", wollte Max von Eva wissen.

„Nein", gab sie nach einer Pause zerknirscht zu.

„Gut. Dann sollten wir es tun", sagte Max entschlossen.

„Noch Einwände?", fragt er und schaute in die Runde. Matt antwortete indem er einen Sprengsatz aus seiner Tasche holte und sich zur Tür quetschte. Ohne ein Wort brachte er die Bombe an und verband sie mit einem Handzünder.

„Wir müssen alle wieder in den Tunnel steigen. Wenn wir hier oben bleiben, bleibt wohl keiner übrig, um die Villa zu stürmen", sagte Matt.

„Wir sind dann niemals schnell genug oben", warf Eva bestürzt ein.

„Es gibt keine Alternative, das weißt du. Wir müssen es so machen. Mit jeder Stunde die vergeht, stehen die Chancen für Diane schlechter", sagte Max und trat auf Eva zu. Er nahm ihren Kopf in seine Hände und blickte ihr tief in die Augen, die voller Wut und Traurigkeit waren.

„Ok", sagte sie nach einer gefühlten Ewigkeit.

„Los geht's!"

Sie sprang zurück in den Tunnel und die anderen folgten ihr auf den Fuß.

„Lass es knallen, Matt", sagte Jack und bedeckte seine Augen mit dem Unterarm.

Matt betätigte den Handzünder.

Der Knall war so laut, dass er beinahe von seinem Stuhl gefallen wäre. Krustschov fuhr zusammen und blickte sich erschrocken um.

Die Tür öffnete sich, als er sich gerade erheben wollte.

„Bleiben sie sitzen, Boss. Wir überprüfen, was da los ist. Bleiben sie hier."

Krustschov nickte knapp und setzte sich wieder. Er

griff in seine Schreibtischschublade und holte eine Glock hervor. Er lud und entsicherte sie. Dann legte er sie neben sich auf den Schreibtisch.

Sicher ist sicher. Er ging zu einem Wandschrank, holte eine kugelsichere Weste hervor und streifte sie über. *Wahrscheinlich ist es mal wieder falscher Alarm, aber man kann ja nie wissen.*

„Los. Los. Los!", brüllte Max und wurde mit jedem *los* lauter, um das Team noch mehr anzutreiben. Aber sie brauchten keinen zusätzlichen Antrieb. Alle waren voll fokussiert und so elektrisiert, dass man wohl ein Smartphone nur durch Körperkontakt hätte aufladen können. Sie stürmten hindurch, die Waffen im Anschlag und bewegten sich so grazil und präzise wie ein Uhrwerk.

Die erste Kugel schlug Millimeter über Max in die Wand ein, als er die Treppe nach oben erreichte. Er warf sich zurück und ging in die Hocke.

„Achtung", rief er und winkte das Team ein Stück zurück in Richtung Kammer.

Alle duckten sich hinter Max und zielten auf die Treppe, obwohl sie nicht erwarteten, dass jemand herunter kam. Wer auch immer auf sie geschossen hatte. Er hatte die wesentlich bessere Position und würde sie mit Sicherheit nicht aufgeben.

„Matt du wirfst eine Blendgranate, wir stürmen die Treppe hoch und schalten unseren Freund aus. Dann werden du und Jack das Erdgeschoss sichern, während Eva und ich Krustschov holen. Sobald wir ihn haben, sichert ihr uns den Rückweg und wir verschwinden wieder durch den Tunnel."

„Ok", bestätigten alle im Chor.

„Dann los, wir haben schon genug Zeit verplempert!"
Matt machte eine Blendgranate bereit, eilte zur Treppe
und warf sie nach oben. Sie kam am oberen
Treppenabsatz zum liegen und detonierte. Der Knall
war selbst hier unten noch ohrenbetäubend und der
Blitz hätte alle blind gemacht, hätten sie ihre Augen
nicht bedeckt. Ohne ein weiteres Wort sprangen alle
auf und rannten nach oben.

Max kniete sich hin und blickte eilig hin und her. Zwei
Männer lagen unweit der Treppe bewusstlos. Blut lief
ihnen aus den Ohren, da ihre Trommelfelle der
Explosion nicht standgehalten hatten.

„Weiter", winkte Max sie voran. „Haltet euch bereit!"
Max führte seine Waffe doppelhändig und bewegte sich
leicht geduckt in Richtung Flur, der durch einen
Torbogen ohne Tür zu erreichen war.

Er bog in Richtung Treppe nach oben ab und wunderte
sich, dass niemand mehr auf sie wartete.

Er hatte den Gedanken noch nicht zu Ende gedacht, da
lag er schon auf dem Boden – die Luft aus seiner Lunge
gepresst. Der Angreifer kniete auf ihm und zielte mit
der Waffe auf seine Stirn. Max konnte sich nicht rühren
und seine Lungen brannten.

„Tschüss", sagte der Angreifer erfreut und Max
schloss die Augen. Wie oft hatte er diese Situation
erlebt und meistens ohne Team das ihn coverte. Bis
jetzt hatte er sie immer überstanden. Bis jetzt.

Der Knall war laut, aber nicht so laut wie er hätte sein
müssen, so nah an seinem Kopf. Das Gewicht auf sei-

nen Lungen verschwand und er konnte wieder atmen. Er öffnete die Augen und sah wie Eva über ihm stand – ein schiefes Grinsen auf dem Gesicht.

„Warum reden Gangster immer soviel. Wenn sie weniger reden würden, würden sie viel mehr von uns killen", sagte sie und lachte humorlos.

„Zum Glück sind sie Quasselstrippen", meinte Max erleichtert. Er stand auf und begutachtete das Loch in der Schläfe seines Angreifers.

„Sauberer Schuss", lobte er und stieg die Treppe hinauf ohne eine Antwort abzuwarten. Eva folgte ihm, während Matt und Jack ausschwärmten um die letzten Räume im Erdgeschoss zu untersuchen. Die Villa war im älteren Stil gebaut, wie Max auffiel. Die grauen Steinwände lagen frei und waren nur hin und wieder von Bildern dekoriert. Es wirkte wie das Heim eines herzlosen, unmenschlichen Killers – was in gewisser Weise ja auch zutraf.

„Stehen bleiben!", brüllte ein maskierter Mann und trat von oben auf die Treppe. Max zögerte keine Sekunde und schoss ihm in den Fuß. Der Mann kreischte auf und fiel zu Boden, wo Max ihn mit einem Schuss in den Kopf endgültig zum Schweigen brachte.

„Vielleicht sollten wir den Nächsten fragen, wo Krustschov ist", meinte Eva sarkastisch.

„Klar. Mach du das dann. Du als Frau bist einfühlsamer."

„Rechts oder links?", wollte Max wissen.

„Rechts. Da hinten ist eine große Tür. Und ich denke jemand wie Krustschov wird seine *Gemächer* hinter einem protzigen Eingang verstecken."

324

„Verschlossen", meinte Max schlicht. „Geh zurück und halt dich bereit. Ich werde sie aufschießen. Ich denke, dahinter wird der richtige Widerstand erst anfangen."

„Das glaube ich auch. Bereit!", sagte sie, nachdem sie nochmal ihre Neunmillimeter überprüft hatte.

Max schoss mehrmals ins Schloss und trat die Tür auf. Sofort flogen ihnen die Kugeln um die Ohren und beide versteckten sich hinter Säulen, die zu beiden Seiten des Eingangs die Decke hielten.

„Wow. Das nenn ich mal Gegenwehr", schrie Max über den Kugelhagel hinweg.

„Naja, bei einem Waffenlieferanten sollte man so etwas annehmen", zwinkerte Eva ihm wissend zu.

„Granate?"

„Die hat leider Matt. Verdammt, manchmal sind wir echt stümperhaft", meinte Max und schlug sich gegen die Stirn.

„Wir doch nicht", erwiderte Eva gespielt pikiert.

„Ich roll mich rein. Du machst kurz danach das Gleiche. Wir…"

„Wir wissen nicht wieviele es sind. Wo genau sie stehen…"

„Wir haben aber auch niemanden der uns das sagt. Entweder wir riskieren das jetzt oder wir fahren wieder."

Max Miene war ernst und verriet seine Anspannung. Er wusste dass das Risiko hoch war. Sie beide konnten trotz ihrer Ausbildung im Kugelhagel sterben. Aber es gab keine Alternative, wenn sie ihre Mission abschließen wollten.

„Nein."

Eva nickte und Max hob drei Finger. Er senkte langsam nacheinander die Finger. Er senkte den letzten Finger, warf sich gegen die Tür und rollte in den Raum. Sein Blick nach rechts gerichtet feuerte er sein komplettes Magazin leer; er hörte ein überraschtes Stöhnen und feierte sich innerlich für seinen Erfolg. Noch in der Bewegung riss er einen Metalltisch in der Mitte des Raumes zu Boden und verschanzte sich dahinter – nur eine Millisekunde bevor die ersten Kugeln auf die Metallplatte trommelten und dicke Dellen formten.

Er bemerkte, dass die Kugeln nur aus einer Richtung kamen. *Gut, das erleichtert einiges.*

Wie als ob sie telepathische Fähigkeiten hätten stürmte Eva herein und feuerte; Max kam aus seiner Deckung hervor und zielte präzise. Dem ersten schoss er ins Bein und er fiel wimmernd zu Boden. In der Zwischenzeit hatte Eva einen weiteren Bodyguard mit zwei gezielten Schüssen in Herz und Lunge ausgeschaltet.

Eva wollte gerade zu Max in Deckung huschen, als sie eine Kugel in der Schulter traf und sie herumgewirbelt wurde. Sie fiel zu Boden und hielt sich die Schulter.

„Baby", rief er und wollte hinter seiner Deckung zu Eva kriechen.

„Bleib da! Ich schaffe es schon. Schalt diese Bastarde aus!", presste Eva schmerzerfüllt hervor.

Max rang einen Sekundenbruchteil mit sich, dann legte er einen Schalter um und war wieder die Maschine zu der er ausgebildet wurde.

Er legte die Waffe auf die Tischkante zielte und traf den Schützen in die Waffenhand. Er verlagerte leicht sein Gewicht zielte erneut und traf den letzten Mann mitten in die Stirn. Mit einem überraschten Ausdruck in den Augen fiel er wie ein Brett nach hinten, klatschte gegen die Wand und sackte an ihr herunter. Seine Arme hingen schlaff neben ihm.

Max drehte sich wieder zu Eva um und sein Atem stockte. Sie war ein weiteres Mal getroffen worden. Aus einer Wunde am Bein schoss so viel Blut, wie bei einem geschlachteten Tier. Max krabbelte zu ihr herüber und zog sie hinter den Tisch. Dann blickte er sich erneut umher. Alle Verteidiger lagen tot auf dem Boden.

„Eve? Eve", schüttelte er Eva die gerade drohte bewusstlos zu werden. Er drückte mit aller Kraft auf die Beinwunde und gab ihr eine Backpfeife, damit sie wach blieb.

„Wir haben eine Aderklemme in meinen Rucksack", brachte sie rasselnd hervor.

„Drück auf die Wunde", befahl Max und legte Evas Hand auf die Wunde. „Du musst drücken!", schrie er.

„Sonst verblutest du."

Eva sammelte all ihr Kräfte und drückte auf die Wunde. Der Blutstrom verringerte sich merklich. Max riss den Rucksack auf, griff die Aderpresse und das Verbandszeug und griff Evas Bein. Er legte die Presse um und zog sie fest, worauf der Blutstrom versiegte. Er blickte zu Eva hinüber, die inzwischen so blass geworden war, dass sie aussah wie ein Gespenst.

„Was ist mit der Schulter?", wollte Max wissen und beugte sich vor.

„Nicht so… schlimm. Nur… ein… Streif…schuss",

krächzte sie hervor. Max begutachtete die Wunde und war erleichtert. Sie hatte Recht, die Kugel steckte nicht in der Wunde und es blutete kaum.

„Scheiße Eva, die Kugel steckt in deinem Bein und wenn wir keine Blutkonserve bekommen sieht es düster aus."

„Max", ergriff Eva seinen Arm. „Du musst weiter. Wir müssen diesen Mistkerl schnappen!" Ihr Blick versuchte stark zu sein, aber in ihren Augen spiegelte sich die Angst.

„Nein. Ich lasse dich nicht alleine hier!" Seine Stimme duldete keinen Widerspruch.

„Jack und Dad können auf mich aufpassen…"

„Eve, du musst operiert werden und ich bin der einzige der hier und jetzt eine Kugel entfernen kann, und…"

„Geh. Ich blute nicht mehr… und… und halte schon die nächsten Stunden durch. Beeil dich, dann sind wir lange hier raus, bevor es kritisch bei mir wird."

„Ich hasse deinen Sturkopf", sagte er und wusste bereits, dass er geschlagen war.

„Ich weiß", erwiderte Eva lächelnd und beugte sich vor. Ein Stöhnen verriet ihren Kampf. „Ich… liebe Dich!", sagte sie und küsste Max.

„Ich liebe dich auch!", sagte Max und versuchte zuversichtlicher zu klingen, als er war. Es bestand eine große Chance, dass Eva starb und vielleicht war Krustschov schon über alle Berge und alles war umsonst. Er warf einen letzten Blick zu seiner großen Liebe. Dann lud er seine Waffe nach und ging vorsichtig zu einer weiteren Tür, die von Einschusslöchern übersät war. Er schob sie auf und war auf alles gefasst, aber der kleine Raum dahinter, war bis auf einen klapprigen Drehstuhl und einen Aktenschrank völlig leer. Wäre die Wandlampe nicht gewesen, wäre es hier drinnen stockdunkel gewesen.

Er bewegte sich geschmeidig und sein ganzer Körper war angespannt. Sein Gehör so geschärft, dass er wohl eine Feder hätte fallen hören.

So hörte er auch das leise Gemurmel hinter der nächsten Tür. Ein Adrenalinkick durchlief ihn von Kopf bis in die Fußspitzen und er blieb direkt vor der Tür stehen, ohne auch nur das leiseste Geräusch zu verursachen. Er konzentrierte sich und stieß die nur angelehnte Tür auf. Dahinter erspähte er einen Raum der kaum voller war als der Raum zuvor. Ein großer Schreibtisch und ein Ledersessel waren das markanteste am Zimmer.

Sah man einmal von der Person ab die, mit hinter dem Rücken verschränkten Armen, vor dem Schreibtisch stand und Max durchdringend fixierte.

„Willkommen in meiner Villa", sagte Krustschov ganz ruhig. „Normalerweise sind meine Gäste etwas höflicher", gab er trocken hinzu. Max sagte nichts und zielte mit der Pistole auf Krustschovs Kopf.

„Nehmen Sie die Hand hoch." Krustschov reagierte nicht und Max spannte sich noch mehr an. Solche Situationen hasste er. Weil man nie wusste, welche Tricks sein Gegenüber noch in petto hatte, bevor man ihn nicht gesichert hatte. Und reden war nicht so sein Part. Die meiste Zeit hatte Eva ihr Gegenüber überzeugt, dass es besser sei sich zu ergeben.

„Nehmen Sie ganz langsam die Hände hoch", sagte er fest und trat einen halben Schritt auf Krustschov zu.

„Keine Hektik", erwiderte dieser. Ein breites Grinsen erschien auf seinem Gesicht und sein Blick huschte an Max vorbei zu etwas das in seinem Rücken geschah. Max wirbelte herum und schlug seinem Angreifer die Waffe aus der Hand. Der Mann reagierte blitzschnell und rammte seinen Kopf in Max Magen. Beide wirbelten zu Boden und rollten ineinander verkeilt umher. Krustschov zog seine Waffe hinter dem Rücken hervor und zielte auf das Knäuel aus Fleisch, das sich auf dem Boden wälzte wie Schweine im Dreck. Er konnte allerdings kein Ziel festmachen, da sich die beiden Männer zu schnell bewegten und so legte er die Waffe auf seinen Schreibtisch zurück.

Max brachte einen linken Haken im Ziel unter und traf die Nieren seines Gegners mit voller Wucht. Dieser krümmte sich und Max nutzte die Gunst, rollte sich von seinem Widersacher herunter, krabbelte blitzschnell hinter ihn und legte die Oberschenkel um dessen Hals. Mit gewaltiger Kraft drückte er die Halsschlagader ab. Sein Opfer strampelte hilflos in seinem Todeskampf hatte aber keine Chance gegen die Bärenkräfte von Max. Es dauerte nicht lange, da brach er bewusstlos zusammen, aber Max hörte nicht auf und drückte noch fester zu, wenn das überhaupt möglich war, bis er schließlich die Luftröhre seines Gegners zerquetscht hatte. Stöhnend ließ er von der Leiche ab und blickte Krustschov an der während des Kampfes, der nur Sekunden gedauert hatte, seine Waffe gezogen hatte und nun auf Max zielte, der völlig wehrlos auf dem

Hosenboden saß.

„Ich glaube wir haben die Rollen getauscht", meinte Krustschov triumphierend und grinste breit. Sich seiner Sache ganz sicher.

„Offenbar", schnaufte Max und versuchte auf Zeit zu spielen.

„Steh auf du kleiner Bastard. Du wirst mich hier rausbringen."

„Gehen sie doch einfach", schlug Max gelangweilt vor. Krustschov lachte schallend auf.

„Deine Freunde werden mich wohl nicht so einfach gehen lassen, schätze ich. Aber mit dir als Geisel habe ich gute Chancen. Also steh auf!"

„Meine Freunde, wie sie sie nennen, werden eher uns beide erschießen, als sie gehen zulassen." Max Stimme war trotzig, aber er wusste, dass Eva und Matt niemals auf ihn schießen würden.

„Ich glaube nicht, dass dein kleines Flittchen auf ihre große Liebe schießt", sagte er und seine Stimme quoll über vor Verachtung.

„Halt dein Maul du Arschloch!" Max Kopf wurde rot vor Zorn, aber er rührte sich nicht.

Krustschovs Grinsen wurde hämisch. „Liebe ist was für Dummköpfe. Merk dir das. Und wenn ich hier raus bin, werde ich euch beide suchen und finden. Und dann werde ich deine kleine Schlampe vor deinen Augen zu Tode foltern." Krustschovs Blick wurde wahnsinnig und ein lüsterner Blick erschien in seinen Augen. Unwillkürlich leckte er sich über die Lippen, als er in Herrschaftsphantasien eintauchte.

„Jetzt steh auf!", befahl Krustschov erneut.

„Ich denke nicht, dass du das mit meiner Tochter machen wirst, du kleiner Hurensohn", erschien Matt im Raum. Max hatte Matt noch nie so reden gehört. Jegliche Menschlichkeit war aus seiner Stimme gewichen und Max war sich sicher er würde Krustschov Stück für Stück auseinander nehmen. Er riskierte einen Blick nach hinten zu Tür, wo Matt stand und auf den Waffenhändler zielte.

„Du nimmst jetzt deine Waffe runter, Schätzchen, oder ich verpasse dir so viele Löcher, das ein Schweizer Käse ein schlechter Witz dagegen ist." Matts Stimme hob und senkte sich nicht die Spur. Er klang ganz sachlich, überhaupt nicht wütend und das schien auch Krustschov Angst zu machen. Emotionale Menschen waren gefährlich, keine Frage. Aber Leute ohne Emotionen waren wie eine Atombombe.

Verheerend.

Erbarmungslos.

Brutal.

Krustschov versuchte Matt nieder zustarren, was ein hoffnungsloses Unterfangen war. Schließlich senkte er unmerklich die Waffe.

Matt reagierte unfassbar schnell, zielte neu und schoss Krustschov in die Hand. Dieser brüllte auf, als seine Hand zerfetzt wurde und die Glock zu Boden fiel. Max sprang auf, fegte Krustschov die Beine weg, drückte ihn zu Boden und riss seine Hände brutal auf seinen Rücken. Krustschov wehrte sich kaum, er hatte immer noch mit den Schmerzen in seiner Hand zu kämpfen. Und so war der Kampf schnell vorbei. Matt fesselte den Waffenhändler mit Kabelbinder und Max drehte ihn auf den Rücken herum.

„Ich denke, wer zuletzt lacht, lacht am besten", grinste Max frech in Krustschovs Gesicht und zog ihn unsanft auf die Beine.

„Fick dich."

„Aber du wolltest doch nach draußen", meinte Max als er seinen Gefangenen zur Tür schob.

„Jack hat Eva schon zum Tunnel gebracht. Sie wird durchkommen, denke ich", sagte Matt und ging voraus.

„Geh oder ich brech' dir sämtliche Knochen. Grade so viele, das du nicht stirbst und alles hautnah mitfühlen kannst", versicherte Max Krustschov, als dieser stehen blieb.

Krustschov rührte sich nicht und Max brach ihm ohne zu zögern den Zeigefinger der rechten Hand. Krustschov heulte auf und ging automatisch nach vorne.

„Geht doch. Warum wollt ihr Typen es immer auf die harte Tour?"

Der Rückweg durch den Tunnel lief ohne weitere Probleme ab und sie erreichten den Wagen zügig.

„Verdammt, warum hab ich nicht alles in meiner Umgebung untersuchen lassen", murmelte Krustschov, der tatsächlich noch nie etwas von dem Tunnel gehört und gesehen hatte.

Eva war inzwischen bewusstlos geworden und Jack war zum Flughafen gepresscht, von dem sie sich bereits ihre Startgenehmigung geholt hatten. Sie hatten einstimmig beschlossen, dass Max Eva im Flugzeug operieren konnte. Sie wollten keine Zeit im Krankenhaus verschwenden und Max war sich sicher, dass er mit der Notfallausrüstung an Bord ihres Jets Eva genauso gut versorgen konnte, wie in einem Krankenhaus. Schließlich gab es an Bord genau für diese Situationen so etwas wie ein Mini-Krankenhaus, mit der neuesten Technik.

Die Maschine stand auf der Startbahn und ihre Piloten warteten auf die endgültige Startfreigabe. Krustschov saß Matt gegenüber festgezurrt und in eine Waffe blickend, die direkt auf die Partie zwischen seinen Augen zielte.

„Halt durch Baby", murmelte Max, nachdem er Eva festgebunden und ihr eine Infusion gelegt hatte. Jack hatte sich angeboten ihm zu assistieren und Max war über jede Hilfe dankbar.

Das OP-Besteck lag desinfiziert auf einem kleinen Tischchen neben der Liege auf der Eva ruhte. Es blitzte silbern in der strahlenden Helligkeit der Lampen, die den Raum (der nur durch einen Vorhang vom Rest des Flugzeuges getrennt war) vollständig ausleuchtete.

„Dann wollen wir mal", sagte Max und atmete tief ein.

„Du schaffst das schon", ermutigte Jack ihn.

„Hoffentlich", erwiderte er und löste den Druckverband, der beinahe schon zulange um Evas Bein gewesen war. *Hoffentlich nicht zulange,* dachte er. *Hoffentlich kann ich das Bein noch retten. Bitte, bitte lass alles gut gehen.*

Kapitel 33
Berlin

Das Phantombild hatte praktisch keine neuen Erkenntnisse geliefert – außer, dass sie jetzt wussten, dass der Tote auch mitten in der Nacht am Flughafen gewesen war. Niemand, der so aussah war in der Datenbank oder sonst wo aufzufinden. Natürlich konnte es sein, dass Barrett sich einfach nicht mehr richtig erinnern konnte. Genauso gut konnte es sein, dass er die Person richtig beschrieben hatte, aber eine völlig andere Person den eigentlichen Mord begangen hatte.

Warum nur hatte man dann die Leiche dieses Mannes mitten in der Stadt aus dem Wagen geworfen?

Heinz runzelte die Stirn und fuhr sich mit der verschwitzten Hand darüber. Dieser Fall war zum verrückt werden.

Es gab noch eine andere Möglichkeit, schoss es ihm durch den Kopf. Barrett könnte absichtlich gelogen und falsche Angaben gemacht haben. Aber warum? Dann würde er ja mit drinstecken und das konnte sich Heinz unter keinen Umständen vorstellen. Barrett war vielleicht nicht der umgänglichste Mensch, aber er war nicht zu einem Mord fähig oder zur Beauftragung eines solchen. Da war Heinz sich absolut sicher. Natürlich, er war Politiker und hatte eine extreme Position, bei der er nicht sonderlich viele Anhänger hatte im Moment. Er musste mit harten Bandagen kämpfen. Aber niemals mit Mord. Außerdem würde es auch keinen Sinn ergeben. Scholz war auf seiner Seite und stand hinter seinen politischen Zielen, hatte ihm sogar geholfen wo es ging. Er musste sich wohl damit abfinden, dass es noch eine zeitlang dauern würde, bis er den oder die wahren Täter ausfindig gemacht hatte. Vielleicht würde es nie passieren. Viele Morde wurden nie aufgeklärt oder erst nach Jahren, wenn die Täter allzu unaufmerksam wurden. Teilweise auch erst nach ihrem Tod. Er seufzte, nahm einen Schluck Kaffee und wandte sich einer weiteren Akte, eines anderen Falles zu.

„Erst mal die einfacheren Dinge", murmelte er und nahm noch einen tiefen Schluck aus seiner Tasse, als er die Akte aufschlug und sich darin vertiefte.

Evas Smartphone piepte und riss sie aus dem Schlaf, als ob sie der Gravitation eines schwarzen Loches ausgesetzt wäre.

„Was zum…" brummelte und sie und verkrampfte ihre Hände, wollte etwas greifen, griff aber ins Leere. Sie rieb sich den Schlaf aus den Augen und schaute umher. Ihre Umgebung ergab keinen Sinn und ihre Synapsen waren besser verknotet, als der stärkste Seemannsknoten. Sie schüttelte ihren Kopf um klar zu werden, aber noch gelang es ihr nicht den Nebel, der sie umgab zu durchdringen. *Wieso liege ich ständig in irgendeinem Bett und fühle mich wie eine zertrampelte Marshmallow.* Schmerz durchschoss sie von Kopf bis Fuß, als sie ihr malträtiertes Bein bewegte und aufzustehen versuchte. Sie fiel zurück ins Bett und stöhnte.

„Unsere Heldin ist also wach", frohlockte Max und

trat zu ihr ans Bett.

„Wo…?", brachte Eva nur hervor.

„Zuhause. Alles in Ordnung. Du bist in Sicherheit", beruhigte Max sie.

Alles in Ordnung. Warum sollte nicht alles… Und mit einem Mal war sie wieder klar. Alles kehrte in seine Bahnen zurück und die Erinnerungen schossen durch ihren Kopf.

„Haben wir ihn. Was ist passiert. Wie lange hab ich…?", fragte sie wild durcheinander. Max hob beschwichtigend die Arme und brachte sie so zum Schweigen.

„Ich erzähl dir alles. Aber ganz ruhig Baby. Du warst schwer verletzt und brauchst immer noch Ruhe. Wir sind erst ein paar Stunden hier und du hast seit dem Flug nur geschlafen. Trotzdem brauchst du noch Ruhe. Wir haben alles unter Kontrolle", versicherte Max und gab ihr einen Kuss auf die Stirn.

„Ok. Ok. Du hast Recht, ich… ich fühl mich immer noch wie durchgekaut und ausgespuckt", gab sie zu und ein schwaches Lächeln erschien auf ihren Gesichtszügen.

„Haben wir ihn? Und...", wollte Eva wissen.

„Ja. Haben wir und wir haben ihn verhört. Sehr gründlich."

Das hatten sie tatsächlich. Nachdem Max Eva erfolgreich operiert hatte und sie außer Lebensgefahr gewesen war, hatte sich das restliche Team noch im Flugzeug mit Krustschov beschäftigt. Allerdings war er dort nicht sonderlich gesprächig gewesen und sie hatten gewartet bis sie gelandet waren. Von dort waren sie ohne Umwege zu Matt nach Hause gefahren, ohne die Behörden zu informieren oder ihren Vorgesetzten auch nur die leiseste Idee zur verpassen, was sie hier eigentlich veranstalteten.

„Warum bin ich hier?", fragte Krustschov an einen Stuhl gefesselt.

„Warum stellst Du so dumme Fragen", hatte Matt gewitzelt und bedachte ihn mit einem mitleidigen Blick, wie man ihm einem dummen Kind gegenüber zeigte.

„Warum sind sie hinter mir her?", fragte Krustschov aufreizend lässig. „Wegen der Autobombe und ihrem toten Agenten?"

Max blickte überrascht zu Matt.

„Erstaunt, dass ich darüber bescheid weiß. Wie dem auch sei, ich war's nicht!"

„Es waren ihre Waffen", warf Max ein.

„Wie naiv bist du denn Kleiner!
Die kann ja wohl jeder benutzen. Leider kann ich nicht alle meine Werkzeuge mit denen ich handele überwachen."

„Werkzeuge", schnaubte Matt. „Schöner Euphemismus."

„Nichts anderes sind Waffen. Da müssen sie zustimmen."

„Wenn sie das sagen", sagte Matt abfällig.

„Kommen wir zum Punkt. Wir haben nicht ewig Zeit. Und Smalltalk mit Dir Drecksack ist nicht gerade meine liebste Freizeitbeschäftigung", meinte Max und verschränkte die Arme.

„Freut mich", sagte Krustschov ohne seinen Worten

Ausdruck zu verleihen.

„Du hast unseren Agenten getötet. Wir jagen dich und als Pfand hast du die Mutter meiner Freundin, seine Frau", Max deutete auf Matt", entführt, damit wir dich, sollten wir dich schnappen auch ja wieder freilassen werden."

Krustschov lächelte boshaft. „Schöne Geschichte Junge, nur leider stimmt nichts davon."

Max schlug ihm ins Gesicht und Krustschovs Kopf flog zurück. Der Stuhl kippte nach hinten und er schlug unsanft auf dem harten Boden auf. Blut rann aus seiner Nase und dem Mund und er spuckte etwas davon aus.

„Falsche Antwort", sagte Max über ihn gebeugt. Matt wirkte leicht schockiert, sagte jedoch nichts und stellte nur den Stuhl wieder auf die Beine.

Krustschovs Grinsen wurde breiter und wirkte nun bestialisch, noch verstärkt durch sein blutverschmiertes Gesicht. Er wirkte wie eine blutrünstige Kreatur, die gerade im Blutrausch auf Beutefang war.

„Ich hoffe, dass das nicht dein härtester Schlag war."

„Du kannst mich nicht provozieren, Wichser. Ich tu dir weh, wenn ich es für richtig halte. Ganz sachlich und kühl. Du kannst es angenehm für dich gestalten. Aber glaub mir, wenn es nötig ist füge ich dir Schmerz zu, von dem du nicht mal wusstest, dass man ihn empfinden kann. Körperlich, aber auch seelisch."

„Große Worte", erwiderte Krustschov, nicht mehr ganz so selbstsicher wie noch vor einem Moment. Max Worte an sich mochten vielleicht wie eine leere Drohung klingen, aber in der Art und Weise wie er sie gesagt hatte, würde es einem garantiert auch in der

Wüste Dubais kalt über den Rücken laufen.

„Ich bin gespannt wie weit du gehst, Kleiner", sagte Krustschov und ein schwaches Grinsen kehrte auf seine Züge zurück.

„Wo ist Diane", fuhr Max einfach mit dem Verhör fort.

„Wer?"

„Die Frau, die du entführt hast", zischte Max.

Matt und Max hatten sich darauf geeinigt, dass Max das Verhör führte, da er in sämtlichen Techniken umfassend ausgebildet worden war.

„Ich habe niemanden entführt. Ist nicht mein St…" Zu mehr kam er nicht, bevor Max Faust wieder seine Nase traf und sie endgültig brach.

„Du verfickter kleiner Bastard", fluchte er vor sich hin, während Matt ihn erneut in eine sitzende Position hievte.

„Halts Maul und beantworte meine Fragen. Antworten bedeutet keine Schläge auf deine hässliche Fresse. So einfach ist das." Max stand da wie jemand, der seine Crepes als die besten der Stadt anpries.

„Ich kann nichts dafür, wenn dir meine Antworten nicht gefallen", nuschelte Krustschov dessen Nase immer mehr anschwoll und ihm sichtlich Schwierigkeiten beim Atmen bereitete.

„Sag uns doch einfach wo du sie gefangen hältst, hmm? Dann können wir dich frei lassen, du kannst verhindern, dass deine Nase noch hässlicher wird und wir haben was wir wollen", schlug Max so höflich vor, wie ein Kellner in einem Sternerestaurant, der die Bestellung aufnahm.

„Erst wenn ihr mich gehen lasst!"

„Pah, das soll wohl ein Witz sein. Wir lassen dich laufen und haben nichts mehr in der Hand. Wolltest du eigentlich Komiker werden?", fragte Matt und schüttelte ungläubig den Kopf.

„Wo ist sie?"

„Wer?"

Max trat vor und packte Krustschov so fest am Kragen, dass er ihm die Luft abschnürte. Dann zog er ein Messer und hielt es Krustschov vor die Augen.

„Siehst du das hier. Damit schneide ich dir deine Eier ab, schön langsam, eins nach dem anderen. Bevor ich sie dir dann zu essen gebe."

Krustschovs Gesicht wurde einen Moment blass, nur eine winzige Nanosekunde, aber Max bemerkte es trotzdem und ein triumphierendes Lächeln schlich sich in sein Gesicht. Er genoss die Macht die er gerade ausübte. Er wusste, dass das gefährlich war, aber das war ihm in diesem Moment egal. Es ging um das Leben von Diane, die für ihn wie eine zweite Mutter geworden war, obwohl er seine eigene über alles liebte. Er hatte Krustschov im wahrsten Sinne an den Eiern und Beide wussten es. Krustschov hatte es gesehen, dass Max seinen Moment der Schwäche – so kurz er auch gewesen war – bemerkt hatte. Max hatte schon Dutzende Verhöre dieser Art durchgeführt und er wusste sobald sein Gegenüber Schwäche gezeigt hatte, war der Kampf vorbei. Es mochte noch ein bisschen dauern, bis Krustschov endgültig einknickte, aber Max war der Sieger, dass stand fest.

„Also. Ich hoffe du bist nun kooperativer", sagte Max

und ließ seinen Gefangenen los, behielt das Messer allerdings in der Hand. „Wo ist sie?", fragte er mit Nachdruck.

Einige Zeit verstrich und niemand sagte ein Wort. Max gab ihm Zeit, seine Entscheidung für sich zu treffen.

„Ich habe niemanden entführt", sagte Krustschov schließlich. Die Schlichtheit seiner Worte war bedrückend und Max ließ sich auf einen Stuhl fallen.

Er hatte es gesehen. Es stand überdeutlich in seinen Augen. Es gab keine Zweifel. Krustschov sagte unumstößlich die Wahrheit. Sie hatten den falschen Mann. Von Anfang an hatten sie den Falschen verfolgt. Krustschov hatte nichts mit alledem zu tun. Natürlich war er immer noch ein Verbrecher, aber in dieser Sache war er (abgesehen von seinen Waffen unschuldig). Eines stand sicher fest. Er hatte Diane nicht entführt. Als ihm die Tragweite dieser Enthüllung klar wurde entglitten ihm die Gesichtszüge und der blickte entgeistert zu Matt herüber, der ihn fragend anstarrte.

„Er… er sagt die Wahrheit, Matt", stammelte Max hervor. „Er hat sie nicht."

„Was? Woher…?"

„Ich habe es gesehen. Ich weiß, wenn jemand lügt. Ich kann mehr wahrnehmen, als ein Lügendetektor. Glaub mir."

„Aber… aber das heißt ja…" Matt blickte ebenso entsetzt drein.

„Ja. Wir haben den falschen. Und wir haben die ganze Zeit damit verplempert dem Falschen hinterher zu jagen. Für nichts."

Diese Aussage traf Matt wie ein Hammer und er stol-

342

perte zurück, fiel zu Boden und vergrub das Gesicht in den Händen.

Krustschov gluckste, amüsiert ob der ganzen Szenerie.

„Halts Maul!", brüllte Max ihn nieder und er verstummte. Was sollten sie jetzt machen. Sie standen ganz am Anfang und noch dazu hatten sie einige Gesetze gebrochen, ganz zu schweigen von dem Chaos, das sie angerichtet hatten. Für nichts und wieder nichts. Krustschov war der falsche Mann.

„Aber… aber, wer ist es dann, Max?", wollte Eva wissen. Angst stand in ihren Augen. Angst ihre Mutter niemals wieder zu sehen.

„Ich habe keine verdammte Ahnung. Wir stehen wieder am Anfang. Wir haben keinerlei Anhaltspunkte. Nichts." Max' Blick fuhr suchend im Raum umher, nur um nicht auf Evas zu treffen. Er konnte sie einfach nicht leiden sehen und im Moment konnte er ihr auch keine Kraft geben, weil er einfach nicht wusste was sie jetzt tun sollten.

„Wo ist er jetzt?"

„Matt und Jack bringen ihn zum FBI. Immerhin ist er immer noch ein Verbrecher."

„Aber wir haben nichts gegen ihn in der Hand. Wir werden ihn schnell wieder gehen lassen müssen."

„Ja wahrscheinlich", gab Max resigniert zu.

„Was werden die zwei für eine Geschichte erzählen, wie wir ihn geschnappt haben? Oh Max, da wird Einiges auf uns zukommen."

„Das befürchte ich auch. Aber wir müssen uns über Wichtigeres Gedanken machen im Augenblick."

„Hmm, was…", begann Eva, aber der Erinnerungsalarm ihres Handys ging los und sie schaute im Zimmer umher, um die Quelle ausfindig zu machen. Sie nahm ihr völlig vergessenes Handy, entsperrte ihr Telefon und sah, dass eine neue Email eingegangen war. Sie rief die Nachricht auf und ihr Herz schlug schneller, als sie sah, dass es ein unbekannter Absender war. Die Nachricht war leer und hatte nur ein Video als Anhang. Sie tippte darauf und das Video mit dem Titel *Ansehen!* wurde heruntergeladen.

Nervös trommelte sie mit ihren Fingern auf ihre Matratze – starrte wie gebannt auf das Display, welches einen langsamen, kontinuierlichen Fortschritt anzeigte.

Schließlich blinkte die Datei auf und Eva tippte sofort darauf.

Eva starrte fassungslos auf das was sie sah und mit jeder Sekunde wuchsen ihre Sorge und ihre Wut.

Als das Video geendet hatte rollten ihr hemmungslos Tränen über die Wangen und der Hass, den sie empfand zog an ihren Nerven.

Sie stand auf und brüllte. Ihre Schmerzen waren vollständig vergessen. Das Adrenalin, was ihren Körper durchspülte hatte sie hinweggefegt. Sie ließ einen urzeitlichen Schrei los, der das komplette Haus erbeben ließ und selbst die Tiere außerhalb augenblicklich aufschreckte.

Max eilte zu Eva, die auf ihre Knie gesackt war und ihr Gesicht in ihren Händen vergrub. Evas Schluchzen ließ Max frösteln und ein eisiger Klumpen bildete sich in seiner Magengrube.

„Baby, Eva, was ist? Was ist los?", stammelte er hilflos. Max wollte seine Arme um sie legen, aber Eva stieß ihn unsanft von sich.

„Lass mich in Ruhe", bellte sie und stand auf. „Alle." Sie ging zu einem kleinen Tisch hinüber und schlug so fest darauf, dass dieser auseinanderbrach. Angst trat in Max' Augen, als er das lodernde Feuer in Evas Augen sah, aber er machte dennoch einen Schritt auf Eva zu.

„Was ist los?", fragte er erneut. Seine Stimme war ruhig doch innerlich bebte auch er.

„Das ist los", schrie Eva und warf Max das Handy zu.

„Scha..", begann er, aber Eva war schon auf der Toilette verschwunden. Erst jetzt bemerkte er Matt und Jack die neben ihn getreten waren.

„Wir sollten uns das ansehen, was auch immer auf dem Handy ist", meinte Jack. „Ich glaube, das wird uns einen großen Schritt weiterbringen."

„Aber, Eva…", warf Matt ein.

„Lass sie sich beruhigen Matt. Sie wird wieder herauskommen. Und Eva ist stark genug. Egal, was es hier zusehen gibt."

Widerwillig nickte Matt und Max schaltete das Handy ein. Sofort startete das Video:

**Hallo Matt. Hallo Eva.
Ich habe hier etwas,
das euch sehr wichtig ist.**

Die Kamera schwenkte von dem dunklen Gesicht zu einem hell erleuchteten Stuhl auf dem Diane saß. Matt schlug die Hände vor den Mund, als er seine nackte Frau gefesselt auf dem Stuhl sah. Auch Jack und Max schluckten heftig. Ein Mann schritt nun um den Stuhl herum und stellte sich hinter Diane.

Er zog eine Rasierklinge und vollführte vom Ohr bis zum Kinn einen sauberen Schnitt. Diane schrie auf und Übelkeit stieg in Matt auf.

„Dieses Arschloch", presste er hervor. „Ich bring ihn um", schwor er.

Das Bild wurde schwarz und nach kurzer Zeit zeigte es nun eine Nahaufnahme des Mannes, der sein Gesicht hinter einer Maske verbarg.

„Dieser Feigling. Soll er doch seine Hackfresse zeigen", sagte Max laut.

Wollt ihr sie wiederhaben,
habe ich eine Aufgabe für euch.
Nur für euch.
Wenn ihr jemand anderen um Hilfe bittet,
***stirbt* Diane.**
Ihr habt 48 Stunden Zeit.
Diane zählt auf euch.

Er zwinkerte in die Kamera und ein diabolisches Lächeln erschien auf seinem Gesicht, bevor er fortfuhr.

Hier also die Aufgabe:
Was ich von euch verlange, müsst ihr filmen
und an die Adresse am Ende des Videos senden!
Ich weiß, dass ihr Krustschov geschnappt habt.
Oh Detlev mein lieber Freund, ich wünschte,
du wüsstest wie entscheidend du bist…

Sein Blick wurde gläsern und verlor sich in der Ferne, bevor er sich wieder zusammenriss. Max blickte in die Runde und sein Gesicht spiegelte die gleiche Besorgnis wider, die in den anderen Gesichtern zu sehen war. *Wer war er? Und wie lange beschattete er sie bereits?* Das waren unerfreuliche Neuigkeiten und machte alles um ein Vielfaches komplizierter.

Ich will, dass ihr Krustschov tötet,
und zwar vor den Behörden.
Sodass jeder es sehen kann.
Solltet ihr euch weigern, *stirbt* Diane.

Das Bild wurde schwarz, das Video endete mit der angekündigten Adresse und die Runde starrte sich schweigend an. Würgende Geräusche waren aus dem Bad zu hören. Die Spülung wurde betätigt und kurz darauf kam Eva aus dem Bad gewankt. Ihr Gesicht kreideweiß. Sie musste alle Kräfte bündeln, um sich auf den Beinen zu halten, meisterte das aber doch ziemlich gut.

„Eve", eilte Max zu ihr und geleitete sie zur Couch.

„Wir werden es nicht tun", sagte er bestimmt. Eva blickte Max vernichtend an und er zuckte zusammen.

„Wir müssen es tun Max. Ich glaube diesem Bastard, dass er sein Wort hält. Wenn wir es nicht tun, stirbt Mom."

„Aber…", setzte Max an, wusste aber nicht, was er sagen sollte und unterbrach sich. Saß schweigend neben Eva und blickte Matt hilfesuchend an, der nur den Kopf schüttelte.

„Es gibt keine Alternative, Max", sagte er, entsetzt über seine eigenen Gedanken einen – zwar nicht unschuldigen – aber wehrlosen Menschen eiskalt zu erschießen. Max konnte nicht glauben, was er da hörte. Natürlich hatte er schon dutzende Menschen erschossen. Aber keinen wahllos, ohne das er selbst in Lebensgefahr schwebte. Dass nicht er, sondern Eva oder Matt Krustschov erschießen musste, machte es nicht besser.

„Vielleicht doch", warf Jack ein.

„Bitte?", fragte Matt überrascht.

„Vielleicht gibt es doch eine Alternative, in der ihr zwei euer Gesicht wahren könnt. Eure Karriere nicht zerstört wird und ihr nicht in einem ungemütlichen Knast landet."

Alle wanden den Blick zu Jack, der erfreut lächelte.

„Schön, dass ich eure volle Aufmerksamkeit habe. Ich bin auch ein Mitglied der Behörden. Ich bin beim FBI und ich habe ein ganzes Team hinter mir. Unser anonymer Freund hat zwar gesagt *jeder* soll es sehen. Aber damit hat er wohl gemeint möglichst viele. Denn er muss gewusst haben, dass niemals alle Polizisten oder FBIler dabei zusehen können. Somit könntet ihr Krustschov vor meinem Team erschießen. Wenn wir es geschickt anstellen, müssen wir ihn vielleicht nicht mal erschießen, sondern können es so aussehen lassen, dass er tot ist. Kommt darauf an wie kooperativ sich Krustschov zeigt. Aber ich gehe davon aus, dass er sich lieber tot stellt, als es wirklich zu sein."

„Das hört sich verdammt gut an", sagte Max ein wenig zuversichtlicher.

„Und da unser *Auftraggeber* nicht vor Ort ist, könnte es sogar funktionieren", frohlockte Matt, erleichtert, dass es einen Ausweg aus dieser Situation gab, ohne einen Menschen kaltblütig zu ermorden.

„Ich weiß nicht. Wir dürfen uns keinen Fehler erlauben", warf Eva ein.

„Aber Baby, wenn wir Kr…", begann Max aber Eva winkte ab und Max unterbrach sich.

„Ich weiß. Ich weiß. Mir ist es auch lieber wenn wir Krustschov nicht eiskalt erschießen. Obwohl er es vielleicht verdient hat. Aber wenn der Typ merkt, dass Krustschov nicht tot ist, stirbt Mom sofort. Ich kenne solche Typen zu genüge und ich weiß, dass sie es immer ernst meinen."

Ein Handy klingelte und riss alle aus ihren trüben Gedanken. Evas Eingeweide verkrampften sich und sie hatte Angst, dass sich der Entführer nochmal meldete.

„Ja", meldete sich Jack barsch. „Warte Sarah", sagte er und verließ den Raum, um in Ruhe zu reden.

„Wir haben noch fast 48 Stunden Zeit. Wir sollten es versuchen, Eva. Vielleicht will Krustschov ja auch garnicht mit uns kooperieren."

Matts Stimme war fest und Max wusste, dass er Diane genauso sehr zurück haben wollte, wie seine Tochter. Eva antwortete nichts und blickte in die Ferne. Dicke Regentropfen trommelten gegen die großen Scheiben die hinaus auf die Terrasse und in den Garten dahinter führten. Die Umgebung passte sich der Stimmung an und wirkte so grau und trostlos, dass man sich wie gelähmt fühlte.

„Wir haben etwas", kam Jack hereingerauscht und

steckte sein Telefon in die Tasche.

„Was?"

„Über das Amulett. Und ich glaube, dass uns das eine ganz neue Spur eröffnet."

Jacks Stimme klang sehr zuversichtlich.

„Das ist doch endlich mal ne gute Nachricht", sagte Max und schwang sich auf die Beine.

„Lasst uns keine Zeit verlieren!"

Kapitel 34

„Wie heißt diese Organisation nochmal?", fragte Matt zum x-ten Mal, als er wie ein angeschossenes Tier unruhig durch den Raum fegte. Alle anderen saßen um den großen, metallenen Konferenztisch, der das Besprechungszimmer beinahe vollständig ausfüllte. Die Jalousien waren heruntergezogen, um sich vor unliebsamen Blicken zu schützen. Kaffee und Wasser standen über den ganzen Tisch verteilt und ein einzelnes Whiteboard stand in der Ecke und schmückte den ansonsten kargen Raum wenigstens ein bisschen.

Matt hatte diese Frage sooft gestellt, dass selbst die ansonsten gelassene Sarah entnervt aufstöhnte.

„Wie oft hast du diese Frage in den letzten zehn Minuten gestellt, Matt", bemerkte sie kopfschüttelnd.

„Ich kann es immer noch nicht glauben", sagte er stirnrunzelnd und blieb schließlich stehen, kratzte sich am Kopf und setzte sich dann, um sich vollständig zu beruhigen.

Sie waren vor nicht einmal zwanzig Minuten hier hereingestürmt und hatten Sarahs kurzem, aber informativen Vortrag gelauscht. Das Amulett, welches sie am Orte der Entführung gefunden hatten, war durch sämtliche Analysen gerauscht und mit der kompletten Datenbank abgeglichen, die das FBI besaß. Sogar die Datenbanken des BND, von Interpol und der DEA wurden abgefragt, obwohl Letztere selbstverständlich keinerlei Daten darüber hatte. Es gehörte zu einer Organisation, die international zum Teil illegale Geschäfte machte; sich aber nichts davon nachweisen ließ und folglich der Öffentlichkeit nicht bekannt war. Selbst die meisten Geheimdienste hatten keine oder nur wenige Informationen über die Organisation.

„*Shadow*. Und wieso kannst du es nicht glauben? Ich für meinen Teil habe noch nie etwas von denen gehört", erwiderte Sarah verwundert.

„*Shadow* ist kein kleiner Fisch, Sarah. Sie operieren weltweit. Aber es wundert mich nicht, dass du noch nicht von ihnen gehört hast. Sie gehen sehr bedächtig vor. Wie eine Schlange, die sich von hinten an ihre Opfer heranschleicht bis es zu spät ist. Und dann blitzschnell wieder im Unterholz verschwindet", führte Matt unheilschwanger aus.

„Die meisten Behörden haben keinerlei Informationen über sie", meinte Eva. „Es überrascht mich, dass ein Amulett uns auf deren Spur geführt hat." Ihre Stimme war kontrolliert, doch das leichte Beben war zu vernehmen, dass die Sorge um ihre Mutter ausdrückte.

„Und ihr hattet bereits mit denen zu tun?", wollte Jack wissen.

„Ja. Dad und ich", bestätigte Eva und zuckte bei dem Gedanken ein wenig zusammen. Das war eine ihre unangenehmsten Missionen gewesen. Man hatte noch weniger Leuten trauen können als sonst und die Organisation war zu allem bereit. Eva war froh, als der Auftrag abgeschlossen war, wenn gleich nicht zu vollen Zufriedenheit ihrer Vorgesetzten.

„Mit denen ist nicht zu spaßen. Wir müssen vorsichtig sein", sagte Matt und eine Angst spiegelte sich in seinen Augen, die Eva noch nie zuvor gesehen hatte. David warf das Amulett auf den Tisch und forschte in die Runde.

„Wie genau hilft uns diese Information jetzt bei der Lösung unseres Problems? Wenn diese Organisation so international ist, wird sie dutzende Lager und Stützpunkte haben, in der ihre Frau gefangen gehalten werden kann", sagte David und deutete dabei auf Matt.

„Außerdem", warf William ein, „was ist passiert, dass die Bastarde jetzt Rache an euch nehmen wollen?"

Matt und Eva blickten sich achselzuckend an. „Das würden wir auch gerne wissen", sagten sie im Chor.

„Möglicherweise gab es Kollateralschäden, von denen wir nichts wussten. Die die aber nicht auf sich sitzen lassen wollen."

„Das sind ziemlich wage Vermutungen", meinte Jack.

„Ist ja auch völlig egal warum", echauffierte sich Eva.

„Tatsache ist, dass meine Mutter von diesen Schweinen festgehalten wird und dass wir sie schnellstmöglich finden müssen, sonst…", ihre Stimme versagte und sie brach ab. Hielt sich den Handrücken vor den Mund und schluckte schwer.

„Die Leute, die wir damals verhaftet hatten, kamen alle nach kurzer Zeit wieder raus. Das Einzige, was wir sicherstellen konnten, war ein Haufen Überwachungstechnik und einige Kilo Kokain."

„Überwachungstechnik?", fragte David und war plötzlich hellwach.

„Interessant."

„Ja. Damals waren wir der Vermutung, dass sie von einer geheimen Basis aus, alle Überwachungssysteme und Nachrichtendienste nochmal überwachen. Damit hätten sie alles gewusst und hätten jeden Polizeischlag gegen sie verhindern können."

„Die Welt wäre noch unsicherer geworden", warf Sarah ein und ein Frösteln überkam sie bei diesem höchst beunruhigenden Gedanken.

„Genau. Aber wir glauben nicht, dass sie es je geschafft haben. Dennoch wissen sie viel und haben einige Datenbänke angezapft zu denen sie ohne unser Wissen Zugang haben", klärte Matt auf.

„Vielleicht habt ihr damals mit eurem Einsatz deren Ziel verhindert und jetzt wollen sie es euch heimzahlen", schlug Jack vor.

„Aber dann hätten sie auch Eva geschnappt oder uns einfach getötet." Matt stand wieder auf und ging zum verdunkelten Fenster. „Nein, ich denke, da ist etwas viel persönlicheres im Spiel."

„Du meinst, sie wollen mit euch spielen und euch so richtig fertig machen?", fragte William.

„Ja. Sie werden Diane auch nicht töten. Zumindest in nächster Zeit nicht. Sie wollen uns leiden sehen und dafür muss Diane am Leben bleiben..."

„Sei still", schrie Eva, sprang auf und hastete aus dem Zimmer. Tränen rannen ihr über die Wangen und sie spurtete die Stufen zum Ausgang hinunter.

Max zögerte keine Sekunde und eilte Eva hinterher; Matt hielt ihm am Arm zurück.

„Sag ihr, dass es genauso schwer für mich ist. Aber wir müssen uns unter Kontrolle haben, sonst erreichen wir gar nichts", flüsterte er, sodass niemand anderes es hören konnte. Max nickte und huschte davon.

Eva stand an einen Baum gelehnt, ihr Blick auf dessen große, alte Wurzeln gesenkt. Max trat hinter sie und lehnte sich ebenfalls an den breiten Stamm, dessen Äste weite Schatten auf den gelblichen Rasen warfen. Der einzelne Baum wirkte auf dem riesigen Platz genauso einsam wie Eva.

„Ich weiß, dass es für dich hart ist", sagte Max einfühlsam. „Aber deinem Vater geht es genauso beschissen…"

„Ich…", unterbrach Eva ihn. „Weißt du, ich sehe Mom so selten und es macht mir nichts aus. Klar vermisse ich sie ab und zu". Ein Lächeln umspielte ihr Gesicht und sie leckte sich verlegen eine Träne von der Lippe. „Aber es ist okay. Ich weiß, dass es ihr gut geht. Dass Mom und Dad ihren Spaß haben und das, egal wie hart das Leben manchmal sein kann, im Grunde doch alles okay ist. Aber, aber…"

Max legte seinen Arm um sie und küsste sie zärtlich in den Nacken. Sie lachte auf und Max blickte irritiert zu ihr, als sie sich umdrehte.

„Weißt du eigentlich was du für eine unbeschreibliche Person bist Max Berger. Ich weiß nicht, was ich ohne dich machen sollte. Wie mein Leben ohne dich aussehen würde. Du bist mein Fels in der Brandung, ich…"

Sie unterbrach sich erneut und blickt verlegen an Max vorbei. „Ohman, wie kitschig", lachte sie kurz auf. Es war ein freudloses Lachen.

„Nein. Überhaupt nicht. Du bist dasselbe für mich", bekräftigte Max und seine Miene spiegelte abermals die grenzenlose Liebe zu Eva wider.

„Ja", blickte sie wieder zu ihm auf. „Danke." Sie umarmte ihn so fest, als wolle sie ihn nie wieder loslassen.

„Du bringst mich immer wieder zum Lachen, selbst in den beschissensten Situationen. Danke."

„Hör auf *danke* zu sagen, sonst werd ich noch rot", meinte Max grinsend. Eva gluckste.

„Es ist schwer von seiner Mutter getrennt zu sein, wenn man weiß, dass es ihr schlecht geht", wurde sie wieder ernst. „Wenn sie vielleicht sterben könnte. Wahrscheinlich sogar."

Sie suchte Max Blick, suchte nach einer Bestätigung ihrer Befürchtung, fand aber nichts dergleichen und atmete tief aus.

„Diane wird nicht sterben, Baby. Wir werden sie finden. Rechtzeitig." Er nahm ihren Kopf in seine Hände und blickte sie fest an. „Schau mich an! Ich weiß es."

Eva umarmte ihren Freund erneut und lange standen sie so aneinander geschmiegt und sagten nichts. Die Wärme ihrer Körper durchströmte sie und schien beide mit neuer Kraft zu erfüllen. Sie brauchten keine Worte, sie verstanden sich auch so vollkommen. Es wirkte beinahe so, als erhellten sie ihre Umgebung und nicht die Strahlen der gleißenden Sonne.

„Lass uns weitermachen", brach Eva schließlich die Stille und löste sich sanft von Max.

„Bist du sicher?"

„Ja. Ich kann mich kontrollieren. So, wie ich es gelernt habe. Wir werden sie finden!"

„Ganz sicher."

Gemeinsam schritten sie zurück zum Gebäude und ließen den Baum in seiner Einsamkeit zurück. Max und Eva waren niemals allein, dass wussten sie.

„Lasst uns den Einsatz von damals neu aufrollen. Wir brauchen alles. Befehle. Ergebnisse. Beteiligte Personen. Orte. Alles", sagte Matt in seinem Element, als Eva und Max den Konferenzraum betraten.

„Hey Schatz. Wie geht es Dir?", fragte er vorsichtig und trat einen Schritt auf seine Tochter zu.

„Alles ok", wiegelte Eva mit einer Handbewegung ab und setzte sich. „Lasst uns anfangen."

Matt blickte zu Max hinüber und als dieser aufmunternd nickte fuhr er fort.

„Also. Wie können wir das am besten beschaffen?"

„David, du bist unser Computerspezialist. Nimm dir Sarah und sieh zu, was ihr mit Matt zusammen herausfindet", befahl Jack.

„Wir geben unser Bestes", versprach Sarah.

„Wie alt ist dieser Fall?", wollte David wissen.

„Ungefähr fünf Jahre", antwortete Matt.

David nickte und schien innerlich schon mit der Beschaffung der Informationen beschäftigt, als sein Blick glasig wurde und in die Ferne glitt.

„Was macht ihr?", unterbrach Sarah die kurze Denkpause.

„Wir holen Krustschov", sagte Max zu Jack gewandt, mehr als Befehl denn als Frage formuliert.

„Wir holen Krustschov", stimmte Jack zu.

Kapitel 35

„Wo fangen wir mit der Suche an?", fragte Sarah in die verbliebene Dreierrunde (William war zu einem wichtigen Termin, der sich nicht verschieben ließ, aufgebrochen), die beharrlich geschwiegen hatte seitdem Max, Eva und Jack aufgebrochen waren.

„In den Datenbanken des FBI sollte sich noch einiges darüber finden. Die Daten werden erst nach zehn Jahren gelöscht. Außer die Mordfälle natürlich", führte David aus.

„Ja da müssten wir auf jeden Fall etwas finden", stimmte Matt zu.

David zog seinen Laptop aus der Tasche, klappte das nagelneue Ding auf und fuhr ihn hoch. Die Rückwand glänzte silbern und wirkte so neu, als sei er vor wenigen Minuten aus der Fabrik geholt worden.

„Wow. Das nenn ich mal neuste Technik", frohlockte Matt und trat hinter David.

„In der Tat", erwiderte David, weit weniger euphorisch.

Seine Finger flogen über die Tastatur und er rief die Startseite des FBI Intranets auf, um dort nach den alten Fallakten zu suchen. Der Weißkopfseeadler prangte oben rechts und füllte das ansonsten recht leere Fenster mit Leben.

„Nach was soll ich suchen?", fragte David ungeduldig. Matt nannte ihm die Fallnummer und die ihm bekannten Namen, die in die Sache verwickelt waren und nach kurzer Zeit blinkten bereits einige Treffer auf dem Bildschirm auf.

„Da", deutete Matt auf den zweiten Treffer, der eine rote Markierung am Rand zeigte. Das Zeichen dafür, dass der Fall nie vollständig abgeschlossen worden war, aber dennoch als vollendet angesehen worden war. *Nun, das hatte sich wohl geändert. Tja, man sollte seine Arbeit nun mal immer gründlich machen, sonst fällt es irgendwann auf einen zurück,* dachte Matt und seufzte. David rief die Akte auf und mehrere Fenster mit Bildern und Schriftdokumenten ploppten auf.

„Das ist ja ne ganze Menge Material", sagte Sarah überrascht und beugte sich nach vorne, um besser sehen zu können. David blickte sie böse an und Sarah zuckte zurück.

„Entschuldigung, Grieskram. Ich zieh mich schon zurück", sagte sie pikiert. David ignorierte sie.

„Klick als erstes Mal alle Bilder durch", bat Matt David. Auf den meisten Bildern waren Beweismittel zu sehen oder abfotografierte Akten. Nichts Besonderes und alles in allem enttäuschend.

„Ich hole mal Kaffee", schlug Sarah nach einiger Zeit gelangweilt vor und verließ den Raum.

„Mach das", murmelte Matt, ebenso enttäuscht, das die Suche bisher nichts zutage gefördert hatte, was auch nur im Entferntesten im Zusammenhang mit ihrem Fall und dem Verschwinden von Diane stand. Nicht einmal ein Bild des Amuletts hatten sie bisher entdeckt.

„Es ist sinnlos", meinte Matt.

„Das glaube ich nicht", sagte David und zeigte das erste Mal so etwas wie Gefühle, als er versuchte Matt aufzumuntern.

„Wir haben noch nicht einmal die Hälfte des Materials gesichtet. Wir sollten nicht zu voreilig aufgeben."

„Na wenn du das schon sagst David."

„Und habt ihr inzwischen was?", fragte Sarah, die Mühe hatte die drei Kaffeetassen in ihren Händen zu balancieren und gleichzeitig die Glastür aufzustoßen, ohne das der helle Teppich schwarz wurde.

„Nein."

Matt ging um den Tisch herum und nahm ihr zwei Tassen ab – stellte eine neben David ab, der sie allerdings nicht weiter beachtete.

„Danke", sagte Matt und prostete Sarah mit der Tasse zu, als er einen tiefen Schluck nahm. „Puh. Das hat mir gefehlt. Ein Schluck Kaffee kann wahre Wunder bewirken."

„Sag ich auch immer", lächelte Sarah.

„Genau genommen belebt eine Tasse heißen Tees den Körper wesentlich mehr, als so viel Koffein", warf David ganz sachlich ein.

„Danke Klugscheißer", sagte Sarah auf die die Aussage extrem besserwisserisch gewirkt hatte.

„Ich erwähne nur Tatsachen."

„Ok. Genug Leute. Machen wir hier weiter. Wir haben noch einen Berg vor uns und wenig Zeit."

„Guter Vorschlag", sagte David nur und wandte sich wieder dem Bildschirm zu, um die Bilder weiter durchzuschauen. „Dann mal los", forderte Sarah die beiden Männer auf und umfasste ihre Tasse mit beiden Händen, wobei sie einige Finger unter den Henkel schob.

„Warum ist so eine Detailsuche nur immer so anstrengend und aufreibend", sagte Matt, ohne irgendjemand gezielt zu fragen.

„Tja", machte Sarah", wenn es einfach wäre, könnte es ja jeder. Außerdem wäre es ja langweilig", versuchte Sarah die nicht gerade gute Stimmung etwas zu heben.

„Ich könnte hin und wieder etwas dieser Langeweile gebrauchen, um ganz ehrlich zu sein, Sarah", antwortete Matt.

„Wer könnte das nicht", meinte David und man sah im an, das er am liebsten ein langweiliges Leben, mit einem Buch in der Hand bei einem guten Glas Rotwein am Kamin führen würde.

„Warum bist du dann hier?", fragte Sarah neckend.

„Weil ich, dass was ich mache wohl so gut kann wie kaum ein anderer und ich mich dazu berufen fühle, der Menschheit zu helfen, das Übel einzudämmen. Meine Fähigkeiten wären verschwendet, wenn ich nur im Schaukelstuhl hocken würde."

Sarah sagte nichts, war aber durchaus überrascht, dass David anscheinend einen weichen Kern hatte und er nur beim FBI arbeitete, weil er sich dazu berufen fühlte. Auch wenn er sehr von sich eingenommen war, warf diese Offenbarung ein etwas anderes Licht auf David.

„Genug geredet", führte Matt die beiden wieder ins Hier und Jetzt und zu ihrem Fall zurück und riss Sarah aus ihren Gedanken.

David begann erneut langsam die Bilder durchzuklicken und Sarah und Matt begutachteten jedes Bild mit Argusaugen. Ein Dutzend Bilder verstrichen, ohne das es irgendetwas Auffälliges gegeben hätte.

„Da. Stopp. Zurück, zurück", sagte Matt aufgeregt, gerade als sie die Bilder schon aufgeben wollten und sich dem Stapel digitaler Akten hatten zuwenden wollen. David klickte ein Bild zurück und lehnte sich dann im Stuhl zurück.

„Da", sagte Matt erneut und berührte mit dem Zeigefinger den Bildschirm. Er deutete auf einen Mann dessen Züge nur verschwommen wahrzunehmen waren.

„Man kann ihn kaum erkennen", sagte Sarah.

„Um seinen Hals", wies Matt nochmal darauf hin.

„Das Amulett. Du hast Recht, Matt", stimmte David zu.

Um seinen Hals hing an einer Kette das Amulett, was das Team auf dem Supermarktparkplatz gefunden hatte.

„Wenn wir herausfinden, wer der Mann ist, haben wir vielleicht unseren Entführer", frohlockte Matt und seine Miene hellte sich auf.

„Kennst du ihn nicht?", fragte Sarah hoffnungsvoll.

„Leider kenne ich nicht mehr alle die damals involviert waren. Ich bin allerdings sicher, dass er keiner war, den wir inhaftiert haben."

„Vielleicht einer, der Rache für seine Kumpels will", schlug Sarah vor.

„Das wäre eine Motiv", lenkte David ein.

„Aber warum erst jetzt. Fünf Jahre später?"

„Keine Ahnung. Vielleicht hat er alles genau geplant und das dauert", schlug Sarah nicht sehr überzeugend vor.

„Aber keine fünf Jahre. Wenn es Rache ist, dann passt es gerade in deren Plan."

„Der vermutlich viel größer ist, als du und deine

Frau", sagte David.

„Genau", bestätigte Matt. „Ich glaube, dass wir nur ein kleines Rädchen sind."

„Warum?"

„Weil *Shadow* bisher immer im Großen gehandelt hat. Auch wenn man das Meiste davon nicht mitbekommen hat. Es würde nicht zu ihnen passen, wenn sie sich auf eine kleine Racheaktion einschießen. Und ich glaube auch nicht, dass die ganze Organisation auf Rache an mir aus ist. Das ist eine, vielleicht zwei Personen."

„Gute Argumente", meinte David.

„Also wie finden wir jetzt raus, wer der Kerl ist?", fragte Sarah, die wirkte als wolle sie sich wie eine Raubkatze auf ihre Beute stürzen.

„Datenabgleich mit sämtlichen behördlichen Aufzeichnungen", schlug David vor.

„Möglich, dauert aber wohl zu lange", wehrte Matt den Vorschlag ab. „Wir sollten warten bis Max und Eva zurück sind. Möglicherweise kennen die Beiden den Mann."

„Ok."

„Trotzdem würde ich vorschlagen, die Datenbanksuche anzuleiten. Wenn Max und Eva den Mann nicht kennen, dauert es noch länger", griff David seinen Vorschlag wieder auf.

Matt runzelte die Stirn und fuhr sich mit der Hand durchs Gesicht.

„Na gut. Mach die Suche. Schaden kann es wohl nicht."

„Wie zum Teufel holen wir Krustschov aus dem FBI

Gewahrsam. Will mir das mal einer verklickern?"

Evas Stimme klang nicht sehr überzeugt und sie wirkte, als wäre sie kurz davor ein hoffnungsloses Fußballspiel anzutreten.

„Wir gehen rein, fragen höflich und nehmen ihn dann einfach mit", grinste Max als sie zielstrebig von ihrem Wagen zu dem Gebäude gingen, in dem Krustschov für den Moment im sicheren Gewahrsam war.

„Super Idee", sagte Eva und zog eine Grimasse.

„Ich regel das schon. Vertraut mir. Es wird ganz entspannt ablaufen. Es ist nicht ungewöhnlich, dass ein ermittelnder Agent einen Verdächtigen zweimal in kurzer Zeit befragen möchte. Ich glaube nicht, dass sie misstrauisch werden. Außerdem muss Krustschov erst in rund zehn Stunden entlassen werden, wenn wir keine Beweise für eine Anklage finden. Noch genug Zeit also", erklärte Jack zuversichtlich.

„Deinen Optimismus möchte ich haben", meinte Eva, aber ein schmales Lächeln erschien auf ihren Lippen.

„Wie lange ist die Videobotschaft jetzt her?", wollte Eva wissen.

Max warf einen Blick auf seine Armbanduhr.

„Circa sechs Stunden, also noch mehr als genug Zeit."

„Wenn sich unser Freund an seinen eigenen Zeitplan hält."

„Ja."

Sie warfen sich unsichere Blicke zu, als sie hinter Jack durch die großen Flügeltüren schritten, die in eine (wie anscheinend alles beim FBI) imposante Empfangshalle führten.

„Du schon wieder", neckte ein Beamter Jack, als der

an die Einlassschleuse trat.

„So schnell wirst du mich nicht los Darren", grinste Jack frech zurück.

„Verdammt."

„Tut mir Leid Kumpel. Aber sei doch mal ehrlich; du bist einfach nur eifersüchtig, dass du nicht so gut aussiehst wie ich", konterte Jack schlagfertig.

„Halt dein Maul", winkte Darren die drei durch die Sicherheitskontrolle. Jack grinste nur breit, als er mit Max und Eva um die Ecke bog, und den Gang zu den Tageszellen entlang ging.

„Netter Kerl", meinte Max sarkastisch.

„Man sollte ihm nicht vertrauen", stimmte Jack ihm zu.

„Er ist ein guter Mann, aber nicht immer ganz ehrlich."

Der Gang war dunkel, mit schmalen Fenstern kurz unter der Decke und die Wände wirkten bedrohlich. Die blassgrüne Farbe erinnerte stark an eine Schleimspur und passte wunderbar zum Bild eines Gefängnisses, welches Max im Kopf hatte.

Wenn ich mich hier nur mehrere Stunden aufhalten müsste, würde ich mir die Kugel geben.

„Wir würden gerne Detlev Krustschov zu einem weiteren Verhör mitnehmen", bat Jack, als er an den kleinen Metalltisch trat, der seine besten Tage lange hinter sich hatte. Ein älterer, gelangweilt aussehender Mann saß dahinter und blickte nun von seiner Zeitung auf, in die er komplett versunken war.

„Bitte?", fragte der Mann etwas verwirrt und Jack wunderte sich, dass solche Leute beim FBI arbeiten konnten. Aber im Innendienst war wohl Schnelligkeit und Aufmerksamkeit nicht so gefragt.

Jack wiederholte höflich die Frage und der Mann blickte misstrauisch auf.

„Ausweis bitte", forderte er Jack auf. Der Mann nahm den Ausweis entgegen und ließ seinen prüfenden Blick zwischen der Karte und Jack hin und her wandern.

„Jack Warner. Sie sind der Agent, der uns den Verdächtigen überstellt hat."

„Genau, er…"

„Gut", unterbrach er Jack, ohne ihn zu beachten.

„Meinen Sie der Verdächtige erinnert sich jetzt besser?", fragte der Mann ironisch und Jacks Achtung vor dem Mann wuchs erstaunlicherweise an. Er war cleverer und aufmerksamer, als er gedacht hatte. *Tja, Jackilein, beurteile niemals einen Menschen nach seinem Aussehen und ersten Eindruck. Das solltest du doch inzwischen besser wissen.*

„Wir haben ein paar neue Fragen. An die wir eben nicht gedacht haben", fügte er hastig hinzu, als der Mann nicht sonderlich überzeugt wirkte.

„Sie nehmen ihn mit in ihr Büro?"

„Genau."

„Und dort ist alles gut gesichert?"

„Mein Team besteht im Moment aus sechs Personen. Wir haben alles unter Kontrolle."

„Wie oft habe ich das schon gehört und am Ende war der Häftling auf und davon", erwiderte der Mann verbittert und in seiner Stimme schwang ein Hauch von Ärgernis, ob der Sorglosigkeit mancher Agenten mit.

„Ich versichere I…", setzte Jack an, aber der Mann

winkte mit ein paar ruckartigen Handbewegungen ab.

„Schon gut. Schon gut. Sie haben vier Stunden. Bringen sie ihn rechtzeitig zurück, sonst brennt der ganze Laden hier. Und sie haben ein Problem Agent Warner", mahnte der Mann, bevor er sich umdrehte und den Zellenblock entlang ging.

„Kommen sie?", fragte er ungeduldig und Max, Jack und Eva schickten sich zügig an ihm zu folgen, um nicht einen noch schlechteren Eindruck zu hinterlassen.

„Das lief ja relativ problemlos", freute sich Eva zurückhaltend.

„Zum Glück."

„Dennoch bin ich froh, dass ich nicht beim FBI arbeite. Hier scheinen ja nur unsympathische Leute zu arbeiten", bemerkte Max. Jack warf ihm einen schiefen Blick zu.

„Du natürlich nicht, Jack", beruhigte Max ihn schnell und klopfte ihm auf die breite Schulter.

„Das will ich auch hoffen", grollte er gespielt verärgert.

„Vier Stunden sind dennoch nicht die Welt, und…" Eva verstummte als sie die Zelle erreichten und der Mann stehen blieb. Sie würden später über die weitere Vorgehensweise sprechen. Hier war ganz sicher nicht der richtige Ort, noch die richtige Zeit.

Der Mann schob das schmale vergitterte Fenster im oberen Teil der weißen Metalltür auf.

„Bitte zurücktreten. Wir kommen jetzt herein. Versuchen sie irgendwas, wird es schmerzhaft für sie." Die Stimme des Mannes klang gelangweilt, so als ob er das schon tausende Male gesagt hatte und kein Problem damit hätte, seine Gewaltandrohung in die Tat umzusetzen.

„Okay", sagte Krustschov nur und er klang nicht so, als ob er ein Interesse hätte einen Fluchtversuch zu starten. Warum auch; noch konnte man ihm nichts nachweisen und er hatte nicht vor, dem FBI irgendetwas zu liefern, was sie gegen ihn verwenden könnten. Seine Geschäfte waren alle astrein und nicht illegal. Sobald er hier raus war, würde er dem FBI erstmal eine lange Klageliste auf den Hals hetzen.

„Ihr schon wieder", sagte Krustschov nur, als sich die Tür aufschob. Er erhob sich und ließ sich ohne Gegenwehr die Handschellen anlegen.

„Ja, wir schon wieder", sagte Eva und ein kurzes Raubtiergrinsen entstellte ihr Gesicht.

„Wollen wir!"

Max und Jack schoben Krustschov vor sich her, während Eva die Führung übernommen hatte und nun die wenigen Meter von den Aufzügen zum Konferenzzimmer schritt, in dem noch immer das Triumvirat mit der Suche nach dem Mann beschäftigt war. Bisher hatte die Suche in den Datenbanken keinerlei Treffer ergeben. Krustschov hatte keinen Widerstand geleistet und sich ergeben gefügt. Als sie nun den kurzen Korridor entlang schritten, bewunderte er in Gedanken die langweiligen weißen Wände mit den krellen, in regelmäßigen Abständen angebrachten, Lampen, die den Flur nicht vollkommen zu einem Hort von Traurigkeit werden ließen.

„Taa daa. Hier ist der Weihnachtsmann und bringt ein

Stück Dreck", begrüßte Max die Anwesenden als er das Zimmer betrat und Krustschov auf einen Stuhl schob.

„Willkommen zurück", lachte Sarah und schüttelte den Kopf ob Max' Fähigkeit selbst in ernsten Situationen den Spaß zurückzubringen und allen ein mehr oder weniger gutes Gefühl zu geben.

„Na das ging ja schnell", stellte Matt erfreut fest.

„Ja keine erwähnenswerten Probleme", stimmte Jack zu.

„Leider waren wir nicht ganz so erfolgreich. Wir haben das Amulett auf einem Bild entdeckt. Ein Mann trägt es um den Hals. David lässt gerade eine Suche in der Datenbank nach diesem Mann laufen."

Matt deutete mit dem Daumen über die Schulter auf David, der komplett in sein Suchprogramm vertieft war.

„Wir hatten gehofft, dass du oder Eva diesen Mann eventuell schon mal gesehen habt", fuhr Matt hoffnungsvoll an Max gewandt fort.

„Dann lass mal sehen", forderte Max und trat um den Tisch herum. „Ich nehme an ihr habt das Bild noch im Computer."

„Natürlich", erwachte David zum Leben.

„Zeig es uns. Komm her Schatz", winkte er Eva heran. David minimierte sein Suchprogramm und rief die Dateien mit den Bildern wieder auf. Nach einigen kurzen Klicks prangte das Bild schirmfüllend auf.

„Der Mann dort, ein wenig im Hintergrund. Ich weiß, sonderlich scharf ist das Bild nicht", entschuldigte sich David.

Max und Eva traten an den Bildschirm und Max tippte

David auf die Schulter, der den Wink verstand und für Max Platz machte. Max beugte sich in seinem Sitz nach vorne und Eva stützte sich auf Max Schulter, um so näher an das Bild heranrücken zu können.

„Das...", begann Max und brach geschockt ab. Er drehte den Kopf zu Eva und in ihren Augen spiegelte sich die gleiche Fassungslosigkeit wie in seinen eigenen. Das war unmöglich. Es konnte einfach nicht wahr sein.

„Hallo. Leute", schnippte Matt zwischen Max und Eva, um die beiden aus ihrer Starre aufzuwecken. Die beiden wirkten, als ob sie in der Zeit eingefroren wären.

„Was?!", zuckte Max zusammen.

„Kennt ihr den Mann?", fragte Matt drängend.

Max und Eva warfen sich noch einmal einen Blick zu, bevor Eva sich an das restliche Team wandte.

„Nur zu gut", brachte sie hervor.

„Wer ist es?", fragte Jack. „Raus damit."

„Dann schnappen wir ihn uns", sagte Matt und war plötzlich voller Tatendrang.

„Ich denke nicht, dass das so einfach wird", schluckte Max.

„Er hat uns die ganze Zeit verarscht und immer mit uns zusammen gearbeitet. Dabei steckt er dahinter", echauffierte sich Eva.

„Bleib ruhig, Eve. Wir wissen nicht, ob er hinter allem steckt."

Eva pfiff abwertend und warf Max einen Blick zu, der deutlich machte, wie wenig sie von Max Naivität hielt, die er zuweilen an den Tag legte.

„Wer, verdammt nochmal, ist es?", wollte Sarah wissen und sie schien vor Neugier zu platzen.

„Steven Barrett", ließ Max die Bombe platzen und schlagartig war alles still. Jeder der diesen Namen schon einmal gehört hatte blickte überrascht durchs Zimmer. Die anderen schauten verwirrt drein, ob der offensichtlichen Betroffenheit der Anderen.

„Wir haben in Berlin mit ihm zusammengearbeitet, als wir den Fall eines ermordeten Agenten untersuchten, von dem wir bis jetzt dachten, er sei von ihm ermordet worden", sagte Eva und deutete auf Krustschov, der gelangweilt in der Ecke saß. Beim Namen Barrett, war allerdings auch er aufgeschreckt, was Eva nicht entgangen war.

„Aber vielleicht steckt Barrett hinter alledem", mutmaßte Max.

„Warum sollte er wollen, dass die NSA Ermittlungen in seiner Umgebung anstellt, indem er einen Agenten ermorden lässt?", fragte Jack.

„Das sollten wir schnell herausfinden", sagte Matt bestimmt.

„Eins wissen wir jetzt auf jeden Fall: Steven Barrett hat meine Mom gekidnappt."

„Aber warum zum Teufel?"

Matt schlug mit der Faust auf den Tisch und wischte einen Stapel Akten vom Tisch.

„Was haben wir ihm getan? Was hat Diane ihm getan?"

„Die Antwort finden wir möglicherweise ebenfalls in den Akten des alten Falles", meinte David.

„Wir können das Motiv Rache nun keinesfalls mehr ausschließen."

„Na toll. Wir haben es also mit einem Bekloppten zu tun, der auf Rache aus ist", sagte Matt.

„Also lasst uns rausfinden, was dieses Arschloch will und dann treten wir ihm in den Arsch!", forderte Max.

„Guter Plan", stimmte Eva zu.

„Ich denke ich habe das Motiv gefunden", meinte David, der inzwischen wieder vor seinem Laptop Platz genommen hatte.

„Bitte?", fragten alle im Chor.

„Laut den Unterlagen gab es bei dem Einsatz Kollateralschäden. Eine Melissa Barrett starb. Sie war damals erst sechzehn. Ich nehme an, dass das Steven Barretts Tochter war", schloss David mit seinem kurzen Bericht.

„Wow", sagte Matt und fuhr sich nervös mit der Hand durchs Haar. Er schritt zum Fenster und blickte hinaus, wo sich sein Blick kurz in der Ferne verlor.

„Das wusste ich gar nicht."

„Das ist sein Motiv", sagte Eva. „Die Frage ist nur, warum er dann nicht mich geholt hat."

„Keine Ahnung. Aber wer kann schon in den Kopf eines Verrückten blicken", warf Max ein.

„Wir müssen wieder nach Berlin, soviel steht fest!"

„Ja."

„Nach Berlin?", fragte Jack verwirrt.

„Da wohnt er. Und ich denke nicht, dass er Bescheid weiß, dass wir wissen, wer er ist", meinte Eva. „Also wird er wohl noch das sein, wenn wir ankommen."

„Dann lass uns sofort los", schlug Max vor und stand auf.

„Jetzt?", fragte Jack ungläubig.

„Jetzt! Aber Max und ich fliegen alleine. Wir kennen ihn und wecken seinen Argwohn wohl nicht sofort."

„Auf keinen Fall. Ich komme definitiv mit", sagte Matt und in seinem Gesicht spiegelte sich deutlich wider, dass er keinen Widerspruch akzeptieren würde.

„Na gut. Aber nur wir drei", gestand Eva zu, die wusste, wann ihr Vater nicht mehr umzustimmen war.

„Was machen wir?", wollte Jack wissen.

„Ihr bringt Krustschov um, falls wir es nicht in den nächsten vierzig Stunden schaffen, Barrett zu finden."

„Was?", fragte Krustschov und seine Stimme klang ein bisschen zu hoch.

„Oh. Tut uns Leid, dass wir sie nicht in unseren Plan eingeweiht haben. Im besten Fall haben sie ja gar nichts mit der Sache zu tun. Und wir müssen sie überhaupt nicht umbringen. Aber Barrett möchte das nun mal. Ich weiß auch nicht, warum er nicht gut auf sie zu sprechen ist."

„Das sind ja rosige Aussichten", erwiderte er sarkastisch.

„Tja."

„Aber ich nehme an, er möchte meine Geschäfte komplett übernehmen. Und nicht nur mit mir teilen. Unsere Vereinbarung reicht ihm wohl nicht aus."

„Das ist ja interessant. Barrett hat wohl überall seine Finger drin", dachte Max laut.

„Shadow war damals schon recht einflussreich. Ich dachte wir hätten sie eingedämmt. Offensichtlich ist das Gegenteil der Fall gewesen", meinte Matt genervt.

„Und Barrett setzt sich auch nicht für die Abrüstung ein, so wie er es vorgibt. Sonst würde er nicht mit

Krustschov zusammenarbeiten", überlegte Eva.

„Wahrscheinlich hat er sogar die Ermordung seines Kollegen in Auftrag gegeben. Und das auch noch mit Waffen von Krustschov, um ihn so aus dem Weg zu räumen und seine Geschäfte komplett übernehmen zu können. Und das ist ihm bisher ja auch ziemlich gut gelungen."

„Wow. Dieses hinterhältige Arschloch. Noch einen Grund mehr ihn zu schnappen und endlich für Ruhe zu sorgen", sagte Max hasserfüllt.

„Dann lasst uns keine Zeit mehr verlieren und sofort nach Berlin fliegen. Das sind nämlich nicht gerade fünf Minuten Flug."

„Wir bleiben in Kontakt", sagte Matt zu Jack gewandt.

„Ich hoffe wir müssen ihn nicht töten", und sein Blick traf den von Krustschov.

„Das hoffe ich auch", erwiderte Jack. „Aber wenn es hart auf hart kommt, stehe ich hinter dir."

„Danke."

„Viel Glück."

Die beiden umarmten sich und Matt verließ gemeinsam mit Max und Eva das Gebäude.

Kapitel 36

Die Gedanken rasten in Evas Gehirn und keine der unzähligen Synapsen, die alles in ihrer Zentrale verbanden, gaben auch nur eine Nanosekunde Ruhe. So war es nicht verwunderlich, das sie ohne Unterlass auf ihrem unbequemen Sitzplatz der Economy-Class hin und herrutschte, sodass selbst Max langsam nervös hin und her zu rutschen begann.

„Kannst du nicht mal eine Minute ruhig bleiben", presste er zwischen zusammengebissenen Zähnen hindurch.

„Nein", erwiderte Eva und veränderte erneut ihre Position. Matt auf der anderen Seite von Eva schlief seelenruhig und bekam von alledem nichts mit. *Was ein Glückspilz,* dachte Max und ließ einen riesigen, stummen Seufzer los, der seine Seele hinunterpurzelte, wie eine gewaltige Lawine in den Alpen.

„Wie soll ich dein Gezappel noch vier Stunden aushalten, Baby", versuchte Max es nun auf die Mitleidstour.

„Dein Problem", zischte Eva verärgert. Sie schien so mit sich selbst beschäftigt, dass ihr Umfeld ihr vollkommen egal war.

„Ohman", verdrehte Max die Augen, schnallte sich ab und erhob sich. „Ich vertrete mir mal die Füße."

Eva ignorierte ihn vollkommen, als sie eine Hand unter ihren Hintern schob und die andere im gleichen Atemzug darunter hervor zog. Max schüttelte den Kopf und ging in Richtung der Toiletten. Er brauchte nur kurz Ruhe, denn Eva machte ihn zunehmend nervöser. Er wollte aber runterkommen und entspannen. Sie hatten diesen öffentlichen Flug gebucht, da die NSA nicht bereit war Mittel zu Geiselrettung einzusetzen, die ihrer Meinung vollkommen unwichtig war. Und auch das FBI konnte nicht erneut einen Jet für den Flug nach Europa erübrigen. Max und Eva hatten kurz vor ihrer Abreise mit dem Hauptquartier gesprochen und die Lage erklärt. Natürlich hatte der Direktor ignoriert, das Krustschov nicht hinter dem Anschlag auf ihren Agenten stand, sondern sie stattdessen beglückwünscht, den Fall gelöst zu haben. Die NSA würde sich um alles Weitere kümmern und Krustschov in den nächsten Stunden aus dem FBI Gewahrsam abholen. Sie sollten sich doch ein paar Tage frei nehmen, bis er wieder einen Auftrag für sie hätte. Und auf keinen Fall sollten sie irgendwelche Alleingänge starten. Aber das sagte er immer, und Max und Eva hatten sich beinahe noch nie daran gehalten. *Wenn die NSA Krustschov nun abholt,* dachte Max, *haben wir keine Kontrolle mehr.* Dann mussten sie Barrett innerhalb der nächsten vierundzwanzig Stunden finden, sonst sah es schlecht aus für Diane.

So hatten sie die drei Tickets mit anderen Pässen gebucht und über die Kreditkarte eines Freundes, damit man ihre Reise möglichst schwer nachvollziehen konnte. Das Letzte was sie nun gebrauchen konnte, war ein Auftauchen der Kavallerie, die sie in letzter Minute stoppte.

Der Schlag kam aus dem Nichts und traf ihn hart an der

Schulter, wirbelte ihn halb herum und ließ ihn in die Toilette stolpern. Der nächste Tritt traf die Magengegend und raubte ihm für eine Sekunde den Atem, als er auf den Toilettensitz plumpste.

In den wenigen Augenblicken in dem sein Angreifer unbemerkt die Tür schloss, konnte er einen kurzen Blick auf ihn werfen. Er war relativ groß, hatte dunkles Haar und ein Kreuz, das so breit war, dass Max staunte, dass der Mann überhaupt in die Toilette passte. Ein breites Grinsen spiegelte sich auf seinem Gesicht wider, als er sich zu Max umdrehte; und offenbarte einige verfaulte Zähne. Er hatte diesen Blick in den Augen, den Max schon oft bei Verrückten gesehen hatte, die sich am Leid anderer ergötzten. Dieser Mann genoss es Schmerzen zu verursachen und Macht auszuüben. Wahrscheinlich erregte es ihn sogar sexuell. Max schüttelte in einer Mischung aus Verachtung und Mitleid den Kopf und klärte seinen benebelten Verstand. Das war auch ihre größte Schwäche. Sie machten nicht kurzen Prozess, sondern genossen den Moment und zogen ihn in die Länge. Das hatte Max hin und wieder die Haut gerettet, oder ihn zumindest vor einigen Knochenbrüchen bewahrt.

Das Monster hob seinen Arm, der so dick wirkte wie ein Stahlträger im Keller des Empire State Buildings. Er ließ den Arm mit einer unglaublichen Schnelligkeit niedersausen, genau an der Stelle wo Max Magengrube lag. Max rollte sich pfeilschnell herum und war längst auf den Beinen, als der Arm den nun verwaisten Klodeckel traf. Der Mann japste kurz, mehr vor Verwunderung, denn vor Schmerz, da traf ihn ein Fuß hammerhart in die Kniekehle und im gleichen Atemzug ein Handkantenschlag auf den Hals. Er sackte auf ein Knie und Max zielte mit der Faust auf seine Schläfe. Der Mann fing Max' Hieb mit einer Hand ab, drehte ihm den Arm um und wirbelte Max damit gegen die Kabinenwand, das diese beinahe nach außen brach.

„Also die harte Tour", zischte Max. „Gerne!"
Sein Gegenüber grinste nur und winkte ihn mit seinen riesigen Pranken zu sich heran. *Der Kerl hat wirklich Spaß.* Max schüttelte den Kopf. *Nicht mehr lange.*

„Ich hab leider keine Zeit für sowas. Tut mir Leid", murmelte Max und senkte den Blick. Der Mann holte aus und beschrieb mit seinen Armen einen Bogen, dessen Ende genau Max Kopf war. Max duckte sich darunter hinweg und hieb seinem Angreifer mit aller Kraft seinen Ellenbogen in die Kehle. Er wirbelte unter ihm hinweg und brach dem Mann mit einem gezielten Tritt Schien- und Wadenbein. Der griff sich bestürzt an seinen Hals und dicke Adern quollen an seinem Kopf hervor als er vergeblich nach Luft rang. Er fiel unkontrolliert zuckend auf den Boden, während sein Kopf immer roter anlief, so dass er zu platzen drohte.

„Keine Sorge. Im besten Fall hab ich deine Luftröhre nicht ganz zertrümmert", beugte sich Max zu ihm hinunter. „Aber es könnte passiert sein. Ich bin in letzter Zeit ein bisschen aus der Übung und… na ja, es tut mir schon jetzt Leid, falls ich etwas zu fest zugeschlagen habe." Max klopfte dem Mann auf die Schulter dessen Rotton unfassbarerweise noch eine Spur dunkler geworden war und stand auf, um die Toilettenkabine zu verlassen.

„Oh, das ich hätte ich fast vergessen", klatschte sich Max mit der flachen Hand gegen die Stirn. Er holte einen kleinen Beutel aus seiner Tasche, den er praktisch immer mit sich herumtrug. Er zog eine winzige Spritze mit einer klaren Flüssigkeit auf und mühte sich dann wieder zu dem Mann hinunter, was in der Enge der Kabine keine leichte Aufgabe war. Das Zucken hatte inzwischen aufgehört, der Mann brauchte all seine Kraft um am Leben zu bleiben und irgendwie Sauerstoff in die Lungen zu drücken. Max jagte ihm die Injektion in den Oberschenkel und steckte alles wieder sorgsam in seinen Beutel zurück.

„Keine Sorge, gleich wird alles gut. Und, wie gesagt, wenn ich gut getroffen habe wirst du in ein paar Stunden aufwachen und höchstens ein paar Kopfschmerzen haben." Max stand auf, in seinem Gesicht stand trotz seiner Wortwahl keine Spur von Freude. Er verschloss die Tür mit einer feinen Nadel von außen, in dem er das Schloss drehte und wandte sich ab. *Hoffentlich entdeckt den niemand bevor wir landen.* Tiefe Verachtung, mit einer Spur von Panik, war in seinen Augen zu erkennen, als er die Toilette verließ und wieder zu Eva zurückkehrte.

„Du solltest nicht die Toilette besuchen. Zumindest nicht, die da vorne links."

„Wieso nicht?", fragte Eva gelangweilt.

„Ich hatte eine nette Unterhaltung und mein Partner ist noch dort", witzelte Max.

„Was?", fragte Eva und drehte sich ruckartig um. Dann sah sie die Schrammen, die Max davongetragen hatte und stöhnte.

„Was ist schon wieder passiert? Kannst du nicht mal mehr alleine auf die Toilette gehen."

Max hob abwehrend die Hände. „Es doch nicht meine Schuld. Was kann ich dafür, wenn mich einfach jemand anfällt", flüsterte Max gereizt.

„Wir werden also beobachtet und verfolgt", analysierte Eva nüchtern.

„Sieht so aus."

„Wahrscheinlich einer von Barretts Leuten", mutmaßte Eva.

„Ja, ich glaube auch nicht, dass es einer von Krustschovs Leuten ist. Der verhält sich ruhig. Er weiß, dass wir ihm nichts anhaben können."

„Verdammt. Dann weiß Barrett, dass wir unterwegs sind und er hat alle Zeit der Welt sich mit Mom aus dem Staub zu machen." Eva wollte wütend mit der Faust auf den Sitz vor ihr schlagen, doch Max fing den Arm rechtzeitig ab. Eva warf ihm einen finsteren Blick zu, bevor sie resigniert in den Sitz zurückfiel.

„Benimm dich. Wir wollen keine Aufmerksamkeit. Wir können von Glück reden, wenn unser Freund erst nach der Landung entdeckt wird", maßregelte Max seine Freundin.

„Ist ja gut", lenkte sie ein, nur mühsam ihre Wut unterdrückend.

„Ich denke auch nicht, dass Barrett über unsere Pläne Bescheid weiß – Sicher, er hat jemanden auf uns angesetzt, der uns beobachten soll. Aber der Kerl hat seinen Auftrag wohl etwas erweitert. Ich hatte das Gefühl, als wolle er den ganzen Ruhm für unsere Beseitigung einheimsen und es Barrett bei seiner Rückkehr stolz präsentieren. Auch wenn das sicher nicht Barretts wahres Ziel ist. Deshalb glaube ich auch, dass er Barrett keineswegs über unsere Ankunft informiert hat."

„Hmm. Ich war nicht dabei, aber du könntest Recht haben. Sonst hätte er Barrett informiert und sie hätten uns am Flughafen kassiert. Das wäre viel sicherer gewesen, als sich auf einen Kampf im Flugzeug einzulassen, der normalerweise nicht unbemerkt bleibt. Zumindest nicht lange." Eva pausierte kurz, dann drehte sie den Kopf und schaute Max direkt an.

„Hoffen wir, dass du Recht hast, sonst ist unsere Mission schon jetzt gescheitert."

Beide blickten zu Matt, der immer noch seelenruhig schlief.

„Wie macht er das nur?", fragte Eva erstaunt.

„Tja, er ist ein alter Mann und braucht seinen Schlaf", grinste Max.

„Das wird's sein", lächelte Eva zurück. „Was machen wir mit unserem Freund aus der Toilette?"

„Wir lassen ihn dort. Hoffen, dass er erst nach der Landung entdeckt wird und vergessen ihn."

„Toller Plan." Evas Lächeln war humorlos.

„Wir können ihn schlecht aus dem Flugzeug schmeißen."

„Leider nicht, ja."

„Wo fangen wir eigentlich mit der Suche an. Wir können schlecht erneut in Barretts Büro marschieren und höflich fragen, wo Mom denn ist."

„Kurz bevor wir abgehoben sind, habe ich noch eine Email von Jack bekommen. Er sollte alles, was für uns von Interesse ist über Barrett in Berlin herausfinden. Darin ist ein Anwesen nördlich von Berlin beschrieben. Ein Bauernhof, der als Eigentum der Abrüstungsorganisation geführt wird, der Barrett vorsteht."

„Das kann kein Zufall sein."

„Das denke ich auch nicht. Ein Bauernhof auf dem brandenburgischen Land. Es gibt wohl kaum einen verlasseneren Ort, mal abgesehen von der Wüste Arizonas. Der perfekte Ort, um jemanden zu verstecken."

„Er wird wirklich überrascht sein, wenn wir dort auftauchen."

„Hoffentlich", grübelte Max und dachte an den Informanten auf der Toilette, der hoffentlich keinen Ruf an seinen Boss gemacht und ihm alles gesteckt hatte.

„Sollten wir nochmal mit Kommissar Heinz sprechen und ihn um Hilfe bitte?", fragte Eva leise.

„Nein. Ich weiß, dann hätten wir Rückendeckung. Aber da wir in ihrem Revier sind, müssen wir uns auch an seine Spielregeln halten. Und das könnte zu mehr als nur zu Komplikationen führen."

„Gut." Eva atmete tief durch. „Ich bin froh, dass du das sagst. Ich will auch nicht, dass uns irgendjemand dazwischen funkt. Schon gar nicht ein zweitklassiger Kommissar."

„Eve", maßregelte Max sie.

„Ist doch wahr", erwiderte sie und verschränkte die Arme.

„Also auf eigene Faust. So wie immer eigentlich."

„Ja. Damit sind wir meistens gut gefahren."

„Meistens", lachte Max auf und legte einen Arm um Eva.

„Immer wäre ja auch langweilig. Perfektion ist was für Loser", sagte sie und ihr Blick war todernst. Max schaute sie schief an und sie konnte sich nicht länger zusammenreisen und prustete los. Es war eines dieser Lachen, das Eva half den Stress abzubauen. Es war kindisch und albern, aber Max wusste, dass es sie ungemein beruhigte. Danach fühlte sie sich jedes Mal besser. Erholter. Fast so ein bisschen wie neugeboren.

Max war erleichtert, dass es sich nun Bahn gebrochen hatte. Eva würde nicht entspannt sein, aber für den Rest des Fluges ruhiger. Sie würde schlafen und sich erholen können und beide würden fit in die Mission starten können.

„Du bist mein großes Baby, Schatz", sagte er und gab ihr einen zärtlichen Kuss.

„He", boxte sie ihm aufs Bein und kicherte gleich darauf wieder los.

„Sag ich doch."

Kapitel 37
Berlin

Die Sekunden waren wie Stunden, die Stunden wie endlose Tage. Sie hatte jegliches Zeitgefühl erneut verloren und ihre Gedanken verloren sich immer wieder in den endlosen Schatten, die sie umgaben. Sie konnte eine Stunde hier sein, genauso gut wie einen Monat. Kein einziger Lichtkrümel bahnte sich aus irgendeiner Richtung den Weg in ihre Augen. Es war als wäre sie in ihrem eigenen Geist eingeschlossen – nichts außerhalb existierte. Der einzige Hinweis darauf, dass sie noch lebte war ihre pochende Wange, die in unregelmäßigen Abständen heftige Schmerzimpulse aussandte. Sie stöhnte auf, als sie ein neuerlicher Impuls traf, doch ihr Stöhnen wurde sofort von der Dunkelheit verschluckt, als ob diese ein riesiges Maul wäre, was alles und jeden in seinen tiefen Schlund zog. Tränen schossen ihr übers Gesicht, als sie sich den düsteren Gedanken hingab, die diese Umgebung unweigerlich hervorriefen. Sie fühlte ihre Wärme und jeden Millimeter, die sie zurücklegten, bis sie schließlich mit ihrer Lippe kollidierten und in ihren Mundwinkeln versickerten. Das Licht flammte mit harter Brutalität auf und sie kniff ihre Augen zusammen, was die Helligkeit trotzdem nur unzureichend zurückhielt. Nun war sie auf eine andere Art und Weise erblindet – musste warten, bis ihre Augen sich nach all dem Schwarz an etwas Licht gewöhnt hatten. Sie hörte Schritte von mehreren Personen, ein schwerer Gegenstand wurde vor sie abgestellt. Dann wieder Schritte und schließlich nur noch das kurze Atmen einer einzelnen Person. Sein Atem ging stoßweise, so als ob er gerade große Mühen auf sich genommen hatte nur um diesen Raum zu betreten. Das Atmen beruhigte sich etwas und die Züge wurden länger, entspannter als der Mann direkt hinter den Stuhl trat, an dem sie fast die ganze Zeit gekettet gewesen war, seitdem sie hierher verschleppt worden war. Nur ein paar Stunden hatte sie auf einer Pritsche Schlaf gefunden und war am morgen unsanft mit einem Eimer eiskalten Wasser geweckt worden.

„Wie geht's dir meine Liebe?", fragte die kalte Stimme Steven Barretts, aber es klang eher nach einer Drohung, als nach ehrlichem Interesse. Jedes Mal, wenn sie diese Stimme hörte begann ihr ganzer Körper zu zittern. Nicht weil sie Angst hatte zu sterben; Barrett würde sie nicht töten, sonst hätte er es längst getan. Aber es gab schlimmeres als den Tod. Die Qualen die sie in den wenigen Tagen durchleiden hatte müssen, der Schlafmangel, der Mangel an Nahrung, an Licht, das ständige Sitzen und die Foltersitzungen; das alles hatte sie an den Rand des Abgrundes gebracht.

„Das freut mich zu hören", bemerkte er höhnisch, ohne das Diane irgendwelche Anstalten gemacht hatte ihm zu antworten. Sie war viel zu sehr damit beschäftigt ihre Augen an das Licht zu gewöhnen. Die meiste Zeit hatten sie diese Form der Folter angewandt. Nur wo sie das erste Video gedreht hatten, konnte sie ihre Peiniger sehen. *Oh Gott,* schoss es ihr durch den

Kopf, *vielleicht haben sie noch mehr Videos gedreht, während ich nichts sehen konnte.* Sofern das noch möglich war, wurde sie in dem fahlen Licht noch blasser. Sie versuchte die Augen zu öffnen und tatsächlich hatten sich ihre Pupillen erstaunlich schnell an das Umgebungslicht gewöhnt. Vermutlich hatte sie seit Barretts letztem Besuch doch nicht solange alleine in der Dunkelheit gesessen. *Mein Zeitgefühl ist völlig abhanden gekommen.* Sie öffnete ihre Augen ein bisschen mehr und erblickte ein Bild hinter einer Glasscheibe direkt vor ihr. Es zeigte eine ausgemergelte Frau, deren Wangen eingefallen waren. Ihre Lider waren blutunterlaufen und geschwollen, ihre Haut wirkte wie ein Streifen Altpapier. Sie wirkte so traurig und niedergeschlagen, als hätte sie alle negativen Emotionen in sich vereint. Sofort hatte Diane Mitleid mit der Frau, die wohl um die sechzig zu sein schien und eine harte Zeit durchgemacht haben musste. Diane leckte sich über die trockenen Lippen und entblößte dabei ihre schrecklich gelben Zähne, die sofort in dem Bild vor ihr erschienen. Der Schock traf sie wie ein Blitz und ließ ihre Eingeweide in sich zusammenfallen. Das hier war kein Bild; es war ein Spiegel. Und diese Frau, war sie selbst. Ihre ganze Selbstbeherrschung fiel in sich zusammen und sie begann zu schluchzen und zu weinen.

„Gefällt dir dein Anblick nicht? Ich finde du siehst viel besser aus", sagte Barrett bar jeder Emotion, was seine kalte Stimme noch erbarmungsloser machte.

„Wa... warum...?", brachte sie nur stammelnd zwischen ihren Schluchzern hervor.

„Du weißt doch warum. Du bist doch ein schlaues Mädchen. Ich muss doch nicht ständig alles wiederholen", sagte er streng und Diane zuckte aus Angst zusammen. Spucke troff aus ihrem Mund als sie zu kreischen Anfing. Ein Laut, der jedem Menschen mit ein wenig Empathie wochenlang verfolgt hätte.

„Halts Maul", brüllte Barrett und schlug ihr so heftig ins Gesicht, dass ihr Kopf hart herumgewirbelt wurde und das man Knochen brechen hörte. Diane schrie auf und ihr Gesicht verzerrte sich zu einer Fratze aus Scham, Schmerz und Verzweiflung. Ihre Schluchzer wurden wieder leiser und ihr Kopf fiel ihr auf die Brust. Blut, mit Speichel vermischt, rann ihr aus dem Mund und besudelte ihre ohnehin schon schmutzige und zerrissene Kleidung.

„So ist es besser", freute sich Barrett und trat vor sie.

„Hör mir nun genau zu", befahl er und quetschte mit einer Hand ihre Wangen zusammen, wobei Dianes gebrochener Wangenknochen in den Mund gedrückt wurde. Sie heulte vor Schmerz auf und Barrett ließ ein wenig locker. Diane war eiskalt und dennoch schwitzte sie. Auf ihrem Gesicht vereinigten sich Rotz, Blut, Speichel und Tränenflüssigkeit zu einer undefinierbaren Masse, die das einstmals schöne Gesicht noch weiter verunstalteten.

„Bis jetzt habe ich leider noch nichts von deinem Mann oder deiner Rotzgöre gehört. Das ist schlecht für dich. Aus diesem Grund werden wir noch ein weiteres Video machen müssen. Um ihnen ein bisschen Druck zu machen. Nichts gegen dich, aber es geht nun mal nicht anders."

Barrett tätschelte einfühlsam Dianes Stirn.

„Ich bin ja kein Unmensch, ich wollte, dass du dich etwas darauf vorbereiten kannst." Sein Lächeln war grotesk, unmenschlich und passte überhaupt nicht in die Szenerie. Er schnippte zweimal mit den Fingern und ein Tablettwagen wurde von zwei Männern herein geschoben. Ein dritter trug eine Kamera auf einem Stativ herein.

Diane zitterte so heftig, das man das Gefühl hatte, sie könne jeden Moment in tausend Splitter zerbersten.

„Hab keine Angst", sagte Barrett, ohne es zu meinen.

Die Tür fiel lautlos ins Schloss.

Kapitel 38

Max sah es kommen, noch bevor es geschah. Es war wohl unausweichlich gewesen und nur ein Narr hatte hoffen können, das sein kleiner Kampf unbemerkt bleiben würde, bis sie weit genug weg wären. Für gewöhnlich wurden die Toiletten eines Flugzeuges vor der Landung kontrolliert und alle Passagiere wurden zu ihren Plätzen gebeten. So war es nicht verwunderlich gewesen, das die Stewardess – ein brünette Schönheit, mit perfekt geformten Körper und strahlendem Lächeln – ein rotes Türschild nicht auf sich sitzen lassen konnte und nach mehrmaligem vergeblichen Klopfen, zusammen mit ihrer Kollegin die Tür aufbrach. Seine Betäubung hatte tadellos funktioniert wie sich herausstellte. Zu ihrem Pech hatte der Mann allerdings überlebt und lag nun in der Notaufnahme eines nahen Berliner Krankenhauses – immer noch bewusstlos.

Max, Eva und ihr Vater hatten das Flughafengelände dagegen nicht verlassen. Sie hatten nicht mal ihr Gepäck holen dürfen – so wie alle anderen Passagiere ebenfalls. Nacheinander waren sie einer Befragung unterzogen worden, die allerdings zu keinerlei Ergebnis geführt hatte. Keiner der Fluggäste war sich einer Schuld bewusst, noch hatte er etwas Verdächtiges gesehen, noch irgendetwas gehört.

Nachdem auch Max seine Lügenversion zum Besten gegeben hatte, durften sie schließlich gehen. Die ersten Vermutungen liefen darauf hinaus, dass dieser unvorsichtige Fluggast sich ein wenig zuviel von was auch immer gespritzt hatte und nun die gerechte Strafe dafür verbüßte. Glücklicherweise hatte ihn bisher niemand einer genaueren äußerlichen Begutachtung unterzogen, sonst wäre sehr schnell aufgefallen, dass er einige sehr lädierte Körperstellen vorzuweisen hatte, die nicht nur vom Ausrutschen auf einer Flugzeugtoilette stammen konnten.

„Was wissen wir über den Bauernhof?", war Evas erste Frage nachdem die drei in den dunklen Van gestiegen waren, den sie am Flughafen gemietet hatten.

„Landgut", korrigierte Max sie. Eva verdrehte die Augen bevor sie darauf antwortete.

„Ja. Sicher. Landgut. Wenn's dir damit besser geht."

„Das ist einfach nur Fakt. Soll ich…"

„Nein. Sollst du nicht. Beantworte einfach die Frage. Was haben wir?"

Jetzt wo die letzte Konfrontation unausweichlich kurz bevor stand war Eva wieder in ihre nervöse Anspannung verfallen, die sie den gesamten restlichen Flug abgelegt zu haben schien. Diese unangenehme Verzögerung, hatte alle ein wenig aus dem Konzept gebracht und sie konnten nur hoffen, dass kein allzu gewissenhafter Ermittler weitere Nachforschungen in diese Richtung anstellen würde. Die Mission duldete einfach keinen weiteren Aufschub. Alle drei hockten nun auf der Ladefläche des modifizierten Fahrzeugs – umgeben von nichts als schwarzem Blech – und drängten sich um Max' Laptop, der die topografischen Daten des Landgutes und seiner Umgebung darstellte.

„Ziemlich flach alles. Keine Anhöhen", stellte Eva fest.

„Nur einige große verstreute Bäume, die kaum Deckung bieten."

„Wenn wir es geschickt anstellen, bieten sie wohl genug Deckung", entgegnete Max und rief eine vergrößerte Darstellung eines Geländepunktes auf.

„Das hier", deutete er auf den Bildschirm, „ist eine minimale Anhöhe. Sie sollte uns aber trotzdem genug Schutz geben sodass wir zumindest unentdeckt bis hierher kommen."

„Wie weit ist das vom Gebäude entfernt?", wollte Matt wissen.

„Circa fünfzig Meter. Also keine Entfernung. Das sollte zu schaffen sein. Zumindest für die Jungen unter uns", sagte Max und warf einen neckenden Blick zu Matt hinüber, der ihm mit der erhobenen Faust drohte.

„Wenn wir die Deckung dieses Baumes ausnutzen", warf Eva ein, „gewinnen wir wohl nochmal die Hälfte des Weges und fünfundzwanzig Meter sind in einer Sekunde zurückzulegen. Also keine Zeit für einen Gegner anzulegen und zu schießen."

„Weißt du wie es im Gebäude aussieht?", wollte Matt wissen.

„Nein. Leider nicht. Wir haben nicht den blassesten Schimmer, was uns da drinnen erwarten wird."

„Verdammt", murmelte Matt.

„Wie kommen wir überhaupt dahin? Die nächste Siedlung liegt einige Kilometer entfernt und wir können wohl kaum mit dem Auto hier vorfahren. Sonst könnten wir auch gleich mit Pauken und Trompeten unseren Auftritt ankündigen." Eva sah zu Max, dann zu Matt und wieder zu Max, nach einer Antwort in ihren Gesichtern heischend.

„Die Umgebung ist weiträumig einsehbar. Näher als anderthalb Kilometer können wir nicht mit einem Fahrzeug heranfahren. Die Wahrscheinlichkeit, dass wir sofort entdeckt werden ist äußerst groß. Es müsste nur einer aus dem Fenster schauen."

„Gibt es hier keinen Tunnel, wie bei Krustschov?", fragte Matt hoffnungsvoll.

„Ich fürchte nicht, nein", beendete Max seine Hoffnungen jäh.

„Warum sollte es auch einfach sein", witzelte Matt.

„Ja einfach ist echt langweilig. Außerdem sind wir nicht für langweilige Missionen ausgebildet worden. Langweilig kann ja jeder." Max' Grinsen war breit und seine Wärme lockerte wie immer die angespannte Stimmung, bis alle drei kurz, aber herzlich auflachten.

„Genau", zischte Eva und wischte sich eine Lachträne aus dem Augenwinkel.

„Welchen Wagen nehmen wir?"

„Den hier. Soviel Auswahl haben wir hier auch nicht gerade."

„Vielleicht sollten wir ein weniger auffälliges Auto nehmen. Ein schwarzer Kastenwagen. Offensichtlicher geht es ja kaum", bemerkte Matt und hob mahnend den Zeigefinger, ohne das er es merkte.

„Ja, lass uns vorher noch durch sämtliche Autohäuser der Stadt schlendern. Vielleicht brauchen wir auch noch neue Felgen?", bemerkte Eva sarkastisch.

„Sachte, sachte Babe. Das ist kein schlechter Vorschlag gewesen. Allerdings glaube ich auch nicht, dass wir Zeit für sowas haben", sprang Max beiden ein wenig zur Seite, um die Situation zu deeskalieren.

„Wir lassen den Wagen hier stehen", fuhr Max mit der Analyse fort und deutete auf eine Straßenkreuzung, als er die nächste Seite aufrief. „Hier hört der geteerte Weg auf und mündet in einen Schotter-Erde-Feldweg. Wir lassen das Auto an dieser Ecke stehen und laufen die knapp zwei Kilometer. Da der Feldweg einen Knick macht, sind wir vom Anwesen trotz des flachen Landes nicht zu sehen." Max zeigte auf die abknickende Straße und blickte dann erwartungsvoll in die Runde.

Matt nickt langsam, und in seiner Bewegung sah man ihm an, dass er seinen Kopf nach einer besseren Alternative durchforstete. Er nickte heftiger als er schließlich keine fand.

„So machen wir es!", stimmte auch Eva bestimmt zu und erhob sich. „Aber bevor wir anfangen, müssen wir noch unsere Ausrüstung kontrollieren. Ich will keine böse Überraschung erleben."

„Natürlich. Denkst du wir sind Amateure?!", spielte Max die Diva. Eva grinste zufrieden.

„Und noch etwas. Wir müssen ganz unbedingt etwas zu essen auftreiben. Sonst fall ich tot um, lange bevor wir das Landgut erreichen."

„Wie lange haben wir noch, bevor die Frist abläuft?", fragte Eva in die Runde und wischte sich nach ihren letzten Bissen den Mund mit dem Handrücken ab.

„Wie ein Bauer", stichelte Max.

„Noch knappe vier Stunden", beantwortete Matt die

Frage und blickte besorgt ein weiteres Mal auf seine Armbanduhr – als könne er so die Zeit zurückdrehen, oder zumindest verlangsamen.

„Dann schnappt euch eure Sachen und ab geht die wilde Fahrt", sagte Eva und schwang sich aus dem Fahrzeug, was sie an der Straßenkreuzung abgestellt hatten. Sie nahm ihren Rucksack, überprüfte ihre Waffe und ihre Ersatzmagazine, schnallte die kugelsichere Weste fest und trommelte dann ungeduldig auf den Kofferraumdeckel. Max und Matt taten es ihr gleich und zurrten ihre Rücksäcke fest.

„Bereit."

„Bereit!"

„Wunderbar", erwiderte Eva und übernahm die Führung. Die ersten paar hundert Meter konnten sie noch offen laufen, ohne sich Gedanken machen zu müssen, gesehen zu werden. Aus der Entfernung wirkten sie für einen Beobachter, der nicht genau auf sie achtete, wie eine Wandergruppe.

„Wir wirken wie der Seniorenwanderverein von Berlin", witzelte Max nach wenigen Minuten.

„Das ist gut", meinte Eva. „Je ungefährlicher und unverdächtiger wir wirken, desto einfacher haben wir es."

Keine zwanzig Minuten später erreichten sie die Spitze eines kleinen Hügelkammes auf den sie sich mühsam gerobbt hatten, um nicht auch nur die geringste Angriffsfläche zu bieten. Das Zielobjekt war nur noch wenige dutzend Meter den Hügel herunter entfernt, und wirkte so friedvoll und idyllisch wie das wundervollste Paradies. Eva hockte mit einem Makrofernglas zwischen Max und Matt, und kundschaftete die direkte Umgebung des Gebäudes aus.

„Sieht ruhig und verlassen aus", bemerkte Eva gelangweilt und doch gleichzeitig unter Hochspannung.

„Das Auge des Sturms."

„Ja. Wahrscheinlich sieht es drinnen ganz anders aus. Kannst du keine Wachen außen patrouillieren sehen?", wollte Max wissen.

Eva schüttelte den Kopf.

„Überhaupt keine. Aber warum auch. Niemand weiß, was dieses Gebäude in Wirklichkeit ist und warum Aufmerksamkeit dadurch erregen, dass man es in ein Fort Knox verwandelt."

„Gutes Argument", stimmte Matt zu.

„Drinnen wird es aber ganz bestimmt einiges an Widerstand geben."

„Ist zu erwarten, ja", bestätigte Eva.

„Wir sind vorbereitet."

„Hoffen wirs!"

„Wir umkreisen das Gebäude, suchen nach Eingängen und kommen von drei verschiedenen Seiten ins..." begann Eva Befehle zu erteilen, aber Max winkte mit der Hand wedelnd ab.

„Auf keinen Fall. Wir trennen uns nicht. Wir sind kein SEK mit unbegrenzten Männern. Alleine sind wir nichts Wert da drinnen. Das weißt du", tadelte er sie.

„Ich bin anderer Meinung", gab Eva schroff zurück.

„Der Überraschungseffekt ist größer, wenn wir noch jemanden in der Hinterhand haben. Was ist, wenn wir in der Falle sitzen und nicht mehr raus kommen? Dann könnte einer von uns, der von der anderen Seite kommt

Gold Wert sein."

„Wir können uns da drin nicht verständigen wenn wir
getrennt sind. Wenn wir die Talkies benutzen..."

„Dann fallen wir vielleicht zehn Sekunden früher auf.
Na und? Es wird eh nicht lange dauern, bis man uns
entdeckt. Außerdem sind wir nicht auf einer
Undercovermission sondern wir wollen eine Geißel
befreien. Leise ist hier nicht vorgesehen."

„Ich fühle mich nicht wohl dabei."

„Wir sind auch nicht im Urlaub." Eva verschränkte
die Arme und setzte eine beleidigte Miene auf.
Matt robbte zu Max hinüber und legte ihm eine Hand
auf die Schulter.

„Ich glaube Eva hat Recht, Max. Ich bin der Meinung
wir sollten es so machen, wie sie es gesagt hat."
Max stieß einen leisen Pfiff der Verzweiflung aus.

„Warum müssen Frauen immer das letzte Wort
haben?!"
Matt grinste.

„Weil wir in Wahrheit nicht in einer männerdomi-
nierten Welt leben. Die Frauen haben uns unter
Kontrolle", rief er Max die Worte ins Gedächtnis, die er
ihm schon einmal mit auf den Weg gegeben hatte.
Max schüttelte heftig den Kopf, so als wolle er diese
Tatsache schlicht und einfach nicht akzeptieren.

„Also, dein Plan Liebling", gab Max widerwillig nach.
Eva lächelte überlegen und gönnte sich einen Moment
des Triumphes bevor sie weiter sprach. Sie schob sich
eine Strähne ihres dunklen Haares hinter das Ohr und
klopfte sich ein paar Grashalme ab, die sich auf ihrer
schwarzen Weste gesammelt hatten.

„Max du kommst von vorne, Dad geht rechts herum, ich links. Jeder nimmt den ersten Eingang den er finden kann. Wir halten Funkstille, außer im absoluten Notfall. Vielleicht finden wir da drinnen ein Labyrinth vor, aber wir kennen das Ziel und wir werden Mom rausholen."

Alle drei überprüften ihre Funkgeräte, nickten einander zu und erhoben sich dann im gebückten Gang; huschten zügig dem Haus entgegen.

Das Dreigestirn bildete ein Dreieck, was immer größer wurde und schließlich in einen Kreis überging, als Matt und Eva jeweils hinter einer Hausecke verschwanden.

Max näherte sich vorsichtig dem Haupteingang, seine Nerven bis zum Zerreißen gespannt. Seine Augen huschten wachsam hin und her und scannten die nahe Umgebung. Er erwartete jeden Augenblick einen Angriff und war bereit sich sofort auf den Boden zu werfen. Er hatte es nicht gerne, wenn er sich einem Objekt näherte, das über so viele Fenster verfügte und seine beste Deckung war, sich auf den Boden zu werfen. Aber ihre Optionen waren begrenzt. Im optimalen Fall, erwartete sie auch niemand und sie konnten schnell und hart zuschlagen. Das Überraschungsmoment kostete viel mehr Leben als gemein hin angenommen wurde, und auch als Max selbst gedacht hatte. Bis er das erste Mal bei einem Überraschungsangriff dabei gewesen war und mit angesehen hatte, wie ihre Gegner reihenweise das Zeitliche segneten. Manche hatten gar nicht gewusst, wer oder was sie da angegriffen hatte.

Max stieg die wenigen Stufen zur Holztür hinauf, an der ein großer Klopfring prangte. Er drückte sanft dagegen und die Tür gab sofort nach und öffnete den Blick in eine dunkle, lange Empfangshalle, in der nichts und niemand zu sein schien, mit Ausnahme des Staubes von mehreren Jahren. Max betrat das Haus und schloss leise die Tür hinter sich.

Das Gebäude wirkte von der Rückseite wie ein altes Grafenschloss. Jede der drei Etagen war mit fünf nebeneinander gereihten Doppelfenstern ausgestattet und die runden Türme, die das restliche Haus am rechten und linken Ende ein klein wenig überragten, waren von hier deutlicher zu sehen, als noch von vorne. Hätte sie kein wichtigeres Ziel gehabt, Eva wäre durchaus für eine Besichtigung offen gewesen. Seit sie als kleines Kind in der Stadt aufgewachsen war, hatte sie sich insgeheim manchmal gewünscht auf einem Hof mitten auf dem Land zwischen blühenden Blumen und gedeihenden Feldern zu leben. Nun schritt sie zielstrebig, ohne auf Deckung bedacht zu sein auf eine schmale Stahltür zu, die durch einige nach unten führende Stufen zu erreichen war, an denen bereits der Beton abplatzte. Sie war sich sicher, dass wenn jemand sie beobachtet hätte, sie alle drei inzwischen längst tot gewesen wären. Sie rüttelte am Griff, aber die Tür bewegte sich nicht einen Zentimeter.

„Verdammt", murmelte sie und zog einen kleinen Beutel aus einer Seitentasche ihres Ausrüstungsrucksackes. Sie zog einen Spezialdietrich heraus und ging in die Hocke, um sich am Schloss zu schaffen zu machen.

Sie zuckte zusammen, als sie einen Pfiff hörte, der Dietrich fiel ihr aus der Hand und sie plumpste auf den Boden. Sie blickte sich wie wild nach allen Seiten um, konnte aber nichts erkennen. Sie fokussierte ihren Blick erneut, als das Geräusch wieder ertönte und sah diesmal einen kleinen, bunten Vogel, der sich grazil von einem Ast erhob, der zu einer uralten Borke gehörte. Erleichtert ließ sie den Atem entweichen, als der Vogel den Ton ein weiteres Mal von sich gab.

„Puh. So schreckhaft warst du doch früher nicht. Beherrsch dich…", grummelte sie sich selbst zu, während sie wieder in die Hocke ging und den fallen gelassenen Dietrich aufnahm. Sie schob das dünne Metallstück ins Schloss. Mit einigen behänden Handgriffen knackte sie das veraltete Schloss und die Tür gab einen Spalt nach. Stumm dankte sie ihrem Vater, der darauf bestanden hatte, dass sie diese Zusatzfähigkeiten erlernte, obwohl sie geglaubt hatte, diese niemals zu benötigen. Inzwischen hatte sie diese schon mehr als nur einmal gebraucht und ihr mehr als gute Dienste erwiesen. Sie zog ihre Pistole, entsicherte sie und stieß die Tür mit dem Fuß sachte auf.

„Die Höhle des Löwen", murmelte sie. *Dann räuchern wir sie mal aus.*
Sie schlüpfte hinein und schloss sofort die Tür, damit sie kein verräterischer Lichtstrahl frühzeitig entlarvte. Geduckt schlich sie langsam den schmalen dunklen Gang entlang der schnurgerade aus zu einer weiteren Tür führte. Obwohl die Wände nur Zentimeter rechts und links von Eva entlang führten, konnte sie sie nicht erkennen. Sie lief mitten in ein Spinnennetz und fluchte. Wild fuchtelnd schlug sie sich die Fäden aus

dem Gesicht und blieb stehen, um zu sehen, ob ihr unbedachtes Verhalten Aufmerksamkeit erregt hatte. Glücklicherweise war dem nicht so, entschied sie und wandte sich erneut der Tür zu, die nur wenige Schritte vor ihr silbern schimmerte und der unmittelbaren Umgebung wenigstens ein klein wenig Licht verlieh. Eva atmete tief ein und betätigte den Griff. Nichts tat sich.

„Warum kann ich nicht einfach Sesam öffne Dich! sagen?!", zischte sie leise in die Dunkelheit hinein, die ihre Worte sofort aufnahm und verschluckte.

Spinnen und verschlossene Türen ohne Ende... Warum wollte ich den Hintereingang nehmen?! Sie schüttelte den Kopf und zog erneut ihr Werkzeug heraus. In dieser Dunkelheit würde es nicht gerade einfacher werden, das Schloss zu knacken.

Matt schlüpfte durch ein offenes Fenster, welches in eine Zwischenetage führte, die die Küche und einen Stall verbanden. Allerlei Ramsch lagerte vom Boden bis zur Decke und ließ erahnen wie lange dieses Zimmer bereits in Vergessenheit geraten war. Spinnenweben bedeckten den Großteil des Gerümpels und eine Menge lebendiger Krabbeltiere hatte sich den Boden und die düsteren Ecken zwischen den Möbeln zu Eigen gemacht, um dort ihre neue Heimstatt aufzuschlagen. Matt nahm sie nicht einmal richtig war, als er voll fokussiert den Raum durchmaß, um ihn auf der anderen Seite durch eine weiße Holztür zu verlassen die in die gemütliche Küche führte, in der sich ein ähnliches Bild abzeichnete wie in der Kammer zuvor. Die Teller und Pfannen waren akkurat aufgeräumt, doch die Möbel im Landhausstil waren allesamt von einer dünnen Staubschicht und einer Menge Spinnenweben überzogen. Er verfluchte sich leise, dass er die Tür nicht vorsichtiger geöffnet hatte, als diese quietschend zurück schwang. Aber seine Unbekümmertheit hatte keinerlei Folgen. Das Quietschen blieb unbemerkt und allmählich zweifelte Matt ob sie überhaupt richtig waren. Er hatte weit und breit niemanden gesehen, weder im Haus, noch im Garten. Das einzige Fahrzeug, was auf dem Hof stand, war ein alter verrosteter Traktor und noch brannte weder irgendwo Licht, noch gab es überhaupt Vorhänge, noch irgendein anderes Zeichen, das jemand hier lebte. Alles schien seit einigen Jahren verlassen. *Vermutlich ist das aber so gewollt. Um keinen Preis auffallen,* mutmaßte er, als er seine Blicke weiter durch die kleine Küche schweifen ließ.

Matt trat aus der Küche heraus und warf sich sofort hinter eine große antike Blumenvase, als er eine schemenhafte Gestalt mitten auf dem Flur stehen sah. Er zog seine Waffe und entsicherte sie und warf einen Blick über die Schulter. Die Gestalt stand mit erhobener Waffe mitten im Raum und blickte sich um. Er schwang sich herum, sprang auf, machte einige schnelle Schritte und zielte.

„Matt, was soll das?", fragte Max der sich gerade herum schwang und in den Lauf einer Pistole blickte.

„Max." Matt wirkte überrascht und senkte die Waffe.

„Ja. Du hättest durchaus erwarten können, dass wir uns im Haus wieder treffen."

„Klar. Aber man kann nicht vorsichtig genug sein."

„Da hast du Recht. Hast du bis jetzt irgendetwas entdeckt?"

„Nichts von Belang. Es sei denn du bist ein Insektenforscher oder sowas."

„Bei mir auch nicht. Allerdings hab ich außer dem Flur auch erst ein Arbeitszimmer gesehen, welches perfekt aufgeräumt ist, aber..."

„Lass mich raten. Von einer Menge Staub und Spinnenweben überzogen", unterbrach Matt seinen Schwiegersohn in spe.

„In der Tat, ja."

„Ob wir hier überhaupt richtig sind. Es scheint niemand hier zu sein."

„Ich würde keine vorschnellen Schlüsse ziehen. Würdest du deine Operationsbasis im Erdgeschoss eines Landgutes aufbauen."

„Besser als in der Innenstadt."

„Wohl wahr, aber ich bin mir ziemlich sicher, dass es hier einen großen Keller gibt. Vielleicht sogar ein Kellersystem, was über die Grundmauern dieses Gebäudes hinausgeht. Ich denke die sind unter der Erde. Irgendwo unter uns, in schalldichten Räumen. Wie ein Bunker."

Matt blickte skeptisch, konnte die Idee aber nicht völlig von der Hand weisen.

„Das wäre nicht der schlechteste Ort", gab er zu.

„Wir müssen nur den Eingang nach unten finden. Ich glaube nicht, dass wir eine große Tür mit der Aufschrift *Keller, hier geht's zur Zentrale, die die Weltherrschaft plant,* finden."

„Vielleicht gibt es eine Falltür", schlug Matt vor.

„Möglich. Vielleicht auch einen Schrank oder eine Wand, die sich drehen lässt, wie in einem James Bond." Max grinste und schlug Matt auf die Schulter. „Wir sind schon ganz nah, glaub mir. In ein paar Stunden sind wir alle wieder vereint."

„Dein Optimismus in Gottes Ohr", erwiderte Matt und musste selbst ein wenig lächeln, obwohl ihn die Sorge nach seiner Frau fast verzehrte. Er mochte sich gar nicht vorstellen, was passierte, wenn Diane starb. Er war sich nicht sicher, ob er das aushalten konnte. Seit beinahe fünfundzwanzig Jahren waren sie nun ein Herz und eine Seele, unzertrennlich. Sie waren Seelenverwandte, die alles mit einander teilten und teilen konnten.

Matt schob die düsteren Gedanken beiseite und verfrachtete sie in eine dunkle Ecke seines Verstandes. Er brauchte einen absoluten klaren Kopf. Emotionsloses Handeln war gefragt, sonst würde diese Sache für alle vier böse ausgehen.

„Na dann lass uns mal suchen!"

Die Nadel hing vor ihrer Nase wie ein Damoklesschwert und drohte höhnisch jederzeit ihr Leben zu beenden.

„Wir sind soweit. Sie können beginnen Boss", sagte eine tiefe Stimme irgendwo aus dem Raum. Sie hatte völlig ihre Orientierung verloren und nahm selbst lautere Geräusche nur unter einem dumpfen Mantel wahr. Barrett trat in ihr leicht verschwommenes Sichtbild und grinste, wie immer seitdem sie hierher verschleppt worden war, breit.

„Alles klar bei Dir, Diane?", fragte er rhetorisch. Diane versuchte etwas fieses zu erwidern, aber keiner ihrer Nerven oder Muskeln gehorchte; sie war nicht einmal in der Lage ihren Kopf zu schütteln.

Barrett begann, ohne auf eine weitere Antwort zu warten. Er saß auf einem Stuhl mit schwarzen Rollen, die über den nackten Boden kratzten, wie eine Katze an ihrem Baum. Ein kleiner Tisch stand neben Diane auf dem einige Gerätschaften wirkten als wären sie aus Star Trek hierher gebeamt worden. Barrett betätigte einige Tasten und der Greifarm, an dem die Nadel befestigt war setzte sich in Bewegung und fuhr die Nadel auf Höhe der linken Schläfe Dianes – ungefähr in der Mitte zwischen Ohr und Auge.

„Ich denke, dass wird ein wenig schmerzhafter. Aber du kannst dich bei deinem Mann bedanken... Und bei deiner Tochter", fügte er nach einer kurzen Gedankenpause hinzu.

Barrett drückte einen weiteren Knopf und die Nadel bewegte sich langsam auf Dianes Kopf zu.

Diane rüttelte an ihren Fesseln, doch das starke Metall gab keinen Deut nach. Aus den Augenwinkeln konnte sie teilweise erkennen wie sich die spitze Nadel im Schneckentempo auf sie zu schob.

„Entspann Dich. Dann wird es nicht weh tun."

Ein Poltern, das wie Metall auf Beton klang, ließ beide zusammenzucken und Barrett schwang sich von seinem Sessel und ging zur Tür.

„Was war das?", fragte er einen seiner Handlanger an der Tür.

„Keine Ahnung, Boss", erwiderte der Mann und machte nicht gerade den Eindruck der Hellste zu sein.

„Dann finde es heraus du Knalltüte", befahl Barrett wirsch und kehrte wieder zu Diane zurück. Seine Augen funkelten boshaft, wie die eines Raubtieres auf seinem nächtlichen Streifzug nach Beute.

„Nichts und niemand wird uns jetzt hier stören. Nicht wahr, Schätzchen."

„Ich würde mal sagen, dass ist unser Zugang", sagte Max, als er die Platte entfernt hatte, die den Boden über einer Metallleiter bedeckte, die in die dunkle Tiefe führte. Eine verstaubte Kommode hatte diese Falltür halb verdeckt und Max hatte sie nur entdeckt, weil er über einen verrosteten hoch stehenden Nagel gestolpert war und sich heftig das Knie am harten Holz der Kommode gestoßen hatte.

„Sieht ganz danach aus. Wurde auch Zeit."

„Also ich finde, wir haben es ganz schön schnell entdeckt, zum Glück", befand Max zufrieden.

„Wer geht als erstes?"

„Ich bilde die Vorhut", beantwortete Max die Frage und zückte eine Taschenlampe. Der Kegel der Lampe verlor sich beinahe in dem Loch und erreichte nur gerade eben den Boden. Der Beton an den Wänden des quadratischen Abstiegs bröckelte und verschiedene Markierungen zierten die Wände.

„Ne Ahnung was das bedeutet?", wollte Max wissen. Matt schüttelte den Kopf. „Keine Ahnung, aber ich nehme nicht an, dass es Außerirdische waren."

Max zog erstaunt die Augenbrauen hoch, ob des ironischen Unterton von Matt, den er so noch nie zuvor gehört hatte.

Ohne ein weiteres Wort schwang er sich auf die Metallleiter und begann vorsichtig den Abstieg. Er bemühte sich ums Gleichgewicht, da er mit einer Hand die Lampe halten musste.

Die warme, feuchte Luft hatte der Leiter zugesetzt und die Sprossen glitschig werden lassen.

„Ich gla…arrghh"

Max Hand verlor den Halt und er rutschte nach unten, fiel ungebremst durch den engen Schacht und knallte mit voller Wucht auf dem ebenso harten Boden auf. Sein Kopf schlug gegen eine Metallplatte und ihm wurde schwarz vor Augen. Die Taschenlampe flog ihm aus der Hand und zerbrach an den Betonwänden, die am Boden noch massiver schienen als am Schachtende, an dem Matt sich besorgt nach unten beugte.

„Max… Max", rief er gedämpft nach unten und schwang sich ebenfalls auf die Leiter. Konzentriert stieg er die Stufen nach unten und kniete neben Max, der wieder zu Bewusstsein gekommen war.

„Wow, das war hart", grummelte Max und hob den Kopf, was ihn sofort wieder Sterne sehen ließ.

„Ich denke, ich hab ganz schön was abbekommen", sagte er und rieb sich den Kopf.

„Du bleibst hier. Ich gehe alleine weiter. Vermutlich weiß jetzt sowieso jeder im Umkreis von zehn Kilometern das wir hier sind."

„Das war nicht gerade leise, he?", fragte Max ohne eine Antwort zu wollen.

„Nein."

„Aber ich kann nicht hier bleiben. Du weißt nicht, was dich hier unten erwartet und selbst mit einem dröhnenden Kopf bin ich noch gut genug, um ein paar Bastarde das Zeitliche segnen zu lassen."

„Kannst du aufstehen?", fragte Matt.

Max nickte und Matt zog ihn auf die Beine. Max schwankte ein wenig hin und her und musste sich an der Wand abstützen, bis sich sein Blick klärte und er ohne Hilfe stehen konnte.

„Ich sehen hier keine Tür", bemerkte Matt als er sich in der erdrückenden Enge einmal um sich selbst gedreht hatte.

„Hier", deutete Max auf die Metallplatte auf die sein Kopf geschlagen war. „Dieselbe Platte wie oben. Man muss sie irgendwie aufziehen können."

Matt ging in die Hocke und Max drückte sich an die Wand, um ihm Platz zu machen. Einige Tropfen fielen Max auf Hand und Kopf und er blickte nach oben. Ein schmales moosbedecktes Rohr ragte circa einen Meter über ihm aus der Wand, aus dem ununterbrochen Wasser tropfte. Max trat einen weiteren Schritt beiseite und wäre beinahe erneut ausgerutscht, wenn er sich nicht an der Leiter festgehalten hätte. Auch der Boden war glitschig und teilweise mit Moos bedeckt. Er entdeckte einen roten Fleck, an der Stelle wo eben noch sein Kopf gelegen hatte und er griff sich instinktiv an den Kopf.

Er rieb sich die Stelle und zog seine Hand zurück.

„Verdammt, ich blute wie ein Schwein", ärgerte sich Max und zeigte Matt seine blutverschmierte Hand.

„Mist. Warte, ich leg dir einen Verband an", erwiderte

Matt und stand auf. Er holte das Notfallmedikit hervor und legte mit schnellen, geschickten Handgriffen den Verband fest um Max' Kopf.

„So", sagte er, nachdem er mit der Klammer endgültig den Verband fixiert hatte, „das sollte ne Weile halten."

„Danke."

Max lehnte sich an die Wand, während Matt sich erneut daran machte die Platte zu entfernen.

„Ich glaube ich hab's", presste Matt verkniffen hervor und zog kräftig an der Platte. Die Platte gab nach und er flog nach hinten und stieß mit dem Rücken gegen die Leiter.

„Verdammte scheiße… mein Rücken", fluchte er, als er sich aufrappelte.

„Wir haben es ja drauf, würde ich mal sagen", witzelte Max. „Zwei Wracks gegen den Rest der Welt. Die müssen gar nichts mehr machen, wir bringen uns schon selbst um."

Matt gluckste und stellte die Platte an die Wand.

„Auch verletzt sind wir noch gefährlich genug", sagte Matt und schob die Brust nach vorne.

„Das ist die richtige Einstellung. Komm", schlug Max ihm auf die Schulter, „wir betreten mal wieder die Höhle des Löwen."

Sie krochen durch den tiefen Durchgang, in dem kaum ein Kleinkind aufrecht stehen konnte.

„Warum müssen sich diese Spinner immer in den dreckigsten Löchern verstecken!"

Max antwortete nichts darauf und erreichte das Ende des kleinen Tunnels; richtete sich auf und atmete tief durch. Am Ende des sich anschließenden Ganges, der sowohl nach rechts als auch nach links abbog (sodass er an der Stelle wo die Gänge zusammentrafen ein V bildete), brannte ein diffuses Licht, welches seine Stellung allerdings nicht erhellte. Matt stolperte neben Max, strich seine Jacke glatt und überprüfte sofort seine beiden Pistolen in ihren Halftern.

„Puh, wir sind drin. Nach rechts oder nach links?"

„Nach rechts. Rechts war mir schon immer lieber", sagte Max und bemerkte zu spät, dass seine Aussage sehr wohl zweideutig war.

„Aha. Du bist also rechts. Wunderbar Junge, rechts ist die richtige Seite", gab Matt in seiner besten Adolf Hitler Imitation zum Besten.

Max zeigte ihm die gebleckten Zähne, zog seine Waffe, lud sie durch und entsicherte sie. Mit der Waffe in beiden Händen voraus, ging er langsam den Gang entlang. Matt folgte seinem Beispiel und ging wenige Schritte schräg hinter ihm versetzt.

Ohne Vorwarnung schlug ein Projektil neben ihnen in der Wand ein und ließ Putz und Beton auf sie spritzen. Ein Weiteres schlug direkt daneben ein, noch bevor Matt oder Max auch nur reagieren konnten.

„Verdammte…", schrie Matt auf. Max reagierte blitzschnell und zog ihn auf den Boden, als eine dritte Kugel in die Wand traf. Sie krochen in eine kleine Nische, die sie größtenteils aus dem Schussfeld ihrer Angreifer herausbrachte.

„Ich denke wir sind angekommen", keuchte Matt, als er versuchte wieder zu Atem zu kommen und sich zu beruhigen.

„Zum Glück sind das lausige Schützen, und zum Glück

standen wir im Dunkeln…", sagte Max, der sich schon wieder vollständig beruhigt hatte und nun ihre Möglichkeiten abwog. Er feuerte blind einige Schüsse in den Gang, damit die Schützen nicht auf die Idee kamen näher zu kommen.

„Kommt raus ihr Bastarde", rief der Mann, der die Schüsse abgegeben hatte belustigt. Seine Stimme troff vor Überheblichkeit und Selbstsicherheit und vermittelte den Eindruck er sei unbesiegbar. Max schüttelte den Kopf.

„Ein Schwätzer. Wir haben aber auch ein Glück. Das macht es viel einfacher", flüsterte Max Matt zu, der bestätigend nickte. Max legte sich flach auf den Boden, spähte um die Ecke und zog sich zurück.

„Sag irgendwas, lenk ihn ein bisschen ab. Ich erledige den Rest", befahl Max. „Wahrscheinlich will er als der Held da stehen und hat noch niemanden über uns informiert."

„Hey du Wichser", rief Matt dem Schützen zu, „wie geht's denn so?"

„Besser als dir auf jeden Fall, wenn ich mit dir fertig bin", freute sich der Mann.

Max warf sich um den Vorsprung und schoss dem Mann in den Fuß. Er brüllte auf, fiel zu Boden und griff nach seinem zerfetzten Fuß. Im gleichen Moment feuerte Max eine weitere Kugel ab und traf ihn mitten auf der Stirn. Sein Körper erschlaffte und bevor seine Augen ziellos wurden stahl sich ein überraschter Blick auf sein Gesicht. Während er starb konnte er immer noch nicht verstehen, wie man ihn hatte besiegen können. Sein Kopf schlug auf dem Boden auf und der dumpfe Hall wurde schnell vom Kellergewölbe verschluckt.

„Guter Schuss", lobte Matt und rappelte sich auf die Beine. „Das Gespräch wäre sowieso langweilig geworden."

Sie folgten weiter dem Gang und bogen in die Richtung aus der ihr Angreifer gekommen war. Der hell erleuchtete Gang bot nun keinen Schutz mehr und beide zuckten zusammen, als ein lautes Klopfen, gefolgt von ein paar unflätigen Flüchen, links von ihnen erklang.

„Was war das?"

„Es kam von hinter der Tür."

Nur mit Blicken bedeuteten sie sich, dass Max die Tür öffnen würde und Matt ihn sicherte. Er zog die Tür ruckartig auf und war bereit sich auf alles zu stürzen, was ihn angreifen würde. Sein Blick wechselte von angriffslustig zu überrascht. „Eve?!"

„Hi", erwiderte Eva genervt, aber heilfroh endlich durch diese Tür zu sein.

„Wir dachten schon, du seiest zurückgefahren und würdest im Hotel rumlümmeln", witzelte Max.

„Sehr komisch. Hier unten muss man eine Tür nach der anderen knacken. Kein Wunder, dass man nicht vorankommt."

„Also wir hatten keine Probleme", meinte Max und warf Matt verstohlen einen Blick zu.

„Nein. Nicht die Geringsten", stimmte Matt augenzwinkernd zu. Eva zwängte sich an den beiden Männern vorbei und warf einen Blick in alle Richtungen.

„Und was ist das?", fragte Eva, als sie die tote Wache

erspähte.

„Ach das. Das war doch kein Problem", protzte Max überheblich.

„Kommt jetzt, ihr Knalltüten", sagte Eva und verdrehte die Augen.

„Wir müssen Mom finden. Und in diesem schalldichten Labyrinth, nicht gerade die einfachste Aufgabe."

Eva bedeutete mit einem Fingerzeig dem Gang weiter zu folgen, der durch sterile Neonröhren in ein helles Licht getaucht wurde, welches sich jedoch in den Ecken verlor.

„Pete? Pete?!" Die dumpfen Rufe drangen zu dem Trio und Eva hob die Faust, um alle zum Stehen zu bringen.

„Jetzt kommt die Kavallerie."

Die Rufe nach *Pete* wurden nun lauter, als mehrere Männer sich näherten.

„Pete wird leider nicht mehr antworten können. Tut mir Leid, dass wir euch euren Lieblingsspielkameraden weggenommen haben", rief Max belustigt zurück und erntete dafür von Eva einen bösen Blick. Das war nicht das erste Mal, dass Max ihre Gegner so provozierte und Eva hasste es. Es war unnötig und unprofessionell, den Gegner noch heißer und womöglich gefährlicher zu machen. Diese Situation war undurchschaubar und der Überraschungseffekt, den sie zum Vorteil gehabt hatten war nun verpufft. In diesen Momenten würde Eva Max am liebsten eine überziehen, für seine Arroganz und Selbstsicherheit mit allem fertig zu werden. Dieses Verhalten hatte ein paar Missionen schwieriger gemacht, als es nötig gewesen wäre und nicht zuletzt sogar zu ernsthafteren Verletzungen geführt.

Allerdings gehörte zur gesamten Wahrheit auch, dass sie Max für sein cooles Auftreten insgeheim bewunderte. In den ausweglosesten Situationen verhielt er sich häufig wie John McClane und vermittelte den Eindruck er sein unverwüstbar. Nicht selten hatte das ihre Widersacher durchaus beeindruckt – sie hatte es in deren Augen gesehen. *Du solltest dich öfter zurückhalten, Schatz,* dachte sie und hoffte das ihre Gegner erst einmal verdutzt sein würden.

„Wer ist da?"

„Der Weihnachtsmann", gab Max brav Antwort. Eva stieß ihm gegen die Schulter um ihm zu bedeuten, er solle damit aufhören.

„Lass mich doch", flüsterte Max und Eva warf resigniert die Arme in die Luft. Nie hatte sie ihn von diesem hochnäsigen Geschwätz abbringen können.

„Und ich hab sogar Geschenke für euch dabei." Matt deutete auf einige Kisten, die im Gang rechts und links an der Wand standen.

„Wir gehen besser dahinter in Deckung", hauchte er.

„Wollt ihr nicht rauskommen, damit ich sie euch übergeben kann. Ich wäre wirklich enttäuscht, wenn ich sie wieder mit nach Hause nehmen müsste. Und ihr freut euch. Das verspreche ich."

„Halt dein Maul", brüllte der Anführer zurück. Drei bewaffnete Männer traten um die letzte Biegung am Ende des Kellergangs und blickten verdutzt ins Leere.

„Hier is überhaupt niemand."

„Woher kam die Stimme?", fragte der Zweite. Beide wirkten nicht gerade so, als hätten sie einen Hochschulabschluss oder als könnten sie dieses Wort auch nur holperfrei buchstabieren.

„Haltet die Schnauze, ihr Vollidioten", befahl der lange Anführer, der gerade so unter die niedrige Decke passte ohne seinen Kopf zu stoßen. Sein eng anliegender schwarzer Pullover zeichnete seine dicken Muskelberge allzu deutlich wieder und seine Glatze vollendete das bedrohliche Bild, was seine zwei Kumpel sofort verstummen ließ. Er trat einen Schritt in den Gang und seine Muskelstränge schienen die Hose zum Platzen zu bringen, bevor er es sich anders überlegte und wieder zurücktrat.

„Na los. Seht nach, ob ihr was findet. Vielleicht hat er sich hinter einer der Kisten versteckt. Aber seid vorsichtig", befahl er und zog sich wieder hinter die Biegung zurück, sodass er das Geschehen nur noch mit einem Auge beobachten konnte.

Seine Kumpels schauten sich kurz an, befanden den Auftrag dann für akzeptabel und schritten mit erhobenen Pistolen langsam den Gang entlang auf die sorgfältig gestapelten Kisten zu.

Ohne Vorwarnung wirbelten Max und Eva aus ihren Verstecken hinter den Kisten. Max brach dem einen Mann den Unterschenkel indem er mit einem festen Tritt dessen Bein auf den Boden hämmerte. Brüllend und mit unnatürlich verdrehtem Bein brach er zusammen. Seine Waffe wurde außer Reichweite den Gang hinuntergeschleudert.

Eva traf ihren Gegner mit der Handkante in der Kehle

und zertrümmerte seinen Kehlkopf. Röchelnd krümmte er sich auf dem Boden und schnappte vergebens nach Luft, während sein Kopf immer roter wurde. Max reagierte sofort und nahm seinen Angreifer in den Schwitzkasten, drückte ihm brutal die Luft ab, bis er nach kurzer Zeit bewusstlos zusammensackte.

Der Anführer hatte seine Waffe noch nicht angelegt, da waren Max und Eva wieder hinter ihrer Deckung verschwunden und hatten nichts zurückgelassen als zwei entwaffnete bewusstlose Männer, deren Gesichter nun den kalten Beton des Bodens zierten.

Er feuerte wahllos ein paar Kugeln in die Metallkissen und zog sich dann zügig zurück.

„Boss. Boss. Hier…", sprintete der Anführer in die Kammer, in der Diane gefangen gehalten wurde, und wo Barrett gerade drauf und dran war seine perversen Fantasien zu befriedigen.

„Was… ist?", fragte Barrett ungehalten und ließ von Diane ab, die Spitze des Bohrers nur Millimeter von Dianes Kopf entfernt.

„Wir haben ein Problem. Zwei Typen sind hier im Keller. Die haben drei von uns mühelos erledigt, mit denen ist nicht zu spaßen. Wir sollten abhauen."

Dianes lädierter Körper durchzuckte neue Energie. Hoffnung wallte in ihr auf und sie hob ganz leicht den Kopf. Vielleicht würden die sie hier rausbringen. Oh mein Gott, vielleicht sind es sogar Max und sein Team. Ihre Gedanken überschlugen sich und sie konnte nur schwer ein schwaches Lächeln unterdrücken, was sich trotz ihrer Schmerzen und ihrer Erschöpfung Bann brach.

„Verdammt nochmal. Nirgends kann man in Ruhe arbeiten", echauffierte sich Barrett. Waffenfeuer flammte plötzlich auf und war deutlich näher, als Barrett es lieb sein konnte.

Er sprang auf die Beine und bedeutete dem Muskelmann Diane loszumachen.

„Bring sie in den Wagen. Wir fahren sofort los."

„Was ist mit unseren Männern?"

„Vergiss die. Willst du abgeknallt werden, Freddy?!"

Freddy schüttelte den Kopf und machte sich daran Diane zu entfesseln. Dabei ging er so ungeschickt vor, dass er ein weiteres Loch in das ohnehin schon verschlissene schmutzige Nachthemd riss, was inzwischen Dianes einziges Kleidungsstück war. Selbst ihre Füße waren nackt und von Dreck so verschmiert, das sie schwarz wirkten. Er packte sie unsanft am Handgelenk und Diane stöhnte leicht auf vor Schmerz. Sie versuchte sich loszureisen, doch Freddy griff noch fester zu, was Diane schreiend auf die Knie sinken ließ.

„Komm du Miststück", knurrte Freddy und riss sie mühelos vom Boden und in seine Arme. Diane wollte ihn schlagen, doch ihre Arme gehorchten ihr nicht, und so gab sie ihre Versuche auf, sich loszureisen und zu fliehen. Aber wohin auch. Sie wusste nicht einmal wo sie war. Sie konnte nur vermuten, dass sie in irgendeinem Kellerloch gefangen gehalten wurde – wo immer auf der Welt das auch sein mochte.

Der Kugelhagel war ohrenbetäubend und schwoll in dem engen Kellergang zu einer beeindruckenden Symphonie an.

Dennoch war es das kürzeste Konzert in der Geschichte. Nach nicht einmal dreißig Sekunden verstummte alles und es war totenstill.

„Ich hoffe, dass waren die letzten beiden auf unserem Weg zum Ziel", sagte Max geschäftsmäßig. Sein Tonfall zeigte keinerlei Freude. Er war es gewöhnt zu töten, dennoch fühlte er sich jedes Mal danach schlecht. Mit der Zeit waren diese Gefühle schwächer geworden. Aber er hoffte, dass sie niemals ganz verschwanden. Er mochte ein brutaler effizienter Killer sein; aber er war und blieb auch ein Mensch. Diese Typen bedrohten sein Leben und das seiner Liebsten. Er hatte keine Zweifel und zögerte niemals. Trotz alledem war er der Meinung, dass man sich schlecht fühlen musste, wenn man ein Menschenleben genommen hatte – selbst wenn es sein Job war.

Sie bogen um eine weitere Ecke und erspähten drei Schemen, die sich zügig von ihnen fort bewegten.

„Da. Das ist sie. Das ist Mom", rief Eva und ihr Herz machte einen Satz, während sie auf den Muskelmann deutete, der ihre Mutter trug.

Barrett und Freddy verschwanden durch eine Tür. Sekunden später riss Eva die Tür auf und fand sich in einer schmucklosen Garage wieder. Mehrere graue Stahlträger stützen die Decke und es stank nach Öl und Benzin. Zahlreiche Neonröhren leuchteten die Garage aus und Eva ließ suchend den Blick schweifen. Das Geräusch eines startenden Motors ließ ihren Kopf herumreißen. Barrett verfrachtete ihre Mutter gerade auf den Rücksitz und spurtete dann auf den Beifahrersitz. Quietschend setzte sich ein Rolltor in Bewegung, was den Blick auf eine steile Auffahrt preisgab. Freddy gab Gas und mit qualmenden Reifen schoss der schwarze Geländewagen der Freiheit entgegen.

„Scheiße", brüllte Eva und schlug gegen einen Stahlträger.

„Komm schon", schrie Max und zog sie heftig am Arm in Richtung eines roten Pick-ups, der aussah als lägen seine besten Jahre weit zurück. Große Teile der Lackierung waren abgeplatzt und durch Rost ersetzt. Im hinteren Kotflügel hatte der Rost bereits einige Löcher in die Karosserie gefressen. Die Ladefläche war voller Staub und die Heckscheibe fehlte gänzlich.

Max schwang sich auf den Fahrersitz, Matt neben ihn und Eva sprang auf die Ladefläche.

„Dann wollen wir mal hoffen, dass das Ding noch fährt."

„Die Reifen sahen gut aus", bemerkte Matt.

„Kein Schlüssel." Max hämmerte verärgert aufs Lenkrad, machte sich aber sogleich daran das Ding kurzzuschließen.

Das Motorengeräusch des Geländewagens war inzwischen kaum noch zu vernehmen.

„Jawoll", frohlockte Max einige geschickte Handgriffe später, als ein tiefer Bass ertönte und der Motor langsam aber sicher zum Leben erwachte.

Er gab Gas und brauste kurze Zeit später die Auffahrt hinauf auf den Hinterhof des Landgutes. Reifenspuren waren im Matsch zu erkennen und Max schlug hart nach links ein. Der Wagen kam ins Schlingern und driftete durch die Kurve wobei eine Menge Schlamm aufgewirbelt wurde.

„Hey", schrie Eva von hinten. „Fahr ordentlich. Ich hab keine Lust auf ein weiteres Schlammbad."

Max grinste.

„Und sonst sagst du immer, das wäre das tollste Detoxprogramm und die schönste Wellnessbehandlung, die man sich vorstellen kann."

„Fahr einfach", brüllte sie zurück, drehte sich nach vorne und kniete nun – die Hand fest an der Halterung vor ihr. Der Pick-up schoss so schnell es ging über den schlammigen Untergrund des Feldweges. Sie wurden hin und her geschleudert, als der Wagen über den unebenen Untergrund fegte, und Eva musste alle Kraft aufbringen, um nicht ständig über die Ladefläche zu schliddern und sich dabei das Genick zu brechen.

„Da", deutete Matt auf eine Schlammwolke einige hundert Meter vor ihnen. „Das sind sie. Gib noch mehr Gas, wir holen auf."

„Ich hol schon alles raus, was aus dem Ding rauszuholen ist", erwiderte Max mit zusammengebissenen Zähnen. Er verstärkte seinen Griff um das Lenkrad bis seine Knöchel weiß hervortraten, und es schien, als habe er die Hoffnung, dadurch das Auto noch ein klein wenig mehr beschleunigen zu können. Alle drei hatten ihren Blick nach vorne auf den Geländewagen gerichtet, der nun näher kam. Ihnen war die Konzentration anzusehen. Alle drei waren in ihrem Element, was man von den Flüchtenden nicht behaupten konnte. Max wusste, dass dieser Vorteil von immenser Bedeutung war. Sie hatten dutzende dieser Situationen erlebt und waren mit jeder ruhiger geworden. Konnten mehr Kraft auf ihr eigentliches Ziel legen und nicht auf die Unterdrückung der eigenen Nervosität. Ziele waren diese Art von Stress nur selten gewohnt und reagierten meistens panisch. Sie machten Fehler, wo sie ohne Stress keine machen würden, und das war ihr Verhängnis. Max Gedanken glitten zu einem Fall, der ganz ähnlich gelagert war wie dieser – mit dem Unterschied, das sie nicht persönlich betroffen gewesen waren.

Sie waren ebenfalls in einer Verfolgungsjagd gewesen und hatten sich dem Ziel genähert, als dieses den fatalen Fehler…

„Wir sind fast dran", riss Matt Max aus seinen Gedanken, der unwillkürlich zusammenzuckte und fast das Lenkrad verriss.

„Eve, kannst du seine Reifen erwischen?"

„Ich versuchs", antwortete Eva, zog ihre Waffe und lehnte sich über den Rand der Ladefläche. Sie legte an, zielte und schoss. Ihr Arm wurde nach oben geschleudert, als sie durch ein weiteres Loch rasten und der Schuss ging einige Meter drüber.

„Mist… Der Wagen ist zu unruhig. Ich riskiere mit einem Querschläger Mom zu treffen."

„Verdammt…"

„Fahr näher ran", verlangte Matt. „Wir rammen sie."

„Bitte?"

„Du hast mich verstanden", antwortete er und sein Blick glomm voll grimmiger Entschlossenheit.

Max trat das Gaspedal bis zum Anschlag und der Motor röhrte unnatürlich auf. Er war lange keiner Belastung mehr ausgesetzt gewesen, und aus dem jahrelangen

Stillstand in die Vollbelastung zu springen tat ihm allem Anschein nach nicht besonders gut. *Lass uns jetzt nicht im Stich,* schickte Max ein Stoßgebet gen Motorhaube.

Irgendwie holte er noch ein wenig mehr aus dem Pick-up heraus und rammte den Geländewagen mit voller Wucht. Der Aufprall war so heftig, das Eva über die gesamte Ladefläche flog, wie ein Blatt in einem Tornado. Verzweifelt griff sie nach irgendetwas und bekam im letzten Moment eine Metallverstrebung zu greifen, die zum Öffnungsmechanismus der Heckklappe gehörte. Ihr Arm wurde unnatürlich verdreht und bis aufs Äußerste gespannt. Sie ließ einen solchen Schmerzensschrei los, dass Max sicher war, Eva wurde sterben. Ihr Arm brach und einige Sehnen rissen. Mit purer Willenskraft stärkte sie ihren Griff und zog sich an dem zertrümmerten Arm zurück auf die Ladefläche. Dann brach sie zusammen und ihr Sichtfeld verschwamm.

Im Moment des Aufpralls war der Land Rover so heftig getroffen worden, das Freddy von der Wucht des Aufpralls durch die Frontscheibe geschleudert wurde. Er landete unsanft auf dem Boden und hörte wie einige Rippen brachen. Auch in seinem Rücken knackste etwas, das sich nicht gesund anhörte. Der eigene Wagen rollte wie von Geisterhand auf ihn zu, und er versuchte sich wegzurollen. Doch sein Sturz hatte ihm einige Wirbel gebrochen und er konnte seine Beine weder spüren noch bewegen. Unausweichlich sah er seinem Tod ins Auge, als der Land Rover ihn schließlich beinahe umgebremst überrollte. Barrett kämpfte gegen den Airbag und seine eigene Benommenheit an, ignorierte seine große Platzwunde auf der Stirn, die stark blutete und griff nach dem Lenkrad.

„Idiot. Wie oft habe ich dir gesagt, du sollst dich anschnallen", grummelte er, löste seinen eigenen Gurt und versuchte auf den Fahrersitz zu klettern, während der Land Rover stetig langsamer wurde.

„Eve, Eva?", brüllte Max und versuchte einen Blick auf seine Freundin zu erhaschen, die halb bewusstlos auf der Ladefläche lag.

„Ich bereite dem Ganzen jetzt ein Ende!" Max beschleunigte, fuhr neben den Geländewagen und rammte ihn mit voller Wucht auf Höhe der Fahrertür. Der Land Rover wurde zur Seite geschleudert, verlor das Gleichgewicht und kippte auf die Seite. Der Wagen überschlug sich mehrmals, bis er völlig demoliert und mit zwei Reifen weniger auf einem unbearbeiteten Acker auf dem Dach zum liegen kam. Max bremste und brachte den Pick-up ebenfalls zum Stehen.

Was ein Glück, das hier nur Felder und Wiesen sind, dachte er, während er auf den Land Rover zuspurtete, aus dem weißer und schwarzer Rauch aufstieg.

Er zog seine Waffe und erklomm das Fahrzeugwrack, das auf der einen Seite ziemlich übel eingedellt war. Sämtliche Fensterscheiben waren zerbrochen und hatten sich über den gesamten Innenraum verteilt. Er erblickte Barrett und richtete seine Waffe auf den Politiker.

„Keine Bewegung!", befahl er, doch Barrett rührte sich ohnehin nicht. Ein dicker Metallstab hatte sich in

Höhe seines Oberschenkels durch sein Fleisch gebohrt und Blut durch den ganzen Fond des Wagens spritzen lassen. Durch den Schock und den Schmerz war Barrett bewusstlos zusammengebrochenen.

Dann sah er Diane, zusammengekauert auf dem Rücksitz, immer noch angeschnallt, ihr Kopf blutüberströmt.

„Diane. Hey, Diane", rief er ihr zu, um sie bei Bewusstsein zu halten.

„Max", stammelte sie zurück und ihre Stimme brach.

„Matt. Matt, schnell komm her!", wedelte Max wild mit den Armen.

„Verdammt, Diane", sagte er schockiert als er seine Frau gesehen hatte. „Wir holen dich da raus, Schatz. Es ist gleich vorbei", versuchte er beruhigend auf sie einzuwirken. Doch Diane nahm kaum noch etwas war. Die Drogen, die man ihr verabreicht hatte, dazu noch die Odyssee, die ihr Körper hatte mitmachen müssen, forderten langsam ihren Tribut.

Matt zog den Kofferraumdeckel auf und kroch ins Innere. Er klappte die Rückbank um und durchschnitt mit einem Messer Dianes Gurt. Vorsichtig zog er Diane nach draußen und legte sie behutsam auf den kalten Boden.

„Wir müssen auch Barrett rausholen", wies Max Matt daraufhin, dass noch jemand im Fahrzeug saß.

„Warum? Der Bastard hat das nicht verdient."

„Er gehört vor Gericht. Wer weiß, wer noch hinter der ganzen Sache steckt. Vielleicht bekommen wir durch ihn wichtige Informationen. Nur weil der Kopf abgeschlagen wurde, muss die Bestie nicht unbedingt sterben. Durch ihn kommen wir bestimmt an alle Ebenen seiner Organisation heran. Wir dürfen nicht zulassen, dass sie einen neuen Anführer wählen. Wir müssen sicherstellen, dass die Organisation zerfällt. Hier und jetzt. Ein für alle Mal."

„Gut. Ich bring Diane zum Wagen, sehe nochmal nach Eva und helfe dir dann."

„Aber beeil dich", rief Max Matt hinterher, der sich bereits in Bewegung gesetzt hatte.

Max umrundete das Auto und stellte sich neben die Beifahrertür, die auf dem Boden lag.

Er konnte nicht sehen, ob der Stab, der Barretts Bein durchbohrt hatte, noch irgendwo befestigt war, oder sich an etwas verfangen hatte.

Ich habe keine Zeit mehr. Diane und Eva brauchen Hilfe... Im schlimmsten Fall verliert der Drecksack sein Bein...

Max griff durch die zerbrochene Frontscheibe und wuchtete Barrett einige Zentimeter nach oben. Gurgelnd vor Schmerz kam dieser zu sich.

„Ich hole sie hier heraus. Bewegen sie sich nicht, dann geht es am besten."

Barrett nickte knapp und fiel beinahe wieder in Ohnmacht.

Max zog nun fester und er hatte Barrett beinahe aus dem Wrack befreit, als sich der Metallstab verfing und ein sehr großes Stück Fleisch aus Barretts Oberschenkel riss, als der Stab am Fensterrahmen eingekeilt stecken blieb.

Barrett brüllte vor Schmerz und das Adrenalin, das seinen Körper überschwemmte spülte die Benommen-

424

heit weg und ließ ihn wieder klar denken. Sein Bein ignorierend zog er sich an Max heran und fiel in den Dreck.

„Kommen sie, ich helfe ihnen zum Wagen."
Max legte einen Arm Barretts um seine Schulter und führte ihn gestützt zum Pick-up.

Sie waren nur wenige Meter gekommen, als der Land Rover hinter ihnen in die Luft flog. Die Druckwelle erfasste die beiden und schleuderte sie einige Meter durch die Luft. Max fing sich in der Luft und rollte sich geschickt ab, doch Barrett hatte keine Kontrolle über seinen Körper und landete unsanft auf seinem Arm.

Max rappelte sich behänd auf und stapfte zu Barrett hinüber dessen rechter Arm unter seinem Körper lag.

Er schüttelte den Kopf um das Klingeln in seinen Ohren zu vertreiben und streckte die Hand aus, um Barrett auf die Beine zu helfen. Barrett blickte auf und sein Gesicht war erschreckend blass geworden.

Wenn wir seine Wunde nicht bald verbinden, krepiert er.

Schneller als man es von einem Mann mit seinen Verletzungen erwarten konnte schnellte Barrett auf die Knie, zog ein Messer unter seinem Körper hervor und stach damit nach Max' Wade. Blitzartig wich Max zurück und vollführte ein kleines Tänzchen um den weiteren Stichen auszuweichen, die Barrett seiner ersten Attacke folgen ließ. Max machte einen kleinen Satz und traf seinen Angreifer mit der Fußspitze an der Schläfe.

Barrett brach zusammen wie ein nasser Sack, das Messer landete im Dreck. Außer Puste stütze Max sich auf seine Knie, als Matt von hinten angerannt kam.

„Alles ok?"

Max nickte, unfähig etwas zu erwidern und immer noch überrascht von der Tatsache, das manche Menschen so von Hass erfüllt waren, dass sie liebend gerne den eigenen Tod in Kauf nahmen, solange sie ihre Widersacher zur Strecke bringen konnten.

„Wir müssen sein Bein verbinden. Sonst stirbt er uns weg."

Gemeinsam trugen sie Barrett zum Wagen, wo Max ihm provisorisch die tiefe Wunde reinigte und einen festen Druckverband anlegte.

„Das sollte fürs erst reichen. Aber er braucht unbedingt eine Bluttransfusion."

„Ja", stimmte Matt geistesabwesend zu.

„Wie geht es Eva?", wollte Max wissen.

„Mir geht's ganz ok. Ich hab nen Haufen Schmerzmittel eingeworfen und meine Blutung gestillt."

„Hart wie immer."

„Genau Schatz." Er gab ihr einen Kuss auf die Wange und sah in ihren Augen, wie erleichtert sie war, ihre Mutter lebend gefunden zu haben. Diane war verletzt, aber nichts was ein paar Tage Krankenhausaufenthalt nicht wieder gerade rücken könnten.

„Kommt ihr drei da hinten klar?"

Die beiden Frauen nickten schwach. „Solange er nicht aufwacht."

„Der sollte für einige Zeit außer Gefecht sein", beruhigte Max sie.

„Gut zu hören", meinte Diane und umarmte ihre

Tochter. Ihre Geste war erschreckend kraftlos, aber das tat nichts zur Sache. Hauptsache sie lebten noch.

„Weißt du inzwischen warum Barrett Diane entführt hat?", fragte Max Matt, als er sich auf den Fahrersitz schwang.

„Ich denke schon", nickte er. „Vor einigen Jahren, als ich noch im Dienst war, hatte ich einen Einsatz. Ich sollte ein Drogennest ausheben, das sich angeblich in einem ganz gewöhnlichen Wohnhaus befand. Hier in Berlin. Ich war zu dieser Zeit mal wieder in Deutschland stationiert. Es sollte unser Eingang zu einem ganz dicken Fisch werden. Erst vor wenigen Tagen hab ich erfahren, dass dieser dicke Fisch wohl Steven Barrett war.

Wir stürmten also das Haus, welches sein Wohnhaus gewesen war und stießen auf Widerstand einige seiner Lakaien waren dort um den Stoff und seine Tochter zu bewachen…

Wie dem auch sei, bei dem Schusswechsel traf eine meiner Kugeln seine Tochter, als diese mit ihrer Mutter aus dem Haus fliehen wollte. Erst später habe ich erfahren, dass das Mädchen noch am selben Tag gestorben war…

Du weißt es selbst. Sowas gehört in unseren Jobs zum Berufsrisiko. Nach einigen Wochen habe ich es verdrängt und schließlich vergessen.

Und da durch den Erfolg dieser Aktion mein Gesicht als Befehlshaber in der Zeitung war…

Nunja, Barrett hat es natürlich nicht vergessen, und all die Jahre darauf verwendet mir eins auszuwischen…

Die Frage bleibt nur, warum er es so kompliziert gemacht hat…"

„Das werden wir wohl nicht erfahren", meinte Max und schaute Matt an, der gedankenverloren die Landschaft beobachtete.

Max gab sich schließlich selbst seinen düsteren Gedanken hin und fragte sich einmal mehr, wieso die Welt ein so böser Ort war. *Warum konnten die Menschen nicht friedlich miteinander leben? Ich wäre zwar dann arbeitslos, aber in diesem Fall, wäre das völlig okay.*

Schweigend fuhren sie eine ganze zeitlang dahin, bis der Feldweg schließlich in eine richtige Straße überging und sie langsam aber sicher in die Ausläufer von Berlin fuhren.

Matt kehrte schließlich als erster aus der Gedankenwelt in die Realität zurück.

„Ich würde sagen, wir waren ein gutes Team."

„In der Tat", lächelte Max zurück.

„Mission erfüllt", meinte Matt und richtete seinen Blick wieder nach vorn.

Max nickte knapp und gab Gas.

Verletzt, aber wiedervereint, traten sie den restlichen Rückweg an.

Kapitel 39

Der Regen prasselte unentwegt auf das historische Gebäude und schwoll zu einem Donnergrollen an, so als ob selbst Gott die Taten verurteilte, die unter diesem Dach verhandelt wurden.

Während der angespannten Stille der Verhandlung hatten die dicken Tropfen die Aussagen der Beteiligten wie ein düsteres Orchester unterlegt, was mit jedem Schlag der Klimax seines Stückes näher gekommen war.

Nun war die Verhandlung vorbei und das laute Gewusel der Journalisten und Gerichtsdiener übertönte jegliche Eindrücke von außerhalb. Jetzt, da Fotos wieder erlaubt waren, war das Gewitter von Außen nach Innen verlegt worden und die Fotografen prügelten sich beinahe, um noch ein paar gute Bilder des Verurteilten zu schießen. Die hohe, runde Halle, die nun in Scharen verlassen wurde, war hell erleuchtet und machte den Eindruck, als sei sie zum Leben erwacht und ganz zufrieden mit dem Ausgang der Verhandlung unter ihrem Dach.

Steven Barrett wurde von zwei Uniformierten, die von zwei weiteren Gerichtsdienern flankiert wurden, in Handschellen abgeführt. Er humpelte immer noch deutlich, obwohl bereits einige Zeit vergangen war. Um ein Haar wäre er gestorben, doch die Ärzte hatten bewundernswerte Arbeit geleistet und nicht nur sein Leben, sondern auch sein Bein gerettet. Sie hatten ein großes Stück Fleisch neu implantiert, da die eigenen regenerativen Fähigkeiten von Barretts Körper nicht ausgereicht hätten, um das Loch zu stopfen. Sein Blick war gesenkt und er mied sämtliche Blicke. Sein Gesicht zeigte keinerlei Reue, nur Niedergeschlagenheit.

Er war gescheitert und das machte ihm mehr zu schaffen, als jede Strafe, die ihn möglicherweise noch erwartete.

Als der Richter sein Urteil verkündet hatte, war er in sich zusammengesackt, hatte alle Farbe verloren und war in einem Wimpernschlag um Jahre gealtert.

Stoisch hatte er es akzeptiert – ohne ein weiteres Wort des Widerstandes, den er während der Verhandlung noch so gezeigt hatte. Doch die Beweise, die die Anklage hervorgebracht hatte und die Kommissar Heinz im weiteren Verlauf seiner wieder aufgenommenen Ermittlungen entdeckt hatte, sprachen eine ganz eindeutige Sprache – was auch der Richter so gesehen hatte. Die Indizien hatten sich eindeutig zu Beweisen verfestigt, dass Barrett Scholz' Tod in Auftrag gegeben hatte, um sein Bestreben nach neuen Waffendeals (die er in Wahrheit heimlich durchführte – unter anderem mit Krustschov) zu erneuern und die globale Abrüstung, die ihm und seinem Profit ein Dorn im Auge war, noch in den Kinderschuhen zu begraben. Eine Reihe weiterer Verbrechen kam im Zuge der ausgedehnten Ermittlungen ebenfalls ans Licht und hatten der Staatsanwaltschaft und dem Richter wenig Spielraum gelassen.

Mit dick bandagiertem Arm trat Eva zu Matt und Max, die sich gerade mit Jack unterhielten, der extra aus

Washington hergekommen war, um seine Aussage zu machen.

„Wie geht es Diane?", fragte Jack gerade besorgt, als Eva sich dem Kreis anschloss.

„Hey, Eva", umarmte Jack sie sofort, als er sie sah. „Du musst es auch immer auf die harte Tour machen, was?"

Sein Grinsen war warm und gab Eva Halt. Sie fühlte sich in seiner Gegenwart stets wohl. Jack war für sie wie ein großer Bruder gewesen.

„Naja. Du kennst mich doch. Aber das mit dem Arm", erwiderte sie und hob ihren bandagierten Arm, „ist halb so wild."

Jack zog skeptisch die Augenbrauen hoch, ließ es aber dabei bewenden.

„Und um deine Frage zu beantworten: Mom kommt wieder auf die Beine. Die Robustheit hab ich schließlich von ihr geerbt."

„Was soll das denn heißen?", beschwerte sich Matt.

„Gar nichts, Dad", lachte Eva und gab ihm einen Kuss auf die Wange.

„Du kannst sie später besuchen, wenn du magst."

„Ist sie noch im Krankenhaus", wollte Jack wissen und Eva nickte bejahend.

„Unbedingt. Ich will sie auf jeden Fall sehen und sehen wie es ihr geht."

Diane lag zwar immer noch im Krankenhaus, aber körperlich hatte sie sich erstaunlich schnell erholt. Ihre äußerlichen Wunden waren nicht stark gewesen, aber sie war dehydriert und hatte ein paar ernste innere Blutungen, ausgelöst durch die verabreichten Drogen, erlitten. Die Ärzte hatten sie sofort operiert und nun war sie auf dem besten Wege wieder die Alte zu werden.

Es war knapper gewesen, als die Mediziner hatten zugeben wollen, aber nur das Ergebnis zählte. Diane würde ein paar hübsche Narben behalten, die sie fortwährend an die Schrecken der vergangenen Tage erinnern würden, ansonsten würde ihr Körper wieder vollständig genesen.

Die psychischen Wunden dagegen waren wesentlich schlimmer und die nächsten Monate würden alles andere als leicht für Diane werden.

„Wie geht's ihrem Kopf?", wollte Jack wissen.

„Naja… ich denke sobald sie sich körperlich vollständig erholt hat, wird es nicht einfach werden", gab Matt zu.

„Aber wir sind alle bei ihr. Wir unterstützen sie, wo wir nur können", sagte Eva fest entschlossen.

„Wenn ich irgendwie helfen kann… sagt Bescheid", bot Jack seine Hilfe an.

„Danke", sagte Eva und ergriff ihn am Arm. „Für alles was du in diesem Fall für uns getan hast. Du hast Kopf und Kragen riskiert, um…"

Jack hob die Hand, um Eva zum Schweigen zu bringen.

„Das hab ich gerne gemacht. Wirklich. Das kannst du mir glauben. Und mir geht es gut. Meinem Team geht es gut…" Er gluckste bevor er fortfuhr. „Selbst Krustschov geht es gut."

„Ihr musstet ihn freilassen", stellte Max fest.

„Natürlich. Wir hatten nichts gegen ihn in der Hand und ihr habt seine Firma gesehen. Blitzsauber."

„Da kann man wohl nichts machen. Vorerst", meinte Max und seine Augen glühten schon voller Vorfreude auf den nächsten Einsatz. Irgendwann machten auch solche Drecksäcke wie Krustschov mal einen Fehler – und dann konnten sie zuschlagen.

„Und ihr habt keinerlei Scherereien wegen uns gehabt?", wollte Eva wissen und blickte Jack besorgt und ein wenig verlegen an.

Jack lachte kurz auf.

„Nein. Wirklich nicht. Unser Boss hat es nicht mal richtig mitbekommen. Aber danke, dass du dir Sorgen machst."

„Das freut uns zu hören."

„So. Ich muss jetzt leider auch schon wieder. Damit ich Diane nochmal sehen kann. Mein Flieger wartet schon." Er machte eine Geste in Richtung Ausgang.

„Ihr wisst… das FBI schläft niemals und Verbrecher gibt es genug."

„Euch wird wohl nie langweilig", meinte Max.

Jack grinste schief. „Nein. Sicher nicht."

Er trat vor und schüttelte nacheinander jedem die Hand.

„Danke, Jack", sagte Matt, als er bei ihm angekommen war.

„Kein Problem, Kumpel. Ich weiß, du würdest dasselbe für mich tun."

Er senkte seine Stimme ein wenig.

„Und seien wir mal ehrlich, soviel hab ich nun auch wieder nicht gemacht."

„Bescheiden wie immer. Das gefällt mir", lächelte Matt entspannt zurück.

„Pass auf dich auf."

Jack, der sich bereits ein Stück von der Gruppe entfernt hatte, blieb stehen und drehte sich noch einmal um.

„Du aber auch, mein Freund."

Matt machte zur Erwiderung einen militärischen Gruß und Sekunden später war Jack bereits in der Masse verschwunden, die sich aus der Halle ins Freie drängte.

„Ich mag ihn, Dad", meinte Eva beiläufig.

„Ich auch Schatz", grinste ihr Vater beruhigt zurück und hob eine Hand, um sie zum Gehen zu bewegen, als hinter ihnen eine Stimme zu vernehmen war, die sich ihnen näherte.

„Agent Berger. Agent Young", ertönte die für eine Frau zu tiefe Stimme hinter ihnen. Leichte Gänsehaut überkam Eva, wie jedes Mal, wenn sie diese Stimme hörte. Beide drehten sich gleichzeitig um, und sahen Special Agent Jessica Carter mit langen, raumgreifenden Schritten auf sich zukommen.

„Special Agent", begrüßte Max sie mechanisch. „Ich wusste gar nicht, dass sie sich herbemüht hatten."

„Sparen sie sich ihre Höflichkeiten, Berger", erwiderte sie schroff und blieb knapp vor ihnen stehen.

„Charmant wie immer", flüsterte Max Eva zu, die nur schwer ein Grinsen unterdrücken konnte.

„Wie können wir ihnen helfen, Special Agent?", fragte Eva geschäftsmäßig.

„Sie haben uns bereits genug geholfen… für den Moment. Ihre Leistung in diesem Fall war wieder einmal… wie hat es Hinthrone ausgedrückt… beispielhaft und exzellent", führte Special Agent Carter aus.

„Oho, hört, hört. Sonderlob vom Boss persönlich",

frohlockte Max.

„Dennoch ist ihre Mission noch nicht völlig abgeschlossen. Ich erwarte ihren Bericht in zwei Tagen. Pünktlich."

Ihre eiskalten Augen versuchten Max und Eva nieder zu stieren, aber die beiden Agenten hielten ihr stand und schließlich gab Carter es auf.

„Natürlich", sagte Max trocken.

„Sehr gut. Das wäre dann alles."

Sie wollte sich umdrehen und gehen, aber Max hielt sie mit einer Geste zurück.

„Ja?", fragte sie gedehnt und sichtlich ungeduldig.

„Nach unserem Bericht… also… wie wär's da mit ein paar Tagen Sonderurlaub?"

Eva blickte Max überrascht an und der zwinkerte gelassen zurück.

„Bitte?", fragte Carter pikiert, doch ihr Blick verriet nicht das Geringste, was sie von dieser Bitte hielt. Ihr Gesicht war so ausdruckslos, es hätte ebenso gut zu einer Statue in einer Kunstgalerie gehören können.

„Drei Tage", sagte sie schließlich nach einer langen Pause, machte auf dem Absatz kehrt und war verschwunden. Max schüttelte den Kopf.

„Aus Carter werd ich auch nicht mehr schlau", grinste er und hob die Hand.

„Ich mag sie ein bisschen mehr", freute sich Eva und schlug in Max' Hand ein, der in Gedanken schon an seinem Urlaubsziel war.

„Habt ihr euch auch verdient. Drei Tage Entspannung. Das ganze Chaos hier vergessen und…"

„Danke Dad, wir wissen Bescheid", unterbrach Eva

ihren Vater, nicht ernsthaft genervt. Matt hob verteidigend die Arme und grinste ebenfalls.

„Was zum Teufel... macht doch mal Platz ihr... Affen", grummelte Berny Cabot, der sich mühevoll durch die noch immer große Menge an Besuchern und Journalisten quetschte, die das Gericht verließen.

„Berny", sprang Eva ihm um den Hals und gab ihm einen Wangenkuss.

„Hey, Berny, was machst du denn hier?", wollte Max wissen – selbst vor Freude strahlend, dass alles so gut ausgegangen war.

„Naja... ich dachte nachdem ich von Diane gehört habe... muss ich sie einfach mal besuchen. Sie war immer so nett zu mir..." Er senkte verlegen und etwas schüchtern den Blick. „Besonders damals, während unserer Schulzeit, wo... na ja, ihr wisst was ich meine." Max und Eva ließen ihn stumm wissen, das ihnen klar war vorüber er sprach.

„Ich denke, Diane wird sich freuen dich zu sehen", trat Matt vor und schüttelte Berny die Hand.

„Danke Matt."

„Schreibst du einen Artikel hier rüber?"

„Aber sowas von. Das is ne große Sache, selbst drüben in den Staaten. Die meinen Politiker müssten von nun an viel härter kontrolliert werden und man sollte ihnen einige Privilegien streichen. Wer weiß, was diese ganze Sache noch so alles in Gang gesetzt hat."

„Vielleicht gar keine so schlechte Idee", meinte Max, selbst überrascht, dass dieser Fall so hohe Wellen schlug. Aber andererseits, in der heutigen vernetzten Welt, in der jeder mit jedem kommunizierte und überall

Verschwörungen lauerten gar nicht mal so abwegig.

„Du bist der beste Mann für diesen Job", sagte Max zu Berny und meinte es ernst. Berny wurde rot und schaute verlegen zu Boden. Noch immer konnte er nur schwer mit Lob umgehen und fühlte sich damit meistens sehr unwohl.

„Du lernst es auch nie mit Lob umzugehen", schüttelte Eva den Kopf.

„Hmm… vielleicht… irgendwann", gab Berny kleinlaut zurück. Dann, als hätte man einen Schalter umgelegt, war er wieder in seinem Element als Vollblutjournalist.

„Sagt mal… meint ihr, ich könnte eine Foto von euch beiden zusammen haben… gleich jetzt… schließlich, will die Welt die Helden ja auch sehen?!"

„Aber klar doch. Ich weiß zwar nicht, wie Carter das gefällt, aber das wird dann ihr Problem sein", wischte Eva die Bedenken in den Wind.

„Cool", sagte Berny und stellte Max und Eva nebeneinander.

Max hatte den Arm um Evas Taille gelegt und beide lächelten breit, so als vermittelten sie den Eindruck sie hätten alles unter Kontrolle und nichts und niemand könnte sie umstoßen.

„Danke sehr", bedankte sich Berny, umarmte alle und zog sich ebenfalls zurück.

„Ich lass euch eine Ausgabe der Post zukommen, mit meinem Artikel", brüllte er zurück und hatte Mühe, das Rascheln und Murmeln der Menge zu übertönen, die sich inzwischen aber stark gelichtet hatte. Max hob den Daumen und Eva winkte Berny hinterher, der von der

Masse verschluckt wurde, wie Plankton von einem Wal.

Alle drei standen eine zeitlang da, in ihren Gedanken und Gefühlen versunken und sagten kein Wort. Sie genossen die stille Gegenwart der Anderen und ihre Liebe zueinander, das Vertrauen war beinahe greifbar und füllte die nun bis auf ein paar Gerichtsdiener leere Halle wieder mit Leben. Das alte Gebäude mit seinen hohen Mauern und kalten Steinen, schien die Energie der drei aufzusaugen wie ein Schwamm. Es wirkte beinahe so, als hätte es eine Oase inmitten einer Wüste aus Verbrechen gefunden. Eine Oase, die der Menschheit, das zurückgab, was sie am dringendsten brauchte.

Liebe.

Die Luft schien zu flirren, und es machte den Anschein, als würde die Umgebung in einem schwachen Rot glühen, als hätte sie neue Lebensenergie gewonnen, die sie nun bereitwillig abzugeben suchte.

„Und was machen wir jetzt?", unterbrach Max schließlich die wunderbare Stille.

„Gute Frage", antwortete Eva, „ich bin hundemüde und könnte so viel verdrücken wie zehn Löwen", fügte sie hinzu und rieb sich ihren Bauch. In den letzten Tagen seit der Festnahme von Barrett hatte sie tatsächlich kaum geschlafen und gegessen.

Die meiste Zeit hatte sie am Bett ihrer Mutter gewacht und gebetet, dass sie wieder auf die Beine kommen würde. Ihre Sorgen hatten ihr so auf den Magen geschlagen, dass sie fast alles abgelehnt hatte und Max hatte sich ernsthaft Sorgen gemacht, da sie selbst nicht gerade leicht verletzt war. Aber so war Eva nun mal. Entweder voll dabei, mit all ihrer Kraft und all ihren Emotionen, oder gar nicht. Das brachte sie manchmal an den Rand des Zumutbaren, war aber eine Eigenschaft die Max sehr an seiner großen Liebe bewunderte.

„Dann würde ich sagen, wir gehen richtig schön Essen", schlug Matt vor.

Eva nickte zustimmend.

„Und dann besuchen wir Mom."

Epilog

Der Sonnenuntergang war so herrlich und atemberaubend wie bei ihrem letzten Besuch. So als ob die Zeit stehen geblieben wäre, nur um diesen wunderbaren Moment bis in alle Ewigkeit zu konservieren. Der Wind war ein laues Lüftchen und weder zu stark noch zu schwach. Die Luft knisterte um sie herum und alles andere verschwamm zu einem fernen Schein. Die Lichter der Stadt wirkten, als wären sie extra für sie eingeschaltet worden; um diesem Moment das richtige Ambiente zu verleihen. Das bisschen Resttageslicht was geblieben war, tauchte ihre Umgebung in die bezauberndsten Farben, von gold bis rot und blau bis violett. Es wirkte wie ein Gemälde eines begnadeten Malers, der seine ganze Kraft und Hingabe in dieses Werk gesteckt hatte, um der Welt etwas zu hinterlassen, was ihre gesamte facettenreiche Schönheit in nur einem kleinen Ausschnitt präsentierte.

„Ich bin so froh wieder hier zu sein. Dass wir wieder hier sein dürfen. Das ist ein Geschenk", offenbarte Max Eva.

„Ja. Es ist traumhaft hier."

Max hob das Weinglas und Eva tat es ihm nach. Ihre Gläser berührten sich sanft und der Klang war wie ein laues Lüftchen im Frühling. Harmonisch. Perfekt und voller Hoffnung auf einen wunderbaren Sommer. Ihre Gesichter wurden von einem Lächeln umspielt und rissen ihre Umgebung in ihren Bann. Selbst die anderen

Paare, die hier oben auf dem Eiffelturm zu Abend aßen, blickten unwillkürlich zu ihnen hinüber. So als ob Max und Eva mit ihnen allen telepathischen Kontakt aufgenommen hatten, um sie an ihrem Glück teilhaben zu lassen.

Das Essen wurde serviert und es war wie alles andere an diesem Abend. Zauberhaft und so schmackhaft, als würde es aus einem Märchen stammen. Eine zeitlang saßen sie einander gegenüber und genossen schweigend ihre Gegenwart. Ihre Blicken schweiften umher und sogen das Glück und die positiven Gefühle die hier umher schwangen mit allen Poren ihres Körpers auf.

„Alles zu Ihrer Zufriedenheit?", trat ein Kellner zu ihrem Tisch und fragte höflich und respektvoll.

„Vielen Dank", gab Eva ihm eines ihrer zauberhaftesten Lächelns. Der Kellner zog sich leise zurück und entließ die Beiden wieder zurück in ihre Märchenwelt.

Max beugte sich über den Tisch und ihre Lippen trafen sich exakt über einer bezaubernden roten Rose in dessen Mitte. Der Kontakt war kurz, aber intensiv und lud die spannungsgeladene Luft um sie herum noch ein wenig mehr auf.

Max ließ sich wieder auf seinen Stuhl fallen und kramte ungeschickt in der Innentasche seines Jacketts. Als er den Gegenstand schließlich gefunden hatte, steckte er ihn zügig in seine Hosentasche.

Er erhob sich langsam und flüssig, wie ein Gewässer, das mit der optimalen Geschwindigkeit einen Berglauf hinunter fließt. Er ging um den Tisch herum und kniete sich neben Eva auf den Boden. Eva riss erstaunt die

Augen auf und ihr Herz begann schneller zu schlagen, als Max ihre Hand ergriff. Ihre Blicke trafen sich und ihre unendliche Liebe zueinander spiegelte sich darin wieder, wie die Sonne auf einer glänzenden Wasseroberfläche.

Der Augenblick dauerte unendlich lang und war doch zugleich erschreckend kurz.

Max Herz begann ebenfalls kräftiger zu pochen, als er seine Position leicht veränderte und eine Hand in seine Tasche glitt.

„Ich liebe Dich!", offenbarte Max ihr. Ehrlich und bedingungslos.

Ihr Lächeln umfasste die gesamte Strahlkraft einer Supernova.

Max holte ein kleines rotes Kästchen aus seiner Tasche und klappte den Deckel nach oben. Darunter verbarg sich ein silbern blitzender Ring, mit einem kleinen Diamanten an der Spitze, der heller funkelte als die tausend Lichter Paris'.

Max holte tief Luft und blickte Eva in ihre flammenden Augen.

„Willst Du mich heiraten?"